COLLECTION FOLIO

Nelly Alard

La vie
que tu t'étais
imaginée

Gallimard

Nelly Alard est l'autrice du *Crieur de nuit*, prix Roger Nimier 2010, de *Moment d'un couple*, prix Interallié 2013, et de *La vie que tu t'étais imaginée*. Elle est également scénariste et comédienne.

To my One and only One
My dearest Friend
My own beloved
Mother

À mes enfants

Il est temps de vivre la vie
que tu t'étais imaginée.

HENRY JAMES

La famille d'Élisabeth

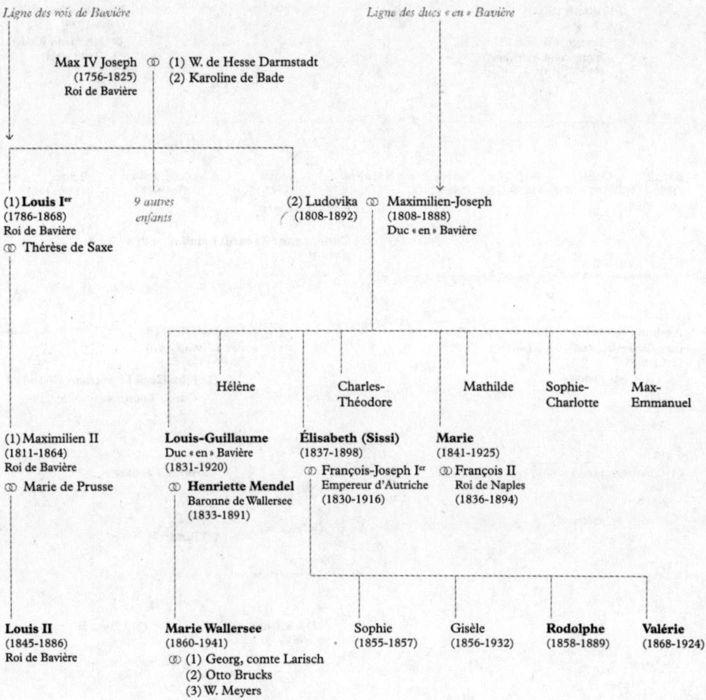

La famille d'Elissa

Élisabeth (Sissi)
(1837-1898)
⚭ François-Joseph Ier
Empereur d'Autriche
(1830-1916)

Nanette Prins
(1845-1929)
⚭ Hermann Kaiser
(1828-1901)

? ?

Sophie (1855-1857)

Gisèle (1856-1932)

Rodolphe (1858-1889)

Valérie (1868-1924)

Karoline (1879 ?-1935)
⚭ (1) Richard Kühnelt
(1877-1930)
(2) **Carlo, comte Zanardi Landi** dit **« Pi »**
(1876-1953)

Alfred (1872-1917)

Charles-Édouard (1875-1928)

Laura (1881-1961)

Anthony Kühnelt
puis **Zanardi Landi**, dit **« Toni »**
(1902-1975)
⚭ (1) Annie Delville
(2)

(1) Élisabeth dite « Titote »
(1930-)

(2) 1 enfant

Élisabeth Kühnelt
dite **Elissa Landi**
(1904-1948)
⚭ (1) **John Cecil Lawrence** (1902-1988)
(2) **Curtis Thomas** (1905-2002)

(2) **Caroline Thomas**
(1944-)
⚭ (1)
(2)
(3) Robert B.

(2) 1 enfant

(3) **Elissa B.**
(1989-)

PREMIÈRE PARTIE

Marie, Marie et Marie

Hollywood, USA, 1932

Un matin de printemps et le jour qui se lève sur l'immensité de la ville, les milliers de maisons alignées, la perpendicularité inexorable des avenues là où vingt ans plus tôt s'étendaient les champs d'orangers, de citronniers et les pâturages, vingt ans plus tôt à peine, lorsque Griffith, DeMille et les autres décidèrent de planter leurs caméras ici, sous le soleil de plomb californien, précisément ici, quelque part vers le croisement de Vermont et de Sunset. Cet Hollywood-là, déjà, n'est plus, et l'aventure a disparu du monde moderne. Il ne reste plus sur la planète un arpent de nouveau territoire à découvrir, chaque pouce de terre sur chaque continent a été conquis, réclamé et obtenu par d'avides planteurs de drapeaux : cette terre est à moi, et quoique je n'en aie aucun usage, vous ne pourrez pas l'avoir – à moins d'y mettre le prix. Le moindre lopin désormais est à vendre, le gigantesque panneau publicitaire du Mount Lee le proclame, en lettres de neuf mètres de large sur quinze de haut, avec ses quatre mille ampoules de vingt watts qui clignotent à la nuit tombée, d'abord « Holly », puis « Wood », puis « Land ». La guerre de l'eau a été gagnée, grâce à Mulholland et son aqueduc, Hollywood a été annexé, les champs de citronniers qui sur une bonne dizaine de miles le séparaient de Union Station ont disparu, la Cité des Anges par la grâce de Dieu approvisionne en pétrole le quart de la planète et d'ici, sur les collines non loin de Griffith Park, aussi loin que se porte le regard, la ville s'étend, jusqu'à l'océan Pacifique et sa frange d'écume blanche.

Le bruit du galop d'un cheval et la transpiration qui perle sur l'encolure, les sabots qui heurtent la terre sèche, piétinent les maigres buissons d'ambroisie sauvage et font rouler les pierres. Depuis quand ce cheval n'est-il pas sorti de son box pour ne pouvoir ainsi contenir sa force, se demande Elissa, je vous le jure il a été monté tous les jours, Ma'am, je vous le jure, a dit Rick en lui tendant les rênes. *Yeah, yeah, yeah.* Doucement Darkey, doucement, attention à ne pas briser les os de ta cavalière, de ta si précieuse cavalière, pense à ces messieurs des assurances, attention, Darkey, tu ne sais pas, toi, combien elle est précieuse, ta cavalière, tu n'as pas lu les journaux d'hier, toi.

Elissa Landi, actrice de théâtre et de cinéma, écrivain et membre de la noblesse autrichienne, a emporté aujourd'hui le rôle le plus convoité de la saison, celui de Marcia dans le film d'amour spectaculaire de Cecil B. DeMille, Le Signe de la croix, *selon l'annonce faite par les studios Paramount.*

DeMille a choisi Miss Landi après avoir rencontré plusieurs centaines de postulantes pour le rôle, étudié les interprétations d'actrices dans cinquante-trois films, et visionné cent quatorze bouts d'essais. La recherche de Marcia est considérée comme la plus exhaustive jamais faite à Hollywood.

Miss Landi, empruntée par la Paramount aux studios Fox, auxquels elle est liée par contrat, apparaîtra aux côtés de Fredric March, qui jouera Marcus Superbus, tandis que Charles Laughton jouera l'empereur Néron.

« Elissa Landi convient idéalement au rôle difficile de Marcia, a déclaré DeMille, car elle possède la qualité rare de concilier pureté, mysticisme et sex-appeal. Il y a la profondeur des âges dans ses yeux, le présent dans son corps et l'avenir dans l'essence de son être. »

Miss Landi a triomphé l'année dernière à Broadway dans L'Adieu aux armes, *d'après le roman d'Ernest Hemingway. Elle est la fille de la comtesse autrichienne Zanardi Landi. Elle a été éduquée par des précepteurs en Angleterre et a déjà publié deux romans – le troisième est en cours d'écriture.*

DeMille terminera dans les prochains jours le casting du Signe de la croix, *et prévoit de commencer à tourner au début du mois de juillet.*

Le cheval s'est immobilisé en haut de la côte et, ruisselant de sueur, les jambes tremblantes, écoute les oreilles dressées la voix familière d'Elissa. Voilà, mon magnifique, c'est bien, regarde comme c'est beau ce soleil qui se lève sur l'océan. *La profondeur des âges dans ses yeux.* Elle rit et un intense sentiment de bonheur la saisit, sa vie lui apparaît soudain comme une succession de gammes triomphantes et parfaitement modulées, alors que tant d'autres semblent sans développement, chaque jour répétant le précédent sans fin comme une séquence d'interminables arpèges. Londres, Broadway, Hollywood. Tant de bonheur et tant de chance qu'elle s'en trouve submergée, et que son cœur déjà palpitant de la chevauchée se met à cogner violemment dans sa poitrine. Car il n'en a pas toujours été ainsi, les anges en sont témoins, et qui aurait pu le prédire en la voyant à l'âge de cinq ans, petite va-nu-pieds dans les rues de Vancouver, sa mère donnant des cours de piano ou de français pour joindre les deux bouts. Quel chemin parcouru. Et qu'a-t-elle fait, rien, rien ou si peu pour mériter cela. Une question de glandes, peut-être. Une disposition du zodiaque à sa naissance. Une voix, une silhouette, une jolie peau, une masse de cheveux châtains et un certain sens de la repartie. Savoir parler est utile, quoi qu'on dise, l'intelligence est un atout. Il est bon d'être vive et vivante, il est bon de rire, d'être jeune et d'avoir du succès. Elle aperçoit au loin un avion qui décolle, vers New York sans doute, se demande qui sont ces voyageurs assez inconscients ou intrépides pour en être les passagers. Louise Brooks, paraît-il, a pris l'avion l'année dernière, peu après l'ouverture de la ligne. Louise Brooks. Une de ces stars déchues par l'avènement du cinéma parlant, une espèce de cataclysme pire qu'un tremblement de terre, une révolution industrielle qui a mis au chômage la moitié de ceux qui vivaient du cinéma dans cette ville, et a ouvert grand les portes des studios aux acteurs de théâtre de Broadway, aux gens comme elle.

L'avion n'est plus qu'un tout petit point à l'horizon. La chaleur commence à monter et cheval et cavalière reviennent lentement vers le ranch, à travers ces collines si familières pour avoir été depuis vingt ans le décor de tant de westerns, films muets d'une ou deux bobines d'abord, aubaine de cow-boys sans le sou comme Rick, cinq dollars pour une journée de travail, vous parlez d'un job en or.

Le voici justement, le vieux Rick, qui apparaît de derrière la grange en bois. Il la regarde en coin.

« Tout a été comme vous vouliez, Ma'am ? »

— Parfaitement, Rick. Darkey est en pleine forme. »

Pauvre Rick, comme il aurait été heureux, elle le sent, qu'elle se brise les reins sur une pierre. Chacun de ses regards suinte le regret de sa carrière finie, depuis qu'il ne suffit plus pour faire du cinéma de savoir monter à cheval et que Rick, en conséquence, n'est plus qu'employé de ranch. Il est devenu si gros, Rick, qu'on se demande comment son cheval le porte encore. Il est chauve et mal rasé, il a un double menton et des bourrelets de chair derrière la tête. Quels peuvent être les rêves d'un être qui doit forcément constater l'absurdité de sa propre apparence, se demande Elissa, dans une ville où rien – si ce n'est l'argent – ne compte autant que l'image, imprimée sur un film de celluloïd et projetée sur un écran géant. Laid et pauvre, on y est un damné. Mais peut-être Rick n'apparaît-il pas dans ses songes, n'y est-il que le spectateur d'une race de dieux et de déesses, comme un étranger au pays des fées.

À présent Elissa conduit à toute allure sa Ford décapotable le long des rues sinueuses qu'on appelle encore des canyons, mais qui sont bordées de propriétés luxueuses, retranchées comme des forteresses invisibles. Galoper, conduire vite sont ses principaux remèdes à l'ennui des jours comme celui-ci, où elle n'est pas convoquée au studio mais se lève tout de même à l'aube, par goût et par habitude. Elle tourne à droite sur Sunset et tout en roulant le long de l'interminable avenue qui s'étire sur plus de vingt miles jusqu'à la côte, réfléchit au chapitre de son nouveau livre, qu'elle écrira ce soir. Chaque quartier traversé est un changement de décor. West Hollywood, ses restaurants en forme de hot-dog ou de *donut*, ses faux cottages Tudor et son imitation de château français miniature. Beverly Hills, ses immenses palmiers bordant les avenues résidentielles, si hauts qu'on n'en voit plus que le tronc, ses larges trottoirs toujours déserts. Bel Air, une forêt d'arbres feuillus soudain, impénétrable, dont la route forme la lisière – là se cachent de fabuleux palais, appartenant à ces nouveaux rois du monde que sont les stars de cinéma. Le ciel est infiniment bleu, et à mesure qu'on approche de la côte la luminosité augmente, l'air scintille de paillettes de sable, le soleil éclaire chaque détail du décor comme un projecteur de théâtre, fait briller les chromes étincelants des automobiles. Arrivée au croisement d'Amalfi Drive, elle quitte Sunset, prend la route qui serpente pour remonter la colline, et d'un coup on se croirait sur la Riviera française, quelque part entre Monaco et Nice. La végétation est luxuriante et méditerranéenne, l'océan d'un bleu profond, l'air embaume de doux parfums citronnés. Elle franchit le portail du 1515 Amalfi Drive, se gare devant la belle demeure de style espagnol qu'elle vient d'acquérir quelques semaines plus tôt afin d'y emménager avec sa mère, Karoline, la comtesse Zanardi Landi. Avant de monter au premier étage se changer dans sa chambre – elle est toujours en tenue de cheval, jodhpurs et bottes, pull-over moulant rentré dans le pantalon à taille haute –, elle jette un coup d'œil au petit bureau attenant au vestibule, où Mildred, la jeune fille qui lui sert de secrétaire, dépouille le courrier apporté la veille de la Fox. Les lettres d'admirateurs sont l'indice le plus fiable de la popularité d'une star de cinéma. Elissa en reçoit chaque jour davantage, en provenance du monde entier : en dehors des États-Unis, les Philippines et l'Espagne sont les pays les mieux représentés, puis l'Italie avec Milan et Gênes. Quelques lettres occasionnelles de Shanghai ou d'Inde. Aujourd'hui, lui dit Mildred, il y en a même une d'Union soviétique. D'Angleterre, presque rien – d'Autriche, de France non plus, de Scandinavie quelques-unes. D'Allemagne... Mil tend à Elissa une petite enveloppe bleue, scellée au dos d'un timbre rose à l'effigie de l'impératrice Élisabeth d'Autriche. Elissa fronce les sourcils, regarde le cachet de la poste : Augsbourg. Elle saisit un coupe-papier et ouvre la lettre d'un geste sec, la parcourt rapidement jusqu'à la signature. Puis elle s'assoit pour la relire plusieurs fois. Mildred l'observe, s'inquiète :

« Un problème ? »

Elissa ne répond pas, lève enfin les yeux, elle a un air étrange que Mil ne lui a jamais vu.

« Où est Karoline ? »

Du menton, Mildred désigne la fenêtre ouverte. Debout dans une allée du jardin en contrebas, un chapeau de paille sur la tête et un sécateur à la main, la comtesse Zanardi Landi s'affaire à couper des dahlias géants pour en faire un bouquet. Gaie comme un pinson, comme chaque jour depuis son arrivée en Californie. Elissa se lève et s'approche de la fenêtre, submergée de tendresse. Réfléchit à la meilleure manière de lui annoncer la nouvelle. Sa mère, sa meilleure amie, son alliée, sa confidente. Karoline est une femme grande et forte, à la beauté ruinée par un embonpoint devenu une menace constante pour sa santé. Elle est cardiaque. Un excès de joie peut tuer. Comment lui dire sans provoquer un choc fatal que le combat de sa vie, aujourd'hui, se termine, que cette petite enveloppe dans la main d'Elissa contient la preuve qu'elle n'espérait plus, le témoignage qui va clouer le bec de tous ceux qui la traînent dans la boue depuis tant d'années en l'accusant d'imposture ? Entre la mère et la fille, il y a en permanence comme un fil tendu, la moindre vibration qui agite l'une se communique à l'autre, et à dix mètres de distance Karoline sent sur elle peser le regard d'Elissa. Elle se redresse, sourit à sa fille, soulève un peu la brassée de dahlias rouges pour lui faire admirer sa moisson. Du bout des doigts, Elissa lui envoie un baiser et lui fait signe de venir dans la maison la rejoindre.

Ou plutôt non.

Elissa sort sous le porche et c'est elle qui va vers Karoline, en descendant l'allée bordée de cyprès qui mène au kiosque à colonnades, tenant toujours à la main la précieuse enveloppe. D'ici, on a une vue grandiose sur l'océan Pacifique et les montagnes de Santa Monica paraissent aussi sauvages qu'au premier jour de la Création. Et c'est là, les bras chargés de dahlias et un chapeau de paille sur la tête, dans les jardins de ce petit palais californien qui est aujourd'hui la demeure de Steven Spielberg, que Karoline apprend de la bouche d'Elissa l'incroyable nouvelle : la reconnaissance officielle, incontestable, de sa naissance impériale.

Dans les biographies d'Élisabeth d'Autriche, l'histoire de l'enfant de Sassetot, lorsqu'elle est évoquée, fait tout au plus l'objet d'une petite note en bas de page. On y mentionne du bout de la plume qu'en 1914, une « *certaine* » Karoline Zanardi Landi a publié à Londres un livre intitulé *The Secret of an Empress* dans lequel elle « *prétend* » être la fille cachée de l'impératrice, avoir été mise au monde clandestinement en Normandie lors d'un séjour de chasse, et avoir été élevée par sa mère en secret à l'écart de la Cour. On s'empresse de liquider l'affaire en ajoutant que vérification faite et sans l'ombre d'un doute, ce livre n'est qu'un tissu de grossières affabulations. Parfois, on précise comme une curiosité supplémentaire que la fille de cette comtesse Zanardi Landi a fait carrière en tant qu'actrice à Hollywood dans les années 1930, sous le nom d'Elissa Landi.

Sur un sujet d'une telle importance, je ne suis pas fille à me contenter de petites notes en bas de page.

Depuis l'enfance, Élisabeth d'Autriche occupe dans ma vie une place singulière. Je me suis refusée très tôt à la nommer « Sissi », pour mieux me distinguer de mes petites camarades qui ne connaissaient d'elle que les navets interprétés par Romy Schneider et leurs déclinaisons dans la collection « Rouge et Or ». Moi qui avais lu *Le Vrai Visage de Sissi* et *Adieu, Sissi !*, de Michel Manoll, dans la collection « Super Mille », j'avais déjà mesuré la dimension tragique du personnage, et ne la nommais plus autrement qu'Élisabeth. Outre ce premier chagrin littéraire – la dernière page de mon exemplaire d'*Adieu, Sissi !* toute gondolée de larmes relègue mon exemplaire de poche du *Lys dans la vallée* que je mis dans le même état bien plus tard au rang de deuxième grand bouleversement littéraire de ma vie –, elle avait été aussi responsable de mes premiers émois érotiques. Chez mes grands-parents traînait en effet dans les années 1970 un exemplaire d'un roman sentimental d'une certaine Anne Mariel, *Les Nuits secrètes de Sissi*, dans lequel la nuit de noces d'Élisabeth et François-Joseph servait de prétexte à un récit détaillé et brutal que j'avais dévoré en cachette avec une inavouable excitation.

Très naturellement, mon premier voyage, à l'âge de dix-huit ans, a eu pour destination Corfou, île que l'impératrice aimait par-dessus tout et où elle se fit bâtir le palais de ses rêves qu'elle nomma « L'Achilléon ». La visite de ce palais qualifié par Henry Miller de « comble de la ringardise », et qui témoigne à tout le moins d'un goût prononcé de Sissi pour le kitsch, n'entama en rien ma fascination pour cette figure énigmatique. L'année suivante, c'est à Vienne, en Autriche, que je choisis de soigner mon premier chagrin d'amour. Là, après avoir visité ses appartements à la Hofburg et à Schönbrunn, je me suis recueillie sur la tombe de l'impératrice dans la crypte des Capucins, puis je suis allée rendre visite à son cœur, déposé non loin de là à l'église Saint-Augustin. Enfin, je n'ai pu me résoudre à repartir sans avoir salué ses entrailles, décision que je regrettai amèrement quand, à quatre pattes dans un boyau étroit des Catacombes et sommée par le guide de contempler à ma gauche l'urne ceinte d'un ruban tricolore qui contient les entrailles de l'Aiglon, je fus prise d'une crise de claustrophobie qui faillit me faire perdre connaissance.

Ce n'est pas ma faute si les Habsbourg sont enterrés en pièces détachées.

De Vienne, j'ai rapporté une édition allemande de la biographie d'Élisabeth par le comte Corti, datant de 1934 et qui n'avait pas encore à l'époque été rééditée en français. C'est là que j'ai découvert l'histoire de l'enfant de Sassetot.

Peu après, j'ai réussi le concours d'entrée et j'ai été admise au Conservatoire de Paris, en classe d'art dramatique.

Dans mon premier souvenir, je suis sur scène.

J'ai quatre ou cinq ans et je fais partie du ballet des petits lapins – les plus jeunes de l'école de danse. C'est le jour de la représentation de fin d'année devant les familles. Ma mère a passé des heures à coudre sur un bonnet des oreilles de lapin, et sur mon justaucorps une queue en forme de pompon. La chorégraphie prévoit que nous rentrions sur scène en file indienne, et je suis la dernière. Mais sitôt que nous sommes toutes sur le plateau, le sens de la file s'inverse et c'est moi qui mène la danse. Quelle curiosité m'a fait m'éloigner de mes camarades en coulisses, juste avant d'entrer en scène ? Je suis seule, perdue dans le noir. J'entends les premières mesures du morceau qui accompagne notre ballet, mais je ne trouve pas mes camarades. Je suis seule. Perdue. Dans le noir. Je me mets à pleurer. Sur scène c'est la panique. La file des petits lapins s'est retournée mais celle qui se trouve à présent en tête ne connaît pas la suite de la chorégraphie. Les lapins s'égaillent sur scène et le ballet s'arrête. Dans les coulisses, je sanglote, je hoquette, on ne parvient pas à me calmer. Pour me consoler, à la fin de la représentation, après le ballet des « grandes », la directrice de l'école, Yvette Maguérès, qui en est aussi la danseuse étoile, me prend par la main et m'emmène saluer avec elle. J'essuie mes larmes et me retrouve sous les feux de la rampe. La lumière m'aveugle. Il y a des applaudissements, des bravos et des gerbes de fleurs pour Yvette. Attendri, quelqu'un me tend un bouquet. Je le prends, je salue, en faisant la révérence qu'on m'a apprise. Les flashs crépitent. Je souris, sans doute. Mais au fond de moi, je sais bien que je ne mérite pas ce triomphe – qu'il est une imposture.

« *Souvent je me semble comme enveloppée dans des voiles épais, en une mascarade intérieure : déguisée en impératrice* », confiait Élisabeth à son professeur de grec, Constantin Christomanos.

Comme elle, dans la vraie vie, j'avais toujours l'impression de jouer un rôle.

Faire de la comédie mon métier, d'ailleurs, ne résolut pas mon problème : simplement, j'avais désormais l'impression de faire semblant d'être une actrice. Sitôt entrée au Conservatoire et brusquement soumise à une dictature de l'apparence physique qui m'était jusque-là assez étrangère, je commençai à souffrir de troubles alimentaires, ce qui nous fit, avec la pratique de l'équitation, encore un autre point commun – Élisabeth figurait en bonne place dans *Les Indomptables. Figures de l'anorexie*, qui parut dans ces années-là – mais n'empêcha pas ma carrière de démarrer, en apparence du moins, de manière fulgurante.

Non seulement j'avais réussi le concours, mais j'avais trouvé un agent et, dans les mois qui suivirent, je fus engagée pour un rôle important dans un téléfilm, puis dans un spectacle dirigé par un metteur en scène d'avant-garde dans un grand théâtre parisien. Au mois de juin, par un de ces hasards indispensables à toute carrière d'acteur, je rencontrai le réalisateur américain qui allait me faire tourner dans deux de ses films, et m'ouvrir les portes d'Hollywood.

J'avais fait sa connaissance le plus banalement du monde, au cours d'un dîner auquel j'avais failli ne pas me rendre. À peine avions-nous échangé quelques mots qu'il déclarait avec la plus grande assurance avoir décelé en moi – et il s'y connaissait – l'étoffe d'une future « star » de cinéma. Je le trouvais extrêmement sympathique. À l'issue de ce dîner, nous étions convenus de nous revoir. Deux jours plus tard, je me présentai à la réception de l'hôtel La Trémoille. Le réalisateur hollywoodien – il s'appelait Henry – me fit dire de passer le prendre dans sa chambre et je m'exécutai sans l'ombre d'une hésitation. Au moment où je me préparais à frapper, la porte s'ouvrit, et une masse barbue au regard perçant me barra la route avant de s'effacer galamment pour me laisser entrer, puis de s'éloigner d'un pas lourd dans le couloir.

Je venais de croiser Orson Welles.

D'où me venait cette passion pour le XIXe siècle ? J'avais la nostalgie d'un monde que je n'avais pas connu. Sitôt passé l'âge des contes de fées, j'avais découvert Balzac. Je rêvais de fiacres et de crinolines. J'aimais les chevaux, les châteaux, les appartements haussmanniens. Peu de choses fabriquées par les hommes me semblaient belles qui avaient moins de cent ans et je cherchais partout les traces de ce monde englouti, furieuse de l'injustice qui m'avait fait naître un siècle trop tard. À l'époque où je rencontrai Henry, j'habitais dans un immeuble construit, selon le *Dictionnaire historique des rues de Paris*, à l'emplacement de ce qui avait été l'hôtel particulier de Necker. Je me plaisais à imaginer qu'à l'exact endroit de mon lit se trouvait autrefois celui de la petite Germaine, future Mme de Staël – à moins que ma chambre n'ait été le salon où sa mère avait reçu le baron von Grimm, Diderot et d'Alembert. Partout, je voyais les fantômes d'un passé enfui. Sans cesse, je me racontais des histoires.

De toute *La Comédie humaine*, le personnage d'Esther Gobseck, alias « La Torpille », dans *Splendeurs et misères des courtisanes* était mon préféré. Chaque fois que je passais rue Montorgueil, c'est-à-dire tous les jours, puisque je vivais dans le Sentier non loin du Conservatoire, je levais les yeux vers l'inscription gravée qui indiquait l'emplacement d'un restaurant nommé Le Rocher de Cancale, dans lequel de jolies courtisanes – ou actrices, c'était la même chose – se faisaient autrefois lutiner par de richissimes barons Nucingen, sans pouvoir me défendre d'un pincement de regret pour cette époque révolue.

Autant dire que je n'avais aucune prétention à la pureté.

Je ne crains donc pas d'admettre que me trouver ainsi inopinément nez à nez avec Orson Welles – ORSON WELLES ! – ne fut pas étranger, outre son charme personnel, à l'attraction irrésistible que dès cette minute Henry exerça sur moi. Lorsque après une romance platonique de quelques jours il dut rentrer aux États-Unis, il n'eut aucun mal à obtenir de moi la promesse de venir passer l'été avec lui. Peu de temps après, je reçus par Federal Express une enveloppe en provenance d'Amérique, que j'ouvris avec fébrilité : elle contenait mon billet pour Hollywood.

À mon retour de Vienne, j'avais déposé chez un bouquiniste la liste des livres qui figuraient dans la bibliographie de celui d'Egon Corti. De loin en loin, je recevais un appel m'informant qu'il avait mis la main sur tel ou tel ouvrage, qui se révélait le plus souvent à la lecture d'un lyrisme quelque peu indigeste et d'une valeur documentaire très relative. Mon intérêt pour Élisabeth menaçait de s'émousser lorsque atterrit un jour dans ma boîte aux lettres un livre intitulé *Mon passé. Le drame de Mayerling*, publié en 1913. La couverture précisait que l'auteure en était « *la comtesse Marie Larisch, née baronne de Wallersee, nièce de l'impératrice Élisabeth d'Autriche et fille du duc Louis-Guillaume "en" Bavière* ».

Comme le livre de Karoline Zanardi Landi, *Mon passé* faisait l'objet, dans la biographie d'Élisabeth par Corti, d'une petite note en bas de page. Corti y mentionnait que « *le livre de la baronne Wallersee, curieux mélange de vérités, de mensonges et d'allusions haineuses, ne pouvait être tenu pour une source fiable, bien que son auteur ait vécu quelque temps dans l'intimité de l'impératrice* ». Étant, quant à moi, bien incapable d'y démêler la vérité du mensonge, je trouvai le portrait que la nièce d'Élisabeth brossait de sa tante plus contrasté, plus vivant et, pour tout dire, plus convaincant que les hagiographies que j'avais lues jusqu'alors. En fait d'« allusions haineuses », le récit de cette jeune fille élevée à la campagne dans le culte de sa belle impératrice de tante avait tous les accents de la sincérité. Sous sa plume, Élisabeth devenait un être volontiers sarcastique, fascinant et imprévisible, soufflant le chaud et le froid, aimant s'envelopper de mystère, raffolant de propos à double sens ou lourds de sous-entendus tels que : « *Dans le mariage, la distraction vient toujours de l'extérieur* », ou : « *Jouer la comédie, mon enfant, est le triste lot de ceux qui portent une couronne.* » Admise à l'âge de seize ans dans le cercle des intimes d'Élisabeth, Marie racontait les missions secrètes qu'aimait à lui confier sa tante, la faisant en pleine nuit chevaucher à travers la *puszta* hongroise, habillée en garçon, afin de porter un pli à l'un ou l'autre de ses soupirants. Plus ou moins contrainte par Élisabeth à un mariage de convenance, car : « *Si tu veux rester avec moi, Marie, tu risques de te trouver parfois dans une situation délicate pour une jeune fille. Seule une femme mariée peut être le chaperon qu'il me faut* », Marie Wallersee, devenue comtesse Larisch, s'était vu confier la mission sensible de recopier le journal intime de l'impératrice, que celle-ci souhaitait, dans le plus grand secret, faire imprimer pour la postérité. Elle y avait trouvé l'explication de tous les comportements troublants de l'impératrice, et la confirmation de ses liaisons amoureuses, d'abord avec un prince hongrois nommé Esterhazy, puis avec un cavalier anglais chargé de l'escorter durant les chasses à courre, le capitaine Bay Middleton.

Tout cela semblait extravagant.

Moins toutefois que le récit de sa relation romanesque avec Fritz Pacher, un inconnu rencontré au bal masqué de Mardi-Gras auquel Élisabeth avait – toujours selon Marie – assisté incognito, cachée sous un domino jaune. Sous le pseudonyme de « Gabrielle », Élisabeth avait entretenu avec Pacher une correspondance romantique qui dura sa vie entière, histoire rocambolesque que le comte Corti, des années plus tard, s'était bien trouvé forcé de confirmer, ayant eu accès non seulement au témoignage de Fritz Pacher lui-même, mais à ladite correspondance, dont l'authenticité était indiscutable. Ce qui n'empêchait pas Corti, mauvais joueur, de traiter d'affabulatrice Marie Wallersee qui, la première, avait raconté l'histoire.

Dans un livre postérieur publié en 1936, Marie Wallersee allait plus loin. Elle affirmait avoir été appelée en 1882 par l'impératrice à Sassetot, en Normandie, afin de ramener à Vienne « l'enfant de l'amour » qu'Élisabeth venait secrètement de mettre au monde, lors d'un accouchement déguisé en chute de cheval. Corti avait beau jeu de souligner qu'entre son premier livre, dans lequel elle ne faisait aucune mention de cette naissance, et le second, quelque vingt ans plus tard, Marie Wallersee avait largement eu le temps de lire celui de Karoline Zanardi Landi, dont elle ne faisait que confirmer la version, et qu'elle se trahissait en commettant la même erreur de date, le seul séjour connu de l'impératrice à Sassetot datant de l'été 1875. Le doute, néanmoins, s'insinuait en moi. Malgré Corti, quelque chose me poussait à ajouter foi au récit de la nièce de l'impératrice. Je n'en étais pas fière. L'envie que j'avais de croire aux aventures extraconjugales d'Élisabeth et à la naissance qui en avait résulté, plus que d'une noble aspiration à la vérité historique, procédait, je le sentais bien, de la pulsion peu glorieuse qui nous fait raffoler des ragots, des racontars. Avec ses livres, Marie Wallersee avait inauguré un filon qui ferait au XXe siècle les beaux jours de la presse « people » : la trahison de « l'entourage ». Découvrant en 1932 dans un journal allemand un article sur l'actrice Elissa Landi, fille de Karoline, la même Wallersee allait écrire aux journaux américains via la Fox pour confirmer l'impériale ascendance de la star, et prendre sa plume pour entrer en contact avec « l'enfant de Sassetot », autrement dit sa cousine, la comtesse Zanardi Landi.

La petite enveloppe bleue en provenance d'Augsbourg qu'Elissa tient à la main dans le jardin de Spielberg, c'est elle qui l'a postée.

Je l'ai sous les yeux en écrivant ces lignes.

Quant au timbre à l'effigie d'Élisabeth qui la cachette au dos, en y regardant de plus près... Mais c'est bien sûr. Pourquoi de tels timbres à l'effigie de l'impératrice d'Autriche circuleraient-ils en 1932 dans la République de Weimar, alors que les nazis viennent de remporter les élections législatives et qu'Hitler prendra le pouvoir l'année suivante, je vous le demande. Au-dessus du portrait d'Élisabeth, qui a les yeux un peu charbonneux, le timbre porte la mention : « Lil Dagover ».

Une actrice.

Le timbre a été édité à l'occasion de la sortie d'un film d'Adolf Trotz intitulé *Elisabeth von Österreich,* dans lequel l'actrice Lil Dagover jouait le rôle de l'impératrice.

Le cinéma n'est jamais très loin, dans cette histoire.

Après plus de quinze heures de vol, une escale à Atlanta, une interminable attente à l'issue de laquelle un officier d'immigration soupçonneux me bombarda de questions indiscrètes, j'arrivai hébétée de fatigue à Los Angeles. Henry m'attendait à l'aéroport. À ma demande et avant toute chose, il m'emmena voir un coucher de soleil sur la plage de Santa Monica, promesse tenue à l'enfant que j'avais été et qui, devant un poster légendé « Pacific Sunset » placardé dans sa chambre, s'était fait le serment solennel de ne pas mener plus tard la vie tranquille et sédentaire de ses parents. Ce coucher de soleil de carte postale avec ses palmiers rougeoyants représentait pour moi qui ne connaissait encore que les plages de Bretagne le summum de l'exotisme, de l'inconnu, du lointain. Pour le reste, je ne savais pas ce que je voulais, je ne voulais pas le savoir. Je savais, plus ou moins, ce que je ne voulais pas : les vies ordinaires me semblaient ennuyeuses. Je ne rêvais pas tant d'amour que de gloire. Le bonheur ne me tentait guère. Je voulais avant tout que la vie me surprenne, je voulais des aventures, des accidents, des voyages. Ce jour-là, en regardant l'énorme disque rouge s'enfoncer dans l'océan, ma main dans celle d'Henry, dans un état d'euphorie augmenté de mon extrême fatigue, j'ai eu le sentiment que cela s'annonçait bien.

La déception ne tarda pas à venir. Dès notre première nuit ensemble, notre incompatibilité se fit jour. Henry et moi avions vingt ans d'écart, c'était une partie du problème. C'était loin d'être le seul. Tout nous opposait. Je venais d'une famille modeste, ses parents étaient richissimes. J'étais trop conventionnelle, il était trop excentrique. Je doutais de moi, il débordait d'arrogance. Incidemment, bien que tous deux athées, il était juif et je ne l'étais pas. Et cætera, et cætera. La liste était si longue de nos dissemblances qu'il fallait plutôt s'étonner de la mystérieuse conjonction des astres qui nous avait attirés l'un vers l'autre. Car je pouvais bien me rêver en Rastignac et prétendre haut et fort qu'une actrice était toujours, selon une tradition bien ancrée et à des degrés divers, une putain, mon cynisme était loin d'être à la hauteur de mon ambition. J'avais parcouru près de dix mille kilomètres pour le rejoindre et depuis notre rencontre parisienne j'avais projeté sur lui beaucoup de fantasmes de passion entre réalisateur et actrice – Bergman et Rossellini, Ullmann et l'autre Bergman, l'autre Rossellini et Lynch, les exemples fameux ne manquaient pas. Plus tard, de cette histoire d'amour avortée, Henry ferait un film, dans lequel il me donnerait le rôle principal. Avec lui, rien ne se créait à partir de rien, rien ne se perdait non plus – tout se transformait en cinéma, en théâtre ou en livres. Le film parlerait de l'illusion romantique véhiculée par le cinéma populaire et de l'inévitable désillusion subséquente. À sa sortie, j'aurais pendant plusieurs mois mon nom en haut de l'affiche sur un *billboard* de Sunset Boulevard. Avec le recul, cela en valait la peine. Mais sur l'instant, le coup était rude.

Après quelques jours difficiles, nous parvînmes pourtant à faire taire notre déception et à nous installer dans une zone excentrée de la Carte du Tendre, compatible avec des chambres séparées et un billet d'avion non modifiable. Chaque semaine, nous déjeunions au restaurant français Ma Maison avec le gentil ogre nommé Orson Welles. C'était un grand ami d'Henry. Son état de santé était précaire, il allait mourir trois ans plus tard. Tout en conversant, il nous faisait goûter des plats plus délicieux les uns que les autres, qu'il commandait mais s'interdisait de toucher, car il était au régime. Henry enregistrait tous ces déjeuners à l'aide d'un petit magnétophone caché dans son sac, avec l'accord plus ou moins tacite de sa victime. C'était de la part d'Henry une sorte de pathologie : tout ce qui n'était pas filmé ou enregistré, il avait l'impression de ne pas l'avoir vraiment vécu. Aussi filmait-il et enregistrait-il sans arrêt – c'était fatigant pour ceux qui l'entouraient, mais moins que de devoir noter en permanence tout ce qu'on disait afin de pouvoir le rejouer plus tard, comme il l'exigeait de ses actrices lorsqu'il préparait un film. Orson se montrait avec moi d'une grande gentillesse. Il m'avait offert un exemplaire du magazine *Vogue* français pour lequel il avait joué le rôle de « rédacteur en chef » exceptionnel et que je n'avais pas osé lui demander de me dédicacer, par crainte du ridicule. Il me racontait des histoires de l'âge d'or d'Hollywood, que j'écoutais avec ravissement. L'une d'elles m'est restée en mémoire : à l'époque où le terrible « code » était en vigueur, où les ligues morales faisaient la loi et où une carrière pouvait être ruinée par une simple rumeur d'adultère, Welles était en relation amicale quotidienne avec une actrice très connue, alors célibataire – Lana Turner ? Ava Gardner ? Marlene Dietrich ? –, qui disparaissait parfois, inexplicablement, le temps d'un week-end. Intrigué, il avait insisté pour connaître la clé de ce mystère et, sous le sceau du secret, elle avait fini par la lui révéler : lorsque la vie monacale qui lui était imposée devenait insupportable, que le besoin de sexe se faisait trop pressant, elle prenait sa voiture et roulait quelques heures en direction du désert qui borde Los Angeles, s'arrêtait à la première station-service et proposait au jeune pompiste de monter avec lui dans sa chambre. Orson avait, évidemment, tout d'abord refusé de la croire. Puis, son amie insistant qu'elle lui disait la stricte vérité, il s'était alarmé de cette folie. Ne se rendait-elle pas compte du risque qu'elle prenait, et comment pourrait-elle empêcher ledit pompiste effaré de se vanter partout de sa bonne fortune ? Alors, avec un sourire désarmant, elle lui avait rétorqué : « Qui va le croire ? » Il me semble soudain que si cette histoire, parmi des dizaines d'autres entendues cet été-là, me revient la première en mémoire, c'est qu'elle n'est pas sans rapport avec la question que je me pose aujourd'hui : quand la vérité est plus invraisemblable que la fiction, que croire ?

J'ai omis jusqu'ici de dire qu'outre ma passion pour Sissi, je m'adonnais volontiers en secret à la consommation de biographies de stars hollywoodiennes – c'était mon second péché mignon, que j'excusais plus facilement que le premier au titre de ma nécessaire formation professionnelle. Henry m'encouragea dans ce mauvais penchant, m'invitant à lire celles dont sa bibliothèque était pleine, sous prétexte de parfaire mon anglais. La vie de toutes ces vedettes connaissait des accélérations brutales, des revers imprévus. Souvent elle était jalonnée de drames. Je devenais incollable sur les turpitudes de la Babylone des années 1930 et les stars d'Hollywood ne tardèrent pas à rejoindre Élisabeth dans ma mythologie intime. La découverte, dans une bibliothèque de Los Angeles, d'un article de *Photoplay Magazine* publié en 1931 et intitulé : « *Elissa Landi,* Grand-Daughter of an Empress », eut sur moi l'effet que ferait à un anthropologue la découverte du chaînon manquant, à un physicien celle de la théorie unifiée : de façon hautement improbable, mes deux passions de midinette se trouvaient ainsi réunies, Hollywood et Sissi, les secrets de l'impératrice et les débuts du cinéma. Hélas, toute star hollywoodienne qu'elle était, Elissa Landi n'avait pas marqué de son empreinte l'histoire du cinéma. Il n'existait d'elle aucune biographie et les encyclopédies spécialisées que je consultai dans cette même bibliothèque ne lui consacraient qu'une courte notule, mentionnant ses films les plus marquants et pour la plupart introuvables : *Le Signe de la croix*, de Cecil B. DeMille, *Le Comte de Monte-Cristo* avec Robert Donat ou *Enter Madame* avec Cary Grant. Certains de ces ouvrages précisaient que l'actrice était « d'origine autrichienne », d'autres « d'ascendance aristocratique ». Une édition italienne mentionnait comme un fait avéré qu'Elissa Landi était la petite-fille de l'empereur d'Autriche François-Joseph. Je recopiai sur un bloc de papier jaune à lignes aimablement prêté par la bibliothécaire le peu de choses que l'on savait d'elle, et qui tenait sur une demi-page.

À peine découverte, Elissa m'échappait.

Telle une étoile filante, perdue à des dizaines d'années-lumière, elle semblait s'être désintégrée dans l'espace. Hormis une étoile sur le trottoir de Vine Street – entre celle de James Fitzpatrick et celle de Shirley MacLaine – plus rien n'indiquait que le temps de quelques années, une star du nom d'Elissa Landi, petite-fille – ou pas – de l'impératrice Sissi, avait brillé dans le ciel d'Hollywood.

Mon billet de retour était pour la mi-septembre. À la fin du mois d'août Henry eut ces mots : « *I made a mistake. I thought you were a grown-up, and you're still a baby. But you are a very nice baby, and I think I am going to adopt you.* » (Je me suis trompé. J'ai cru que tu étais une adulte, alors que tu n'es encore qu'un bébé. Mais tu es un très gentil bébé, et je crois que je vais t'adopter.)

Et ainsi fut fait. De ce jour notre relation se mua en une affection purement filiale qui dure encore aujourd'hui. Il continua de me dire « *I am gonna make you a big star* » (je ferai de toi une grande star) et je commençai à attendre.

Ma sympathie envers la nièce de l'impératrice, Marie Wallersee, s'augmentait du fait que, bien que fille de duc, elle était aussi – et surtout, aux yeux de la bonne société viennoise – la fille d'une comédienne. Suivant en cela l'exemple de son oncle le roi Louis Ier, que sa passion pour Lola Montès avait contraint à abdiquer peu d'années auparavant, le frère aîné d'Élisabeth était en effet tombé amoureux d'une jeune et jolie actrice d'origine bourgeoise nommée Henriette Mendel. Comme il n'était que duc, l'affaire avait fait moins de remous. Il avait suffi pour calmer les esprits d'anoblir Henriette – qui entre-temps, cela va sans dire, avait renoncé au théâtre – et de la faire baronne de Wallersee. Néanmoins, née de cette liaison et bien que légitimée un an plus tard par un mariage morganatique, Marie Wallersee restait le fruit d'une mésalliance et, aux yeux des puristes, une « bâtarde ».

C'est donc avec la plus grande méfiance qu'en 1876 le gratin de l'époque avait vu arriver à la cour de Vienne cette jeune fille de seize ans, ravissante et de surcroît excellente cavalière, dont l'impératrice s'était entichée et qui ne la quittait plus. Nièce ou pas, tout le monde y voyait de la part d'Élisabeth une de ces provocations dont elle était coutumière, à preuve l'affection démonstrative qu'elle avait toujours témoignée à Henriette Mendel, pour qui elle organisait de petits dîners intimes auxquels elle ne conviait aucun membre de sa suite, ne voulant pas, selon ses propres termes, « *faire à des gens aussi distingués l'injure de les inviter à la même table que [sa] belle-sœur* ».

Ce « mépris de classe », pimenté d'une bonne dose de jalousie, avait été pour beaucoup dans l'antipathie manifestée par l'entourage d'Élisabeth à l'encontre de Marie Wallersee, et peut-être aussi dans le discrédit dont elle avait souffert auprès des historiens, en particulier du comte Corti, lui-même issu d'une bonne famille de la noblesse lombarde.

Ainsi la comtesse hongroise Marie Festetics, dame d'honneur de l'impératrice, assurait-elle qu'elle avait toujours trouvé à cette petite Wallersee un air de duplicité, que « *quelque chose en elle n'était pas franc* », « *comme si elle tenait de sa mère un talent de comédienne* », ce qui permettrait à ladite dame d'honneur, treize ans plus tard, de faire la démonstration de sa grande clairvoyance, et de souligner combien l'avenir lui avait donné raison.

Car, le 30 janvier 1889, on découvrirait le corps sans vie de l'archiduc Rodolphe, fils d'Élisabeth, étendu près de celui de la jeune Mary Vetsera dans le pavillon de chasse de Mayerling. Et dans la poche de l'héritier du trône d'Autriche, une lettre de sa cousine Marie Wallersee, prouvant l'implication de celle-ci dans ce drame aux conséquences historiques incalculables, qui allait plonger le monde entier dans la stupeur. Et c'est ainsi que la nièce favorite de l'impératrice s'éveilla un matin de janvier 1889 et se trouva la femme la plus décriée de toute l'Europe.

Que lui reprochait-on ?

D'avoir entretenu une liaison adultère avec Heinrich Baltazzi, l'oncle de la petite Mary.

C'était vrai.

D'avoir présenté Rodolphe à Mary Vetsera et d'avoir arrangé, à la demande de son cousin, quelques rendez-vous secrets.

C'était vrai.

Que cela ne soit ni la cause ni l'explication du geste funeste de l'archiduc importait peu. Que Rodolphe ait proposé dans le passé, avant Mary Vetsera, à plusieurs femmes de se suicider avec lui, non plus. Qu'il y ait eu à son acte des raisons politiques, ou médicales, ou familiales, ou toutes trois ensemble – ou même qu'il ne se soit pas suicidé du tout, comme on en a fait l'hypothèse par la suite – n'importait pas davantage. Le choc était tel au sein de la maison impériale, le scandale si énorme, qu'il fallait impérativement trouver un bouc émissaire afin de dédouaner l'empereur – et l'impératrice – de tout soupçon de responsabilité, de négligence, voire d'indifférence, dans cette affaire. C'était tombé sur elle.

En vain, Marie avait espéré le soutien d'Élisabeth. À qui d'autre expliquer que Rodolphe s'était seulement servi d'elle comme sa mère avant lui, dire qu'elle avait assisté au cours de sa jeunesse passée auprès de l'impératrice à tant d'intrigues qu'elle en était blasée ? N'était-ce pas sa tante elle-même qui lui avait appris à ne rien voir, ne rien entendre, ne rien dire, surtout dans les « affaires d'amour » ?

Sans lui laisser la moindre chance de se justifier, l'impératrice avait refusé de la recevoir.

Bannie de la Cour par sa tante bien-aimée, Marie était retournée en Bavière. Elle avait fini par divorcer du comte Larisch, dont elle vivait séparée depuis de nombreuses années, et par se remarier avec un célèbre chanteur d'opéra, Otto Brucks. Lorsque celui-ci était mort en 1914, elle s'était retrouvée dans la misère au moment où la guerre éclatait. Après une formation accélérée de quelques semaines, elle s'était alors enrôlée comme infirmière et avait passé quatre années sur le front au sein de la Croix-Rouge, avait échappé de justesse aux balles des fusils-mitrailleurs en 1919 dans un Munich en proie à la guerre civile, s'était fait embaucher par petite annonce comme cuisinière-femme-à-tout-faire dans une riche famille juive de Berlin, puis, toujours par petite annonce, avait épousé un fermier américain de Floride, était partie pour le Nouveau Monde avec l'ambition d'y créer un sanatorium, s'y était retrouvée séquestrée par son nouvel époux dans un cabanon infesté de grenouilles et assiégé par les crocodiles, avait fini par s'en échapper et vécu encore quelques années dans une pension de marins d'Hoboken, dans le New Jersey, avant de revenir en Europe, de publier quelques livres autobiographiques qui avaient rencontré un grand succès et, spoliée par ses éditeurs, de s'éteindre dans le plus total dénuement, en 1940, dans un hospice pour vieillards sans ressources d'Augsbourg.

Eh bien, on dira ce qu'on voudra.
Ça, c'est une vie.
Une vie qui ressemble à un roman.
Le genre de vie que je rêvais d'avoir.

Dans les années qui suivirent, je saisis chaque occasion qui s'offrait de retourner à Los Angeles ou, plus précisément, de telles occasions ne se présentant guère d'elles-mêmes, je les provoquai à plusieurs reprises, non sans arrière-pensée et toujours avec Rastignac en tête. Henry, entre-temps, était tombé amoureux d'une comédienne plus âgée que moi d'une dizaine d'années, avec qui je m'entendais fort bien. Il mettait à ma disposition une petite chambre de service à l'entrée indépendante, au rez-de-chaussée de sa maison située juste « off » Sunset Boulevard, derrière le Château Marmont. Selon son humeur, il envoyait parfois une limousine me chercher à l'aéroport, et m'invitait à dîner le soir avec lui et son amie – ou seule avec lui lorsque celle-ci jouait au théâtre – dans un restaurant français nommé Spago, situé sur les hauteurs d'Hollywood et qui dominait la ville. J'y chipotais des asperges vertes cuites à la vapeur dont chacune devait coûter le prix d'une louche de caviar, sans jamais me lasser d'admirer, à travers les larges baies vitrées, le tapis de lumières s'étendant à l'infini qu'est Los Angeles *by night.* Henry faisait preuve à l'égard de mes troubles alimentaires d'une grande compréhension – quelques années plus tard, il en ferait aussi un film. Tantôt plein d'empathie et extraordinairement généreux, tantôt cassant et tyrannique, il restait pour moi un personnage éminemment imprévisible. Ses colères me terrifiaient. Insomniaque, il travaillait la nuit et ne se levait jamais avant une ou deux heures. Aussi m'interdisait-il de garer ma voiture près de la maison, ne voulant pas être réveillé le matin par le démarrage du moteur sous ses fenêtres. Je stationnais donc à une centaine de mètres de là, sur le parking du célèbre drugstore Schwab's – célèbre par le fait que Lana Turner y fut découverte buvant un milkshake, les seins libres sous un sweater moulant –, avant de rentrer à pied, un peu frissonnante lorsque c'était de nuit, le long de Sunset Boulevard et dans l'obscurité de Monteel Road.

J'étais en pleine dépression, et mon anorexie n'en était qu'un des symptômes. Ce va-et-vient quelque peu schizophrénique qui me faisait passer régulièrement des limousines américaines au métro parisien, me demander comment j'allais payer mon loyer tout en fréquentant les lieux les plus luxueux de la planète, n'arrangeait sans doute pas les choses.

Le Conservatoire, par ailleurs, n'était pas tout à fait à la hauteur de mes attentes – pour ne rien dire de l'inverse. Les doutes que j'avais sur mon talent se voyaient confirmés. On me trouvait trop intellectuelle, trop cérébrale. Spectatrice de moi-même dans la vie, constamment dédoublée, je restais aussi à distance du personnage que j'étais censée incarner. À moi seule, cela faisait beaucoup de monde sur scène. Je n'avais, comme me l'avait dit un de mes professeurs, pas d'« instinct ». Rien n'était perdu pour autant mais pour réussir il me faudrait, avait-il ajouté, travailler deux fois plus que les autres.

Je profitais donc de mes séjours à Los Angeles pour m'inscrire à l'Actor's Studio, qui forma les plus célèbres comédiens américains de Brando à De Niro, sans oublier Marilyn, et y pratiquer intensivement la « mémoire sensorielle ». Il s'agissait de se relaxer profondément puis d'imaginer avec tant de précision une sensation éprouvée dans le passé qu'on finissait par la ressentir à nouveau avec presque autant d'intensité. Je commençai à passer des heures assise en tailleur, un bol de café entre les mains, les yeux fermés, mémorisant son poids, sa chaleur, sa texture, la forme de mes doigts autour de lui, puis m'entraînant à retrouver cette même sensation, sans bol de café cette fois, les yeux toujours fermés, mes mains arrondies dans le vide. Lorsque le bol imaginaire finissait par me brûler les mains, j'allais au zoo. Mon professeur à l'Actor's Studio, outre les exercices de base de mémoire sensorielle, nous faisait aussi pratiquer l'observation animale. En début de stage, il avait organisé une visite de groupe au zoo et demandé à chacun d'entre nous de choisir une espèce selon ses affinités. Malheur à moi, mue par une coquetterie stupide, j'avais choisi un félin et, équipée de genouillères, je me tuais à présent le dos à tenter de faire la panthère, alors qu'il m'eût été si facile, grande comme je l'étais et la pratique de la danse classique aidant, de tenir en équilibre sur une jambe pendant des heures, d'incarner un flamant rose.

Le reste du temps, je m'ennuyais à périr, mais je me serais fait hacher menu plutôt que de l'admettre. J'avais épuisé lors de mon premier séjour les quelques trésors touristiques de la ville, et Henry, à présent qu'il était amoureux d'une autre, avait moins de temps à me consacrer. Même s'il affichait toujours le même optimisme quant à la suite de ma carrière, il ne semblait plus si pressé d'y prendre sa part, et la perspective de jouer un rôle dans l'un de ses films se faisait de plus en plus lointaine. Je m'habituais peu à peu à la solitude, à l'ennui, qui semblent à Los Angeles aussi naturels et inévitables que le *smog* qui baigne la ville en nappe épaisse et immobile, au point que l'on ne cherche plus à les secouer en allant comme à Paris chercher le contact d'étrangers dans les bars, en téléphonant à des amis la nuit, ou simplement en marchant au hasard dans les rues. Ici les rues étaient vides, et brûlantes de l'air chaud qui soufflait du désert. Je passais mes journées seule au bord de la piscine, m'évertuant à continuer de m'émerveiller d'être là, à Hollywood, dans cette banlieue sans fin seulement peuplée de corps nus allongés au bord des piscines comme après une catastrophe atomique – à m'émerveiller d'être là, dans cette ville immense, écrasée de chaleur, qui me faisait penser à la mort.

Le parallèle, j'en conviens, est osé, et pourtant.

Davantage qu'à Élisabeth, je m'identifiais désormais à la jeune fille romanesque qu'avait été Marie Wallersee, fascinée par le faste de la Cour impériale mais rejetée par elle, et désespérant de s'en faire accepter, restant sa vie entière entre deux mondes, en marge, une *outcast.* À certains égards, je lui ressemblais, à ceci près que cent ans plus tard l'échelle de valeurs s'était radicalement inversée : ironie de l'Histoire, c'étaient désormais les actrices, surtout de cinéma, qui tenaient le haut du pavé, cependant que, dans nos modernes démocraties, les princesses n'étaient plus que des *has been,* aussi ringardisées que les rares magazines qui leur étaient encore consacrés, et si je ne répugnais pas à feuilleter de temps à autre un *Première* ou même un *Voici,* il ne me serait jamais venu à l'idée d'ouvrir un *Point de vue. Images du monde.* Il n'empêche, comme l'aristocratie au temps d'Élisabeth, le monde du théâtre et du cinéma, je le découvrais, était peuplé de « fils et filles de ». Beaucoup de mes condisciples du Conservatoire avaient un père ou une mère artiste et avaient, d'une manière ou d'une autre, grandi dans ce milieu. Quant à moi, provinciale, issue d'une famille d'instituteurs et de petits commerçants, rien ne me prédisposait à cette carrière et je ne pouvais me prévaloir d'aucun « contact ». Pire, avant de faire du théâtre j'avais fait une grande école d'ingénieur. Je gagnais ma vie, pendant mes études au Conservatoire, en donnant des cours particuliers de mathématiques. Je ne m'en vantais pas. Être douée pour les maths était plus que suspect quand on se prétendait artiste, et il était mieux vu pour un apprenti comédien sans le sou de décharger nuitamment des cageots aux halles que de faire réviser leurs fonctions logarithmes à des adolescents des beaux quartiers. Qu'à cela ne tienne, je n'étais plus à une double vie près. Je me taisais donc au Conservatoire sur la manière dont je gagnais ma vie – on me supposait des parents pleins aux as –, tout comme je me gardais d'avouer à mes élèves la véritable nature des études que je poursuivais, mentant ainsi à tous, tout le temps.

Quant à Hollywood, comme Marie à la cour de Vienne, je ne devais d'y avoir mis le pied qu'au caprice d'Henry et malgré la gentillesse dont faisaient preuve à mon égard non seulement Orson Welles, mais aussi Jack Nicholson, Debra Winger et quelques autres « stars » qu'il m'avait présentées, elle masquait mal le mépris qu'au fond j'étais certaine que tout ce beau monde ressentait pour moi, petite Française sortie de nulle part, minable *nobody* qui me tortillais devant eux tel le vermisseau de *Ruy Blas* devant son étoile.

Ou peut-être tout cela n'existait-il que dans mon imagination.

Il n'est pas impossible qu'en plus de l'anorexie et d'une touche de schizophrénie, il y ait eu dans le mal-être que je ressentais à l'époque un zeste de paranoïa. Par ailleurs, le passage du monde cartésien qui avait été le mien jusqu'alors à cet océan de subjectivité dans lequel mes nouveaux camarades nageaient comme des poissons dans l'eau était brutal. Rien n'était plus vrai ni faux, blanc ni noir, zéro ni un, tout n'était plus que sentiment, impression – relatif. Esclave du regard des autres, j'avançais désormais dans des sables mouvants. En fin de troisième année, j'allais si mal que je finis par échouer sur le divan d'un psychiatre à qui, bien sûr, je ne tardai pas à parler de l'impératrice, qu'il s'obstinait, malgré mes prières répétées, à appeler Sissi. Il manifesta aussitôt le plus vif intérêt. « Savez-vous comment elle est morte ? » me demanda-t-il. Et sans me laisser le temps de protester que je le savais sûrement mieux que lui, il m'asséna : « Folle. Elle est morte folle. » Ainsi réconfortée, je cessai vite de le voir. Une psychothérapie digne de ce nom était non seulement au-dessus de mes moyens, mais j'imaginais qu'elle serait difficilement compatible avec mes tournées et mes voyages, à présent que le Conservatoire était terminé.

Hélas, mon diplôme obtenu, je ne croulai pas sous les propositions. Mon désastreux état psychologique n'y était sans doute pas pour rien, mais mon absence de talent en demeurait l'explication la plus plausible, l'un n'excluant d'ailleurs pas l'autre. Ma situation matérielle devenait de plus en plus précaire. Le téléfilm tourné durant ma première année au Conservatoire, sur lequel je comptais beaucoup pour me faire connaître, au moins des directeurs de casting, avait fini par être diffusé au bout de deux ans, en plein mois d'août. En conséquence, personne ne l'avait vu, à l'exception de la mère du jeune garçon à qui je donnais des cours particuliers, qui me fit comprendre dès la rentrée que l'image qu'elle se faisait d'un professeur de mathématiques pour son fils était incompatible avec celle d'une traînée que des millions de téléspectateurs avaient pu contempler demi-nue, s'ébattant au lit avec un acteur de second plan. J'eus beau argumenter que s'agissant de « prime time » à la télévision publique, ces millions – qui n'étaient probablement en réalité que des milliers – de téléspectateurs n'avaient guère entrevu de moi qu'un bout de sein, et ce très fugitivement, elle resta intraitable. Pour comble de malchance, la deuxième personne de ma connaissance à être restée vissée devant son poste durant l'été s'avéra être le directeur de l'école privée dans laquelle j'enseignais sporadiquement, et il eut peu ou prou la même réaction que la mère de mon élève. Bref, je ne pouvais plus compter sur les mathématiques pour survivre.

Après divers boulots précaires, démarchage en porte à porte ou vente à la criée de guimauves et ballons dans les foires, je réussis à décrocher un petit rôle dans une compagnie de province, qui me sortit la tête de l'eau pour quelques mois. C'est le moment que choisit Henry pour m'informer, lors d'une de nos conversations téléphoniques qui se faisaient de plus en plus espacées, qu'il préparait un nouveau film. Depuis notre rencontre, il en avait déjà tourné deux, sans jamais avoir eu l'idée d'un rôle pour moi. Je m'enhardis cette fois jusqu'à lui proposer explicitement mes services, à quoi il répondit évasivement que son casting était terminé mais que sa manière de travailler était telle que si je me trouvais sur place, il pourrait peut-être m'intégrer à l'histoire et inventer un rôle pour moi. Comprendre : il était hors de question qu'il me paie mon voyage. Il n'eut pas besoin de me le dire deux fois. Si la lecture des autobiographies de stars m'avait appris une chose, c'est que pour réussir, la chance certes était nécessaire, mais qu'il fallait savoir aussi parfois la forcer. Mes relations avec Henry commençaient à se distendre. Je voyais l'Amérique s'éloigner de moi à grande vitesse et mon mirage hollywoodien se dissoudre à vue d'œil. Il me fallait réagir avant que le rêve ne s'évanouisse pour de bon, et se transforme en un doux souvenir.

Je persuadai un ami producteur de financer mon voyage ainsi que la location du matériel nécessaire, afin d'aller sur le tournage d'Henry réaliser un *making of*, objet documentaire insolite qui connaîtrait son plein essor plus tard avec l'apparition des DVD, mais qui n'était pas encore très en vogue. Le temps d'apprendre à manipuler ma caméra – un modèle Hi-8, à l'époque le dernier cri de la technologie – et je débarquai à Los Angeles. Henry, comme à son habitude, m'accueillit dans sa maison de Monteel Road, ronronnant d'aise à l'idée de se laisser filmer et interviewer par moi, m'encourageant à avoir ma caméra toujours prête et me donnant des conseils techniques peu orthodoxes qui tous privilégiaient la spontanéité aux dépens du savoir-faire, ce qui, compte tenu de mon absence totale de ce dernier, tombait bien. Le résultat final, un documentaire très artisanal de cinquante-deux minutes qui ne rapporta pas un sou à mon mécène mais fut montré dans quelques festivals, me valut les compliments enthousiastes d'Henry, et beaucoup mieux encore. L'année suivante, il m'appela pour me dire qu'il préparait un nouveau film et que, pris d'une inspiration subite, il avait cette fois eu l'idée d'un rôle pour moi : celui d'une jeune réalisatrice française, venue tourner en Californie son premier documentaire.

Dès la mort d'Élisabeth, le bruit avait couru dans les milieux bien informés de l'existence d'un journal intime, copié en plusieurs exemplaires et légué par l'impératrice à quelques personnes de confiance, dans lequel elle ne laissait subsister aucun doute sur ses liaisons adultères. Marie Wallersee y avait fait allusion dès son premier livre, et dans le second racontait en détail comment, dans les années 1880, sa tante lui avait demandé de recopier ce journal ainsi que ses poèmes, afin de les faire imprimer dans le plus grand secret et les sous-sols de la Hofburg. Elle affirmait que la composition avait ensuite été détruite et qu'il n'existait que deux exemplaires de l'ouvrage, déposés en mains sûres, qui ne pourraient être mis en publication que soixante ans plus tard. De son côté, la dame d'honneur hongroise dont j'ai déjà parlé, la comtesse Festetics, toujours soucieuse de minimiser l'importance de Marie Wallersee dans la vie de sa souveraine, soutenait mordicus qu'à cette époque l'impératrice n'entretenait plus guère de relation avec sa nièce, alors mariée, qui passait le plus clair de son temps en Bohême, et qu'il était impensable qu'elle lui ait confié une telle mission, certifiant même qu'Élisabeth ignorait jusqu'à l'adresse où descendait sa parente lors de ses séjours à Vienne. Une fois de plus, Marie Wallersee était soupçonnée d'avoir inventé toute l'histoire, et forgé de toutes pièces les extraits dudit journal ainsi que les poèmes qu'elle citait dans ses livres.

Le goût de l'impératrice pour l'écriture de poésies, cependant, était connu. Sa vénération pour le poète juif et démocrate Heinrich Heine également. Aussi les milieux de la Cour prirent-ils la rumeur suffisamment au sérieux pour s'alarmer lorsque peu après la mort d'Élisabeth, en 1898, ils eurent vent du projet de Marie Wallersee de publier ses Mémoires. On tenait pour hautement probable que dans l'héritage de sa mère, Henriette Mendel, décédée en 1891, Marie ait pu trouver nombre de documents compromettants confiés par l'impératrice à sa belle-sœur, avec qui on la savait intime. Sous prétexte d'inviter Otto Brucks, le chanteur d'opéra à qui Marie Wallersee s'était récemment remariée, à donner un concert à l'Opéra de Vienne, l'empereur François-Joseph avait donc dépêché en Bavière un émissaire, qui se présenta à Marie comme le directeur général de la Banque royale et impériale autrichienne, et lui demanda si elle voyait une objection à lui laisser jeter un coup d'œil à l'intéressant manuscrit qu'elle venait d'achever et dont il avait entendu parler à Vienne. Le choix d'envoyer un banquier pour cette mission culturelle avait de quoi surprendre. Il se justifia pleinement lorsque, quelque temps plus tard, le même Herr Palmer offrit à Marie, de la part de l'empereur, de lui verser une pension annuelle de deux mille cinq cents thalers si elle acceptait de déposer son manuscrit à la Bibliothèque impériale et renonçait à sa publication. Non sans hésitation, Marie – qui avait toujours de gros besoins d'argent – accepta, et respecta sa promesse... pendant quelques années.

Le spectre d'une publication d'un journal intime de l'impératrice n'était pas pour autant écarté : s'il était vrai qu'Élisabeth l'avait fait recopier, voire imprimer en plusieurs exemplaires, il s'en trouvait dans la nature dont on avait perdu la trace. La Première Guerre mondiale changea légèrement les priorités, et durant quelques décennies – le temps pour François-Joseph de s'éteindre et pour l'empire d'Autriche-Hongrie de s'effondrer – l'affaire tomba dans l'oubli. Elle ne resurgit qu'au début des années 1950, lorsque le président de la Confédération helvétique reçut, à quelques mois d'écart et par deux voies différentes, l'héritage littéraire d'Élisabeth, sous forme d'un manuscrit et de multiples exemplaires imprimés, accompagnés d'une lettre de sa main, adressée aux « âmes du futur », en demandant la publication soixante ans après sa mort.

Une fois encore, Marie Wallersee avait dit la vérité.

Ce cadeau encombrant plongea le président suisse dans la perplexité : la mort tragique de l'impératrice à Genève, sous le coup de poignard d'un anarchiste italien, en avait fait une icône, et Ernst Marischka préparait déjà les films qui allaient la figer à jamais sous les traits ravissants et primesautiers de Romy Schneider. Les écrits d'Élisabeth ne cadraient pas du tout avec cette image idéale. Le Conseil fédéral, consulté, fut du même avis : les poèmes étaient impubliables, sous peine de porter gravement atteinte à la mémoire jusqu'alors sans tache de la souveraine. Élisabeth y faisait preuve d'un humour d'une noirceur caustique et d'une trivialité frisant la grossièreté. Admiratrice de Shakespeare, elle s'y peignait en fée Titania, caressant la tête d'âne de ses soupirants, et même en Barbe-Bleue féminin, rendant visite dans son cabinet aux peaux d'ânes écorchées de ses adorateurs. Encore ne figuraient pas dans ce legs les plus scandaleux des poèmes, écartés in extremis, selon Marie Wallersee, du corpus destiné à la publication, mais dont les extraits qu'elle citait dans ses livres étaient tellement dans le ton et l'esprit du reste que le doute sur leur authenticité n'était plus guère permis. Effrayés par la perspective du scandale que ne manquerait pas de susciter la divulgation de tels écrits, les membres du Conseil fédéral helvétique, prudents, décidèrent donc de s'abstenir et, par respect pour l'impératrice défunte, de contrevenir – pour son bien posthume – à ses dernières volontés. Et les poèmes se trouvèrent soigneusement enterrés dans les Archives fédérales de Berne pour deux ou trois décennies encore.

Ce n'est qu'à la fin des années 1970 que Brigitte Hamann, historienne autrichienne, obtint – non sans mal – l'autorisation de les consulter à des fins de documentation pour un livre qu'elle préparait sur l'archiduc Rodolphe. Impressionnée par sa lecture – non, certes, par la qualité littéraire des poèmes, qu'elle jugeait pour la plupart « *ampoulés* » et ne relevant « *que d'un dilettantisme nourri de l'œuvre de Heine* », mais par la lumière nouvelle qu'ils jetaient sur la personnalité de leur auteur –, elle décida de s'en servir comme base pour une nouvelle biographie d'Élisabeth. Qualifiée par beaucoup de « *volontiers critique, voire hostile* », celle-ci osait écorner le mythe, sans se risquer pour autant à questionner la vertu d'Élisabeth et sa fidélité conjugale. Bien au contraire, Brigitte Hamann y soutenait que les aventures amoureuses auxquelles Élisabeth faisait de si nombreuses références dans ses poèmes étaient en réalité et sans l'ombre d'un doute restées tout à fait platoniques. Elle accréditait la version d'une Élisabeth anorexique, étrangère à toute volupté physique et tout particulièrement sexuelle, compensant par une imagination débridée l'ennui d'une vie oisive entièrement centrée sur sa propre personne.

Pour cette raison, et pas plus que le comte Corti, Brigitte Hamann ne croyait à l'histoire de l'enfant de Sassetot. Elle réfutait les assertions de Karoline Zanardi Landi avec les mêmes arguments, soulignant d'une part l'erreur de date, d'autre part le témoignage irréfutable de l'une des personnes présentes à Sassetot lors du pseudo-accident de cheval qui aurait servi à masquer un accouchement secret : la dame d'honneur hongroise d'Élisabeth, encore et toujours – la comtesse Marie Festetics.

Ce tournage, tout hollywoodien qu'il était, ne se déroulait pas du tout comme je me l'étais imaginé. Je ne me levais pas à l'aube – les horaires de travail étant fonction des insomnies d'Henry, nous commencions rarement avant midi –, personne ne venait me chercher en voiture le matin – comme j'habitais chez lui, il m'emmenait sur le plateau lui-même au volant de sa Mustang rouge –, il n'y avait ni maquilleuse ni feuille de service – tous les acteurs devaient être disponibles en permanence, et le maquillage était proscrit. C'était le Dogme avant le Dogme, du cinéma indépendant, *low-budget*, *arty*, expérimental – *very* chic.

Incidemment, nous étions tous payés des clopinettes.

Surtout, il n'y avait pas de scénario.

Henry avait inventé une forme personnelle de *cinéma-vérité* (en français dans le texte), qui tenait à la fois du documentaire et de la fiction, et dont il n'était pas peu fier. Comme les autres acteurs, j'avais longuement parlé avec lui du personnage que j'étais censée incarner, qui ressemblait de manière très troublante à la personne que j'étais dans la vraie vie. À partir de là, nous nous trouvions jetés dans des situations fictives, connues de nous – ou pas – à l'avance, et notre job consistait à improviser. Ce que nous faisions avec enthousiasme et l'énergie désespérée d'une portée de chatons jetés dans l'eau froide, nous débattant pour ne pas couler à pic devant l'œil impitoyable de sa caméra. En deux semaines, l'affaire était pliée.

Évidemment, les neuf dixièmes des scènes ainsi tournées étaient inutilisables, ce qui expliquait qu'Henry passe ensuite un an ou deux – ou plus – dans sa salle de montage, à la recherche des instants de grâce qui survenaient parfois, tentant de construire un récit cohérent à partir de bribes de scènes qui partaient dans tous les sens. Il disait qu'en cela il se rapprochait au plus près de la vie réelle et bien des années plus tard, alors que j'écris ces lignes, je dois admettre qu'il n'avait pas tort. La véritable vie n'est-elle pas un chaos dans lequel l'écrivain tente de démêler des histoires, comme le sculpteur trouve sa forme dans le bloc de marbre, comme Nanouk l'Esquimau à qui l'on demandait ce qu'il sculptait dans la glace et qui répondait, surpris : « *Je n'en sais rien. Je cherche ce qu'il y a à l'intérieur* » ? On ne peut nier en tout cas qu'Henry obtenait de cette façon un effet de vérité assez criant, qui jetait dans l'esprit du spectateur un trouble certain quant au statut de l'objet qu'il était en train de regarder. Que ce trouble puisse ou non être assimilé à une forme d'émotion artistique était un sujet de débat entre les fanatiques de l'œuvre d'Henry – il y en avait – et ses contempteurs – il y en avait encore plus.

La production refusant de faire aucune exception et de payer quiconque davantage que le salaire minimum garanti par le SAG, le très puissant syndicat des acteurs, peu de comédiens connus, sauf par amitié, acceptaient de tourner dans ces conditions. Mais on trouvait sur le plateau beaucoup de « fils et filles de », *struggling actors* (en galère) comme les autres, un peu moins *starving* (fauchés) que les autres tout au plus. Je me liai notamment d'amitié avec Mary, fille de Bing Crosby, acteur oscarisé et interprète de la chanson la plus vendue de tous les temps à travers le monde. Elle habitait un ranch dans les Santa Monica Mountains, non loin de la plage de Malibu, et m'invita peu après la fin du tournage à venir monter l'un de ses chevaux, invitation que j'acceptai avec empressement.

J'aimais la manière dont les Américains concevaient l'équitation. En France, l'ennui des promenades trop strictement encadrées, ajouté au sadisme semble-t-il congénital des maîtres de manège, avait fini par venir à bout de ma passion pour ce sport que je pratiquais depuis l'adolescence. Mais dès mon premier séjour à Hollywood, l'oisiveté m'avait conduite jusqu'à un centre équestre situé au cœur de Griffith Park et j'avais été heureusement surprise de la façon dont, après m'avoir fait faire quelques tours de manège au trot puis au galop afin de vérifier que je tenais en selle, on m'avait sans difficulté confié un cheval pour quelques heures, libre à moi d'aller me balader seule où bon me semblait et de me rompre les os, du moment que je payais d'avance et que je ramenais la bête à l'heure dite. En gravissant au pas les sentiers rocailleux aux abords de Canyon Drive, cheminant entre les cactus sous un soleil de plomb, l'oreille aux aguets, je croyais deviner parfois le mouvement vif d'un reptile qui filait entre les herbes et j'avais éprouvé, en même temps qu'un intense sentiment de liberté, l'impression exaltante d'être dans un des westerns que je regardais à la télévision dans mon enfance, ce qui n'était guère étonnant puisque – je m'en rendis compte un peu plus tard – je me trouvais dans le décor même où nombre de ces films avaient été tournés. Au détour d'un sentier, j'avais soudain aperçu le Hollywood Sign. Ses lettres blanches et gigantesques, qui n'étaient plus qu'au nombre de neuf – les quatre dernières, qui formaient le mot « *land* », avaient disparu en 1949, ainsi que les ampoules qui en permettaient l'illumination –, m'attiraient comme un mirage l'homme assoiffé au milieu du désert. J'avais tenté en vain de m'en approcher, n'osant m'éloigner des pistes tracées de peur que mon cheval mordu à la cheville par un serpent ne devienne fou de douleur et ne me désarçonne, ou pire, de rentrer en retard au ranch, car si j'avais toute confiance en ma monture pour me ramener au bout du compte à l'écurie – du moins si je restais en selle –, il aurait été exagéré d'attendre d'elle une parfaite ponctualité. Le sentier escarpé suivant les caprices du terrain, chaque progrès que je faisais vers le Signe se trouvait anéanti lorsqu'un virage en épingle à cheveux m'en éloignait un peu plus, parfaite métaphore du rêve que chacun poursuivait en venant s'installer ici, dans la capitale mondiale de l'illusion. En désespoir de cause, j'avais attaché mon cheval à un arbuste et tenté de gravir la côte à travers les broussailles. Même à pied, le Signe était inaccessible. En septembre 1932, une jeune actrice désespérée nommée Peg Entwistle s'était jetée dans le vide du haut de la lettre H après un premier et unique tournage à Hollywood, à l'issue duquel RKO n'avait pas renouvelé son contrat. Depuis, afin de décourager d'autres aspirants à la gloire de l'imiter, un grillage interdisait de s'en approcher de trop près. L'histoire disait que par une sinistre ironie du destin un courrier adressé à Peg Entwistle, le jour où elle s'était donné la mort, lui annonçait qu'elle avait été choisie pour un premier rôle au théâtre. Les vicissitudes de ce métier, décidément, étaient aussi tortueuses que les pistes cavalières de Griffith Park.

Repensant à ce jour quelques années plus tard, en chevauchant aux côtés de la fille d'un célèbre crooner dans les Santa Monica Mountains, je mesurais le chemin parcouru, sans me croire arrivée pour autant. J'avais après tout une formation très classique et, à mes yeux, un film comme celui d'Henry, sans dialogues écrits ni presque d'histoire, ressemblait trop à la réalité pour pouvoir être qualifié de VRAI cinéma, c'est-à-dire de VRAIE fiction. Le rôle que j'y tenais, trop proche de moi, trop facile, ne révélait pas davantage en moi une VRAIE actrice. Certes, j'entrevoyais le bout d'un tunnel de cinq années et mon horizon s'éclaircissait un peu. Je commençais à sortir de ma dépression. J'allais mieux, et parler devant la caméra – avec une certaine impudeur masquée sous une fine couche de fiction – de mes troubles alimentaires et des rapports complexes que j'entretenais avec mon image m'avait fait prendre conscience que ceux-ci étaient désormais derrière moi. Mais je n'espérais pas de ce film qu'il bouleverse ma vie ni ne m'attire la moindre reconnaissance, et les compliments d'Henry réveillaient surtout en moi un familier sentiment d'imposture. À l'issue du tournage, il était si satisfait de moi qu'il m'annonça que je serais la « star » de son prochain opus, face à lui qui en serait l'interprète masculin. Le tournage aurait lieu l'année suivante, durant le festival de Venise.

À peine étais-je rentrée à Paris qu'un metteur en scène de théâtre renommé me proposa un rôle principal, en province puis à Paris, dans une pièce de Molière. Sans discussion possible, il s'agissait cette fois d'un vrai rôle, d'un vrai texte, d'un vrai metteur en scène. Au contraire de Peg Entwistle, le destin n'avait pas attendu que je me jette dans le vide pour tourner en ma faveur. Le moment de vérité était venu, et l'occasion allait m'être enfin donnée de démontrer mon talent – ou absence de.

Elle était dans cette affaire le témoin clé, l'argument massue de la défense : la comtesse Marie Festetics, présente à Sassetot en 1875, avait vu de ses yeux le fameux accident de cheval. Elle avait fait par écrit, en temps réel, le récit circonstancié de ce séjour normand. Et avec une obstination farouche qui frisait l'acharnement, elle n'avait eu de cesse, après la mort de l'impératrice et jusqu'à son propre décès en 1923, de réfuter les assertions de Marie Wallersee et de défendre la mémoire de sa souveraine contre les innombrables rumeurs et les ragots qui avaient empoisonné son règne.

Admise à faire partie de la suite d'Élisabeth en 1871, la comtesse Festetics avait tenu pendant plus de vingt ans un journal intime qui avait servi de documentation non seulement à Corti, mais aussi à Brigitte Hamann, qui en citait de nombreux extraits dans son livre. À la différence de la plupart des sources privées auxquelles seul le comte Corti, du fait de sa haute naissance, avait pu avoir accès, le journal de la comtesse Festetics, morte sans descendance, avait en effet été transféré après la Seconde Guerre mondiale du château de Keszthely, fief de la branche aînée de la famille, à la Bibliothèque nationale de Budapest, où Brigitte Hamann avait pu le consulter.

Quelque chose dans ce témoignage, cependant, me chiffonnait.

Bien que présentée comme une intime d'Élisabeth, la comtesse Festetics n'avait pas été au courant de la longue liaison épistolaire entretenue par l'impératrice avec Fritz Pacher, l'inconnu du bal masqué. Elle n'avait pas été non plus dans le secret de l'impression des poèmes. Pire : Marie Wallersee affirmait que sa tante, dès son arrivée à la Cour, l'avait mise en garde contre elle : « *Surtout, surtout, méfie-toi de la comtesse Festetics, qui est une sorte d'espion.* » Brigitte Hamann le reconnaissait : la seule personne de son entourage à avoir toute la confiance d'Élisabeth était une autre Hongroise, Ida Ferenczy, qui ne possédait pas les quartiers de noblesse nécessaires pour être nommée dame d'honneur et n'avait que le titre de « lectrice ». C'est Ida qui avait accompagné Élisabeth au bal de la Redoute où elle avait rencontré Pacher. Ida encore qui avait supervisé l'impression des poèmes, dont Élisabeth lui avait confié plusieurs exemplaires. Mais à la différence de Marie Festetics, Ida Ferenczy n'avait laissé aucun témoignage. D'une discrétion exemplaire, elle avait, à la demande expresse de l'impératrice, brûlé toutes les lettres que celle-ci lui avait adressées, en sorte que de l'impératrice – jusqu'à la découverte de ses poèmes – il ne subsistait que très peu d'écrits, dont la plupart, notamment ceux adressés à son mari François-Joseph, ne contenaient à l'évidence rien de compromettant et ne présentaient d'ailleurs que fort peu d'intérêt. De ce fait, le journal de la comtesse Festetics était devenu par défaut une source incontournable, qui s'était vite transformée en référence pour les biographes d'Élisabeth.

Il ne me semblait pas impossible que, tenue à l'écart des secrets de l'impératrice, désireuse de se donner plus d'importance qu'elle n'en avait eu réellement, la comtesse Festetics ait forgé de toutes pièces un récit qui confirmait sa version. Une lecture in extenso de ce journal, dont Brigitte Hamann ne citait que quelques courts extraits, m'aurait sûrement permis de confirmer – ou pas – cette intuition, de me faire une idée de la personnalité de Marie Festetics, de mesurer son degré d'intimité réel avec l'impératrice. Mais ce document n'avait jamais été publié, même partiellement. Nous étions en 1987. Il reposait à l'Est, dans une bibliothèque d'un pays communiste. Je n'étais ni historienne ni écrivain, même plus étudiante, seulement une obscure petite comédienne française à l'âme de midinette, en quête de révélations romanesques mais sans plus de légitimité que de réseau pour accéder à de telles archives, et – autant me faire une raison – je n'avais qu'une chance infinitésimale d'y parvenir un jour.

C'était sans doute un rêve.

J'avais remonté le temps.

Les cheveux tressés en couronne, le souffle un peu coupé par le corset qui m'étranglait la taille, j'avançais dans une lumière dorée, balançant à chaque pas mes jupons empesés tandis que derrière moi une jeune servante arrangeait ma traîne, veillant à l'ordonnancement parfait de mon auguste personne.

Non.

C'étaient les répétitions de la pièce de Molière et elles furent un cauchemar. Pour interpréter le rôle d'Alcmène, ni le bol imaginaire ni les étirements de panthère – incompatibles de toute manière avec le port d'un corset – ne m'étaient d'aucun secours. De son côté, le metteur en scène était connu pour avoir envers ses acteurs, et tout particulièrement ses actrices, une exigence impossible à satisfaire, au point qu'être le spectateur de ses propres spectacles était pour lui une souffrance. Il n'avait pas mis longtemps à regretter de m'avoir engagée, ni moi à lui donner raison. À chacune de mes tirades, tétanisée d'angoisse, je guettais dans la salle obscure son rugissement étouffé, le bruit de son poing s'abattant sur l'accoudoir de son fauteuil, quand ce n'était pas celui de son corps tout entier s'effondrant dans une allée, car, outre la pièce, il mettait volontiers en scène le calvaire qu'il endurait par ma faute.

Après des semaines de souffrance, cependant, et contrairement à nos attentes à tous deux, la première se passa plutôt bien. Les critiques, y compris me concernant, furent bonnes et, soulagé, mon tortionnaire devint à mon égard presque amical. Un soir, tandis que nous approchions de la centième représentation, il finit même par me féliciter. Ainsi adoubée, j'abordai avec sérénité et impatience la tournée qui allait nous emmener en Europe de l'Est, dans le bloc communiste.

La nouvelle nous avait été annoncée peu après la première à Paris. Avec le soutien du ministère des Affaires étrangères, le théâtre national qui produisait le spectacle avait mis sur pied une tournée de quelques semaines qui devait nous emmener de l'autre côté du rideau de fer, notamment à Prague. Nous continuerions par la Yougoslavie, avec Zagreb, Skopje, Sarajevo et Belgrade, à l'issue de quoi j'avais déjà prévenu mes compagnons de voyage que je leur fausserais compagnie : une mission de la plus haute importance m'attendait. Grâce au réseau consulaire qui avait organisé la tournée, j'avais pu prendre contact avec l'ambassade de France en Hongrie et, prétextant un vague projet d'écriture, obtenu l'assurance d'être autorisée sur place à consulter le journal de la comtesse Festetics. De Belgrade, je laisserais le reste de la troupe monter dans l'avion de retour vers Paris et je prendrais le train, seule, pour Budapest.

Il n'y a pas très loin de Belgrade à Budapest – moins de quatre cents kilomètres. Après le départ du groupe pour l'aéroport, un peu oppressée, j'avais attendu l'heure de mon train en grignotant un sandwich, assise sur un banc public à proximité de la gare. Ma seule expérience des pays communistes auparavant avait été une brève excursion à Berlin-Est, à l'occasion du festival de cinéma où j'avais accompagné Henry. C'était au mois de février, il faisait un froid de loup et la neige tombait dru. Henry connaissait déjà Berlin et aurait volontiers passé tout son séjour à l'Ouest, entre les salles de cinéma et le Paris-Bar, mais je tenais à voir le Berliner Ensemble et il avait fini par céder à mes suppliques. Nous avions pris un taxi à la nuit presque tombante pour passer le *checkpoint* et quitté les lumières dc l'Ouest pour nous enfoncer dans le brouillard et l'obscurité de l'Est, faiblement troués de-ci et de-là par les halos orangés des lampes à sodium. Nous n'avions eu aucune difficulté à trouver l'endroit ni à y entrer, et j'avais pu me recueillir, émue, dans la salle où Brecht créa ses spectacles, dont les maquettes de décors étaient exposées dans le hall. Quand nous étions sortis, tout était blanc hormis le ciel d'un noir d'encre, illuminé seulement par l'enseigne rouge du théâtre. Nous avions cherché en vain un café accueillant avant de nous résigner à boire un chocolat à l'eau sur une table en formica, sous des néons aveuglants. Le taxi qui nous avait ramenés s'était arrêté à plusieurs dizaines de mètres de Checkpoint Charlie, et nous avait laissés terminer à pied dans la neige boueuse. « Ici, pour moi c'est la fin du monde », avait commenté le chauffeur amer, dans un mauvais anglais. Ce souvenir fantomatique était resté gravé dans ma mémoire. Ma deuxième leçon de géopolitique appliquée avait eu lieu à Prague, première ville de notre tournée, au moment de Noël, et avait été tout aussi convaincante que la première. L'obstination que mettaient les habitants d'Europe centrale à ne parler aucune autre langue que la leur – en tout cas pas l'allemand et encore moins l'anglais – était sans doute la conséquence d'anciens traumatismes nationaux, à moins qu'elle ne soit celle de la propagande anticapitaliste qu'ils subissaient, ou des deux, elle avait quoi qu'il en soit pour effet de me réduire à un état d'enfance, de passivité et d'impuissance face à ces étrangers que je ressentais comme indifférents et vaguement hostiles. Après Prague, Zagreb, Skopje, je m'étais résignée à ne pouvoir communiquer avec l'habitant que par gestes ou borborygmes – ou plutôt à ne pas communiquer du tout –, mais à présent que j'étais seule, sans partenaire de jeu, attaché culturel ou autre francophone à portée de regard, j'éprouvai une sensation de fragilité inconnue de moi jusqu'alors. À Belgrade, l'usage de l'alphabet cyrillique rendait les choses plus difficiles encore. Après avoir pris un billet au guichet, je montai dans l'unique train à quai, priant que ce soit le bon et que mon billet soit valide. Le compartiment dans lequel je m'installai était bondé, ainsi que les couloirs, ce qui me rassura un peu. Mais à mesure que nous avancions vers la frontière et que la nuit tombait, les passagers – en grande majorité des hommes seuls, je supposais qu'ils rentraient chez eux après leur journée de travail – descendaient par grappes à chaque petite gare à laquelle nous marquions l'arrêt, tant et si bien que lorsqu'il finit par s'immobiliser, environ à mi-chemin du voyage et à la nuit tombée, en rase campagne, il me sembla que j'étais la seule passagère restée à bord.

De longues minutes s'écoulèrent jusqu'à ce que deux hommes en uniforme, bottés et accompagnés d'un chien, ouvrent brutalement la porte du compartiment. À ma vue ils aboyèrent quelques phrases dont je ne compris pas un mot, semblèrent s'impatienter devant mon air pétrifié tandis que je leur montrais mon billet et finirent par articuler le mot « *passport* ». Je le leur tendis, tremblante, ils le prirent sans un mot et disparurent.

Une bonne demi-heure se passa, dans un silence profond. Par les fenêtres, je ne voyais que la nuit noire, qui m'empêchait de discerner la *puszta*, la fameuse *puszta* hongroise qui faisait les délices de l'impératrice. Cette fois j'en étais sûre, j'étais bien la seule passagère à bord. Des pensées noires me traversaient. Qui pouvait m'assurer que ces hommes allaient revenir, qu'ils ne s'étaient pas enfuis avec leur précieux butin, un passeport français si facile à falsifier qui permettrait à une amie, une parente, le passage à l'Ouest dont ils rêvaient tous ? Et s'ils se décidaient à revenir, qui pouvait m'assurer que ce ne serait pas pour me violer puis m'assassiner, avant de me jeter sur le bord de la voie, jeune Française anonyme dont la disparition ne serait pas signalée avant des jours, et dont le cadavre sans papiers aurait été dévoré par les loups avant d'être enfin identifié et rendu à sa famille ?

Les minutes s'éternisaient dans un silence de plomb et une solitude absolue. Aucun signe, aucun bruit ni tressaillement n'indiquait que le train ait la moindre intention de repartir. Je peinais à contenir la panique qui commençait à monter en moi lorsque les lumières de mon compartiment ainsi que celles du train tout entier s'éteignirent, me plongeant, outre le silence et la solitude, dans une obscurité totale.

Après ce qui m'avait semblé une éternité, les hommes en uniforme étaient finalement revenus, m'avaient rendu mon passeport, et j'avais terminé mon voyage sans encombre. Une certaine méfiance demeurait toutefois, qui me fit décliner l'aimable proposition de l'ambassade de mettre à ma disposition une chambre en ville pour les deux ou trois nuits que devait durer mon séjour. C'était un studio fonctionnel dans un immeuble banal de Pest. On y accédait par une porte vitrée donnant sur une coursive qui courait tout autour d'une cour intérieure, dans le plus pur style décrit par Musil dans *L'Homme sans qualités.* Habituée des portes blindées et des digicodes parisiens, je me sentis incapable de dormir dans un lieu ainsi ouvert à tous vents et je refusai poliment sous je ne sais plus quel prétexte, n'osant avouer que je me sentais plus en sécurité dans la minuscule chambre du grand hôtel international où j'étais descendue.

Le jour de mon arrivée, la bibliothèque Szechenyi étant fermée, je décidai de me rendre à Gödöllö, à trente kilomètres environ au nord-est de la capitale. Mon intention était de visiter le château dont le Parlement hongrois avait fait cadeau à Élisabeth et François-Joseph après la signature du compromis de 1867, et où l'impératrice passa pendant plusieurs années le plus clair de son temps afin de s'y adonner à sa passion pour la chasse à courre. À la gare de Gödöllö, où bien sûr personne ne parlait français, anglais ni allemand, personne ne semblait non plus soupçonner qu'il y ait eu un jour une résidence impériale et royale dans les environs. Lorsque, munie d'un bloc-notes et d'un crayon, je tentai d'expliquer à l'employé de la gare, puis à chaque passant rencontré, que je cherchais un « château » – château que je dessinais tel que mon imaginaire imbibé de contes de fées me le représentait, avec tourelles et pont-levis –, je ne rencontrai qu'incompréhension, et pour cause : mon dessin ne ressemblait en rien à l'immense bâtisse jaunâtre et délabrée que je découvrirais enfin entourée de broussailles et de ronces, derrière d'infranchissables barbelés – ni même au palais rutilant à la coupole dorée que je finirais par visiter, bien plus tard, en 2013, alors qu'entièrement restauré il serait devenu un haut lieu du culte de l'impératrice, abritant notamment une boutique qui surpassait même celle de la Hofburg, véritable caverne d'Ali-Baba du Sissi-kitsch. Je devais apprendre plus tard que le château de Gödöllö, transformé en camp de travail par les nazis en 1944, avait ensuite servi de cantonnement aux officiers soviétiques pendant l'insurrection de Budapest, avant d'être converti en réserve d'armes jouxtant une maison de retraite – ce qu'il était sans doute encore à l'époque de ma visite. Quoi qu'il en soit, l'endroit était sinistre et je me hâtai de rebrousser chemin vers la gare.

Le lendemain, fébrile, munie d'une lettre de recommandation de l'ambassade, je pris le funiculaire pour me rendre dans le vieux palais d'Ofen, sur les hauteurs de Buda, où se trouve la bibliothèque Szechenyi. Là, après quelques heures d'attente, installée dans une salle de lecture dont les fenêtres donnaient sur la cour d'honneur du château, je me vis remettre avec une grande émotion une quinzaine de volumes dont le format tenait davantage du livre que du cahier, reliés de cuir et munis de fermoirs en métal. Je trouvai sans difficulté, dans le troisième volume, les entrées correspondant au séjour de l'impératrice et sa suite à Sassetot, et j'eus même la surprise d'y découvrir quelques phrases écrites dans un français qui, sans être parfait, demeurait compréhensible. Pour le reste, les cahiers étaient remplis d'une écriture fine, penchée, allongée, et plus illisible encore que je ne l'avais imaginé. Mais cela ne me rebuta pas. J'avais déjà prévu d'en faire une copie sur place, afin de pouvoir l'étudier à loisir une fois rentrée chez moi. On accepta de bonne grâce ma commande de microfilms, qu'on me ferait parvenir de l'autre côté du rideau de fer via le consulat de France et la valise diplomatique. Tout cela était très excitant et je me sentais soudain une âme de Mata Hari.

De retour à Paris, mon enthousiasme retomba. Le manuscrit, rédigé en écriture gothique, était indéchiffrable, y compris par des germanophones pour peu qu'ils soient nés après 1941, date à laquelle les nazis ont interdit à l'école l'usage d'un alphabet prétendument introduit par des juifs. Seuls des spécialistes tels que Brigitte Hamann étaient à même de pénétrer les secrets de ce journal intime. Mais notre tournée en Europe m'avait dévoilé les ressources inestimables et jusque-là insoupçonnées du réseau diplomatique. Je demandai conseil au consulat d'Autriche à Paris, qui me mit en contact épistolaire avec une retraitée autrichienne et lettrée, basée à Linz, que le sujet intéressait. Moyennant une rémunération symbolique, elle consacra ses soirées pendant un certain nombre de mois à déchiffrer à haute voix le manuscrit tout en s'enregistrant sur un petit magnétophone. Au total, c'est vingt-deux cassettes d'une heure et demie qu'elle m'envoya, au compte-gouttes et au fil des semaines. À raison d'une ou deux cassettes par mois, avant d'en arriver à l'été 1875 et au château de Sassetot, il s'écoula près d'une année. Lorsque enfin je tins dans ma main, sous forme de cassette audio, la clé du mystère, je décidai, munie d'un dictionnaire allemand-français, d'aller l'écouter sur place.

Le château de Sassetot-le-Mauconduit se trouve sur la côte normande, à une quinzaine de kilomètres au nord de Fécamp, un peu en retrait de la plage des Petites-Dalles et de ses falaises qui ont inspiré Claude Monet. C'est là que Rommel, à la tête de la 7e division de Panzer, a atteint la Manche le 10 juin 1940, coupant la route du Havre aux troupes françaises. Le château, lorsque j'y ai séjourné, venait d'être transformé en hôtel. C'était un week-end venteux et pluvieux de décembre. Sur un objet appartenant à cette époque reculée qui n'était pas encore numérique et que l'on nommait un « walkman », j'écoutais l'extrait du journal de la comtesse Festetics qu'elle avait écrit ici, tel que me l'avait déchiffré et enregistré ma correspondante autrichienne. Comme un siècle et des poussières plus tôt, on entendait tout proche le bruit sourd et continu de la mer, mais du château on ne la voyait pas. J'ai cherché dans le parc les grands arbres et les luxuriants buissons d'hortensias sur lesquels s'extasiait la comtesse, et me suis recueillie quelques instants devant deux tulipiers de Virginie que l'on me certifia âgés de plus de cinq cents ans. Quant aux hortensias – mais c'était l'hiver –, je n'eus pas de peine à dénicher quelques arbustes rabougris qui étaient certainement leurs descendants.

En cet été 1875, Élisabeth a décidé de partir en vacances à l'étranger et de laisser François-Joseph à Vienne se débrouiller avec la politique. Les cérémonies officielles, les devoirs de représentation, l'exercice du pouvoir, tout cela l'assomme profondément et elle le fait bien comprendre. Elle estime avoir rempli sa mission en faisant couronner son époux roi de Hongrie, maintenant elle aimerait bien qu'on lui fiche la paix, et redevenir une personne privée. Qu'on se le dise. Tous ces Slaves de l'Empire qui aimeraient bien eux aussi un parlement et une constitution, tous ces Tchèques, ces Slovènes, ces Croates l'ennuient à mourir. Ils n'ont rien de ce qui chez les Hongrois a fait vibrer en elle la corde sensible, ils ne sont ni grands, ni beaux, ni rebelles, ce sont des cavaliers médiocres, elle ne veut pas en entendre parler.

De tout temps, pour échapper aux obligations officielles, les prétextes de santé ont été les plus commodes. Élisabeth s'est fait prescrire par le médecin de la Cour une cure d'air iodé et de bains de mer, a décidé que cette mer serait la Manche et cet air celui de la Normandie. François-Joseph voit ce choix de la France d'un très mauvais œil. Les relations entre la monarchie austro-hongroise et la toute jeune IIIe République sont glaciales. Il pressent que l'impératrice ne lui sera d'aucun secours dans le subtil et risqué jeu d'alliances qui se dessine en Europe entre la Russie, l'Allemagne, l'Autriche, la France et l'Angleterre. Il n'a pas tort. Un incident diplomatique, évité d'extrême justesse, aura pour cause l'antipathie qu'elle suscite durant son séjour à Sassetot chez les paysans cauchois en saccageant leurs cultures.

Car pour ce séjour prétendument thérapeutique, Élisabeth est venue accompagnée de plusieurs chevaux et d'une suite de soixante-dix personnes qui comprend son écuyer anglais et un important personnel d'écurie. Son véritable but : s'entraîner en vue des chasses à courre très réputées d'Angleterre, dont sa sœur Marie de Naples ne cesse de lui vanter les mérites et auxquelles elle compte bien participer l'année suivante. À cette fin, elle a fait installer des obstacles dans le parc du château, s'y entraîne le matin et, l'après-midi, chevauche bille en tête à travers les champs environnants derrière d'imprudents petits lièvres, sans se soucier du blé ni des betteraves piétinés au passage. Les paysans protestent. Elle s'étonne, fait distribuer l'argent par poignées pour les dédommager. Ça tombe bien, elle est riche. L'ex-empereur Ferdinand vient de mourir, laissant toute sa fortune à son neveu François-Joseph qui, généreux, a fait cadeau de deux millions de florins à sa femme et a triplé sa rente annuelle. Elle n'est pas habituée à ce qu'on contrarie ses caprices. Est-ce que chez les républicains on ne peut pas tout acheter avec de l'argent? Les paysans l'insultent. La guerre franco-prussienne est encore toute proche, la langue allemande leur sonne péniblement à l'oreille. Les plus vieux des autochtones, nés pendant la Révolution, se souviennent d'une aristocrate autrichienne que leurs pères ont décapitée pour moins que ça. Elle les trouve désagréables, terriblement désagréables et grossiers, se plaint d'eux à l'empereur. L'incident menace de tourner à l'affaire d'État. Les journaux s'en emparent, les diplomates s'affolent, jusqu'à ce que l'ambassade autrichienne à Paris étouffe le scandale en publiant un démenti.

De tout cela, dans son journal intime, la comtesse Marie Festetics dit peu de choses. Les couchers de soleil sur la plage, la découverte dans la campagne environnante de vestiges de la Révolution, abbayes calcinées envahies par les ronces, la plongent dans de longues méditations. C'est une nature contemplative. À peine arrivée au château, le 31 juillet, elle a sorti plumes et cahiers, les a disposés devant elle sur sa petite table. Comme toujours, les autres membres de la suite se sont arrangés pour avoir les meilleures chambres. Comme toujours, elle est la plus mal installée et s'en plaint amèrement, tout en prétendant n'en avoir cure et s'en féliciter, même. Au moins ne suscitera-t-elle pas la jalousie au sein de ce petit cercle qui vit en vase clos autour de l'impératrice et dont la principale occupation consiste à s'épier et se calomnier mutuellement. Bien qu'elle consigne avec soin dans son journal la moindre marque d'affection d'Élisabeth, on sent bien qu'elle cherche à se rassurer, à se convaincre qu'elle possède sa confiance : elle sait sa position fragile.

Ce qui la préoccupe, durant cet été en France, c'est l'antipathie que manifeste à son égard la dernière fille de l'impératrice, l'archiduchesse Valérie, alors âgée de sept ans. Celle à qui Sa Majesté consacre toutes ses pensées et un mot sur deux dans ses conversations – baissant la voix d'un ton et ajoutant dans un souffle, à chaque fin de phrase : « la chérie »...

La Chérie. La Hongroise. L'Unique, comme l'a surnommée la Cour. La rumeur, insistante, veut qu'elle soit l'enfant illégitime du comte hongrois Andrassy, aujourd'hui Premier ministre. Au contraire de ses deux aînés, Gisèle et Rodolphe, dont elle se soucie peu, l'impératrice couve Valérie avec un soin jaloux et l'emmène partout en voyage avec elle. C'est une enfant à la santé délicate, ombrageuse et peu avenante. Tout le monde prétend l'adorer,

Marie Festetics la première. Car chacun sait que pour rester dans les bonnes grâces de la souveraine, il vaut mieux être en bons termes avec la petite. Or quelques jours plus tôt, au moment où la comtesse Festetics a voulu monter avec l'impératrice dans la voiture qui les emmenait à la plage, « la chérie » s'est mise à hurler. L'impératrice a demandé aussitôt à Marie de descendre, et de les rejoindre plus tard à pied. Ainsi humiliée devant les domestiques, Marie est restée au château, ruminant son amertume dans sa chambre. Certes, elle prend soin de consigner dans son journal qu'Élisabeth, le soir même, lui a parlé avec affection, posant sur elle le regard dont elle est coutumière, ce regard tendre, suppliant, à la fois d'excuse et de remerciement, de compassion et de prière, auquel Marie ne peut résister. Elle connaît la faiblesse d'Élisabeth envers sa fille, et la fâcheuse manie qu'elle a de sacrifier ceux dont elle est le plus sûre de la fidélité. Il n'empêche, la comtesse Festetics a le cœur lourd. Elle se sent seule, dans un pays hostile où chaque paysan, chaque servante semble prendre plaisir à parler de nobles qui ont été chassés ou assassinés avec une joie dédaigneuse, presque triomphante. Un jour qu'elle sort du parc pour une promenade, un paysan l'aborde, et se plaint auprès d'elle de n'avoir encore jamais pu apercevoir cette impératrice dont tout le monde vante la beauté. Elle rit : Élisabeth vient justement de passer dans ce même chemin, à cheval. Le paysan refuse de la croire : la cavalière qu'il vient de voir était une jeune fille, ce ne peut être Élisabeth, qui est déjà grand-mère. Marie est flattée, comme toujours quand on complimente sa souveraine. Mais elle cesse vite d'essayer de le convaincre : le paysan s'énerve, persuadé qu'elle se moque de lui. Elle bat en retraite et, par la suite, n'ose plus se promener seule tant les gens du cru se montrent agressifs et grossiers envers tout ce qui parle allemand.

Août file ainsi et, bientôt, c'est le mois de septembre. Les grandes marées approchent. Les croassements des nuées de corbeaux qui volent en cercles incessants au-dessus du parc ajoutent à la mélancolie. Le 8 septembre, l'impératrice et la dame d'honneur manquent de se faire piéger par la marée haute au retour d'une promenade sur le sentier côtier, alors que la nuit tombe. Le maître-nageur venu à leur rencontre leur reproche leur imprudence, il leur apprend qu'on attend à dix heures le soir même la marée la plus haute de l'année. Fascinée par la mer, qu'elle a vue pour la première fois seulement l'année précédente, lors du voyage de l'impératrice à Wight, Marie ne résiste pas et retourne plus tard, au clair de lune, contempler le terrifiant spectacle de vagues hautes comme des murs, s'écrasant contre la falaise dans un fracas indescriptible de sauvagerie. La lune soudain se cache, tout devient d'un noir d'encre, il lui semble que l'océan va s'abattre sur elle, l'envelopper d'obscurité, froid et sombre monstre qui va l'attirer dans ses griffes. Elle revient vite sur ses pas, se retrouve au château avec soulagement, frissonnante et glacée.

Le 11 septembre, Marie est réveillée vers dix heures par l'impératrice qui l'appelle sous sa fenêtre. Elle est surprise de voir Élisabeth en tenue de cheval, à une heure qui est d'ordinaire celle de son bain. L'impératrice la salue gaiement et lui dit de ne pas se soucier d'elle et d'aller à la plage avec les autres, car elle-même va essayer un nouveau cheval recommandé par Allen, son maître d'équitation. Alors qu'assise sur un banc face à la mer Marie regarde ses compagnons se baigner, un domestique essoufflé accourt du château la prévenir qu'un accident a eu lieu. Affolement. En quelques minutes, elle est dans le parc. Élisabeth est étendue sur le sol, blême, entourée du médecin, de l'évêque, qui tous deux font partie de sa suite. Elle a une marque de chute sur le front et le regard vide, se montre incapable de répondre aux questions qu'on lui pose, ne se souvient plus de rien. On la transporte au château, où Marie ainsi que la fidèle Ida passeront plusieurs jours et plusieurs nuits à la veiller, assises sur les marches qui mènent à sa chambre.

Un siècle plus tard, les corbeaux croassaient toujours. Après des heures passées à arpenter la plage des Petites-Dalles et le parc du château, mon walkman sur la tête, et malgré mon envie de croire à l'histoire de l'enfant secret, je ne pouvais que me ranger à l'opinion de Corti et de Brigitte Hamann. J'avais vu de mes yeux, à Budapest, les originaux du journal. Le fait que les volumes aient été manuscrits, reliés et bien sûr écrits dans l'ordre chronologique, excluait toute falsification, élimination ou ajout postérieur. La présence de l'évêque, des domestiques. La conversation avec le paysan quelques jours plus tôt. Chaque matin, durant tout le mois d'août, l'impératrice est descendue sur la plage se baigner en compagnie de ses dames d'honneur. Elle a fait installer depuis sa cabine jusqu'à la mer un long couloir de toile qui l'abrite des regards curieux. Une femme enceinte de huit ou neuf mois, mince comme l'était Élisabeth, pourrait-elle masquer sa grossesse, y compris en costume de bain ? S'amuserait-elle à s'étrangler la taille dans une amazone et à sauter des haies, même pour donner le change ?

Impossible.

Vraiment. Cela ne tenait pas debout.

La conclusion s'imposait : une chute de cheval, oui, un accouchement, non. Déçue, je m'inclinai devant l'évidence et, ce jour-là du moins, jugeai la cause entendue.

Cette question semblant provisoirement tranchée, je ne me désintéressai pas de la comtesse Festetics et de Marie Wallersee pour autant. La différence entre leurs deux récits – et les deux visages d'Élisabeth qu'ils présentaient au monde – me fascinait, et semblait la démonstration même de la théorie quantique transposée à la littérature. Toute écriture est fiction, point de vue, effondrement de la fonction d'onde du réel, j'adore cette formule, qui n'est qu'une façon compliquée de dire : autant de récits d'un même événement, autant d'histoires. Sous la plume de Marie Wallersee, l'impératrice était un être fantasque et plein de joie de vivre, qui se jouait de son entourage et se plaisait à brouiller les pistes. Sous celle de Marie Festetics, une créature influençable et souffrante, incomprise de l'humanité, qu'il fallait défendre contre les calomnies qui avaient fait de sa vie un enfer.

Et sans doute, comme le chat de Schrödinger, Élisabeth était-elle à la fois l'une et l'autre, dans un état flottant, comme le suggérait Barrès dans sa préface au livre de Christomanos, le professeur de grec de l'impératrice :

Plaise au ciel que l'impératrice Élisabeth, cette âme repliée sur elle-même, ne devienne pas un thème littéraire et, comme on dira sans doute, une figure esthétique !...

Barrès n'avait pas été exaucé, c'est le moins que l'on puisse dire.

... Il faut le granit de Pascal, de Rousseau, de Byron et de Chateaubriand pour résister à ces parasites qui déshonorent et déforment très vite des figures un peu flottantes, capables de susciter nos méditations, mais qui négligèrent de se réaliser dans une forme d'art et d'échanger leur mobilité séduisante contre la fixité de la perfection.

Si je comprenais Barrès, seuls les écrivains peuvent laisser d'eux-mêmes une image fidèle et Marie Festetics comme Marie Wallersee étaient à compter au nombre des parasites qui nous avaient donné de l'impératrice une vision déformée. Et, de fait, je commençais à entrevoir que l'une comme l'autre, elles avaient projeté sur Élisabeth leurs propres fantasmes, faisant d'elle la créature idéale qu'elles auraient rêvé d'être. Femme fatale aux multiples conquêtes pour Marie Wallersee, ange de pureté et martyre pour Marie Festetics, le portrait qu'elles brossaient en disait davantage sur elles-mêmes que sur leur modèle – bien que, vraisemblablement, elles aient cru l'une comme l'autre à la réalité de ce qu'elles avaient observé.

Étrangement, c'était le thème même du film que je tournai à Venise avec Henry peu après mon séjour à Sassetot et dont j'étais, cette fois, la « star ».

Comme d'habitude, il n'y avait rien d'écrit et le scénario tenait en quelques phrases : un réalisateur de cinéma, nommé Dean, qui ressemblait de manière troublante à Henry, venait présenter son dernier film en compétition officielle à la Mostra. Il y rencontrait lors d'une interview une jeune journaliste (votre servante), admiratrice de son œuvre, et avait avec elle, entre gondoles, Douane de mer et plage du Lido, une brève et magique histoire d'amour. Dans la seconde partie du film, la journaliste venue le rejoindre à Los Angeles découvrait que son prince charmant avait déjà une femme dans sa vie et la belle histoire d'amour se mettait à battre de l'aile. Le spectateur finissait par comprendre que la première partie tournée à Venise était un film dans le film, et que le propos de l'histoire était le gouffre entre la représentation de l'amour sur grand écran et l'amour tel qu'on l'expérimente dans la vraie vie. Le fait que je sois française, donc « exotique » et forcément fatale, renforçait pour Henry la conviction que je pouvais incarner cette figure féminine fantasmatique. Mais il avait aussi en tête d'utiliser mon *background* scientifique. Durant nos interminables conversations téléphoniques en *collect call*, ou nos tête-à-tête chez Spago, il m'avait fait expliquer de nombreuses fois, en anglais et du mieux que je pouvais, l'expérience du chat de Schrödinger, selon laquelle il n'y a de réalité « qu'observée ». Il voulait que je le fasse cette fois devant la caméra, lors d'un déjeuner à l'hôtel des Bains qui serait la scène centrale du film.

Expliquer dans mon anglais approximatif une expérience imaginaire, inventée pour faire saisir un concept parmi les plus complexes de la physique moderne, était un défi. Pour le reste, le rôle ne présentait pas de difficulté particulière. Certes, j'avais de nombreuses scènes d'amour avec Henry, ce qui était étrange, embarrassant et même franchement incestueux, car au fil des années notre relation s'était muée en une affection mêlée de crainte et de ressentiment et, je l'ai dit, filiale. Mais la passion amoureuse était ce que je jouais le mieux, et l'affaire passa comme une lettre à la poste. La médaille avait son revers : à la sortie du film, certains critiques ironisèrent sur la fatuité d'Henry, osant se mettre ainsi en scène en objet d'adoration. Quant à moi – le monde est injuste –, ma prestation était si convaincante que, confondant fiction et réalité – ce qui était, après tout, le but recherché et le sujet même du film –, tout le monde sortait de la projection persuadé que j'étais, du moins au moment du tournage, raide dingue d'Henry et que cela, simplement, « transparaissait à l'écran ».

Pendant qu'Henry travaillait toujours au montage du premier film que nous avions tourné ensemble, je continuais à mener au théâtre une carrière sans éclat. La pièce de Molière qui m'avait occupée pendant près de deux ans, tournée internationale incluse, ne m'avait pas pour autant « lancée ». Un rôle succédait à un autre, dans des compagnies de province et toujours in extremis, me maintenant dans un état constant d'insécurité et une frustration que je supportais de plus en plus mal. Ce n'était jamais le bon rôle, le bon théâtre, le bon metteur en scène. Je les acceptais néanmoins, non seulement parce qu'il me fallait gagner ma vie, mais dans l'espoir d'y être vue par celui ou celle, qui, enfin, me ferait accéder à la célébrité. Je ne pouvais me défaire de l'impression étrange que ma vraie vie n'avait pas encore commencé. J'étais toujours en attente, et ne considérais chaque pièce de théâtre dans laquelle je me produisais que comme un marchepied vers celle qui, enfin, allait me « révéler ». Régulièrement, mon agent, une femme entre deux âges extrêmement sympathique, soupirait qu'elle avait essayé de m'envoyer pour tel ou tel casting mais que cela avait été impossible car le montage de la production exigeait une vedette. Pire que le plus fermé des cercles de l'aristocratie, pire que la cour de Vienne au temps de Marie Festetics, le cinéma français avait ses quartiers de noblesse, décernés par le tube cathodique et les journaux « people ».

Durant l'un des interminables temps morts qui s'écoulaient entre deux rôles, j'écrivis un scénario de commande pour le réalisateur de mon premier téléfilm. Contre toute attente, cette comédie sans prétention obtint la prestigieuse avance sur recettes du CNC, attribuée en général aux films d'« auteur », ce qui permit au film d'être financé et tourné, et même si ce fut un flop, la graine était plantée qui me ferait envisager l'écriture comme une alternative à mon activité de comédienne, et un moyen annexe de gagner ma vie. Je me mis à réfléchir au sujet d'une pièce de théâtre, commercial mais néanmoins original, grand public sans être rebattu.

Dans la foulée de la biographie de Brigitte Hamann, les années 1980 avaient vu éclore une floraison d'ouvrages sur Élisabeth. Après avoir pendant des années rangé Sissi au rayon jouets filles 6-12 ans, quelque part entre Chantal

Goya et la poupée Barbie, le monde entier semblait la redécouvrir. Outre le livre de Corti dans sa traduction française, on réédita celui de Constantin Christomanos, ainsi que les souvenirs d'une de ses dernières dames d'honneur, Irma Sztáray. Le philosophe Emil Cioran fit d'elle vers la même époque un portrait pour le catalogue de l'exposition « Vienne 1900 » au Centre Pompidou, tandis que Catherine Clément publiait dans la très sérieuse collection « Découvertes » de Gallimard son *Sissi, l'impératrice anarchiste.* Si je me réjouissais de voir des gens si respectables partager avec moi une passion que je considérais toujours comme vaguement honteuse, je ne pouvais me défendre d'une certaine amertume en voyant le trésor de documentation dont je me sentais jusque-là la propriétaire exclusive ainsi livré en pâture au monde entier. Je me consolais en pensant que ni Cioran ni Catherine Clément ne semblaient avoir lu les livres de Marie Wallersee, et que du journal de Marie Festetics ils ne connaissaient que les brefs extraits cités par Brigitte Hamann. Se basant tous sur les mêmes sources et se citant les uns les autres, ils ne faisaient guère que perpétuer le mythe, avec leur sensibilité propre et plus ou moins de variantes.

Quant à moi, au fil de mes lectures, la dame avait commencé à m'irriter et m'était devenue, finalement, assez antipathique. La cruauté dont elle avait fait preuve à l'égard de Marie

Festetics comme de Marie Wallersee, son absence d'humilité, son égocentrisme, la certitude qu'elle avait de son génie ne faisaient guère de doute. Irma Sztáray, sa dernière dame d'honneur, en convenait : « *Un des traits prédominants de son caractère était la vanité. Elle pouvait endurer la torture par pure vanité.* » Ses lamentations permanentes, complaisamment relayées par ses adorateurs, me fatiguaient. Car sur quoi pleurait-elle, après tout, cette femme comblée par la vie, belle, riche, puissante, mère de trois grands enfants et adulée par son époux ? Ses biographes invoquaient pour l'excuser les drames qui s'étaient abattus sur elle et présentaient sa vie comme une succession ininterrompue de tragédies : la mort de sa petite Sophie, le suicide de son fils Rodolphe, mais aussi la mort de son cousin Louis II de Bavière, de son beau-frère, et jusqu'à celle de sa jeune nièce par alliance, l'archiduchesse Mathilde. « *Une famille ? Un cortège, un obituaire* », écrivait Jean des Cars dans son *Sissi ou la fatalité.* Cela ne tenait pas debout. Au XIXe siècle, la mort d'au moins un enfant en bas âge faisait partie du sort commun. Et qui donc, à l'âge de soixante ans, même de nos jours, ne serait pas capable d'aligner cinq ou six morts violentes ou non dans son entourage plus ou moins proche ? Quant au suicide de Rodolphe, le présenter comme un coup du sort dont Élisabeth aurait été la victime était faire bon marché de sa propre responsabilité, elle qui avait toujours négligé son fils et disait de la maternité : « *Je suis comme ces animaux qui abandonnent leurs petits dès que quelqu'un d'autre les a touchés.* »

Je ne nie pas qu'une certaine mauvaise foi puisse pointer derrière ces propos. Je l'ai dit, j'avais pris Sissi en grippe. Il me vint l'idée, prenant le contrepied du mouvement général – et non sans un certain désir de provocation –, d'écrire un « anti-Sissi », un portrait à charge dans lequel sa nièce et sa dame d'honneur auraient, enfin, les premiers rôles, cependant que les sœurs de l'impératrice en seraient des personnages secondaires.

Issue d'une fratrie de huit enfants, dont cinq filles, Élisabeth avait gardé toute sa vie avec ses sœurs des liens étroits. Partageant à leur égard l'opinion du reste de la Cour, Marie Festetics haïssait ces « princesses de Possenhofen » – « *cet endroit d'où nous est venu plus d'un scandale* » – qui, disait-on, « *ressemblaient toutes à des femmes du demi-monde* ». Ce qui la chagrinait n'était pourtant pas le « *train de gueux* » que l'on menait dans la charmante propriété bavaroise où Sissi et ses sœurs avaient grandi, ni même l'habitude qu'avait leur mère, la duchesse Ludovica, de manger avec ses loulous blancs sur les genoux, écrasant de temps à autre une de leurs puces sur le rebord de son assiette. C'était l'influence, selon elle désastreuse, que ses sœurs avaient sur l'impératrice : « *Sa Majesté,* écrivait-elle, *me fait l'effet de Cendrillon face à ses méchantes sœurs. Elles sont envieuses les unes des autres. Quand elles ont besoin de quelque chose, elles accourent auprès d'elle. Elles outragent et calomnient tout ce que lui confère sa position, mais elles voudraient ensuite en tirer pour elles-mêmes tout le parti possible.* » Restées injustement méconnues du grand public, les sœurs d'Élisabeth avaient eu des vies agitées qui n'avaient rien à envier du point de vue du romanesque à celle de leur célèbre sœur, et mon intérêt pour elles avait grandi en proportion exacte de ma désaffection pour l'impératrice. Je faisais, sans prendre trop de risque, l'hypothèse que la tendresse qui les unissait n'avait pas été exempte de jalousie ni de rivalités. De ces princesses de Bavière dont la beauté égalait bien, à en croire les contemporains, celle de Sissi, et qui se regroupaient sous le moindre prétexte « *comme une nuée de mouettes* » disaient certains, « *comme des oiseaux de proie* », selon d'autres, la postérité n'avait cependant retenu que la parfaite entente qui régnait entre elles, ainsi qu'une ressemblance physique soigneusement entretenue par la coiffure et l'habillement qui donnait souvent lieu à confusion et faisait d'elles des créatures presque interchangeables. C'était louche et je soupçonnais que derrière cette harmonie de façade ne pouvaient que se camoufler des sentiments autrement ambivalents.

Car tous les spectateurs des films de Romy Schneider en sont témoins, c'était la sœur aînée d'Élisabeth, Hélène, qui était destinée à épouser l'empereur. Sissi lui avait pour ainsi dire arraché la couronne de la tête pour se la poser sur la sienne, et que cela ait été ou non prémédité n'y changeait rien. On savait moins que leur cousin Louis II de Bavière, dont Visconti a immortalisé l'amour tout platonique qu'il portait à la belle impératrice, avait été fiancé quelques mois à sa plus jeune sœur Sophie-Charlotte, devenue par la suite duchesse d'Alençon. Ce projet de mariage, conclu au dire du principal intéressé pour l'unique raison que « *tant qu'à épouser une femme, autant que ce soit une sœur de l'aimable impératrice* », avait été brutalement rompu le jour où le roi de Bavière avait balancé par la fenêtre le buste en plâtre de sa fiancée. Il y avait là de quoi, me semblait-il, alimenter chez celle-ci une certaine rancœur.

Quant à la troisième sœur, Marie, chassée du trône de Naples à l'âge de vingt ans par les troupes de Garibaldi et qui avait passé le reste de sa vie en exil, la comtesse Festetics la décrivait comme une créature maléfique, acharnée à nuire à l'impératrice. C'est la reine, en effet, qui a vanté à Élisabeth les mérites incomparables des chasses à courre anglaises, l'entraînant dans des séjours ruineux, dangereux et du plus mauvais effet auprès de son peuple, tandis qu'en Bosnie-Herzégovine la guerre fait rage. La reine aussi qui lui a recommandé l'entraîneur intrépide et brutal, Allen, qui sera responsable de l'accident de cheval de Sassetot. La reine toujours qui se fait la complice de l'impératrice dans sa romance avec Fritz Pacher, postant pour brouiller les pistes les missives d'Élisabeth depuis une capitale ou une autre, au gré de ses propres voyages. La reine enfin qui se fera l'écho auprès de l'archiduc Rodolphe des rumeurs de liaison entre Élisabeth et Middleton, entraînant ainsi une brouille de plusieurs années entre la mère et le fils.

Pour toutes ces raisons, Marie de Naples m'intéressait beaucoup. Mais il y avait mieux encore.

Après la chute de la citadelle de Gaète, dernier bastion du royaume des Deux-Siciles, Marie et son époux, le roi François II, s'étaient réfugiés à Rome, accueillis par le pape qui seul, à la tête des États pontificaux et pour quelques années encore, résistait à l'annexion par le nouveau royaume d'Italie. C'est là que, confinée au palais Farnèse, Marie avait commencé à comploter avec les exilés légitimistes qui rêvaient de reconquête, soutenus par le Vatican. Là, surtout, qu'elle avait entretenu une liaison amoureuse clandestine qui l'avait conduite à l'automne 1862 à déserter le domicile conjugal pour retourner séjourner plusieurs mois dans sa famille, en Bavière, et s'enfermer au couvent des Ursulines d'Augsbourg, où elle avait accouché dans le plus grand secret d'une petite fille qui lui avait été aussitôt enlevée et avait été confiée à son père, dont l'identité demeure encore à ce jour inconnue. Curieusement, alors que tous les historiens sérieux tiennent pour impossible et même invraisemblable qu'Élisabeth ait pu avoir des liaisons adultères et au moins une enfant illégitime, personne ne conteste aujourd'hui que les rumeurs entourant sa jeune sœur, la reine de Naples, étaient bel et bien fondées. Il est douteux que la si catholique cour napolitaine, hébergée par le Saint-Père en personne, ait fait preuve de plus de laxisme que la cour de Vienne. Marie était pourtant parvenue à dissimuler au monde entier non seulement sa liaison, mais aussi sa grossesse, et l'affaire avait été étouffée au point qu'elle ne serait jamais parvenue jusqu'à nous si Marie Wallersee – toujours elle – n'en avait pas fait le récit, dans un troisième livre intitulé *My Royal Relatives*, qui me confortait quant à moi dans l'idée que l'histoire de l'enfant de Sassetot, à défaut d'être vraie et quoi qu'on en ait dit, était au moins *possible*.

Certaine de tenir là un sujet en or, je m'attelai à une pièce de théâtre qui peindrait *en creux* un portrait inédit de la belle impératrice, avec pour personnages principaux sa sœur Marie de Naples, sa nièce Marie Wallersee et sa dame d'honneur Marie Festetics, ce qui démontre une fois de plus, s'il en était besoin, la supériorité de la fiction sur la réalité : aucun dramaturge digne de ce nom ne donnerait le même prénom à ses trois héroïnes. Et je l'intitulai : *La Comtesse de Hohenems* – du nom qu'utilisait Élisabeth lors de ses voyages pour préserver son incognito.

Tandis que je suais sang et eau sur mon écriture, vivant en alternance des moments d'euphorie et de désespoir, les seconds hélas bien plus fréquents que les premiers, tout en continuant d'accepter des rôles au théâtre, profitant de mes tournées en province pour travailler le matin dans ma chambre d'hôtel, Henry avait enfin réussi à terminer son montage. Lorsque le film sortit aux États-Unis, je jouais un Tchekhov dans un petit théâtre parisien situé en bordure des boulevards périphériques. Je commençai à recevoir sur mon répondeur des messages en américain, provenant de directeurs de casting et me proposant des rendez-vous pour des auditions quelques jours plus tard à Los Angeles. Je crus d'abord à une erreur. Mais la productrice d'Henry, que j'appelai au téléphone en *collect call* comme j'en avais l'habitude, me confirma que ma prestation rencontrait un grand succès, et qu'elle avait donné mon numéro de téléphone à plusieurs professionnels qui le lui réclamaient.

J'étais effondrée. Mon contrat au théâtre ne me permettait évidemment pas de sauter dans le premier avion pour me rendre à des auditions en Californie, et je n'avais pas les moyens de payer un dédit. Depuis longtemps déjà, j'avais repris à mon compte le propos de Marie Festetics, écrivant de l'impératrice que beaucoup de fées s'étaient penchées sur son berceau mais que la mauvaise fée, arrivant la dernière, avait fait en sorte que tous les dons reçus se retournent contre elle. Contre moi aussi, la mauvaise fée s'acharnait. La vie me donnait une chance tout en m'interdisant de la saisir. Je me consolai en pensant que j'avais déjà tourné un deuxième film avec Henry, dans lequel j'avais le rôle principal, et pris la décision irrévocable que rien ne m'empêcherait de me rendre à Hollywood au moment de sa sortie pour y tenter ma chance. En attendant, je mis mon orgueil dans ma poche et acceptai de jouer dans une « sitcom » d'une grande médiocrité artistique – mais pour moi bien payée – en prévision d'un séjour prolongé aux États-Unis.

Un an plus tard, décidée à vivre à fond le rêve hollywoodien, je partis pour Los Angeles. J'avais suffisamment d'argent de côté pour tenir quelques mois. Je jouais ma dernière partie et je voulais mettre tous les atouts dans mon jeu. Ensuite, j'aviserais. Soit ma carrière décollait, soit je laisserais tomber définitivement.

À peine étais-je arrivée à Los Angeles que mon agent m'appela : Jean-Luc Godard voulait me rencontrer. Juste avant mon départ, j'avais passé des essais pour le rôle principal féminin du film qu'il s'apprêtait à tourner. À tout hasard, j'avais laissé une cassette de rushes de mon film « hollywoodien », sans y croire. De fait, c'est une autre comédienne qui avait été engagée, mais Godard pensait à moi pour un rôle secondaire. Mon agent lui avait bien sûr expliqué que j'étais aux États-Unis, mais l'objection avait été balayée, la production se déclarant prête à me rembourser mon aller-retour.

Godard me reçut très aimablement, me complimenta sur ma cassette qu'il avait visionnée. Il me précisa que le rôle auquel il pensait pour moi, celui d'une bibliothécaire, n'était pas encore écrit, et ne le serait sans doute jamais, car il travaillait surtout par improvisation. Je soupirai intérieurement – mais tourner avec Godard ne se refusait pas. L'entretien dura tout au plus une dizaine de minutes, à l'issue desquelles je compris que j'étais engagée, et l'assistant me raccompagna. Timidement, je lui rappelai qu'il était convenu que la production me rembourse mon voyage et lui tendis mon billet d'avion. Sans la moindre hésitation, l'assistant se dirigea vers son bureau, ouvrit un tiroir et en sortit une liasse de billets qu'il me tendit. Je sortis éberluée, avec l'impression d'être passée de l'autre côté du miroir. Après des années de galère, j'entrais dans une autre dimension : la citrouille s'était changée en carrosse.

Durant les semaines qui suivirent, et alors que j'étais retournée à Los Angeles, la production appela mon agent plusieurs fois pour me demander de sauter à nouveau dans l'avion, sous un prétexte ou sous un autre – passer la visite médicale des assurances ou pour des essayages. Ce qui m'avait tout d'abord amusée commença à m'agacer : la première de mon film devait avoir lieu d'un jour à l'autre et Los Angeles n'était pas Barbizon. Je refusai une fois pour toutes de revenir en France avant le tournage proprement dit, et on me trouva un médecin français, correspondant des assurances, sur place. Quant aux essayages, ils se débrouilleraient avec mes mensurations pour choisir mon tee-shirt et mon jean. Lorsque enfin je rentrai à Paris, quelques jours avant la date prévue par mon contrat, ce fut pour apprendre que le tournage avait été arrêté : Godard ne s'était pas entendu avec la comédienne principale et l'avait renvoyée. Toute l'équipe, royalement défrayée, attendait au bord du lac Léman qu'une solution soit trouvée et l'actrice remplacée. Après plusieurs jours d'attente à Paris, la production se déclara incapable de m'indiquer mes nouvelles dates de tournage et me demanda de prendre un TGV pour aller voir Godard chez lui, en

Suisse, dans sa maison de Rolle. J'arrivai d'une humeur massacrante, pour m'entendre dire que le scénario, bien que toujours pas écrit, avait néanmoins changé, et que mon rôle avait été supprimé. J'étais trop effarée, humiliée, pour dire un mot. Lorsque Godard lui-même, à la fin de notre entretien, ouvrit un petit coffre pour me donner en liquide l'argent de mon voyage, il ne se rendit même pas compte, je crois, de l'état de rage qui était le mien. Décidément, le cinéma français ne m'aimait pas. Tant pis pour lui. Comme Pialat, qui l'avait clamé haut et fort au festival de Cannes, je ne l'aimais pas non plus.

De retour à Los Angeles, la première du film, sans cesse repoussée car Henry ne cessait d'en modifier le montage, finit par avoir lieu. La presse se montra à mon égard très favorable, et je me trouvai prise dans un tourbillon. J'avais trouvé un agent, un *manager*, je donnais des interviews, je me rendais à des castings et à des *cold readings*. À force de travail acharné avec un coach, j'étais parvenue à me débarrasser presque entièrement de mon accent français – on me pensait à présent suédoise, italienne ou slovaque, ce qui était incontestablement un progrès, sans pour autant me permettre de prétendre à autre chose qu'à des rôles d'*étrangère*. Afin de me faciliter l'obtention d'un visa de travail, Henry avait mis mon nom au-dessus du titre sur le *billboard* qui faisait la publicité du film sur Sunset Boulevard, l'avocat que j'avais consulté m'ayant affirmé que le fait d'avoir le *top billing* justifiait que l'on m'engage, moi, plutôt qu'une actrice américaine, quand bien même, depuis Meryl Streep, on les savait toutes capables d'imiter à la perfection n'importe quel accent. Je me fis prendre en photo sous le gigantesque panneau. Le sentiment d'imposture ne me quittait pas, mais en attendant que la bulle de savon éclate, je faisais semblant d'y croire. Henry, entre-temps, s'était marié, et attendait un enfant. Je n'habitais plus chez lui, et partageais une maison avec d'autres comédiens. Après avoir plongé dans la piscine de ma villa située dans les collines, je roulais le soir, autoradio à fond, dans Benedict Canyon, pour aller rejoindre le musicien dont j'étais tombée amoureuse. Grâce à lui, j'étais invitée dans les villas les plus somptueuses, les réceptions les plus incroyables. Je fis un jour un voyage en train à travers l'Amérique, de Los Angeles à La Nouvelle-Orléans, dans un wagon privé appartenant à un de ses amis milliardaires qui avait une phobie de l'avion. C'était un luxueux wagon datant des années 1930 qu'on accrochait en queue des trains des compagnies régulières. Il y avait à l'arrière comme un ponton sur lequel on pouvait s'installer, et je passai le jour et la nuit que dura la traversée à regarder la voie ferrée coupant le désert en deux sur fond de soleil couchant, tandis que les haut-parleurs diffusaient une musique appropriée. Après le Nevada, l'Arizona, le Texas, le petit matin nous avait vus arriver en Louisiane. La voie traversait les bayous, le train roulait au ralenti et des lianes se balançaient près de mon visage. Jamais je n'avais ainsi touché – jamais je ne toucherais ainsi par la suite – à l'essence même du *voyage*.

À mesure que le temps avançait, cependant, je sentais monter en moi l'inquiétude. Ma passion avec mon musicien commençait à me faire souffrir plus qu'elle ne me rendait heureuse, aucune proposition de travail n'arrivait. Chaque jour qui passait me faisait sentir plus étrangère à ce monde auquel je faisais semblant d'appartenir. Un jour, lors d'une première au Chinese Theater, tandis qu'en robe du soir je m'avançais sur le tapis rouge, quelques mètres derrière Kevin Costner et Whitney Houston, j'entendis crier mon nom. Au premier rang de la foule massée derrière les barrières métalliques, un homme brandissait ma photo, tout en me tendant un stylo. Comment avait-il su que j'assisterais à cette projection ? Comment s'était-il procuré ma photo ? Mystère. Les « fans » sont là-bas très organisés – pour ainsi dire, des professionnels. Je signai, confuse, pressée d'en finir, m'éloignai rapidement. Parmi tous ces gens, il y avait sûrement une jeune fille qui m'enviait, qui aurait donné beaucoup pour être à ma place. J'avais honte, et passé l'âge de me griser d'un triomphe usurpé. Le petit lapin, en moi, était mort. J'avais tous les signes extérieurs du succès, mais ce n'était que du vent : le film dont j'étais la « star » ne serait vu que par quelques milliers de personnes et je n'avais aucun projet.

Lorsque mon ancien professeur du Conservatoire m'appela pour me proposer un rôle à Paris, dans la nouvelle pièce d'un auteur à succès, je me sentis déchirée mais mon hésitation fut brève. C'était une pièce à deux personnages sur une scène du théâtre privé, mon partenaire était un acteur connu que j'admirais beaucoup. La mort dans l'âme, avec le sentiment que jamais je n'avais eu de décision si difficile à prendre, j'annonçai à tous mon départ.

J'avais assez rêvé, il était temps de revenir à la vie réelle.

Je partis avec une seule valise, me prétendant certaine de revenir bientôt. Quelques mois plus tard, l'assistante d'Henry m'envoyait par bateau le reste de mes affaires. Le moment était passé. J'étais sans amertume. J'avais vu Hollywood, et j'en étais revenue. Il fallait bien que le film se termine, d'une manière ou d'une autre.

Le retour à la réalité fut rude. Le premier film que j'avais tourné avec Henry était sorti en France mais n'avait pas explosé le box-office. Quant à la pièce pour laquelle j'étais rentrée, elle fut un flop et tint l'affiche le nombre minimum de représentations prévu. Je me retrouvai sans travail et me remis à courir les castings. Si mes exploits hollywoodiens me donnaient aux yeux de mes camarades comédiens une certaine aura, ils furent vite oubliés du reste de la profession : j'avais beau avoir été invitée à la télévision dans une émission culturelle renommée, disposer d'un dossier de presse conséquent et avoir eu mon nom en haut de l'affiche sur Sunset Boulevard, je n'étais toujours pas un « nom ». Je perdis toutes mes illusions à ce sujet un jour où, peu après être rentrée à Paris, je fus invitée à un « dîner en ville » auquel participaient quelques personnes très influentes dans le métier, autrement dit des financiers, distributeurs et producteurs. L'un d'eux, parlant du long-métrage que venait de réaliser un auteur de renom bien que confidentiel, expliqua qu'il avait travaillé, pour cet opus comme pour les précédents, avec des « non-professionnels ». Je sursautai légèrement à ces mots, car il se trouvait que l'actrice principale de son précédent film était au Conservatoire avec moi, et que plusieurs de mes camarades de promotion faisaient partie de la distribution. Rassemblant mon courage, j'osai intervenir et objecter timidement que, sans doute, B., P. et L. n'étaient pas encore célèbres, mais qu'ils avaient néanmoins joué de nombreux rôles au théâtre, qu'ils étaient diplômés d'une école reconnue, et qu'on pouvait peut-être à ce titre leur concéder l'appellation de « professionnels ». Interloqué par mon audace, mon voisin se tourna vers moi pour me dévisager froidement avant de laisser tomber avec un souverain mépris : « Des non-professionnels, des amateurs, des inconnus, appelez ça comme vous voulez. »

Je me l'étais tenu pour dit et me contentai désormais des rôles de second plan qu'on voulait bien me proposer à la télévision, me voyant, pour une raison obscure ou du moins qui m'échappait, cantonnée à l'emploi de « veuve suspecte », emploi peu usité du théâtre classique mais qui prolifère dans les séries policières. Le scénario, à quelques variantes près, en était toujours le même et se déclinait en trois scènes : au début de l'histoire – souvent même avant le générique – on repêchait le cadavre de mon mari dans un canal, à moins qu'on ne le trouve enfermé dans le coffre d'un véhicule garé dans un parking, et j'étais appelée par la police sur place – ou à la morgue – pour procéder à la reconnaissance du corps. Puis j'étais convoquée pour l'interrogatoire, à moins qu'on ne vienne m'interroger à mon domicile, et les policiers cherchaient à savoir si j'avais un amant, mon mari une maîtresse – ou une assurance-vie –, bref, si j'avais un « mobile ». Enfin, il y avait l'épilogue. Souvent, j'étais coupable – mais pas toujours –, et je partais menottée, ou je tentais de m'enfuir. Dans le cas contraire j'assistais à l'arrestation du coupable, généralement un proche, mon amant ou ma sœur, effondrée par sa duplicité.

Heureusement, l'écriture était là pour combler, en même temps que ma frustration et mes blessures narcissiques, les gouffres que mon activité d'intermittente du spectacle laissait dans mon emploi du temps. Ma *Comtesse de Hohenems,* bien qu'achetée par France Culture, n'avait jamais été diffusée, car dans l'intervalle la « case » consacrée aux pièces radiophoniques de plus d'une heure avait été supprimée. Mais cela n'avait aucune importance, car j'avais découvert entre-temps au sujet de Marie de Naples un élément nouveau, en l'espèce un passage crucial d'*À la recherche du temps perdu* dont je me demande encore comment il avait pu jusque-là m'échapper. Car du temps, j'en avais toujours eu, et très souvent l'impression de le perdre. Mais sans doute y a-t-il dans la vie de chacun un moment particulier où il faut lire la *Recherche*, et qui se fait parfois attendre. Je la lus à cette époque d'un trait, tome après tome, dans son édition de poche. Si incroyable que cela paraisse, j'avais ignoré jusqu'alors que la reine de Naples en était l'un des personnages, sinon principaux, du moins emblématiques. Elle y tenait même une place à part, puisqu'elle était la seule à y apparaître en tant qu'elle-même, de son vivant, sous son nom et sans camouflage. Je fus sidérée en lisant le récit, par le personnage fictif d'Oriane de Guermantes, d'une rencontre avec elle, juste après la mort de l'impératrice. Non content d'avoir fait quelques pages plus tôt le portrait de Sissi en vieillarde édentée, Proust décrivait ainsi, par la voix d'Oriane, la réaction de la reine de Naples à l'assassinat de sa sœur l'impératrice : « *Elle n'a pas de chagrin du tout. La vérité, c'est qu'elle est enchantée comme cela. Elle m'a donné deux perles. Je voudrais qu'elle perdît une sœur tous les jours.* » Je n'en revenais pas. L'hypothèse d'une haine entre les deux sœurs, sous les dehors d'une grande affection, m'avait été inspirée par la phrase de Marie Festetics comparant l'impératrice à Cendrillon, et j'en avais fait le ressort dramatique de ma pièce. Mais je n'accordais qu'un crédit limité aux analyses de la comtesse et, en la prenant au mot, j'avais eu le sentiment d'extrapoler, de tordre sans scrupule la vérité historique pour servir mon histoire. Proust allait encore plus loin. Quelle graine avait été plantée, et par qui, dans son esprit pour y faire germer un tel dialogue ? Contemporain de la reine de Naples, il avait eu à maintes reprises l'occasion de la croiser dans l'un ou l'autre des salons parisiens qu'ils fréquentaient tous deux. Il n'avait pu par simple accident mettre dans la bouche de la reine de Naples des mots tels que : « *Non, ce n'est pas un grand deuil, c'est un petit deuil, un tout petit deuil, c'est ma sœur.* » Ni dans celle d'Oriane de Guermantes cc commentaire : « *Elle ne pleure pas la mort de sa sœur, elle la rit aux éclats* », même s'il tentait par la suite de le faire passer pour un simple trait d'esprit. Une idée en entraînant une autre, je me demandai quelle avait pu être la réaction de la reine en lisant le livre de Proust. Elle-même ayant vécu jusqu'en 1925, elle en avait certainement eu connaissance – comme Marie Festetics avait lu le premier livre de Marie Wallersee, comme Marie Wallersee avait lu celui de Karoline Zanardi Landi, qui avait lu les siens – et toutes ces lectures croisées, ces témoignages qui se répondaient, se corroboraient ou se contredisaient, me donnaient le vertige.

C'est vers cette époque, je crois, qu'à l'occasion d'un festival de cinéma à Munich où l'on projetait le film d'Henry, je me rendis à Possenhofen, le cher « Possi » rendu célèbre par les films d'Ernst Marischka où l'impératrice passa son enfance. Là, tout en me promenant au bord du lac de Starnberg, je parlai longuement de mes travaux à l'ami écrivain qui m'accompagnait. Celui-ci parut très impressionné et se hasarda à suggérer que le véritable sujet d'un roman – et non d'une pièce de théâtre – résidait peut-être non dans la vie de l'impératrice elle-même, ni davantage dans ses relations avec la comtesse Festetics ou la reine de Naples, mais dans cette fascination inaltérable qu'elle exerçait depuis tant d'années sur moi, et qui m'avait conduite à travers l'Europe sur ses traces – idée que je balayai d'un revers de main, tant son absurdité sautait aux yeux.

Je me plongeai dans la biographie de Proust, dans l'espoir d'y trouver la trace d'une rencontre. La reine n'y était jamais citée. Mais Proust, comme la reine de Naples, entretenait des liens étroits avec la famille Rothschild, et je finis par dénicher dans le dix-neuvième tome de sa correspondance la mention d'une visite dans une loge de théâtre à la baronne Julie, femme d'Adolphe de Rothschild, chef de la branche napolitaine qui allait s'éteindre avec lui et généreux fondateur de l'hôpital parisien qui porte son nom. Une note précisait que le souvenir semblait devoir dater d'un peu avant 1900, aux environs donc de la mort de l'impératrice. Soutien fidèle et de la première heure, Adolphe avait quitté l'Italie après Gaète, refusant toute compromission avec le nouveau régime. Il avait suivi le couple royal à Paris et les avait aidés financièrement, après avoir échoué à convaincre sa famille de leur consentir un prêt. Retiré des affaires, il vivait rue de Monceau avec sa femme Julie, qui était aussi sa cousine – et une amie intime de la reine de Naples. Il était hautement probable que par ce biais, Proust avait pu avoir vent de certains propos de celle-ci, s'il ne l'avait jamais rencontrée directement.

Regonflée à bloc par ces nouvelles découvertes, je décidai de remanier en profondeur ma *Comtesse de Hohenems* et d'en faire une nouvelle version dont la reine de Naples, cette fois, serait le personnage central et Marcel Proust, un personnage secondaire. La fiction est là pour réparer les oublis du destin : s'ils ne l'avaient pas fait dans la réalité, ils se rencontreraient dans ma pièce.

Le rôle de *guest* dans les séries télévisées policières est ingrat. Le personnage est confronté à des situations épouvantables qui exigent que l'acteur se mette dans des états impossibles pour lesquels le spectateur n'a pas une once d'empathie, puisque le héros de l'histoire est le flic (ou la fliquette) à qui le *guest* ne fait que servir la soupe. Le comble de l'humiliation fut atteint le jour où le jeune assistant d'un directeur de casting me fit reprendre une scène éminemment dramatique, en anglais, une bonne douzaine de fois, en me tutoyant et en me demandant de « sortir mes tripes », tout en me donnant la réplique avec un accent à couper au couteau. Comme disait Marie Festetics, même le plus humble ver de terre se tortille dans la poussière quand on lui marche dessus.

Cette fois, je jetai l'éponge.

La lassitude et l'humiliation n'étaient pas les seules causes de mon renoncement. Après bien des années d'errance, j'avais rencontré l'homme de ma vie. Plus qu'un coup de foudre qui vous laisse calcinée, c'était une plongée dans l'eau fraîche et transparente d'un lac après une longue canicule. Notre rencontre avait eu la limpidité de l'évidence, m'avait inondée de certitude. Le bonheur soudain ne me semblait plus si méprisable, ni l'amour si surfait, ni les vies ordinaires si ennuyeuses. Un matin comme les autres, je me réveillai et découvris avec surprise que la sensation qui ne me lâchait pas depuis l'enfance avait disparu : j'étais entrée dans le présent de ma vie.

Je n'en avais pas fini avec l'énigme de Sassetot pour autant.

Au début des années 1990, Internet avait fait son apparition. Les catalogues des bibliothèques étrangères étaient à présent consultables en ligne. Je profitai d'un séjour à Londres – à moins que je n'y sois allée spécialement pour cela, ce n'est pas impossible – pour feuilleter enfin le livre de Karoline Zanardi Landi, *The Secret of an Empress,* à la British Library. L'ouvrage se présentait comme un livre de Mémoires et regorgeait de détails, de dates, de noms propres, d'adresses, destinés à prouver l'authenticité de l'histoire. Karoline Zanardi Landi y racontait comment, quelques jours après sa naissance en Normandie – de cela, bien sûr, elle ne se souvenait pas, et ne rapportait que ce qu'elle en savait par ouï-dire –, elle avait été ramenée en

Autriche et placée chez les Kaiser, riche ménage de banquiers établi à Vienne qui l'avaient élevée comme leur fille, dans un appartement où son impériale mère lui rendait de fréquentes visites. Devenue adolescente, la jeune fille avait accompagné l'impératrice dans de nombreux voyages à l'étranger, et développé pour elle une affection passionnée. Mais l'assassinat d'Élisabeth, au moment même où celle-ci s'apprêtait à révéler au monde l'existence de son enfant secret, avait brutalement brisé la vie de Karoline. Désormais seule, sans soutien, elle avait été poussée par les Kaiser à épouser un officier de cavalerie nommé Richard Kühnelt qui l'avait entraînée en Amérique avant de l'abandonner à Montréal ainsi que leurs deux jeunes enfants. Elle était alors partie avec ceux-ci pour Vancouver, où elle avait rencontré celui qui allait devenir son second mari, le comte Zanardi Landi, qui l'aidait aujourd'hui de toutes ses forces dans ses démarches pour faire reconnaître sa véritable filiation. Elle expliquait ainsi être revenue à Vienne en 1911, avoir confié son dossier à un avocat qui avait en son nom déposé une requête à la Cour, et avoir reçu du grand maréchal de l'empereur, toujours par l'intermédiaire de cet avocat, une offre d'un million de couronnes en échange de son silence – offre qu'elle avait fièrement refusée, n'étant pas intéressée par l'argent, mais par la reconnaissance.

J'étais perplexe. Cette offre du gouvernement autrichien rappelait fort celle qu'on avait faite à Marie Wallersee pour qu'elle ne publie pas ses Mémoires – à cette différence près que Marie Wallersee l'avait, elle, acceptée, pour mieux enfreindre sa promesse par la suite. De plus, si Karoline Zanardi Landi était une mystificatrice, aller se jeter ainsi dans la gueule du loup, au risque d'encourir les foudres de l'empereur d'Autriche et de sa police secrète, relevait de l'inconscience. Mais cette perplexité n'était rien à côté de la surprise qui m'attendait quelques pages plus loin : réfugiée en Bavière, Karoline Zanardi Landi affirmait avoir obtenu le soutien de la reine de Naples, rencontrée par le plus grand des hasards dans un hôtel de Feldafing, et qui aurait déclaré avoir toujours été dans le secret de sa naissance, avant de se désister sous la pression de la Cour. Cette fois, j'étais vraiment troublée, non seulement de retrouver sous la plume de Karoline Zanardi Landi ma vieille connaissance la reine de Naples, mais que sa réaction ait été à ce point conforme à celle que je lui prêtais dans mes pièces de théâtre. Sans compter que si l'histoire était fausse, Karoline Zanardi Landi prenait un gros risque de se voir démentir : en 1914, la reine de Naples était encore vivante, comme nombre de personnalités citées dans le livre.

À ma connaissance, aucun démenti, jamais, n'avait été publié.

Deux photos illustraient le livre. La première représentait l'auteure, la comtesse Zanardi

Landi, entourée de ses deux enfants, Élisabeth-Marie-Christine et Anthony-Francis, âgés respectivement au moment de la publication de dix et douze ans. La seconde était présentée comme une photo du château de Sassetot, alors qu'il s'agissait en fait d'un château voisin. Cette erreur était l'un des arguments de Wildon Lloyd, journaliste et écrivain américain qui avait mené dans les années 1950 sur cette affaire une enquête approfondie, pour affirmer que le livre de Karoline Zanardi Landi « *était faux du début à la fin* ». Il l'avait écrit en toutes lettres, rageusement, sur l'exemplaire personnel dont il avait fait don à la bibliothèque municipale de Vienne qui n'en possédait aucun, le livre ayant été interdit en Autriche à sa sortie. Les autres pièces du dossier, ainsi que ses conclusions, étaient conservées à la bibliothèque du Congrès à Washington. Miracle des nouvelles technologies, je passai commande en ligne et me fis envoyer par FedEx l'intégralité de son enquête, histoire de me convaincre, une fois de plus, que toute l'histoire n'était qu'une fiction – ou peut-être dans l'espoir de découvrir une faille dans le raisonnement de Lloyd, et – qui sait? – la preuve du contraire. Au même moment, un respectable universitaire lorrain inconnu de moi faisait de même : au début des années 2000, Louis-Philippe Laprévote donna à l'académie Stanislas, à Nancy, une conférence intitulée : « Une fausse princesse lorraine, Karolina Zanardi Landi », dans laquelle il exposait l'enquête de Lloyd, en la complétant par des archives d'État qu'il avait lui-même consultées à Vienne. Tous deux, après examen minutieux des pièces du dossier, parvenaient à la même conclusion : imposture, imposture, imposture – et pour moi : déception, déception, déception. Laprévote supposait que la fille de Karoline, la petite Élisabeth-Marie-Christine Kühnelt, une fois devenue actrice sous le nom d'Elissa Landi, s'était servie de l'histoire à des fins publicitaires en vue de promouvoir sa carrière, et présentait toute l'affaire comme un cas d'école de *désinformation*, plaie qui ne datait pas d'hier, mais à laquelle les nouvelles technologies allaient bientôt redonner une nouvelle vigueur.

Concernant justement Elissa, la Toile mondiale était devenue mon Eldorado. Non seulement je trouvai chez des bouquinistes en ligne deux des romans dont elle était l'auteure, ainsi que des mauvaises copies en VHS de plusieurs de ses films, mais sur eBay je fis l'acquisition, à prix d'or, d'un *scrapbook* qui lui était consacré, autrement dit un album dans lequel un de ses fans avait collectionné et collé des coupures de presse, et qui me fut expédié d'un coin perdu de l'Ohio où on l'avait sans doute découvert au fin fond d'un grenier lors d'un déménagement. La personnalité que je découvrais, à travers ses interviews, ne cadrait pas vraiment avec celle d'une ambitieuse starlette prête à tout pour faire parler d'elle : musicienne accomplie, elle avait commencé sa carrière au théâtre dans une compagnie shakespearienne aux côtés de

Laurence Olivier et John Gielgud, parlait couramment quatre langues et avait déjà publié deux romans avant son arrivée à Hollywood. Tout en refusant de commenter les rumeurs qui couraient sur sa filiation impériale, elle parlait de sa mère avec la plus grande tendresse, et l'avait fait venir auprès d'elle l'année suivante. Toutes deux vivaient dans la belle propriété qu'Elissa avait acheté au 1515 Amalfi Drive, tandis que son mari, John Cecil Lawrence, était resté à Londres. De nombreux entrefilets relatifs à la procédure de divorce attestaient que celui-ci avait été compliqué. Il avait fini par être prononcé en 1934, aux torts de John Cecil, pour « cruauté mentale ». Le *scrapbook* se terminait par l'annonce de la mort d'Elissa, décédée prématurément en 1948, à l'âge de quarante-quatre ans, laissant derrière elle son second mari, Curtis Thomas, ainsi qu'une petite fille de quatre ans, Caroline Maude Thomas.

Plus j'en apprenais sur elle, plus Elissa Landi m'intriguait. En dehors même du mystère de sa filiation, sa vie entière était un rébus. La brièveté de sa carrière, qui ne s'expliquait pas seulement par sa mort précoce puisque Elissa avait apparemment quitté Hollywood dès 1936. L'oubli total dans lequel elle était tombée. Cet étrange mariage avec un homme qui était resté vivre à l'autre bout du monde. Et surtout, sa relation, semblait-il fusionnelle, avec une mère que la plupart des gens tenaient pour folle.

La campagne, dans les environs de la vallée de la Bresle, à la frontière des départements de la Somme et de la Haute-Normandie, est un paradis pour les cavaliers. Il y a la forêt d'Eu, il y a des voies ferrées désaffectées, transformées en pistes cavalières. Il y a, surtout, en été, les vastes étendues de champs de blé, qui, après la moisson, permettent des galops effrénés sur des kilomètres, sans crainte d'abîmer les cultures. On les nomme, entre gens de cheval, des « pièces ». Ma belle-famille possédait une maison de campagne dans la vallée de la Bresle, non loin du Tréport – à quelques encablures de Fécamp, d'Étretat et de Sassetot. Nous y passions de nombreux week-ends et, les enfants grandissant, lorsque je voyais passer au loin des groupes de cavaliers, j'éprouvais un pincement de nostalgie en pensant à mes longues randonnées américaines. Je décidai de me remettre au cheval. Je m'aperçus bien vite que je devais tenir compte d'un élément nouveau : sans raison aucune, mais comme

Élisabeth au même âge, j'avais peur. Après son dernier séjour en Irlande, en 1882, l'impératrice s'était brusquement désintéressée de l'équitation pour se consacrer à la marche. Sa dernière dame d'honneur, Irma Sztáray, assurait que les chevaux, désormais, la terrifiaient au-delà du raisonnable. Était-ce la mort accidentelle de Bay Middleton, qui s'était cassé – littéralement – le cou en tombant brutalement de sa monture lors du sprint final d'un derby, peu après leur dernière rencontre ? Était-ce, de mon côté, le fait d'être devenue mère qui donnait un prix nouveau à mon existence, et à moi un sens du danger qui m'était inconnu jusqu'alors ? Je décidai de reprendre des leçons, et le souvenir ému de mes chevauchées américaines me poussa à m'inscrire dans un club d'équitation « western », non loin de Paris. Grâce à ma découverte de l'éthologie et du travail à pied, je repris vite confiance, et je finis par m'acheter mon propre cheval que je mis en pension dans le club équestre voisin de la maison de Picardie. Là, je passai de longues heures à galoper à travers les « pièces », slalomant entre les meules de foin comme Élisabeth l'avait fait à Sassetot, me consolant de mes échecs en pensant que parmi tous mes rêves d'enfant, j'avais au moins réalisé celui-là.

J'avais fait le tour des châteaux dans lesquels Élisabeth avait séjourné, mais je trouvais toujours de nouveaux buts à mes voyages. Espérant y croiser l'ombre de Proust, j'avais cherché en vain au cours des ans à visiter Ferrières, le château des Rothschild – il était, hélas, fermé au public. Un printemps, peu après la mort de mon père, j'emmenai ma mère à Gaète, petit village fortifié sur la côte, à une centaine de kilomètres au nord de Naples. Nous y avions passé quelques jours, et marché longuement dans les environs de la forteresse où la jeune Marie, à peine couronnée reine des Deux-Siciles, avait tenu tête aux Chemises rouges. Son courage pendant le siège, à l'âge de dix-neuf ans, lui avait valu une renommée mondiale et le surnom d'« héroïne de Gaète ». À Naples, après la chapelle San Sanverino et son extraordinaire Christ voilé, après le Teatro de Goldoni, nous sommes allées à la Basilique nous recueillir sur sa tombe. Puis j'ai tenu à visiter le palais. Il était vide, il faisait beau. Nous étions seules, ma mère et moi, à déambuler dans les immenses salles, la terrasse donnant sur la baie inondée de soleil. Je profitai de l'inattention du gardien assoupi sur une chaise pour m'asseoir sur le trône. Ma mère fit la photo.

Chevaux, voyages, tout cela était bien beau, mais ne résolvait pas la question de mon avenir professionnel. Par chance, les nouvelles technologies offraient des opportunités aux moutons à cinq pattes dans mon genre. Je travaillai quelques années en tant que rédactrice en chef technique dans un magazine culturel en ligne. J'avais une carte de presse, et si je me rendais chaque année au festival de Cannes, comme j'en avais tant rêvé, ce n'était pas sur le tapis rouge mais dans le sous-sol du « bunker », mettant en ligne au fil de l'eau les critiques de mes camarades journalistes. Je n'en éprouvais aucune amertume. J'avais remisé mes rêves de gloire, et ne m'en portais pas plus mal. En attendant mon premier enfant, j'avais cessé d'attendre autre chose.

Lorsque, à nouveau, on me proposa de collaborer à l'écriture d'un scénario, je ne résistai plus à la pente vers laquelle semblait m'incliner obstinément mon destin, et je repris ma plume, ou plutôt mon clavier. Instruite par l'expérience, je me cantonnai sagement, dans un premier temps, à des écritures de commande pour des séries existantes. Cela ne dura pas. Tel l'océan après un naufrage, ramenant sur le sable, vague après vague, des trésors que l'on croyait disparus à jamais, Internet continuait de déposer régulièrement à mes pieds des documents qui ouvraient de nouveaux champs à mes divagations. Je découvris ainsi le livre – inédit en français – qu'avait consacré à la reine de Naples le journaliste italien Arrigo Petacco, *La regina del Sud.* Petacco y décrivait en détail les activités terroristes auxquelles la reine de Naples s'était livrée dans les années 1890, en lien avec les milieux anarchistes français et italiens, notamment Errico Malatesta et Charles Malato, proche compagnon de Louise Michel. Outre la confirmation que Marie ne s'était jamais résignée à la perte de son trône, j'y voyais la solution de l'énigme qui me tracassait depuis si longtemps : après la mort de l'impératrice, on avait paraît-il fort reproché à la reine de continuer à recevoir dans sa villa de Neuilly les anarchistes, assassins ou du moins complices de celui qui avait assassiné sa sœur. Nul doute que Marcel Proust, en mettant dans sa bouche la phrase « *C'est un petit deuil, un tout petit deuil, c'est ma sœur* », s'était fait l'écho des rumeurs scandalisées qui avaient couru alors. De là à rendre Marie de Naples, mue par une féroce jalousie, responsable de l'assassinat d'Élisabeth par l'anarchiste italien Luigi Lucheni, il n'y avait qu'un pas, qui donnerait à ma pièce le « climax » dramatique qui manquait à mes versions précédentes, et que je m'empressai de franchir en m'attelant à l'écriture d'un nouvel opus au titre accrocheur de *Qui a tué Sissi ?*

Dans la foulée, je rédigeai un projet de téléfilm dont l'action se déroulait à Paris entre 1892 et 1898. La télévision française produisait peu de fictions historiques, et privilégiait les sujets qui entraient fortement en résonance avec l'actualité. C'était, j'en étais convaincue, exactement le cas du mien : en ce début de XXIe siècle, le nationalisme progressait à nouveau partout en Europe. Autrefois synonyme de progrès, cette idéologie était à présent revendiquée par l'extrême droite, ce qui rendait ma reine de Naples, dans son opposition aux nationalistes italiens, éminemment moderne – pour ne pas dire visionnaire. Mais surtout, la vague d'attentats anarchistes qui se succédèrent à la fin du XIXe siècle en France, à commencer par celui du café Terminus, premier attentat aveugle et donc véritablement « terroriste » de notre histoire, faisait irrésistiblement penser aux attentats islamistes qui semaient la terreur dans le monde occidental depuis le 11 septembre 2001. L'« Internationale anarchiste », cette organisation de l'ombre qui recrutait, complotait, organisait les évasions et les transferts, ne ressemblait-elle pas comme une sœur à la « nébuleuse » al-Qaida ? La colonie de Paterson, dans le New Jersey – à propos de laquelle le célèbre anarchiste Zo d'Axa écrivait : « *Les attentats et les complots, tous les actes de la révolte ont été décidés là-bas. On y prépare un régicide comme à Pithiviers un pâté* » –, n'évoquait-elle pas les camps d'entraînement d'Afghanistan, dans lesquels se formaient les aspirants au *djihad* ? Enfin, ces « lois scélérates » qui restreignaient les libertés publiques, promulguées sous la IIIe République pour tenter d'endiguer la vague d'attentats, n'étaient-elles pas les dignes ancêtres du *Patriot Act* et autres « états d'urgence » qui faisaient débat chez nos contemporains ? Le bégaiement de l'Histoire était si évident que je n'avais guère de doute que les décideurs des chaînes, sensibles à l'actualité brûlante de mon sujet, se précipiteraient pour en acquérir les droits.

Hélas, pas plus que ma *Comtesse de Hohenems*, ma *Reine de Naples* et *Qui a tué Sissi ?*, ma *Reine aux anarchistes* ne devait voir le jour. La secrétaire de l'organisme auprès duquel j'avais déposé une demande de bourse d'écriture eut la gentillesse de me téléphoner pour me dire que mon projet avait suscité beaucoup d'intérêt et avait été longuement débattu, mais qu'il hésitait trop entre le drame historique et l'histoire familiale, ce qui était apparemment un problème – il devait y avoir encore une histoire de « cases » là-dessous. Me sentant peu convaincue, la secrétaire avait ajouté que, de surcroît, le jury avait trouvé mes dialogues « trop littéraires ».

Cette fois, j'avais compris. Mes amis me regardaient d'un air consterné et je ne pouvais que leur donner raison. Il fallait me rendre à l'évidence, malgré Proust et l'Europe, nationalismes ou pas, tous ces alibis politiques, ces cautions prestigieuses ne servaient à rien : mes histoires de princesses n'intéressaient personne.

Fini, c'était fini.

Je n'écrirais pas de nouvelle version de cette pièce, jamais. De scénario, pas davantage.

Finita la commedia.

J'allais en faire un roman.

J'avais cessé d'être comédienne, mais personne ne s'en était rendu compte. On continuait à me voir de temps à autre sur le petit écran, au hasard des rediffusions de séries policières – et le lendemain le marchand de journaux ne manquait jamais de lever son bras plié devant son visage à mon approche comme pour se protéger et de me saluer en se fendant d'une fine remarque comme quoi il-ne-m'aurait-jamais-crue-capable-de-ça-car-j'avais-l'air-plutôt-gentille-comme-ça-mais-désormais-il-se-méfierait-de-moi, tandis que ma boulangère joviale me demandait si Machin ou Machine était dans la vie aussi sympa qu'il ou elle en avait l'air à la télé. Les quelques directeurs de casting qui m'aimaient bien continuaient à appeler mon agent à l'occasion, afin de me faire passer des essais pour un deuxième ou troisième rôle. Je ne m'en formalisais pas, car les essais étaient à présent la règle pour tous. Même mes amis comédiens bien plus connus que moi devaient s'y soumettre. Il semblait que les responsables des chaînes n'allaient ni au théâtre ni au cinéma, ou étaient d'avance exténués par l'effort d'imagination qu'exigeait le fait de distribuer un comédien dans un rôle un tant soit peu différent de celui qu'il avait déjà joué vingt fois, et qu'ils ne pouvaient être pleinement rassurés qu'en le voyant mal éclairé, sur un écran vidéo, interpréter de son mieux dans un décor de fortune la scène de préférence la plus dramatique du film.

Il allait y avoir bientôt vingt ans que j'étais sortie du Conservatoire et, regardant autour de moi, j'eus soudain l'envie de faire une sorte d'état des lieux en allant interroger mes camarades de l'époque. Certains – en vérité fort peu – étaient devenus célèbres, d'autres, inconnus du grand public, poursuivaient une carrière exigeante au théâtre. Certains avaient changé de métier, d'autres avaient eu une brève heure de gloire avant de retomber dans l'anonymat, d'autres s'étaient suicidés. Je m'interrogeais sur les raisons de ces divergences de destin – étaient-elles dues au talent, au hasard ? Combien d'entre eux avaient-ils réalisé leur rêve ? Il me vint l'envie de profiter de l'anniversaire des vingt ans de ma promotion pour faire un documentaire sur ces vies d'acteurs « ordinaires ».

J'en parlai à mon amie Félicie, elle-même ancienne comédienne reconvertie dans la production, qui fut tout à fait emballée par l'idée qu'elle trouvait excellente et, dans le même élan, me découragea avec la plus grande énergie de perdre mon temps sur un projet de ce genre – car aucune chaîne de télévision ne s'intéressait aux acteurs de théâtre, surtout inconnus, et ne mettrait en conséquence un kopeck là-dedans. De surcroît il n'y avait pas de « case » pour ça. Il y avait peu de « cases » déjà pour les documentaires, relégués sur les chaînes hertziennes très tard en seconde partie de soirée, encore moins pour les documentaires « culture », mais la sous-case doc/culture/théâtre/acteurs/inconnus restait, à sa connaissance, à créer, même sur la plus confidentielle des chaînes câblées. Un jour, elle soupira : « Si seulement tu voulais faire un doc historique, ce serait plus simple. »

Je la regardai, saisie, et une déflagration se produisit dans mon cerveau. Je n'avais certes pas renoncé à mon projet de roman sur Elissa, Karoline et les trois Marie. J'en avais même écrit le début, dont je n'étais pas mécontente : il commençait en 1922, juste avant la mort de Marie Festetics, dans une Hongrie sinistrée. La comtesse Festetics découvrait les livres de Marie Wallersee, de Karoline Zanardi Landi, ainsi que celui de Proust, et, sachant sa fin prochaine, décidait de confier son journal au comte Corti, avec la tâche de défendre la mémoire d'Élisabeth. Hélas, j'avais beaucoup de difficultés à aller plus loin que ce premier chapitre. Car je rêvais de faire d'Elissa mon personnage principal, mais, la concernant, je manquais terriblement de matériau : les informations biographiques livrées par le *scrapbook* tenaient en quelques lignes. J'avais fini par accoucher d'un deuxième chapitre plus ou moins inspiré des Mémoires de sa contemporaine Marlene Dietrich, décrivant son arrivée à Hollywood, mais je devais être réaliste : à ce rythme, il me faudrait des années pour en venir à bout. Aussi je m'étais résolue à entamer ma carrière d'écrivain par une petite chose plus modeste, évidemment autobiographique, que j'écrivais à mes moments perdus, tout en survivant grâce à des travaux d'écriture de commande.

Félicie me voyait songeuse. Elle attendait patiemment, l'air interrogateur. Je luttai avec moi-même durant une fraction de seconde pour repousser l'idée qui venait de surgir dans ma tête, puis, vaincue par mes vieux démons, je capitulai et m'entendis répondre : « J'AI une idée de documentaire historique. »

L'idée était osée mais elle se défendait. Dans ce projet intitulé : *Sissi ou la fabrication d'un mythe,* je prétendais raconter comment une petite souveraine sans grande envergure, ignorée – quand elle n'était pas détestée – par la majorité de ses contemporains, ne devait qu'à l'invention de la photographie et du cinéma d'être ainsi devenue, un siècle plus tard, une star mondiale.

Dire que Romy Schneider et les films réalisés par Ernst Marischka dans les années 1950 avaient grandement contribué à sa popularité était un lieu commun. Mais peu de gens savaient qu'Ernst Marischka, né en 1893 à Vienne – un Capricorne, comme Élisabeth et comme moi, mais cela est hors sujet –, avait vu passer le cortège funéraire de l'impératrice à l'âge de cinq ans et que – comme moi – il était resté toute sa vie obsédé par le personnage. Il lui avait consacré une comédie musicale dans les années 1930, puis, pour une raison incompréhensible, s'était fourvoyé à écrire soixante-neuf scénarios insipides et à réaliser vingt-cinq films sans intérêt, attendant d'avoir soixante ans bien sonnés pour accomplir avec la trilogie des *Sissi* le chef-d'œuvre de kitsch qui lui avait apporté fortune, succès et renommée internationale. Puis il était mort.

Et j'étais née.

(Je ne déduis de cela aucun lien de cause à effet – je ne crois pas à la réincarnation. Par ailleurs, je ne suis pas absolument certaine qu'Ernst Marischka ait réellement vu passer le cortège funéraire d'Élisabeth à l'âge de cinq ans, encore moins qu'il en ait été si profondément impressionné. Peut-être était-il simplement mû par l'appât du gain, et avait-il reniflé dans cette histoire un filon juteux qui lui permettrait de se refaire après une série d'échecs commerciaux. Mais je préfère ma version. Et si j'écrivais un « biopic » d'Ernst Marischka, je mettrais certainement la scène des funérailles de Sissi, avec un petit garçon à la fenêtre qui suit des yeux le cortège, fasciné, en ouverture du film.)

Pour autant, je ne comptais pas faire d'Ernst Marischka le personnage central de mon documentaire. L'incarnation de Sissi par Romy Schneider constituait plutôt dans mon esprit la conclusion et l'aboutissement grandiose d'une vaste entreprise de propagande et d'un processus de falsification commencé bien des années auparavant, du vivant même de l'impératrice.

Le centenaire de la mort d'Élisabeth, qui avait vu l'explosion de l'exploitation touristique de sa célèbre personne dans toute l'Europe – sous forme de musée dans la moindre villa où elle avait séjourné une semaine, et même à la gare de Possenhofen, qu'elle n'avait fait que traverser – ainsi que du *merchandising* associé – sous forme de calendriers, éventails, boules à neige et autres chopes de bière –, avait aussi été l'occasion, au Sisi-Museum de Vienne, d'une exposition qui étayait ma thèse : intitulée « Sissi ou l'art de la retouche », elle expliquait, documents à l'appui, le casse-tête qu'avaient représenté pour les propagandistes de la Cour les absences continuelles de l'impératrice et surtout son refus « garbo-esque » avant l'heure de se soumettre à l'objectif passé l'âge de trente ans, refus qui les avait contraints à user de grossiers trucages et à recycler indéfiniment les rares clichés disponibles de la souveraine afin de la faire figurer auprès de l'empereur sur les photographies officielles. Les clichés en question provenant des dernières séances de pose accordées par l'impératrice et datant tous d'avant 1870, Élisabeth s'était trouvée ainsi, aux yeux du grand public et par la grâce d'audacieux photomontages, figée dans une éternelle jeunesse auprès d'un empereur qui lui, pauvre mortel soumis à la loi commune, apparaissait toujours plus vieillissant. Ce procédé malhonnête s'était poursuivi jusqu'à la mort d'Élisabeth à l'âge de soixante ans, y compris sur la photo officielle illustrant dans les journaux l'annonce de ses funérailles, sur laquelle une petite main sacrilège, soucieuse d'un minimum de vraisemblance, avait seulement pris soin de dessiner discrètement quelques rides.

Mais l'entreprise de falsification que j'entendais dénoncer ne s'arrêtait pas là. Car, née en même temps que les premiers daguerréotypes, morte alors que naissait le cinématographe, le personnage historique – la « vraie Sissi » –, qui avait été de son vivant le modèle des premières photographies, avait été prolongé par son personnage de fiction sans interruption perceptible, en sorte qu'une photo d'elle reposant sur son lit de mort, qui laissait deviner sous un voile léger un lisse et beau visage étonnamment juvénile, était régulièrement présentée comme authentique dans les ouvrages les plus sérieux, alors qu'elle était, en réalité, tirée d'un film muet intitulé *Kaiserin Elisabeth*, réalisé par Rolf Raffé en 1920 et dont le scénario avait été écrit par la nièce de l'impératrice en personne : Marie Wallersee. Je mentionne ce fait comme en passant et sans émotion apparente, mais ce détail extraordinaire et très peu connu m'avait en réalité plongée dans un état d'exaltation extrême, et devait être l'une des révélations-chocs de mon documentaire. J'en avais fait la découverte dans la monumentale biographie que Brigitte Sokop, historienne autrichienne, avait consacrée à la nièce de l'impératrice. Découvrir qu'au cours d'une de ses multiples vies Marie Wallersee avait aussi été scénariste n'était pas à mes yeux une mince révélation, et je n'étais pas peu fière d'avoir réussi à mettre la main sur ce document rarissime : le premier film sur Sissi de l'histoire du cinéma, récemment retrouvé, restauré et conservé à la bibliothèque d'Amsterdam.

Car la difficulté d'un projet de ce genre, sur un sujet aussi rebattu qu'Élisabeth, était avant tout de trouver des images inédites, qui reposeraient agréablement le spectateur des sempiternelles promenades dans le parc de Schönbrunn et les salons de la Hofburg. C'est pourquoi je me proposais de faire de l'enquête sur l'enfant de Sassetot le fil rouge narratif de ce documentaire. Les films d'Elissa Landi, tournés dans les années 1930 et inconnus du grand public, seraient le pont qui me permettrait de faire le lien entre le film muet de Rolf Raffé et ceux en technicolor d'Ernst Marischka. Et le destin incroyable d'une petite-fille de Sissi devenue star à Hollywood serait le prétexte à montrer comment, au début du XXe siècle, les têtes couronnées furent remplacées par les stars de cinéma dans l'imaginaire collectif, donnant naissance au « star system » et à la presse « people ».

Félicie mordait à l'histoire, je le sentais. En productrice avisée, elle entrevoyait, derrière mon discours enthousiaste, la promesse d'un objet original qui, tenant autant de l'histoire du cinéma que du documentaire « people », promettait surtout, une fois encore, d'être parfaitement inclassable. Pourtant, elle ne pouvait se défendre d'une certaine curiosité pour une telle entreprise de démystification.

Et au moins, indéniablement, Sissi était un « nom ».

Tout en haut de la liste des personnes que j'envisageais d'interviewer pour mon documentaire se trouvait Brigitte Sokop, l'auteure de la biographie de Marie Wallersee qui m'avait mise sur la piste du film de Rolf Raffé. D'une lecture aride, même pour un germanophone, ce pavé indigeste et néanmoins passionnant multipliait avec une précision tout universitaire les citations, les références et les sources, et m'avait fait pressentir en son auteure une âme sœur, appartenant comme moi à la confrérie des monomaniaques – après celui-là, Brigitte Sokop n'avait jamais publié d'autre livre.

J'avais pris contact avec elle par le biais de sa maison d'édition au début des années 2000. Après l'avoir chaudement félicitée pour son ouvrage, je lui avais demandé où et dans quelles circonstances elle s'était procuré la correspondance échangée dans les années 1930 entre Marie Wallersee et Elissa

Landi, dont elle reproduisait dans son livre de larges extraits. Brigitte Sokop m'avait répondu aussitôt et m'avait dit n'avoir pu que brièvement consulter et recopier hâtivement ces lettres grâce à un certain Fred Brumme, au début des années 1980. Elle croyait savoir que ce Brumme, à l'époque, préparait un livre sur Elissa Landi avec l'accord de la fille de celle-ci, Caroline Thomas, qui lui avait confié dans ce but toutes les archives familiales. Mais Fred Brumme était mort dans les années 1990, le livre n'avait jamais vu le jour, et les fameuses lettres avaient à nouveau disparu.

Combien de fois, depuis les débuts d'Internet, avais-je tapé dans un moteur de recherche le nom de la fille d'Elissa Landi ? Le nom de « Caroline Thomas » est désespérément commun et ce, dans le monde entier. Au vu des milliers de pages qui s'affichaient à chacune de mes tentatives, autant chercher une aiguille dans une botte de foin. Mais le temps, s'il restait toujours assassin, avait cessé brusquement au XXIe siècle d'être l'ennemi de l'historien. Au lieu de détruire les preuves, de faire disparaître les témoins, d'enfouir de plus en plus profondément les vestiges sous la poussière des siècles comme il l'avait fait jusqu'alors, il les faisait au contraire régulièrement remonter à la surface. Depuis ma dernière recherche, les réseaux sociaux avaient gagné des utilisateurs par millions. Et lorsque, quelques jours après mon rendez-vous avec Félicie, je « googlai » pour la centième fois ce nom, d'un doigt distrait, davantage pour éviter de me consacrer à un travail sérieux que par véritable espoir, mon attention fut attirée, très loin dans la liste des résultats de recherche, par une page Facebook, d'ailleurs presque vide. C'était la page d'une Caroline Thomas, professeur de théâtre et coach d'acteurs, qui vivait à New York. Deux photos illustraient son profil. Outre qu'elle avait l'âge approximatif de « ma » Caroline, sa ressemblance avec l'actrice Elissa Landi me sauta aux yeux. M'interdisant tout optimisme prématuré, je m'empressai d'envoyer un e-mail à l'adresse de contact de ce cours de théâtre, m'efforçant en peu de lignes d'expliquer qui j'étais, et pour quelles raisons je souhaitais entrer en contact avec la fille d'Elissa Landi.

Plus de deux semaines s'écoulèrent avant que je reçoive une réponse. Le mail de Caroline commençait par : « *Yes indeed, I am Elissa Landi's daughter.* » Elle était bien la fille d'Elissa Landi.

DEUXIÈME PARTIE

Karoline et Caroline,
Elissa et Elissa

C'était le printemps et le jardin botanique de Brooklyn célébrait l'*hanami* – la floraison des cerisiers, symbole de l'éphémère et de la brièveté de l'existence, selon la tradition japonaise. Des dizaines de *sakuras* alignés en rangs serrés formaient un immense nuage de fleurs roses que je fendais, remontant l'allée qui traverse l'esplanade en direction de Grand Army Plaza où j'avais rendez-vous avec Caroline Thomas, en méditant comme il se doit sur le passage du temps. Il y avait plus de vingt ans que je n'étais pas revenue à New York, et près de trente que j'y étais venue pour la première fois, en compagnie d'Henry. Cette pensée n'éveillait chez moi aucune nostalgie. Pour rien au monde je n'aurais voulu retourner en arrière. Mais trente ans plus tard, la petite note en bas de page du livre de Corti relative à l'enfant de Sassetot n'avait pas fini de m'intriguer – d'où mon exaltation en cet instant où j'avais l'impression, enfin, de toucher au but, à savoir la résolution de l'énigme qui avait occupé une si grande part de ma vie, dévoré des milliers d'heures de ma jeunesse – et phagocyté l'essentiel de ma production littéraire.

Bien que nos échanges électroniques aient d'emblée pris un ton chaleureux, je n'avais pas encore osé poser directement à Caroline la question qui me démangeait : croyait-elle, oui ou non, à l'histoire de l'enfant secret ? Ou, autrement posée : se pensait-elle la descendante de l'impératrice Élisabeth ? Je m'étais contentée d'allusions détournées, auxquelles elle avait répondu vaguement que l'histoire familiale était « compliquée ». J'étais, à vrai dire, assez convaincue qu'elle avait dû se ranger à l'opinion générale, partagée par tous les gens sérieux qui avaient enquêté sur le sujet, à savoir que sa grand-mère Karoline Zanardi Landi était une affabulatrice, voire une mythomane.

Ce qui m'intéressait était de connaître sur le sujet le point de vue d'Elissa. Des quelques articles que j'avais pu lire sur elle dans le *scrapbook* en provenance de l'Ohio, il ressortait qu'Elissa avait pour sa mère une grande affection et lorsqu'elle avait dû s'exprimer sur le sujet, elle avait pris la défense de Karoline, affirmant qu'elle n'avait aucune raison de douter de sa parole. Mais cette posture publique ne disait rien de ses sentiments en privé. En réalité, le choix qui s'était présenté à Elissa était simple : soit elle croyait que sa mère disait la vérité, soit elle devait admettre que celle-ci était folle. Étant moi-même très proche de ma mère, j'entrevoyais ce qu'un tel choix devait avoir de douloureux, pour ne pas dire cornélien.

« Vous me reconnaîtrez facilement, m'avait dit Caroline au téléphone, avec un *dry humor* et un sens de l'autodérision qui me la rendaient immédiatement sympathique. Je suis grande, je suis vieille – et je porte une écharpe bleue. »

Elle n'était ni si grande ni si vieille, mais l'écharpe était bien bleue, et je l'avais trouvée sans peine qui m'attendait, debout à l'entrée de la station de métro qui borde Prospect Park. Je l'invitai à déjeuner dans un restaurant japonais de Flatbush Avenue. Caroline commença par me questionner sur la manière dont mes recherches m'avaient menée jusqu'à elle. Je mentionnai le *scrapbook*, dans lequel figurait un faire-part de sa naissance. Puis le livre de Brigitte Sokop et le récit que celle-ci m'avait fait de sa rencontre avec Fred Brumme. À l'énoncé de ce nom, Caroline s'exclama : « Ah, Brumme... C'était un ami de mon père. Il est mort du sida. » Après un temps, elle se mit à me parler longuement de son père, Curtis Thomas, dans le but d'arriver me semblait-il à ce qu'elle voulait me dire ce jour-là, à savoir : « *My father was gay* » (mon père était homosexuel), révélation que j'accueillis avec un intérêt poli, mais sans bien en comprendre le rapport avec l'objet de mon voyage.

La pensée de Caroline, je m'en rendis rapidement compte, fonctionnait en cercles, en larges cercles concentriques. Il me faudrait plusieurs jours et autant de déjeuners et de dîners, à l'écouter me raconter sa vie, à lui faire partager de mon côté mes connaissances, lui apprenant sur l'impératrice bien des choses qu'elle ignorait, pour enfin comprendre ce « *My father was gay* », et l'importance qu'il avait pour ma recherche. Nous étions le jeudi suivant cette première rencontre, dans son bel appartement de l'Upper West Side, tout près du Musée d'histoire naturelle. Caroline, elle ne s'en cachait pas, était loin de rouler sur l'or. Elle ne pouvait se permettre un tel appartement que parce que, loué par son père bien des années plus tôt, le loyer en était resté très modeste. Dans le salon, au-dessus du piano, face à l'impressionnante bibliothèque, trônait un grand portrait d'Elissa Landi par John Collier, datant de la fin des années 1920. Dans la pièce voisine qui servait à Caroline de salle de répétition, sur la commode, il y avait une photo encadrée d'Elissa enfant, à côté d'une petite reproduction du tableau représentant Élisabeth par Winterhalter – celui qui la montre les cheveux dénoués, que François-Joseph aimait tant qu'il l'avait fait accrocher dans son bureau à la Hofburg, afin de l'avoir toujours sous les yeux.

Tout en parlant avec Caroline, je feuilletais les photographies rangées dans une malle qui portait en lettres dorées l'inscription : « Elissa Landi ». Outre cette malle, il y avait m'avait-elle appris une quinzaine de cartons, stockés dans un garde-meubles *upstate*, très exactement à New Paltz, à une centaine de kilomètres au nord de New York, contenant l'intégralité des archives familiales que Caroline n'avait jamais eu le courage ni le temps de consulter, et qu'elle n'avait pas l'espace de garder chez elle à Manhattan. Tandis que mon fils jouait à la console dans le salon voisin avec le mari de Caroline, Robert, et leur fille de vingt-cinq ans, prénommée comme sa grand-mère « Elissa », je demandai à Caroline, presque incidemment, son opinion sur « la question du père ». Car si l'on admettait que Karoline Zanardi Landi ait réellement été une fille cachée de l'impératrice, la question qui se posait immédiatement était : qui était son père ? L'empereur François-Joseph, hypothèse évoquée par Karoline dans son livre, dans le souci évident d'obtenir plus facilement sa reconnaissance par la famille impériale ? Le capitaine Middleton, avec qui Élisabeth avait partagé de longs mois de chasses à courre et entretenu à peu près publiquement une liaison au moins sentimentale ? C'était la version de Marie Wallersee, lorsqu'elle avait certifié l'authenticité de la naissance de Karoline à Sassetot. Ou encore, Louis II de Bavière, le cousin tant aimé et « âme sœur » de l'impératrice, ce qui avait été la thèse défendue par Karoline Zanardi Landi après la chute de l'empire d'Autriche, alors qu'elle n'avait plus à craindre de représailles ni à espérer de reconnaissance de la famille impériale, version qui paraissait cependant hautement fantaisiste lorsqu'on avait en tête le *Ludwig* de Visconti et les inclinations homosexuelles de Louis II ? Caroline me regarda et laissa tomber après un silence : « Je suis bien la fille de mon père. » Après quelques secondes d'incompréhension, me revint en mémoire notre déjeuner du premier jour et l'air entendu avec lequel elle m'avait confié : « *My father was gay.* » Sur ce point comme sur d'autres, Caroline trouvait ainsi dans sa propre vie des répétitions, des réminiscences du roman familial qui éclairaient pour elle le passé et lui donnaient des certitudes intimes quant à la vérité de cette histoire, à défaut de preuves objectives. Mais ce n'était pas son seul argument : à la mort de Brumme, une autre amie du père de Caroline, une éditrice anglaise d'origine allemande passionnée de cinéma et d'histoire, Katerina von Burg, avait récupéré les archives auparavant confiées à Brumme afin de travailler à son tour à une biographie d'Elissa Landi. Elle était morte – elle aussi – avant d'avoir pu la terminer mais, selon Caroline, avait laissé un manuscrit presque achevé et quasi prêt pour la publication. Il semblait que Katerina von Burg, comme Fred Brumme, après des années de recherche et au vu de la masse de correspondance familiale que tous deux avaient pu consulter, ne conservait aucun doute quant à la sincérité de Karoline Zanardi Landi.

Fou, comme New York avait changé. Lors de mon premier séjour, en septembre 1983, Henry m'avait montré fièrement la *skyline* alors que nous arrivions en taxi de l'aéroport de La Guardia, venant de Los Angeles, et cette première image était restée depuis comme imprimée en moi, mon pauvre cerveau ayant été par la suite et jusqu'à ce jour incapable d'en gommer les tours jumelles, au point qu'à chacune de mes arrivées à New York, il y a toujours une fraction de seconde durant laquelle je les cherche des yeux. Nous y avions passé une semaine, avant mon retour en France. Il faisait quarante degrés à l'ombre et la chaleur humide collait les vêtements au corps. Henry m'avait fait visiter l'immense appartement de ses parents sur Central Park West, dans lequel il avait grandi. Au-dessus de la cheminée, il y avait un Monet, un Picasso dans la bibliothèque, un nu de Degas dans la chambre, des Chagall, des Sisley, des Pissarro et des Renoir partout. Ahurie, je découvrais un monde où les gens habitaient des musées. Nous avions « visité » Harlem en taxi, toutes vitres fermées et sans nous arrêter, condition exigée par le chauffeur pour nous y conduire au prix d'un énorme pourboire. Nous dînions tous les soirs au Café Central, où Bruce Willis encore inconnu travaillait comme serveur. Nous y rencontrions la « bande » d'Henry et une foule d'acteurs plus ou moins célèbres, William Hurt, Melissa Leo, Candice Bergen, Susan Sarandon, Robin Williams... J'ai inscrit tous ces noms sur mon agenda de l'époque, sans quoi je serais tentée de croire que j'invente. Quelques années plus tard, j'étais revenue seule. Je logeais dans un petit appartement prêté par un ami dans l'Upper East Side. Il faisait dix degrés au-dessous de zéro et l'histoire qui circulait alors était qu'à chaque carrefour il y avait : un sans-abri, un dealer, un serial killer – et vous. Il était déconseillé de prendre le métro quand on était une fille seule, encore plus de traverser Central Park. Le dollar était à plus de douze francs et, comme je n'avais pas le sou, j'y avais passé une semaine sans presque sortir de chez moi. Bref, j'avais gardé de New York le souvenir d'une ville fascinante et dangereuse, climatiquement hostile. Mais en ce mois d'avril 2012, j'avais l'impression d'y venir pour la première fois. L'air était doux et les transports faciles, je prenais le métro sans me poser de question et j'avais même emmené mon fils un dimanche matin dans une église d'Harlem écouter du gospel.

À mesure que Caroline et moi faisions connaissance, nous nous découvrions un nombre étonnant de points communs : elle était familière de l'œuvre d'Henry et plusieurs de ses anciens élèves avaient tourné avec lui. Elle-même avait travaillé avec le metteur en scène américain qui dirigeait ma première pièce de théâtre, alors que j'étais encore en première année au Conservatoire. Beaucoup plus que de la sympathie, nous éprouvions toutes deux ce sentiment étrange de familiarité que l'on ressent parfois avec un parfait inconnu. Au bout de deux jours, en confiance, Caroline ne se défendait plus d'être convaincue de la vérité des allégations de sa grand-mère Karoline, même si elle ne l'avouait pas volontiers, par crainte du ridicule, et me montra même avec un soupçon d'ironie quelques assiettes et pièces d'argenterie ornées d'une couronne, appartenant au service de table de sa grand-mère et dont elle avait hérité.

Je sortis de chez elle ce jour-là en emportant l'unique exemplaire du manuscrit de Katerina von Burg sur Elissa Landi. C'était le premier ouvrage d'historien « sérieux » que je tenais en main et qui ajoutait foi à l'histoire de l'enfant de Sassetot. Son auteure devait avoir pour cela de solides arguments, car elle n'avait rien d'une dilettante ni d'une évaporée : outre ce livre, qu'elle n'avait pas pu terminer, Katerina von Burg avait publié une biographie de Schliemann, l'archéologue, dont Caroline disait le plus grand bien, ainsi qu'une biographie de Louis II de Bavière et une autre d'Élisabeth, que je me promis de me procurer dès que possible. J'écumai plusieurs Staples et autres Office Supplies Store de Manhattan avant de dénicher, à Brooklyn, l'endroit où on accepterait de photocopier ce manuscrit *sur-le-champ* et, surtout, *en ma présence*, car les pages n'étant numérotées qu'à l'intérieur des chapitres, si par malheur elles se trouvaient mélangées, il me faudrait des jours pour les remettre en ordre. Lorsque l'employé m'annonça qu'en raison de la mauvaise qualité du papier d'origine, il y avait eu un « bourrage » et qu'il ne pouvait pas me promettre qu'un certain nombre de pages ne soient pas irrémédiablement perdues, si je me suis retenue de fondre en larmes, c'est seulement que mon fils de douze ans était à côté de moi, assistant à la scène en me regardant d'un air inquiet, et qu'il me fallait tout de même jouer mon rôle de mère sérieusement, sans laisser voir qu'au fond de moi je n'étais guère plus vieille que lui – l'âge mental de la plupart des adultes est un secret bien gardé que les enfants ne doivent pas connaître. Je quittai la boutique une heure plus tard comme miraculée, serrant contre moi la fameuse copie ainsi que le document d'origine finalement intact, que je rendis l'après-midi même à Caroline, par crainte de l'égarer ou qu'il lui arrive quelque chose. Elle le prit et le rangea dans la fameuse malle, se déclarant elle aussi soulagée qu'il en existe à présent une copie et qu'elle soit en ma possession.

Le manuscrit de Katerina von Burg, hélas, était encore en plein chantier. En de nombreux endroits, elle faisait part de ses conclusions sans mentionner le chemin qui l'avait menée jusqu'à elles, indiquant seulement « vérifier » ou « ajouter référence » : les notes étaient absentes, ce qui ajoutait à ma frustration. À la fin de certains chapitres figuraient des extraits de correspondance. Il fallait un peu de temps pour déterminer qui était l'auteur de ces lettres, qui le destinataire : les membres de cette famille avaient autant de surnoms que d'interlocuteurs, voire davantage. Ainsi, Elissa signait les lettres à sa mère du nom de *Susla* ou *Snusni* ou *Snusni Elisabeth*, mais pour son frère Toni elle était définitivement *Susie*, pour son beau-père *Mady*, quant à son mari John Cecil, qu'elle nommait parfois *Yonni* – quand ce n'était pas *Tid'n* ou *Peebody* –, il l'appelait indifféremment en retour *Kitting* ou *Weebody*. Pour Elissa, sa mère était – rarement – *Mother*, le plus souvent *Karline*, ma Karoline adorée, *Karlinigum, my love, my One and only One, my Dearest Friend.* Carlo Zanardi Landi était *Pi* (prononcer « Paï ») pour tout le monde sauf pour sa femme qui l'appelait *Carlo* ou *Beb* – ils s'écrivaient en français. Enfin, les lettres de Karoline à sa fille étaient un festival de noms tendres tels que

Sweetheart, Best Beloved, Sweetest Love, Angel Face, Sweetest Only One, Onliest Sweetheart, Sweetheart Dearest my Susla, Susla my very own, my Sweet Only Susla et autres combinaisons. Une fois cet obstacle surmonté, je trouvai là une réponse partielle aux questions que je me posais. Ainsi, le comte Carlo Zanardi Landi, alias *Pi* (prononcer « Paï », j'insiste), dans une lettre à sa belle-fille Elissa, traitait la « *mère* » de Karoline, à savoir l'impératrice, de « *sacrée égoïste* », de n'avoir pas reconnu celle-ci de son vivant de manière irréfutable – il s'excusait tout aussitôt de sa hardiesse de manquer ainsi de respect à la mère bien-aimée de sa femme. Dans une autre lettre, Elissa s'adressant à sa mère faisait mention de l'impératrice en la nommant « *your mother* », un jour où, revenant d'une promenade à cheval solitaire dans les Hollywood Hills, elle déclarait à Karoline comprendre la passion que l'impératrice avait pour l'équitation.

Si Karoline était mythomane, elle avait manifestement réussi à embarquer dans son délire sa famille tout entière.

Dans un chapitre intitulé « The Larisch Connection », Katerina von Burg faisait référence à la correspondance échangée dans les années 1930 entre Elissa, Karoline et Marie Wallersee, épouse Larisch. Von Burg affirmait que Marie Wallersee, lorsqu'elle avait pris sa plume pour confirmer la version de

Karoline, avait fourni les preuves qui manquaient à celle-ci pour appuyer ses dires. Cette reconnaissance par un membre de la famille Wittelsbach, après tant d'années d'humiliations, avait été vécue par Karoline comme un don du ciel, et seule l'opposition farouche d'Elissa à tout nouvel article de presse sur le sujet avait empêché Karoline de jouir de son triomphe aux yeux du monde entier. Ces lettres devaient se trouver à présent dans le garde-meubles *upstate* dont m'avait parlé Caroline, et avec elles la preuve ultime qui avait emporté la conviction de Katerina von Burg, comme je ne doutais pas qu'elle emporterait bientôt la mienne.

Caroline avait perdu sa mère à l'âge de quatre ans, et n'avait d'elle aucun souvenir. Elle se souvenait pourtant des moindres détails, du moindre meuble de la ferme de Kingston où elle et ses parents vivaient alors. Elissa Landi était morte après des mois de maladie, à l'âge de quarante-quatre ans, d'un cancer malin de la peau dont on avait réussi jusqu'à la fin à la tenir dans l'ignorance, tout comme on avait par la suite caché à la petite Caroline le décès de sa mère. Pas exactement caché, d'ailleurs, il s'agissait plutôt d'un malentendu. Mais c'est ainsi qu'elle l'avait ressenti et c'est ainsi que, plus de soixante ans plus tard, Caroline me le racontait. Soucieux de l'éloigner, aux derniers moments de la maladie d'Elissa, son père l'avait confiée à ses propres parents, à Newburyport, dans une maison au bord de l'océan que j'irais visiter plus tard, non loin du cimetière où Elissa et Karoline seraient enterrées. Caroline me raconta un voyage en voiture, peu après la mort d'Elissa – son père au volant, elle qui s'était étonnée de l'absence de sa mère, avait demandé où elle était. Conduisant d'une main, son père gêné avait fait de l'autre un geste vague, dirigé vers le ciel. « Elle est partie là-haut. » Par malchance, en voulant pointer vers le ciel, il avait désigné une colline, au sommet de laquelle se trouvait une maison – la maison avait des volets bleus, se souvenait Caroline, avec la précision photographique incroyable que possèdent certains souvenirs de la très petite enfance. Caroline, par la vitre arrière, avait regardé longuement la maison dont la voiture s'éloignait jusqu'à ce qu'elle disparaisse de sa vue, convaincue que c'était dans cette maison aux volets bleus que sa mère avait choisi à présent de vivre, loin d'elle – sans doute avait-elle fait une chose terrible pour que sa mère l'ait ainsi quittée. On ne lui avait rien dit d'autre, et elle n'avait plus jamais posé de question.

Curtis Thomas, le père de Caroline, le deuxième mari d'Elissa, avait rencontré celle-ci en 1941, alors qu'elle avait quitté Hollywood depuis plusieurs années et subsistait tant bien que mal de tournées théâtrales et d'émissions de radio. Il était à l'époque un auteur sans le sou. La mort précoce d'Elissa l'avait laissé démuni, incapable de subvenir à ses besoins et à ceux de leur petite fille. Avant de finir par décrocher un poste à l'université, puis de revenir s'installer à Manhattan, il avait dû confier Caroline aux bons soins de ses parents, en

Nouvelle-Angleterre, où elle avait passé le plus clair de son enfance. Son père, m'expliqua-t-elle, l'avait toujours tenue à distance du mystère entourant la naissance de sa grand-mère Karoline. Tout en l'entretenant dans le souvenir de sa ravissante « star » de mère, Curtis Thomas avait également coupé les ponts avec la famille d'Elissa, notamment son frère Toni et son beau-père, « Pi », le pirate, si bien que Carlo Zanardi Landi avait vécu jusqu'en 1953, mais que Caroline ne l'avait pas connu. À une question que je lui posai sur l'origine de ce curieux surnom, Caroline répondit qu'après la Première Guerre mondiale le comte Zanardi Landi avait été capitaine dans la Royal Navy, missionné pour remettre à flot les épaves de bateaux coulés pendant le conflit et sauver ce qui pouvait l'être de leur cargaison. Soupçonné d'avoir travaillé pour son propre compte, il avait été accusé de « piraterie » et avait dû quitter la marine, d'où ce surnom qui lui était resté, ainsi qu'un voile de mystère épaississant ceux, déjà nombreux, qui entouraient la famille.

Quant à son oncle Toni, ce n'est que dans les années 1970 qu'elle avait fait sa connaissance à Londres, en même temps que celle du premier mari d'Elissa, John Cecil Lawrence. Cette rencontre avait été organisée par un « ami », un homme qui avait eu dans la vie de Caroline la plus grande importance. Cet homme, m'expliqua-t-elle, avait inspiré John

Le Carré pour son *Espion qui venait du froid* – c'était un agent secret.

Un peu abrutie par le *jetlag*, j'écoutais Caroline avec une attention flottante, me laissant bercer par son récit dont je perdais parfois le fil, sans faire d'ailleurs aucun effort pour le conserver, par crainte de me laisser envahir par le scepticisme. À chacun son genre de fiction : les histoires de pirates et d'espionnage ne me passionnaient guère. Moi, mon truc, c'était les princesses et les actrices. Je retenais seulement que cet homme mystérieux – agent secret ou non – croyait à la vérité de l'histoire de Karoline, et qu'il en avait convaincu « ma » Caroline.

Ce n'était que récemment, alors qu'elle se remettait d'un cancer du sein, et que son père était mort depuis déjà une quinzaine d'années, que Caroline avait décidé de s'intéresser vraiment à cette histoire. Elle était troublée par le fait que non seulement l'agent secret et son oncle Toni, mais aussi son père, et Fred Brumme, et Katerina von Burg, et sans aucun doute sa mère, autour d'elle, de tout temps, tous semblaient y avoir cru. À l'âge de soixante-dix ans passés, il lui semblait important de connaître enfin le fin mot de l'histoire qui avait pesé comme une ombre sur sa vie tout entière. Autrement dit : je tombais à pic.

De retour à Paris, j'extirpai du dessus de l'armoire où il était entreposé depuis des années le carton que m'avait envoyé en 2005, par FedEx, la bibliothèque du Congrès à Washington, et qui contenait l'intégralité des recherches menées dans les années 1950 par Wildon Lloyd ainsi que ses conclusions, afin de les confronter avec celles de Katerina von Burg. L'erreur de date qui situait en 1882 le séjour de l'impératrice à Sassetot ne suffisait plus à me convaincre de la fausseté des allégations de Karoline. Le choix d'illustrer *The Secret of an Empress* par une photographie du château de Cany-Barville non plus : il est connu que les bébés sont distraits et ont une fâcheuse tendance à oublier maints détails de leur venue au monde. Je mis donc rapidement de côté les témoignages, articles de journaux et autres, qui prouvaient que le séjour d'Élisabeth en Normandie au cours duquel était survenu le fameux accident de cheval datait de 1875 et non de 1882, puisqu'ils ne fournissaient aucune certitude qu'Élisabeth n'y était pas revenue ensuite, ou même que née autre part, quelques années plus tôt ou plus tard, Karoline n'en était pas moins sa fille. Beaucoup plus intéressants à mes yeux étaient les divers certificats de naissance, de baptême et de mariage que Lloyd s'était procurés. En l'absence d'état civil en Autriche avant 1938, un certificat de naissance lui avait été délivré par les autorités de la communauté juive de Vienne, la *Kultusgemeinde*, selon lequel Karoline Zanardi Landi était née le 31 mars 1879 à Vienne, fille légitime d'Hermann Kaiser et de son épouse Nanette, née Prins. Ces patronymes avaient de quoi laisser songeur. Dans son livre, Karoline présentait le fait que le nom de son père prétendument adoptif signifie « empereur » en allemand comme « une heureuse coïncidence », mais négligeait de mentionner celui de sa mère prétendument adoptive. Avoir un père nommé « empereur » et une mère nommée « prince », pour une supposée mythomane, était loin d'être anodin. Lloyd y voyait l'illustration de la puissance des mots sur certains esprits faibles et trop imaginatifs : ayant entendu parler d'elle durant toute son enfance comme de la « fille Kaiser », et ne parvenant pas à se contenter d'être la fille d'un honorable banquier juif, Karoline se serait enflammée jusqu'à se croire la fille « du » Kaiser. Lloyd produisait également le certificat de baptême de Karoline, qui précédait de peu son mariage, en 1901, avec Richard Kühnelt, le père d'Elissa et d'Anthony, baptême rendu nécessaire par le fait que Kühnelt était catholique.

À tout cela, pourtant, Karoline Zanardi Landi donnait une explication. Si elle ne s'attardait pas sur sa « véritable » naissance à Sassetot, elle décrivait en revanche de manière assez détaillée le simulacre d'accouchement qui avait permis, à Vienne, de la faire passer pour l'enfant légitime de Mme Kaiser ainsi que, vingt ans plus tard, le piège dans lequel elle était tombée et le jeu d'écriture qui, avec la complicité du prêtre, avait transformé en « baptême » une simple rencontre prénuptiale. Restée seule au monde après la disparition de sa mère – comprendre : l'impératrice –, Karoline disait avoir été le jouet de son entourage qui, famille Kaiser au grand complet et premier mari inclus, n'avait eu de cesse de faire disparaître toutes les traces de sa véritable identité et de l'expédier à l'autre bout du monde. En tant que fille de l'impératrice, Karoline assurait avoir, naturellement, été baptisée à sa naissance, et même avoir été élevée dans la religion catholique par des jésuites, ce que Wildon Lloyd jugeait tout à fait invraisemblable, l'éducation catholique des filles étant traditionnellement assurée par des nonnes.

De son côté, Katerina von Burg affirmait que, selon les registres de population de la ville de Vienne comme ceux de la communauté juive, le foyer Kaiser ne comportait entre 1882 et 1892 que trois enfants : Alfred, Charles-Édouard et

Laura, tous trois d'apparence trapue, bruns de cheveux et foncés de peau comme leurs parents, et qu'on ne pouvait imaginer de plus grand contraste avec eux que la grande et mince Karoline, avec sa peau de rousse, ses yeux noisette et sa masse de cheveux mordorés. Ne contestant pas qu'Élisabeth n'était venue à Sassetot qu'une seule fois, en 1875, Katerina von Burg attribuait le fait que Karoline, sa vie durant, s'était obstinée à situer sa naissance en 1882 à une coquetterie assez inexplicable puisqu'en se rajeunissant ainsi de sept ans elle se privait de toute chance d'être prise au sérieux, alors que si l'on admettait qu'elle était née sept ans plus tôt, tout faisait sens : non seulement qu'Élisabeth se soit exilée plusieurs mois en France dans un château inconfortable et un pays qu'elle détestait, mais aussi qu'elle ait rédigé la même année son testament et ouvert un mystérieux compte en Suisse, « au cas où elle serait contrainte à l'exil ». Selon Katerina von Burg, Karoline fournissait dans son livre une somme d'informations véridiques qu'elle ne pouvait tenir que d'Élisabeth elle-même. Et l'acharnement de la police secrète autrichienne, attesté par l'épaisseur du dossier conservé dans les Archives d'État de Vienne, à faire taire Karoline et à supprimer son livre était une autre preuve que, dès le début du siècle, elle n'avait pas été traitée comme un imposteur parmi d'autres. Aussitôt après son arrivée à Londres, en 1913, elle avait été suivie par de mystérieux inconnus en costume noir et Elissa devait se souvenir toute sa vie de l'« accident » qui avait coûté la vie à leur nounou bavaroise, Fanny Latzlsperger, qu'une voiture de l'ambassade autrichienne lancée à pleine vitesse avait renversée sciemment, après qu'elle avait refusé de voler à sa patronne les documents familiaux qui prouvaient ses dires. Enfin, Katerina von Burg soulignait la faiblesse des dénégations de la famille Kaiser, interrogée par la police viennoise au moment où Karoline avait présenté sa requête à la Cour, en 1911. Nanette Kaiser, disait-elle, avait paru étrangement peu surprise en apprenant l'extravagante affirmation de sa « fille » et n'avait jamais cherché par la suite à renouer les liens avec elle, ce qui était pour le moins surprenant, s'agissant de la chair de sa chair.

Wildon Lloyd, quant à lui, avait étudié le récit que faisait Karoline des voyages de l'impératrice et soutenait qu'il était, en plusieurs endroits, parfaitement fantaisiste. Il pointait le fait que dans l'acte de baptême d'Elissa « Landi », née Kühnelt, supposément prénommée Élisabeth en mémoire de sa grand-mère, ne figuraient pas moins de sept prénoms : Maria, Christina, Emilia, Antonia, Carolina, Francisca et Anna – mais pas d'Élisabeth. Ce prénom avait certainement été rajouté par la suite, à une date indéterminée. Mieux : en 1956, il avait retrouvé la trace de Laura, la fille cadette des Kaiser. Mariée à un ingénieur français, celle-ci s'était installée à Paris en 1912. Sa mère Nanette l'y avait rejointe dans les années 1920, avant de s'éteindre le 31 mars 1929 à Saint-Germain-en-Laye, où elle était enterrée. Interrogée par Lloyd, Laura s'était sèchement refusée à tout commentaire, lui interdisant de la mentionner dans l'ouvrage qu'il préparait, et se contentant de répéter que les affirmations délirantes de sa sœur avaient gâché les dernières années de leur mère, et qu'elle ne voulait plus en entendre parler.

Qui disait la vérité, qui se trompait? Estampillé « bibliothèque du Congrès », Lloyd me paraissait assez digne de foi, et lui du moins citait ses sources. Mais il n'était pas non plus à l'abri de certaines erreurs, lorsqu'il prétendait par exemple que Karoline et Marie Wallersee-Larisch ne s'étaient jamais rencontrées, alors que Brigitte Sokop (et à présent, Katerina von Burg) fournissait la preuve du contraire. Ou qu'Élisabeth, lorsqu'elle fut assassinée, « *hardly had any money in her name* » – n'avait quasiment pas de fortune en son nom – alors que, par Brigitte Hamann, on savait que l'impératrice était, au moment de sa mort, richissime. C'était inextricable et je m'arrachais les cheveux, forcée d'admettre que Lloyd pas plus qu'un autre n'était infaillible, que dans cette enquête personne jusqu'ici n'avait eu tout bon ou tout faux, que de ces versions contradictoires aucune n'était entièrement convaincante, bref, que la vérité se situait sans doute quelque part dans une zone grise encore inexplorée.

Le temps filait. Malgré mon impatience à découvrir les trésors de New Paltz, il s'écoula plusieurs mois avant que je retourne à New York, durant lesquels je restai en contact épistolaire et téléphonique régulier avec Caroline. À la demande de Félicie, la productrice de mon documentaire, j'avais rédigé une note intitulée « Sissi – New York » dans laquelle je faisais le récit de ce premier voyage, et tentais de restituer l'exaltation que j'avais ressentie en découvrant que non seulement Caroline, mais Katerina von Burg semblaient convaincues de la vérité de l'histoire. Pour Félicie, il était clair que l'ouverture de ces cartons d'archives serait un des moments forts de mon documentaire, et elle m'encourageait vivement à attendre qu'elle ait trouvé un financement afin de pouvoir filmer toute l'opération. Son enthousiasme était d'autant plus grand que, dans une des lettres citées par Katerina von Burg dans son manuscrit, je lui avais rapporté qu'Elissa faisait mention de *home movies* – des films amateurs tournés par son premier mari, John Cecil, lors d'une visite de celui-ci à Hollywood. Selon Caroline, si ces films existaient toujours, ils se trouvaient forcément dans l'un de ces cartons : des images inédites, intimes – et libres de droit – d'une star hollywoodienne. Autant dire, pour une productrice de documentaires, un trésor.

Mon premier roman, publié l'année précédente, m'avait apporté en l'espace de quelques mois une reconnaissance que ni en tant que comédienne ni en tant que scénariste je n'avais réussi à obtenir en dix ans de carrière. Pour autant, je ne pouvais encore prétendre vivre de la littérature. Je continuais donc à écrire pour la télévision, me justifiant au besoin en évoquant tous ceux qui, de Fitzgerald à Faulkner en passant par Dorothy Parker, avaient travaillé du temps de la grande époque d'Hollywood à l'écriture de séries B en étant payés à la ligne et sans être crédités au générique. J'aimais particulièrement citer le trait d'esprit qui circulait entre eux au sujet des producteurs : « *Ils sabotent vos histoires. Ils massacrent vos idées. Ils prostituent votre art. Ils piétinent votre orgueil. Et que recevez-vous en échange ? Une fortune !* », même si j'étais loin moi-même d'être payée des millions, tout en gagnant correctement ma vie.

Pressée par mon éditeur et quelques amis bienveillants de sortir au plus vite un deuxième roman avant que l'intérêt suscité par le premier ne s'éteigne, et pressentant, hélas, que celui sur Elissa Landi n'était pas encore pour demain, je m'étais décidée à transformer un ancien projet de scénario pour en faire le sujet de mon nouveau livre. Une fois celui-ci terminé, après en avoir remis le manuscrit à mon éditeur qui l'avait accepté, il me sembla que je méritais quelques vacances et je décidai d'emmener mon autre fils sur la côte Ouest pour lui faire découvrir l'Amérique, comme j'avais fait découvrir la côte Est à son frère l'année précédente.

Contrairement à New York, Los Angeles n'avait pas changé, confirmant l'impression que j'y avais toujours éprouvée que le temps y était comme suspendu, la ville et ses habitants figés dans une immobilité quasi surnaturelle. Tout y était resté tel que je l'avais laissé vingt ans plus tôt. Mes amis étaient toujours là, à peine vieillis et aussi amicaux qu'autrefois, faisant mentir tous ceux qui, à l'époque de mon séjour hollywoodien, se moquaient de mon enthousiasme pour la gentillesse des Américains et me mettaient en garde contre la superficialité des relations que je nouerais là-bas. Henry était toujours marié – mais pas avec la même femme –, mon musicien toujours célibataire et toujours amoureux – mais plus de moi – et tous, ils me tombèrent dans les bras comme si nous nous étions quittés l'année précédente. Suivant les conseils de Félicie, j'avais emporté dans mes bagages une caméra professionnelle appartenant à la production, afin de me familiariser avec son maniement sans risque de rater une prise de vues importante, car à Los Angeles, à part son étoile sur le trottoir de Vine Street et des plans de la ville, je ne savais trop que filmer pour illustrer un documentaire sur Elissa Landi. Les studios de la Fox que j'avais visités lors de mon premier séjour étaient à présent fermés au public. Ma fascination pour la mémoire des lieux n'ayant pas faibli depuis l'époque où je m'imaginais dormir dans la chambre d'enfant de Mme de Staël, je me mis en tête de visiter le 1515 Amalfi Drive, la maison de style espagnol qu'Elissa avait achetée en 1932 et dans laquelle elle avait passé les plus belles années de sa brève carrière hollywoodienne. L'adresse était mentionnée dans les articles de presse que j'avais consultés à la bibliothèque de l'académie des Oscar des années plus tôt et Caroline regrettait fort de n'avoir jamais pu visiter cette maison, et surtout contempler la vue exceptionnelle qu'on avait, paraît-il, depuis les jardins, et qui s'étendait jusqu'à l'océan Pacifique. Elle m'en avait montré des photos lors de mon séjour à New York. On y voyait Elissa danser dans ce qui ressemblait à un kiosque, au bout d'une allée bordée de cyprès, ou à cheval devant un portail de fer forgé artistiquement travaillé. J'étais passée en voiture dans ce quartier qui compte parmi les plus chics et les plus chers de Los Angeles, et qui se situe à la lisière de Santa Monica et de Pacific Palisades, en bordure de l'océan, remontant Amalfi Drive à la recherche des chiffres « 1515 ». Ils étaient apposés sur un portail en bois assez ordinaire, encadré d'une haie haute et opaque, si bien que, de la rue, on ne pouvait rien distinguer de la propriété qui se cachait là-derrière. J'avais garé mon véhicule un peu plus loin et m'étais approchée sans méfiance ni plan particulier, lorsque, arrivée à quelques mètres du portail, une sonnerie stridente avait déchiré le calme bucolique de ce quartier résidentiel, me faisant sursauter et regagner en courant ma voiture. De retour à mon hôtel, je recherchai l'adresse sur Google Earth et, aux commandes de mon ordinateur, il me suffit de quelques mouvements de souris pour survoler à basse altitude – c'était magique – la propriété, dans laquelle je distinguai une piscine – mais pas de kiosque – et une grande bâtisse composée de plusieurs ailes dont il m'était difficile de déterminer, vue de dessus, si elle était ou non de style espagnol. Côté ouest, vers l'océan, la propriété descendait en terrasses étagées vers un canyon au-delà duquel s'étendait le Will Rogers Park. On y trouvait un terrain de polo, et une « maison historique » dédiée à la mémoire du célèbre comique, cow-boy, philanthrope, moraliste, acteur le mieux payé de son temps et auteur de réflexions immortelles telles que : « *Il suffit d'un oignon pour faire pleurer, mais on n'a encore jamais trouvé de légume qui fasse rire* » ou « *Je n'appartiens à aucun parti organisé : je suis un démocrate* » ou encore, ma préférée : « *L'art de la diplomatie consiste à répéter : gentil chien-chien, le temps de ramasser un gros caillou.* » J'y découvris avec intérêt un petit centre équestre qui proposait des promenades le long de l'Inspiration Loop Trail, une piste qui serpentait dans les Santa Monica Mountains juste en face du 1515 Amalfi Drive, de l'autre côté du canyon repéré sur Google Earth. De là, on devait avoir une vue imprenable sur la maison d'Elissa. Je pris rendez-vous aussitôt pour une séance d'équitation. Quelques jours plus tard, je cheminais au pas, à la queue leu leu derrière d'autres chevaux, et nous faisions une pause au sommet de la montée quand la jeune femme qui menait la balade tendit spontanément le bras pour nous désigner, de l'autre côté du canyon, une maison blanche qu'elle nous présenta avec assurance comme étant celle de Steven Spielberg. Zoom aidant, la forme du bâtiment, des toits et des cheminées rappelait fort celle de la maison que Caroline m'avait montrée en photo, et je me rendis à l'évidence avec une certaine excitation : le propriétaire actuel du 1515 Amalfi Drive était Steven Spielberg. Optimiste par nature, je ne doutais pas que ce grand artiste serait sensible aux raisons qui me faisaient souhaiter visiter les lieux, et peut-être même curieux d'apprendre de moi un pan ignoré de l'histoire de cette maison. Connaissait-il seulement Elissa Landi ?

La veille de mon départ, encouragée par mon amie Robyn et malgré les supplications de mon fils, qui resta à l'hôtel – on disait que le service de sécurité de Spielberg était constitué d'anciens officiers du Mossad –, je me présentai à nouveau devant la maison d'Amalfi Drive, tenant discrètement à la main une petite caméra numérique dont j'espérais qu'elle passerait inaperçue et dont j'avais occulté à cet effet le voyant lumineux. J'étais encore à plusieurs mètres du portail lorsque l'alarme se déclencha. Je fis bravement un pas de plus et une voix sortie d'un interphone m'intima fermement l'ordre de reculer. « *Miss, stand back.* » En vain, avec la plus exquise politesse, je voulus solliciter la permission d'expliquer la raison de ma visite. « *Negative* », m'interrompit aussitôt la voix. Je fis une seconde tentative, interrompue de nouveau dès le troisième mot par la même laconique réponse, militaire et sans appel. « *Negative.* » Après quoi, l'homme ajouta d'un ton courtois et d'autant plus menaçant : « *Please. Put the camera away and stand back. You're on video trespassing* », me faisant ainsi passer avec une économie de mots remarquable le triple message que : 1) il n'était pas idiot et avait repéré au premier coup d'œil ma petite caméra, 2) il n'avait pas le moindre intérêt pour les raisons de ma visite quelles qu'elles soient, 3) j'étais filmée en flagrant délit d'effraction dans une propriété privée et sur le point d'avoir de gros ennuis si je ne décampais pas sur-le-champ.

C'était parfaitement clair et, convaincue, je fis demi-tour et m'enfuis sans demander mon reste.

Outre sa fille Elissa, Caroline avait un fils aîné, âgé d'une quarantaine d'années et qui vivait aux Émirats arabes unis. Ayant épousé une Hongroise avec qui il avait deux enfants, il séjournait tous les ans durant ses vacances d'été, en Hongrie. Peu après mon retour de Los Angeles, Caroline m'annonça qu'elle avait le projet de venir en Europe l'été suivant afin de leur rendre visite. Elle se proposait de profiter de ce voyage pour découvrir Vienne, qu'elle ne connaissait pas, et me demandait si j'accepterais de l'y rejoindre et d'y passer quelques jours avec elle. C'était tentant. Félicie avait reçu l'accord de la commission d'aide au développement et se disait prête à débloquer un petit budget pour financer ce voyage et que je commence à tourner mon film. La manière dont j'allais raconter cette histoire dans un documentaire était toujours très floue, mais Félicie pensait que découvrir avec Caroline les lieux où avait vécu son « arrière-grand-mère » l'impératrice serait forcément photogénique et que nous ne pouvions pas laisser passer une occasion unique de capturer ces moments en haute définition.

Je retrouvai Caroline, accompagnée de sa fille, dans un hôtel de Vienne situé non loin du Prater. Elissa avait alors vingt-cinq ans et si je l'avais croisée l'année précédente dans l'appartement de l'Upper West Side, c'est à Vienne que je fis véritablement sa connaissance. Elle ne faisait pas mystère de son homosexualité et se présenta à moi dès notre première rencontre comme « membre de la communauté LGBT ». Elle étudiait les lettres modernes, se passionnait pour l'écriture et le théâtre et, bien qu'assez réservée, faisait preuve dans chacune de ses réflexions de beaucoup d'humour et d'intelligence. Au cours de son adolescence, elle avait été accueillie pour de longs séjours par son frère en Hongrie, et de ce fait parlait un peu hongrois, ce qui me fascinait, s'agissant d'une possible descendante de Sissi. Je me demandais jusqu'à quel point une telle accumulation de coïncidences pouvait être le fruit du hasard. Concernant le mystère de la naissance de son arrière-grand-mère Karoline Zanardi Landi, Elissa ne professait aucune opinion tranchée, même si, enfant, elle avait bien sûr caressé sans déplaisir l'idée d'être une « princesse ». Aujourd'hui, je sentais que tout cela ne l'intéressait guère. À l'entrée de la crypte des Capucins où, ma caméra et mon trépied en bandoulière, je les emmenais Caroline et elle se recueillir sur le tombeau d'Élisabeth, après avoir rendu hommage à son cœur dans l'église Saint-Augustin – j'avais d'autorité éliminé du programme la visite aux entrailles dans les Catacombes –, Elissa, cachant mal son ennui, me demanda quelle partie de son ancêtre se trouvait conservée là. Je lui demandai de répéter la phrase face à l'objectif de ma caméra afin d'immortaliser cette réplique, ce qu'elle fit de bonne grâce, après quoi elle nous abandonna Caroline et moi devant la *Kapuzinergruft* avec un petit signe de la main et un sourire narquois, préférant aller voir la collection des Schiele au musée Leopold.

Caroline se montrait, elle, touchante de concentration et d'intérêt pour cette visite guidée. Avant le cœur et le tombeau, nous étions allées visiter les appartements de la Hofburg dans lesquels est installé à présent le Sisi-Museum, et elle s'excusait sans cesse de ne pas mieux connaître dans ses détails la vie d'Élisabeth. La chimiothérapie qu'elle avait subie quelques années plus tôt l'avait affaiblie, et elle avait des problèmes de mémoire qui l'affectaient beaucoup. Surtout, je me rendis vite compte qu'elle avait de l'impératrice une vision idéalisée que je tentais de corriger par petites touches, craignant de la heurter si je lui assénais sans ménagement la mienne. Elle avait préparé ce voyage en relisant le livre de sa grand-mère *The Secret of an Empress*, et voulait voir aussi les différents endroits qui y étaient mentionnés, notamment le numéro 5 Opernring, où habitait la famille Kaiser durant l'enfance de Karoline. L'appartement était situé juste au-dessus de l'atelier de la couturière de l'impératrice, ce qui permettait à celle-ci, écrivait Karoline, de rendre discrètement visite à sa fille sous prétexte d'essayages. Wildon Lloyd jugeait ce détail tout à fait invraisemblable : une impératrice ne se déplace pas chez sa modiste comme une quelconque bourgeoise. Ce sont les couturières qui viennent faire leur travail au palais. Caroline écoutait mes objections avec intérêt. Elle était venue, disait-elle, sans idée préconçue, seulement avec beaucoup de conjectures. Elle admettait humblement ne pas avoir le bagage universitaire des historiens qui avaient conclu à la fausseté de l'histoire. Mais les coïncidences, ajoutait-elle quelque peu mystérieusement, sont comme les marches d'un escalier : elles mènent toujours quelque part. En l'absence de preuves irréfutables en faveur d'une thèse ou de l'autre, elle avait choisi d'adopter face à toute l'affaire une attitude « méditative », recueillant toutes les informations, tous les avis et les laissant infuser en elle, confiante qu'au bout du compte une conviction intime en émergerait et deviendrait « sa » vérité. Pour l'instant, cette conviction était que sa grand-mère avait raconté ce dont elle se souvenait en toute sincérité. La manière dont le livre était écrit, sa précision et l'abondance de détails fournis par Karoline l'inclinaient en ce sens.

Mais surtout, si Caroline n'avait pas étudié l'histoire, elle connaissait son Shakespeare sur le bout des doigts, et elle enseignait l'art dramatique. Elle avait, me dit-elle, une lecture spontanément « politique » des événements, habituée qu'elle était à analyser des intrigues – en français comme en anglais (*plot*), le mot désigne à la fois un complot et le ressort dramatique d'une histoire. Et la première chose qu'elle disait aux acteurs débutants qu'elle avait pour élèves, c'est qu'un personnage n'agit jamais sans motivation. La motivation de Karoline pour inventer un mensonge aussi énorme était incompréhensible. Or, à aucun autre moment de sa vie, m'assurait Caroline, sa grand-mère ne s'était comportée d'une manière qui défiait ainsi l'entendement. Cela ne collait pas du tout au *personnage,* c'était complètement *out of character.* Jamais au cours des trente années durant lesquelles Elissa Landi avait vécu auprès de cette mère qu'elle adorait, en totale symbiose avec elle, elle ne l'avait même prise en flagrant délit de mensonge. Karoline Zanardi Landi n'était pas une affabulatrice, ni une mythomane. Autrement dit, si elle n'était pas la fille de l'impératrice, c'est l'impératrice elle-même qui le lui avait fait croire.

Cette hypothèse, que je n'avais encore jamais envisagée, me sembla à première vue délirante. Mais elle allait, après tout, dans le sens de réflexions que je m'étais déjà faites, et dont j'avais fait le thème de mes pièces de théâtre. La publication des poèmes d'Élisabeth ainsi que celle des lettres adressées à Fritz Pacher, l'inconnu du bal masqué, étaient la preuve que celle qui se disait « déguisée en impératrice » avait abondamment joué la comédie à son entourage, dames d'honneur et nièce incluses. Était-il possible alors, dans l'affaire de l'enfant de Sassetot, que l'impératrice ait en quelque sorte « adopté » une parente ou une étrangère, lui faisant croire qu'elle était sa mère, par simple goût du jeu et du romanesque, comme elle avait entretenu sa vie durant le mystère avec Fritz Pacher ? Caroline n'excluait pas que sa grand-mère ait pu être la fille de l'une des sœurs de l'impératrice ou d'une autre personne très proche – et je pensai bien sûr immédiatement à l'enfant secret de la reine de Naples. Mais la confrontation des dates rendait la chose impossible : l'accouchement de Marie de Naples à Augsbourg avait eu lieu en 1862. Si se rajeunir de sept ans, comme von Burg affirmait que Karoline l'avait fait, était encore plausible, ôter vingt années à son âge était clairement au-delà des possibilités de quiconque ne s'appelait pas Dorian Gray.

« Ma grand-mère n'était pas une menteuse », m'assura Caroline solennellement tandis que je la filmais, assise sur un banc de l'Augustiner Kirche. Et je compris qu'elle comptait sur moi pour l'aider, non pas à démontrer qu'elle était une descendante de l'impératrice, mais à prouver ce dont elle-même était convaincue, comme sa mère Elissa l'avait été avant elle : que Karoline était de bonne foi.

Le lendemain, dans sa chambre d'hôtel, je fis une interview-fleuve de Caroline, en préambule de laquelle je lui suggérai de demander à sa fille Elissa si elle se croyait réellement la descendante de l'impératrice. Sans hésiter, Elissa lui répondit en la désignant, avec un haussement d'épaules et un sourire : « *I believe YOU.* » Et il m'apparut soudain que le nœud était là : de génération en génération, par un lien de confiance naturel, chacune avait cru à l'histoire que sa mère lui avait racontée. À un moment, le lien avait été rompu, et une mère avait trahi la confiance de sa fille. Mais qui avait trahi ? Était-ce l'impératrice ? Était-ce Karoline ? Un peu honteuse, je me rendais compte que ce qui n'était pour moi qu'une recherche passionnante mais au fond anecdotique avait pour Caroline des échos bien plus douloureux. « Imagine, me dit-elle, parlant de sa grand-mère Karoline, vivre toute une vie sans savoir qui est vraiment sa mère. Ou pire : être sûre qu'on le sait, mais se faire accuser par tout le monde de mensonge. » Et elle, qui avait perdu la sienne à l'âge de quatre ans, ajouta tristement : « *When you don't know your mother, you don't know what life is about* » : quand on ne connaît pas sa mère, on ne comprend pas le sens de sa vie.

J'avais prévenu Brigitte Sokop de notre venue à Vienne et, après m'avoir répondu qu'elle n'était pas sûre d'y être à cette période, elle me proposa par mail, peu après notre arrivée, un rendez-vous au Café Landtmann, historique *Kaffeehaus* situé près du Burgtheater. Je soupçonnais qu'elle avait changé ses plans pour nous rencontrer, curieuse de faire la connaissance de Caroline. Celle-ci, un peu nerveuse, et tout en la souhaitant, redoutait cette entrevue. Non seulement elle en voulait toujours à Sokop d'avoir publié plusieurs extraits des archives familiales, avec l'accord de Fred Brumme mais sans le sien, affirmait Caroline – ou peut-être après tout le lui avait-elle donné, et regretté ensuite, elle n'en était plus bien sûre – mais surtout, elle savait comme moi que Sokop ne croyait pas à l'histoire de l'enfant de Sassetot, et craignait d'affronter son scepticisme, étant une âme tendre, peu soucieuse d'éveiller les moqueries et la méchanceté dont, avant elle, sa mère et sa grand-mère avaient été victimes.

Le livre de Brigitte Sokop apportait pourtant nombre d'arguments en faveur de la thèse de Caroline. Ayant passé dix ans de sa vie à travailler sur Marie Wallersee, Sokop avait conçu pour elle une sympathie qui transparaissait clairement dans sa biographie. Loin d'accabler la nièce de l'impératrice comme tous l'avaient fait avant elle, son ouvrage, remarquablement documenté, sonnait comme une réhabilitation. Elle n'avait que mépris pour ces soi-disant historiens qui s'alimentent à des sources « secondaires », contrairement à elle qui avait passé des heures en bibliothèque à compulser des manuscrits, des archives notariales et autres papiers personnels pour se forger une opinion, et j'avais la plus grande admiration pour son travail. Je l'ai dit, elle avait ainsi été la première – et à ma connaissance la seule – à démontrer que la photo d'Élisabeth sur son lit de mort présentée partout comme authentique était en réalité une image du film de Rolf Raffé dont Marie Wallersee avait écrit le scénario en 1919. Elle avait aussi établi avec une quasi-certitude le fait que Marie de Naples avait bien accouché à Augsbourg d'une enfant illégitime, ayant non seulement interrogé une nonne âgée à qui, lorsqu'elle était entrée au couvent des Ursulines comme novice, on avait raconté l'histoire, mais aussi fait le compte des nombreuses et inhabituellement discrètes réunions qui avaient eu lieu cette année-là au sein de la famille ducale de Bavière, dans le but évident de trouver une solution au problème posé par la grossesse de Marie. Mieux : Sokop avait émis des hypothèses sur la véritable identité du père de cet enfant, refusant de prendre pour argent comptant la version de Marie Wallersee selon laquelle il s'agissait d'un officier de la garde pontificale nommé Armand de Lavayss. Aucun Lavayss, affirmait Sokop, n'existait dans les registres des zouaves pontificaux qu'elle avait consultés. Et elle penchait, elle, en faveur d'un prince de Nassau dont elle avait relevé les fréquentes rencontres, l'année précédant l'accouchement, avec Marie de Naples.

Au sujet de l'enfant de Sassetot, Brigitte Sokop inclinait à penser que Marie Wallersee avait de bonne foi apporté son soutien à Karoline Zanardi Landi, convaincue – entre autres, par la frappante ressemblance entre Elissa et Élisabeth – que Karoline était bien la fille de l'impératrice. Sokop voyait en Marie Wallersee, à l'époque de son arrivée à la Cour, une jeune fille naïve, fascinée par sa tante l'impératrice qui, en s'amusant à jouer devant elle à la *femme fatale* (en français dans le texte), lui faisant porter des lettres la nuit et lui confiant moult missions secrètes, l'avait persuadée de la réalité de ses intrigues amoureuses. Pour le reste, Brigitte Sokop avait mis plus de dix ans à démêler le vrai du faux dans les écrits de Marie

Wallersee, et n'avait ni l'envie ni la patience de faire de même avec ceux de Karoline Zanardi Landi. Elle se contentait donc de pointer les invraisemblances du récit de Karoline, se rangeant à l'avis général qui concluait à l'imposture – et ce d'autant plus aisément que, comme Brigitte Hamann, Sokop se disait convaincue qu'Élisabeth n'avait aucun goût pour la sexualité et que ses plaisirs n'étaient que cérébraux. Devant un café viennois, au milieu des ombres de Freud, Mahler et Stefan Zweig, en réponse aux timides déclarations de Caroline assurant qu'elle avait confiance en l'honnêteté de sa grand-mère, elle opposa dans un anglais rugueux : « *Sassetot is not possible* », avant de s'enfermer dans le silence et un scepticisme poli, écoutant Caroline avec force sourires et hochements de tête, si bien que l'entretien finit assez vite par dévier sur la poésie et l'archéologie, Sokop passant désormais le plus clair de son temps dans l'archipel de Brioni avec son mari, qui était poète. « Elle me prend pour une demeurée », fut la conclusion de Caroline, dans le train qui nous emmenait à Schönbrunn. Ce qui, ajoutait-elle, ne la dérangeait pas, car elle préférait affronter la condescendance plutôt que l'hostilité qu'on n'aurait pas manqué de lui témoigner si on l'avait prise au sérieux.

Je rentrai de Vienne avec ces nouvelles questions dans mes bagages, et l'envie d'être à la hauteur de la confiance de « ma » Caroline en réhabilitant sa grand-mère, Karoline Zanardi Landi, comme Brigitte Sokop l'avait fait avec Marie Wallersee. La réponse, j'en étais de plus en plus convaincue, se trouvait dans les archives de New Paltz. Caroline du reste s'inquiétait fort du sort de ces cartons que personne n'avait ouverts depuis plus de quinze ans et qui étaient à présent enfouis dans un box de quinze mètres carrés plein à craquer. Elle me promit de demander de l'aide afin d'y mettre de l'ordre et de faire en sorte que je puisse y avoir accès au plus vite. Quant à Félicie, ma productrice, à qui je fis un rapport détaillé de mon séjour à Vienne, elle avait pour devise la réplique culte du western de John Ford *L'Homme qui tua Liberty Valance* : « *Si la fiction est meilleure que la réalité, préférons la fiction.* » Elle m'encouragea, bien évidemment, à poursuivre.

New Paltz est une petite ville sans charme de l'État de New York, située non loin de l'Hudson, à la hauteur de Poughkeepsie. Nous étions partis tôt le matin pour éviter les embouteillages le long de Riverside Drive et avions remonté la route qui longe l'Hudson sur sa rive droite – la route de Montréal. Ce trajet que j'allais bientôt connaître par cœur, je le découvrais pour la première fois. L'Hudson, davantage qu'un fleuve, est un interminable estuaire, large en plusieurs endroits de plus de deux kilomètres. Par beau temps, il subsiste le long de ses rives quelque chose de l'Amérique d'autrefois, quelque chose de grandiose et de sauvage, et l'on ne peut s'empêcher d'imaginer les Indiens naviguer sur le large fleuve, descendre au galop les pentes boisées qui le bordent. Et de penser : quel pays ! Mais ce jour-là, il faisait froid et humide, et le ciel était couvert. Caroline, emmitouflée dans une doudoune et coiffée d'un bonnet de laine qui lui couvrait les oreilles, rajoutait des épaisseurs à mesure que nous progressions vers le Nord. Nous avions prévu, elle et moi, de séjourner pendant deux jours dans un motel voisin afin de faire l'inventaire des archives familiales stockées dans ce garde-meubles. Son mari Robert et sa fille Elissa nous accompagneraient pour nous aider à transporter les cartons – Robert avait l'habitude des gros travaux et Elissa était aussi forte qu'un garçon. Tous deux avaient eu la gentillesse de faire le voyage quelques semaines plus tôt en prévision de ma visite, afin de rendre ces archives accessibles, car elles étaient dispersées sous des tonnes d'autres affaires amoncelées au fil des divers déstockages et déménagements. Elles se trouvaient aujourd'hui, m'avait affirmé Robert, à l'entrée du garde-meubles, prêtes à être embarquées vers le motel.

Le garde-meubles était situé juste en bordure de l'autoroute, dans une zone industrielle. Il était constitué d'une bonne centaine de boxes identiques alignés sur des dizaines de mètres, séparés en allées parallèles et numérotés. Lorsque Robert stoppa la voiture devant le box B19, je sautai du véhicule avec ma caméra et lui demandai de « rejouer » l'arrivée. Puis, laissant la caméra tourner sur son trépied, je les rejoignis tandis que Robert relevait le rideau de métal vert. Un peu effarée, je découvris alors l'ampleur du chantier. C'était pire que ce que j'avais imaginé. Le box faisait la taille d'un garage pour deux voitures et était entièrement rempli du sol au plafond de caisses et de meubles empilés. Je me sentis éperdue de reconnaissance pour Robert et Elissa qui avaient dû extirper du fond de ce capharnaüm les cartons qui m'intéressaient. Aisément identifiables car ayant été expédiés d'Angleterre après le décès de Katerina von Burg, ils étaient emballés solidement et portaient encore l'adresse du père de Caroline. Armée d'un cutter, je ne résistai pas à l'envie d'ouvrir l'un d'entre eux, qui contenait un fatras de lettres et de dossiers – j'en extirpai une en allemand, avant de la remettre précipitamment en place lorsque au même instant il se mit à pleuvoir. Après avoir tout enfourné non sans peine dans les deux voitures – outre celle de Robert, j'en avais loué une pour la circonstance –, nous nous rendîmes au motel et, aidée de Robert et Elissa, sous le regard de Caroline, mince et fragile silhouette qui nous observait immobile, j'entassai une quinzaine de cartons dans l'une des deux chambres que nous avions réservées. Sur ce, Robert et Elissa nous quittèrent, car ils avaient à faire à Manhattan, me laissant seule dans le motel avec Caroline – et les quinze cartons.

Après leur départ, nous sommes restées un instant silencieuses, Caroline et moi, contemplant les quelques quintaux d'archives qui encombraient la chambre. Le motel était calme et j'ai capturé sur le film ce moment de silence absolu, où mon excitation se mêlait à un certain abattement. Caroline m'avait dit de manière très claire qu'elle ne pouvait rien stocker dans son appartement, dont tous les placards et recoins débordaient déjà d'un fatras qu'elle n'avait pas le temps de trier, et qu'elle ne supportait plus. Après une âpre négociation, j'avais obtenu la permission de rapporter à Manhattan un unique carton qui contiendrait les documents pour moi les plus essentiels – libre à moi de revenir plus tard à New Paltz examiner le reste.

Lorsque je me décidai à porter le premier carton – chacun pesait vingt-cinq kilos, d'après l'étiquette d'expédition – sur l'un des lits jumeaux qui allait nous servir d'espace de travail, Caroline me lança que je la faisais penser à sa mère – ou plutôt, rectifiai-je intérieurement, à l'image qu'elle en avait, puisqu'elle ne l'avait pas connue. Elissa aurait eu, me dit-elle, la même énergie, la même détermination. Ce n'était pas la première fois que Caroline se livrait à cette comparaison. La veille de cette expédition à New Paltz, nous étions allées rendre visite à un de ses amis, dans sa maison de retraite du New Jersey. Au cours des deux dernières années, Caroline lui avait souvent parlé de moi – non seulement de mes recherches, mais aussi de mes films et de mes livres –, et j'avais compris qu'elle m'avait présentée comme une sorte de « double » de sa mère, à la suite de quoi Frank avait émis le souhait de me rencontrer. Après m'avoir interrogée, il avait conclu gentiment qu'indiscutablement je marchais sur ses traces. Frank était bibliothécaire, et cinéphile. C'était un « fan » d'Elissa Landi dont il avait vu tous les films. Il n'avait découvert que bien plus tard, au moment où il était entré en contact avec Caroline, l'histoire extraordinaire selon laquelle Elissa aurait été la petite-fille d'une certaine impératrice d'Autriche : comme la plupart de ses compatriotes, il n'avait jamais entendu parler de Sissi.

Étrangement, en Amérique, je ne rencontrais plus que des gens qui croyaient à l'histoire de Karoline Zanardi Landi, et Frank ne faisait pas exception, comme si en traversant l'Atlantique on passait une frontière au-delà de laquelle tout devenait possible. À Ground Zero, les complotistes certifiaient qu'aucun avion n'avait percuté les tours du World Trade Center, les chrétiens évangéliques croyaient dur comme fer que Darwin était un plaisantin, et Caroline elle-même allait jusqu'à prétendre que les Russes avaient infiltré la société américaine – leurs espions, affirmait-elle, étaient à l'œuvre partout. Les arguments de Frank pour défendre son point de vue ne manquaient pas de pertinence. Ils étaient plutôt d'ordre psychologique : il ne voyait pas pourquoi une femme comme Elissa Landi, reconnue pour son talent autant comme actrice que comme romancière, se serait ainsi exposée au ridicule en soutenant un récit qui lui nuisait plus qu'autre chose, lui faisant une publicité douteuse dont elle n'avait pas besoin. Il avait, lui aussi, cherché un temps à résoudre l'énigme. Des ennuis de santé l'en avaient empêché. Il se déplaçait à présent difficilement, et commençait à perdre la vue. Il m'avait mise en garde : « Cette histoire est maudite », m'avait-il dit, mi-plaisantant, mi-sérieux – avertissement que j'avais balayé d'un sourire.

Armée d'une paire de ciseaux et d'un carnet, j'entrepris d'ouvrir les cartons un à un et de numéroter chacun d'eux en notant tout ce qu'il contenait. Je compris aussitôt qu'il était inutile d'espérer les trier en l'espace de deux jours : c'était kafkaïen. On y trouvait en vrac, outre des milliers de lettres jetées dans des chemises dont les dates ne correspondaient pas toujours au contenu, autant de photocopies de ladite correspondance rangées dans des enveloppes, mais aussi des cahiers d'écoliers, des photographies, des coupures de presse, certaines datant des années 1980, sans doute conservées par Fred Brumme, d'autres des années 1910, 1920 ou 1930. L'un des cartons était rempli de manuscrits et d'épreuves du *Secret of an Empress*, dans toutes les langues – anglais, français, italien et allemand. Il y avait un inventaire de la maison d'Amalfi Drive, un livre relié de cuir intitulé « Karoline Zanardi Landi Papers » contenant des copies de centaines de lettres d'ambassade et de la cour de Vienne.

J'avais voulu en savoir plus sur Elissa Landi, j'étais servie. Sa vie tout entière était là, sous forme de coupures de presse, photographies, contrats, programmes, agendas, chéquiers, lettres de, et à, ses deux maris, sa mère, son beau-père, son frère, et ses nombreux amis. Mais ce n'était pas tout. Combien de vies y avait-il dans ces cartons ? Outre celle d'Elissa, il y avait celles de Karoline et de son second mari, Pi, le comte pirate, ainsi que des bouts de celle de John Cecil Lawrence et celle de Curtis Thomas. Il y avait aussi toutes les recherches de Fred Brumme, celles de Katerina von Burg, ces recherches qui avaient envahi leurs vies comme elles avaient envahi la mienne, les photocopies qu'ils avaient faites, leurs notes, leurs échanges avec Sokop, avec Curtis Thomas, un siècle entier de vies entremêlées était là. C'était vertigineux et je pressentais qu'il ne me faudrait pas deux jours pour en venir à bout.

Il me faudrait des années.

Deux jours plus tard, tandis que Caroline se reposait au motel, je rapportai seule au garde-meubles quatorze cartons soigneusement numérotés et en enfournai un dans le coffre de ma voiture en direction de Manhattan. Forcée à un choix douloureux, j'avais résolu de rapporter les documents qui me semblaient les plus anciens, et donc les mieux à même de me livrer la clé de l'énigme, me réservant de revenir plus tard chercher la correspondance d'Elissa durant les années 1930, qui devait servir de base au *roman d'Elissa* que je me promettais toujours d'écrire. De son côté, Caroline s'était aussitôt plongée dans un paquet de lettres choisies au hasard parmi celles qui étaient en anglais, avant de s'absorber dans la contemplation de photographies de sa mère – il y en avait des centaines. Puis elle s'était endormie.

Je n'avais pas vu trace, hélas, des films que j'espérais rapporter – Félicie serait déçue.

Mais j'avais trouvé les originaux des lettres de Marie Wallersee, accompagnées d'une mèche de cheveux au sujet de laquelle je n'avais pas fini de m'interroger, et d'un morceau de dentelle dont quelqu'un avait supposé qu'il avait appartenu à l'impératrice – il était soigneusement rangé dans une pochette marquée : « *Elisabeth* » avec deux petites aquarelles originales qui la représentaient, et qui ne ressemblaient à aucune des photographies que je connaissais d'elle. Mais ce qui m'impressionna le plus, au cours de ce premier voyage, fut de tenir entre mes mains nombre de documents qui semblaient confirmer les événements de l'année 1911 que Karoline racontait dans son livre.

Il y avait la facture de l'hôtel de Feldafing où Karoline Zanardi Landi disait avoir rencontré la reine de Naples, ainsi que la note du prêtre à qui – toujours selon son livre – elle avait commandé une messe en mémoire de l'impératrice pour l'anniversaire de sa mort. Il y avait deux cartes manuscrites à en-tête du secrétaire particulier de la reine, *il signore Barcelona*, dont le texte était exactement celui que Karoline avait reproduit dans *The Secret of an Empress*, ainsi que le brouillon de la lettre de Karoline adressée à sa supposée « tante », expliquant qui elle était et la suppliant de la recevoir. Il y avait le dossier complet des échanges de Karoline avec l'avocat qu'elle avait engagé pour présenter sa requête à la Cour, échanges qui semblaient eux aussi à première vue – et je devais le vérifier par la suite – en tout point conformes à ce qu'en avait dit Karoline.

Bien sûr, malgré l'émotion qui était la mienne de toucher de mes mains des lettres émanant de personnes qui étaient pour moi jusqu'alors des personnages de fiction – Marie Wallersee, la reine de Naples –, rien dans ces documents ne *prouvait* la réalité des affirmations de Karoline, seulement celle de ses efforts pour se faire reconnaître. Rien ne prouvait que la reine avait finalement accepté de la recevoir et l'avait assurée de son soutien, ni que l'avocat avait renoncé à la représenter pour d'autres raisons que la conviction à laquelle il était arrivé que toute l'histoire était fausse. Néanmoins, si tel était le cas, il fallait reconnaître à Karoline Zanardi Landi un talent très particulier pour mêler si étroitement la vérité et la fiction que l'on ne pouvait pas rejeter en entier sa version et que, de là, on était tenté de l'accepter aussi dans sa totalité – et, comme Katerina von Burg, je me sentais ébranlée.

Je le fus d'autant plus lorsque je découvris l'« autobiographie » d'Elissa – restée malheureusement inachevée, elle ne couvrait guère que son enfance – que je rapportai également ce jour-là de New Paltz et dans laquelle je me plongeai sitôt rentrée à Manhattan. Dans ce texte qu'Elissa avait commencé en 1941, peu avant sa rencontre avec son second mari Curtis

Thomas, elle faisait ainsi le portrait de sa mère Karoline : « *Elle était immensément généreuse, la gentillesse incarnée mais intensément colérique, avait le sens de l'humour au plus haut degré, un amour de la beauté qui embrassait aussi bien les montagnes et les océans qu'un bout de dentelle ou une phrase musicale compliquée; était d'une tolérance extrême mais d'une nature si impatiente qu'elle pouvait condamner avant d'avoir entendu. Elle ne disait pas toujours la vérité, mais était incapable de* vivre *un mensonge. Elle soutenait qu'elle n'aimait pas les chiens mais faisait une exception pour chaque spécimen qu'elle connaissait personnellement, disant qu'il était "différent". Elle était sans pitié pour les imbéciles, mais d'une patience d'ange avec les enfants, et avait un don pour transmettre ce qu'elle savait – qui était encyclopédique. Elle était aussi brutale qu'un rouleau compresseur, et aussi douce qu'un oreiller de plumes.* » Et aussi : « *Quelle que soit la personne qu'elle était en réalité – et je crois à la vérité de son livre –, Karoline n'était pas, ne pouvait pas être un membre de la famille Kaiser. Son physique, le mien, celui de Toni, nos traits, nos silhouettes longilignes, nos peaux claires, nos cheveux blond vénitien, à tous les trois, rendent simplement impossible notre appartenance à cette famille juive-néerlandaise aux traits définitivement sémitiques, aux silhouettes trapues, aux yeux de jais, aux cheveux aile de corbeau, et au nez aquilin.* » Je n'avais pas trouvé dans les archives de photos de la famille Kaiser, mais je savais à présent d'où Katarina von Burg tenait ses certitudes concernant les ressemblances, et Elissa savait de quoi elle parlait, ayant rencontré l'un des frères Kaiser dans les années 1920 à Londres.

En préambule de ce texte, Elissa disait avoir commencé un nouveau roman, et qu'un ami lui avait demandé pourquoi elle n'écrivait pas plutôt le récit de sa vie. Elle lui avait répondu que sa vie manquait d'unité d'espace et de temps, que les succès y avaient été trop violents, les échecs trop spectaculaires – que pour en faire une fiction, il lui faudrait les atténuer. Que les personnages – les personnes – qui avaient compté pour elle étaient trop hauts en couleur pour être *crédibles*, et qu'à chaque fois qu'elle s'était inspirée de proches pour en faire des personnages de ses romans, elle avait dû les *diluer*. « Ne le fais pas, avait répondu l'ami. Décris-les comme ils sont, et raconte les choses exactement comme elles se sont déroulées. »

Elle essayait, de son mieux, commençant par le début et sa naissance, qui n'avait pas été désirée par son père, Richard Kühnelt, l'officier de cavalerie autrichien, poursuivant par l'exil de ses parents puis leur séparation à Montréal et, sortant peu à peu du tunnel de ce qu'elle ne connaissait que par ouï-dire, débouchait enfin dans la clairière des vrais souvenirs, son enfance à Vancouver, le retour à Londres, et l'accident qui avait coûté la vie à leur nurse bavaroise, Fanny Latzlsperger, en 1913, très peu de temps avant que Karoline ne publie son livre : une grosse limousine noire, tous volets baissés, avait foncé sur la bonne et les deux enfants alors que ceux-ci traversaient pour aller au parc. Elissa et Toni, violemment poussés par la nurse devant elle, étaient passés miraculeusement entre les roues de la voiture, tandis que Fanny avait été mortellement blessée. Cet accident, mentionné par Karoline à la fin de son livre, faisait suite selon elle aux menaces d'un homme qui avait suivi Fanny et les enfants au parc les jours précédents, et qui avait abordé la nurse, lui demandant de voler à Karoline les quelques lettres de l'impératrice qu'elle avait en sa possession et qui prouvaient ses dires. Elissa – elle avait alors huit ans – se souvenait de l'homme qui avait abordé Fanny dans le square. Elle se souvenait – surtout – du choc, du bruit du moteur et de l'odeur d'essence, de sa joue contre le sol, de l'engin au-dessus d'elle – elle n'avait pu ensuite pendant des années traverser une rue sans effroi. Elle se souvenait que les stores de la limousine étaient bleus, et qu'ils étaient restés baissés. L'enquête avait été rondement menée. L'acte de décès de Fanny – je me le suis procuré depuis – indique : mort accidentelle. Dans son autobiographie, Elissa ne tirait aucune conclusion, n'accusait personne. Elle mentionnait des faits. Fanny était morte le lendemain du jour où un homme l'avait menacée, à cause du livre de Karoline. Ce pouvait être après tout, écrivait Elissa, une coïncidence.

Je l'ai dit, il me fallut des années, et de nombreux allers-retours à New Paltz, avant de mettre en ordre ces archives. J'avais, après tout, une vie en France, et ne pouvais venir à New York que pour de brefs séjours, prenant des milliers de photographies de lettres que je rapportais chez moi pour les déchiffrer plus tard, en diverses langues. Il me fallut des mois pour rassembler ce qui se rapportait à ces années cruciales au cours desquelles Karoline avait commencé à publiquement revendiquer sa filiation, et identifier les différentes écritures de personnages clés de l'histoire – notamment celles de Nanette Kaiser et de sa fille Laura. Plusieurs de leurs lettres, j'en ai la certitude aujourd'hui, ont été perdues, et je n'en connais l'existence que parce que Katerina von Burg en a fait une copie – dans le meilleur des cas – ou qu'il y est fait référence par ailleurs. Et malgré la montagne de documents que je n'en finis pas de dépouiller, je me désespère toujours de ces lettres manquantes, certaine que je suis que j'y aurais trouvé la clé du mystère.

Durant ces séjours, je logeais le plus souvent chez Caroline, dans l'ancienne chambre de sa fille Elissa, que Caroline ne louait qu'occasionnellement. Ou je me repliais chez Chris, sa sous-locataire chinoise, lorsque celle-ci était absente. Quand l'appartement que Caroline nommait sa *boarding house* – pension de famille – était plein, je m'installais dans un hôtel voisin pour la nuit, ce qui ne m'empêchait pas de passer mes journées dans son salon, au milieu de documents épars, lui faisant partager chacune de mes découvertes et m'interrogeant avec elle sur sa signification.

Ce n'est que plusieurs mois après notre excursion à New Paltz que je tombai par hasard sur une coupure de journal – le *Daily Mirror* daté du 4 mars 1913 – qui confirmait à la fois la mort de Fanny Latzlsperger et le souvenir qu'en avait Elissa. Entre-temps, j'avais plus ou moins réussi à rassembler tout ce qui, dans les archives, concernait l'année 1911 – l'année pendant laquelle Karoline, accompagnée de Pi et laissant les enfants aux bons soins de Fanny à Vancouver, était venue en Europe divorcer de Richard Kühnelt – en octobre – et, sitôt cela fait – en novembre –, tout en restant prudemment retranchée en Allemagne, avait par l'intermédiaire d'un avocat déposé une requête auprès de la cour de Vienne en vue d'obtenir sa reconnaissance officielle.

Il y avait, d'un côté, le gros livre relié de cuir et intitulé « Karoline Zanardi Landi Papers », qui contenait nombre de documents officiels en allemand, lettres et télégrammes d'ambassadeurs relatifs à Karoline, dont je m'étais demandé comment elle pouvait les avoir eus en sa possession, avant de comprendre qu'il s'agissait du dossier complet de la cour de Vienne que Fred Brumme avait fait copier et relier dans les années 1980. Ce dossier, dont évidemment Karoline n'avait jamais eu connaissance, j'aurais pu moi-même me le procurer depuis longtemps – étrangement, je n'en avais jamais eu l'idée. Mais je ne regrettais rien, car le découvrir en même temps que les archives personnelles de Karoline était comme un champ-contrechamp, qui me donnait de l'histoire une vision plus complète, sans me permettre de trancher entre deux versions parfaitement cohérentes et néanmoins contradictoires.

Le premier quart de ce dossier était relatif à la « requête » déposée le 13 novembre 1911 aux services de la Cour par l'avocat Walther Rode. Il semblait que les différents services de la Cour, confrontés à cette étrange demande de reconnaissance, se soient empressés de se refiler la patate chaude en se déclarant tour à tour incompétents, car l'avocat s'énervait, demandant s'il devait informer sa cliente que la Cour était décidée à ignorer sa requête, auquel cas il les prévenait aimablement que Karoline avait, outre lui-même à Vienne, également des avocats à Londres et à Paris, et était décidée à faire valoir ses droits par tous les moyens à sa disposition – y compris, en dernier recours, la publication de ses Mémoires. Dans une lettre datée du 2 décembre, le ton changeait : l'avocat déclarait qu'après une enquête approfondie, il était venu à douter de la véracité des dires de sa cliente, et que dans ces conditions il préférait abandonner l'affaire. Avait-il, comme le prétendait Karoline, cédé aux menaces de poursuites judiciaires – menaces bien réelles, un courrier interne au ministère de la Justice en faisait foi ? Ou avait-il été vraiment convaincu par le certificat de naissance produit par la Cour, qui figurait également au dossier, et attestait que Karoline était née le 31 mars 1879 dans la communauté juive, fille légitime de Nanette et Hermann Kaiser ? Entre-temps, des poursuites avaient été lancées contre Karoline, l'inculpant de fausses déclarations portant atteinte à la famille impériale. En son absence – Karoline avait bien fait de rester en Allemagne –, son ex-mari Richard Kühnelt et sa mère, Nanette Kaiser, avaient, le 1er décembre, été convoqués par la police – leurs dépositions figuraient au dossier. Tous deux affirmaient de manière catégorique que Karoline était bien la fille légitime des Kaiser. Richard Kühnelt, tout récemment divorcé de Karoline, assurait qu'il avait entendu pour la première fois Karoline mentionner cette folle histoire en 1908, à Vancouver, lorsque, déjà séparé de sa femme, il était venu rendre visite aux enfants – Karoline lui aurait alors demandé s'il ne remarquait pas une nette ressemblance entre elle et feu l'impératrice. Il ajoutait que si son ex-épouse propageait désormais des rumeurs sur ses prétendues origines, c'est qu'elle était malade, et que, d'ailleurs, elle avait montré en plusieurs occasions, pendant leur vie conjugale, les symptômes d'une folie des grandeurs certaine. Quant à Nanette Kaiser, elle disait tomber des nues, alors qu'elle avait vu sa fille pas plus tard que le mois d'octobre précédent, lorsqu'elle l'avait aidée à préparer son divorce, et ne pouvoir concevoir les allégations de Karoline que comme les fruits d'une imagination maladive.

Cette première partie du dossier se concluait par le courrier interne au ministère de la Justice recommandant l'abandon des poursuites contre l'avocat, Walther Rode, à présent qu'il s'était démis de l'affaire – et, compte tenu de l'impossibilité d'atteindre Karoline puisqu'elle résidait à l'étranger, de se contenter d'une étroite surveillance de la presse étrangère, en vue de prévenir l'éventuelle publication de ses Mémoires dont elle faisait planer la menace.

C'était l'objet de la seconde partie du dossier, qui comportait plusieurs centaines de pages, courriers d'ambassades, copies d'articles de journaux, télégrammes chiffrés, mentionnant l'annonce d'une parution dans des journaux italiens, français et anglais – et il ne faisait guère de doute que cette surveillance avait été efficace, la cour de Vienne ayant réussi à faire saisir l'édition italienne puis l'édition française du livre de Karoline en 1912. Une chose était sûre : à l'annonce de la publication de *The Secret of an Empress* à Londres, en 1913, la correspondance diplomatique s'affolait. Des articles étaient parus en France, en Italie, aux États-Unis, annonçant la sortie prochaine du livre, et le 18 février le *Daily Mirror* publiait des portraits de Karoline et de l'impératrice côte à côte, afin que le lecteur puisse juger de leur ressemblance. Un mois et demi plus tard, le même *Daily Mirror* faisait état de l'accident qui avait coûté la vie à Fanny, la fidèle nurse – et au vu de cet épais dossier, la « coïncidence » à laquelle Elissa faisait semblant de croire devenait, il fallait en convenir, terriblement suspecte.

Concernant la « requête », j'éprouvais le même trouble. D'un côté, il y avait le dossier de la cour de Vienne, la version officielle. Elle était limpide : Walther Rode, au vu du certificat de naissance et des dépositions de Kühnelt et Nanette Kaiser, avait été convaincu de la fausseté des allégations de Karoline et s'était désisté. De l'autre, un amas de lettres, de Rode à Karoline, qui corroboraient les dires de celle-ci dans les moindres détails, y compris le télégramme de l'avocat l'informant que « les choses avançaient » et lui fixant rendez-vous à Passau, à la frontière autrichienne, afin de lui rendre compte de vive voix de sa rencontre avec le grand maréchal de la Cour : c'était là, selon Karoline, que Rode lui avait proposé au nom de la Cour un million de couronnes en échange de l'abandon de ses prétentions – offre qu'elle avait fièrement refusée, à la suite de quoi Rode avait préféré se démettre. Il y avait un télégramme de Nanette à Karoline, le 1er décembre, le jour même de sa convocation à la police, lui conseillant de fuir au plus vite en Angleterre. Il y avait cette lettre d'un flegme extraordinaire de la même Nanette, le 23 décembre, quelques jours à peine après la découverte – si Nanette Kaiser disait vrai – que Karoline prétendait ne pas être sa fille, détaillant pendant une page entière les petits soucis de santé de sa sœur Laura, avant de demander à Karoline d'attendre le mariage de celle-ci pour « dévoiler au monde son secret », et de signer : *Mutter.* Et les réponses amères de Karoline qui l'appelle, elle, *liebe Mama,* et lui reproche de ne pas s'être souciée de savoir, pendant ces trois années d'exil au Canada, si elle et ses enfants étaient morts ou vivants – et l'informe qu'à présent elle est décidée à agir pour elle et à faire reconnaître ses droits – et donc, à faire savoir au monde qu'elle est la fille de l'impératrice Élisabeth. Et termine par : « *Sans rancune, je t'embrasse de tout cœur.* »

Quelle peut être la réaction d'une mère convoquée un beau jour par la police et à qui l'on annonce que sa fille affirme ne pas être sa fille ? Je peinais à me le représenter. À mes yeux, cependant, de tels échanges entre une mère et son enfant étaient inconcevables.

Après les avoir retournés de fond en comble, je devais me résigner à l'idée qu'à l'exception – peut-être – d'un bout de dentelle et de deux aquarelles, il ne se trouvait rien dans les cartons de New Paltz d'antérieur à 1908. Cela, certes, pouvait s'expliquer par les voyages et l'exil, le désir légitime de ne pas s'encombrer au moment de s'embarquer pour la traversée d'un océan puis d'un continent. Karoline disait pourtant avoir emporté avec elle, en quittant l'Ancien Monde, de nombreuses malles renfermant toutes ses possessions – et, par la suite, avoir vendu une pièce d'orfèvrerie ou un bijou quand le besoin d'argent se faisait trop pressant. Pourquoi donc n'avait-elle pas conservé une seule photo de son enfance, une seule lettre ? Fille adoptive ou non, Karoline avait fait table rase de son passé et de tout ce qui avait trait aux Kaiser. Quant à l'impératrice, les quelques lettres d'elle qu'elle affirmait posséder pour preuves de ses dires – ces fameux « papiers » qui attiraient tant de convoitise et avaient coûté la vie à Fanny –, lui avaient, selon Karoline toujours, été volées quelques mois après « l'accident », lors d'un séjour dans la famille de Zanardi Landi à Smyrne (aujourd'hui Izmir, en Turquie) – elle en rendait responsable l'un des frères de Pi, averti des projets de publication de Karoline et soucieux que la réputation honorable des Zanardi Landi en soit ternie.

J'entends les sceptiques. Et certes il est tentant de croire que ces preuves n'ont jamais existé, sinon dans la fertile imagination de Karoline. J'en étais moi-même assez convaincue jusqu'au jour où j'en découvris la mention, à plusieurs reprises, dans des lettres de Pi antérieures à leur disparition. Puisqu'il recommandait à Karoline d'y veiller comme à la prunelle de ses yeux, c'est donc qu'il les avait *vues*. Karoline en retour assurait, alors qu'elle se préparait à s'aventurer en Autriche pour conclure son divorce, avoir confié ces précieux « papiers » par prudence à la famille de Fanny en Bavière, avec l'instruction « s'il lui arrivait quelque chose » de les envoyer à la nurse à Vancouver, afin que celle-ci les remette un jour à ses enfants.

Karoline avait-elle fabriqué de *fausses lettres* de l'impératrice pour les montrer à Pi ?

Mais à l'inverse : si ces lettres ont vraiment existé et étaient authentiques, pourquoi, en

1911, ne les avait-elle pas montrées à son avocat qui n'en faisait aucune mention dans ses courriers à la Cour ?

Loin de me faire avancer vers la résolution de l'énigme, chaque jour qui passait soulevait pour moi de nouvelles interrogations.

Selon tous les témoignages, celui de Richard Kühnelt comme celui du consul dont le courrier figurait dans le dossier viennois, c'est à Vancouver, en 1908, que Karoline avait commencé à proclamer sa filiation, réelle ou fantasmée, avec l'impératrice. Ce simple fait suffisait à contredire tous ceux qui affirmaient que la ressemblance d'Elissa avec Élisabeth était à l'origine du délire de Karoline puisqu'à l'époque la petite Elissa avait tout juste trois ans. Afin de remonter à la source des prétentions de Karoline, je m'étais donc plongée dans les écrits les plus anciens dont je disposais, à savoir la correspondance qu'elle avait entretenue avec Pi dès l'automne 1908, alors qu'elle venait de faire sa connaissance et qu'il travaillait à Prince Rupert, que j'ai pris longtemps pour un nom de bateau avant d'apprendre qu'il s'agissait d'une ville de Colombie-Britannique.

Tout juste séparée de Kühnelt, Karoline avait quitté Montréal pour s'installer avec la fidèle Fanny et ses deux enfants sur la côte Ouest, à Vancouver. Elle y avait monté un commerce de pâtisseries viennoises avec un certain succès, semble-t-il, puisqu'elle l'avait revendu avec profit, ce qui lui avait permis de gagner sa vie ensuite en donnant chez elle des cours de langues, enseignant le français à des jeunes gens ambitieux, l'anglais à de nouveaux immigrants, l'allemand à d'autres. Elissa décrit dans son « autobiographie » avec une grande précision la maison qu'ils habitaient alors, étrangement décorée de bric et de broc, de meubles de récupération, de tapis usagés et d'objets de grand prix – essentiellement de l'argenterie et du cristal, ainsi que des tableaux. Elle se souvient d'avoir vu accrochés aux murs des dessins originaux au crayon rouge de David, représentant Napoléon en buste, et que de temps en temps, après la visite d'un inconnu à sa mère, l'un de ces objets familiers – une tapisserie, un couteau d'ivoire ciselé ou une boîte à biscuits au couvercle d'argent – avait disparu, vendu. Un jour d'août 1908, un élève de Karoline lui présenta un certain Carlo Zanardi Landi, ingénieur sur le chantier du Grand Trunk Pacific Railroad, qui désirait prendre des leçons afin de communiquer avec les ouvriers allemands qui travaillaient sous ses ordres. Ce fut, au dire des deux intéressés, un coup de foudre. Et, de fait, l'histoire d'amour semble s'être conclue et développée à grande vitesse, puisque, dès le mois d'octobre, alors que Carlo a dû retourner à Prince Rupert, les nouveaux amants entament une correspondance passionnée – je mesurais pleinement l'indécence que représentait à l'époque le fait pour une femme d'écrire à son fiancé de différer sa visite de quelques jours car elle aurait ses règles. En attendant de pouvoir se marier – il y a le petit détail du divorce à régler, et Karoline doit manœuvrer subtilement pour ne pas perdre la garde des enfants –, ils s'adressent très vite l'un à l'autre comme des époux légitimes. Karoline n'hésite pas à signer du nom qu'elle gardera sa vie entière – Karoline Zanardi Landi – et les enfants, écrit-elle, considèrent déjà Carlo, que personne n'appelle encore Pi, comme leur seul et véritable père. Surtout, il est clair au vu de cette correspondance que Karoline a convaincu Pi de son histoire, et qu'il s'est saisi de « l'affaire » avec un enthousiasme qui ne se démentira pas dans les années à venir, obligeant même Karoline à tempérer ses ardeurs. Aussitôt dans la confidence, il encourage ainsi Karoline à écrire à l'empereur. Puis, s'impatientant du fait qu'elle ne reçoive pas de réponse, Pi envisage d'écrire à nouveau à celui-ci afin de s'assurer que la lettre a bien été transmise – vu l'âge avancé de « *l'empereur ton père* » il n'y a pas de temps à perdre. Karoline doit le supplier de ne rien faire sans son accord. Il la presse alors d'écrire ses Mémoires et elle s'exécute, tout en l'exhortant à la patience. Elle a son plan, affirme-t-elle, et il doit lui faire confiance. Rien ne doit alerter la Cour ni filtrer de son entreprise avant la dernière minute. Elle écrit dix pages par jour, mais ne peut en faire davantage, sous peine de nuire à la qualité d'écriture nécessaire pour maintenir l'attention du lecteur. Pour l'aider, Pi lui envoie des chronologies, des livres de Mémoires touchant de près ou de loin à la Cour, mais elle ne veut pas les lire. Tout est dans sa tête, assure-t-elle, elle s'étonne même que tout lui revienne si aisément, les conversations avec sa mère, les voyages, les lieux, les dates. Les lectures que lui envoie Pi ne feraient, soutient-elle, que l'embrouiller, et elle ne veut pas que l'on puisse l'accuser de s'être inspirée d'autres livres déjà parus sur l'impératrice. Elle va jusqu'à supprimer certains détails de la vie de celle-ci lorsqu'elle se rend compte qu'ils figurent dans le *Martyrdom of an Empress*, paru quelques années plus tôt – ainsi, Pi lui sera témoin que ce livre n'est que le fruit de ses réels souvenirs. Il y a des moments de découragement. Elle ne peut écrire que le soir, car le jour elle donne des leçons de langues et de piano, et puis il commence à faire froid, les enfants restent à la maison et sont sans cesse dans ses jupes. Mais toujours, elle sent autour d'elle la présence de sa mère l'impératrice qui l'inspire. Elle pleure souvent en écrivant, de tristesse ou par nostalgie, en se remémorant les moments heureux.

En un mot, elle écrit.

Mais écrit-elle ses Mémoires, ou écrit-elle un roman ?

Au fond, toute la question était là.

Peut-on vraiment inventer de toutes pièces une telle fiction ? Peut-on, en 1908, à Vancouver, sans l'aide d'aucune documentation, inventer un livre de plus de trois cents pages sur une impératrice morte dix ans plus tôt, si on ne l'a pas – au moins vaguement – connue ?

L'article de l'*Excelsior* annonçant la saisie du livre, en 1913, qui avait affolé les ambassades, disait : « *En vérité, l'œuvre interdite n'est pas ordinaire : c'est un livre de Mémoires, c'est un roman, mais un roman vécu.* »

Que de contradictions en une seule phrase.

Dans *The Secret of an Empress*, Karoline donnait des noms, des dates, des adresses, et cette abondance de détails était l'argument de beaucoup des défenseurs de Karoline : selon eux, cela « faisait trop vrai » pour être inventé. Ceux qui avaient enquêté, recherché les témoins, n'en avaient retrouvé aucun et démontré que de nombreux détails étaient faux – mais il suffisait que certains soient vrais pour semer le doute. Et je me refusais toujours à rejeter en bloc le récit de Karoline à cause d'erreurs somme toute minimes : la photo du château de Sassetot, par exemple, dont au passage j'avais découvert dans la correspondance entre Pi et l'éditeur italien de Karoline qu'elle avait été prise par un photographe français, dépêché spécialement sur place pour la circonstance et payé par leurs soins. Au lieu de la menteuse éhontée que décrivait Wildon Lloyd, Karoline avait donc été la victime d'un photographe peu scrupuleux qui avait préféré s'épargner le voyage et refiler à ses commanditaires la première photo de château normand qui lui était tombée sous la main.

Ce qui était vrai du château de Sassetot pouvait-il l'être aussi du reste de l'histoire ?

Un jour, alors que je lui avais déjà fait mes adieux et que j'étais à l'hôtel sur le point de me mettre en route vers l'aéroport, Caroline m'appela, me demandant de repasser la voir d'urgence avant mon départ. Intriguée, je m'exécutai et la trouvai dans un état de grande agitation. Après m'avoir fait entrer dans le petit salon qui lui tenait lieu de salle de répétition, elle me demanda d'installer ma caméra et d'enregistrer ce qu'elle avait à me dire. Elle avait réfléchi toute la nuit et sans doute, me dit-elle, cette pensée flottait-elle depuis longtemps quelque part au fond de son cerveau, mais jusqu'ici elle n'en avait jamais vraiment pris conscience. Ce matin-là, me dit Caroline, elle avait soudain réalisé que si sa grand-mère avait inventé toute l'histoire, si Karoline Zanardi Landi était bien la fille des Kaiser, cela voulait dire qu'elle-même, sa petite-fille, Caroline, était juive, ce qui, s'empressait-elle d'ajouter, ne lui posait aucun problème, car bien qu'élevée en Nouvelle-Angleterre dans un milieu protestant, elle n'avait pas en elle la moindre once d'antisémitisme, bien au contraire elle avait été dans le passé très proche de *survivants* et avait toujours eu une conscience aiguë de l'Holocauste – et d'ailleurs, le père de son fils était juif –, ce n'était donc, en aucun cas, un problème, néanmoins c'était, à ses yeux, très loin d'être anodin, c'était même tout à fait crucial – et elle venait de s'apercevoir que si elle pouvait, après tout, très bien vivre le reste de ses jours sans savoir si elle descendait ou non de l'impératrice d'Autriche, en revanche le fait de savoir si oui ou non elle était juive – elle y avait pensé toute la nuit –, cette question-là était, pour elle, de la plus grande importance – pour ne pas dire vitale – et exigeait une réponse.

Quelques semaines plus tard, j'étais à Vienne, dans les locaux de la *Kultusgemeinde* – la communauté juive de Vienne. En réponse à ses interrogations, j'avais montré à Caroline les certificats de naissance de sa grand-mère, celui qui figurait dans le dossier de la cour de Vienne, et l'autre, dans les recherches de Lloyd. Elle les avait regardés avec le plus grand scepticisme : forte de son expérience passée avec l'agent secret, elle m'assurait que rien n'était plus facile pour un gouvernement que de fabriquer des faux certificats de ce genre. Ne pouvant la contredire sur ce point, je m'étais décidée à aller juger sur pièces – un peu troublée aussi, je dois l'admettre, par la lettre de l'avocat Walther Rode à Karoline dans laquelle, en 1911, il disait « être allé jusqu'à » vérifier que sa naissance n'était pas inscrite sur les registres de la communauté juive en tant que fille des époux Kaiser, même s'il n'avait consulté que l'année 1882 alors que Karoline, selon ces certificats, était née en 1879.

Après m'avoir fixé un rendez-vous quelques jours plus tôt depuis Paris, on m'avait communiqué l'adresse par téléphone le matin même, pour des raisons de sécurité, et pour les mêmes raisons sans doute, l'immeuble banal dans lequel se trouvaient les bureaux de la *Kultusgemeinde* ne portait aucune plaque ni mention visible de la rue. Je m'étais également vu interdire, une fois à l'intérieur, de filmer ou même de prendre la moindre photographie. Cela posé, on répondit à ma demande avec la plus grande efficacité et, sur un ordinateur dernier cri, on me permit de consulter l'original digitalisé du registre de naissance qui m'intéressait, dans lequel était consignée la naissance de Karoline Franciszka Kaiser, le 31 mars 1879, conforme en tout point et sans surprise aux deux certificats en ma possession. Par rapport à ceux-ci, le registre livrait toutefois quelques informations supplémentaires : le nom et la signature de la sage-femme – qui était bien, vérification faite, la même qui avait accouché Nanette Kaiser lors de la naissance de son deuxième fils, Charles-Édouard, en 1875, et de sa deuxième fille, Laura, en 1881. C'était une preuve supplémentaire de l'authenticité de l'acte, et du reste, au vu du registre, je n'avais plus le moindre doute qu'il n'avait pas pu être falsifié, ni faire l'objet d'un ajout postérieur. L'employée me fit par ailleurs remarquer que, contrairement à l'usage, les deux filles n'avaient pas reçu de prénom juif, huit jours après la naissance. Enfin, il y était noté que Karoline s'était « retirée de la religion juive » le 6 septembre 1901, en même temps que sa sœur Laura et sa mère Nanette – quelques semaines à peine après le décès de son père, Hermann Kaiser, en juin 1901.

Peu familière de la question des conversions en Autriche, et plus particulièrement à Vienne, je demandai quelques explications. La loi de 1868 instituant l'égalité des droits entre toutes les communautés religieuses – catholiques, protestantes et juives – avait également facilité les conversions, dans un sens ou dans un autre. J'appris ainsi que tout individu né dans une communauté religieuse pouvait s'en retirer sur simple déclaration à la mairie de son domicile, avant d'opter pour une autre religion de son choix. Cette information m'intéressait au plus haut point : Karoline avait toujours prétendu que son soi-disant « baptême », peu avant son mariage avec Kühnelt, avait été un simulacre et qu'elle avait été – évidemment – baptisée dès sa naissance. Pressentant que je tenais là, peut-être, la preuve que je cherchais, je pressai l'employée de questions : À quoi ressemblait ce document d'« abjuration » ? Fallait-il le signer, fallait-il des témoins ? En 1901, Karoline avait vingt-deux ans. Si elle avait signé un tel document, en présence de sa sœur et de sa mère, il serait difficile de continuer à prétendre qu'elle se croyait catholique, ou qu'elle était de bonne foi. L'employée me conseilla, si je voulais en savoir plus, de continuer mes recherches aux Archives municipales de Vienne en demandant à consulter les « *religionsaustrittakten* » de 1901, et proposa aimablement de me donner le contact d'Anna Staudacher, professeur à l'université de Vienne, spécialisée dans ces questions.

Les archives municipales de la ville de Vienne sont situées dans d'anciens réservoirs de gaz datant de 1899 que l'on nomme les *Gazometers* – très bizarre architecture de vieilles tours vaguement gothiques auxquelles sont accolées des structures modernes en verre et acier. Dans les bureaux des archives, une fonctionnaire me reçut sans grand enthousiasme – elle s'appelait Michaela et ressemblait furieusement à l'assistante maternelle en charge de ma fille lorsque celle-ci était à la crèche. Elle s'étonna fort de mon étonnement qu'en Autriche on se rende à la mairie pour abjurer une religion, y percevant sans doute un reproche que mes convictions républicaines et laïques laissaient malgré moi deviner, et m'assura fermement qu'il en était ainsi partout, certainement même en France. Ne voulant pas l'indisposer, je renonçai à la contredire, et elle me fit remplir un formulaire qu'elle donna à un vieil employé renfrogné qui disparut durant un long, très long moment, avant de revenir en poussant un chariot chargé de quatre énormes grimoires grossièrement ficelés pour en faire tenir les pages entre elles et empêcher qu'ils ne tombent en poussière – entre la *Kultusgemeinde* et les archives de la ville de Vienne, il y avait un monde. C'étaient, m'expliqua le vieil homme dans un allemand que j'avais du mal à comprendre, les index dans lesquels étaient répertoriés tous les actes enregistrés dans le premier district en 1901. Malheureusement, la ville de Vienne avait souffert de nombreuses destructions. Il y avait des manques dans la collection, de nombreux actes avaient été perdus. Pour savoir si ceux que je cherchais avaient été conservés, il me fallait tout d'abord vérifier si je trouvais le nom qui m'intéressait dans l'un de ces quatre volumes. Un peu effarée qu'on me laisse ainsi manipuler des registres anciens en si mauvais état, j'entrepris donc sous le regard indifférent du vieil homme de couper les ficelles et commençai à feuilleter – sans gants – ces livres centenaires aux couvertures moisies, aux onglets déchirés et noircis, avec la plus grande délicatesse possible – la consultation promettait d'être longue. À chaque page tournée tombait sur la table un bout de papier ou un petit tas de poussière – que je ramasserais religieusement à la fin de ma consultation dans une feuille de papier pliée en enveloppe, afin de les conserver en souvenir. D'un autre côté, ces grimoires étaient extrêmement photogéniques, et comme personne ici ne se souciait de ma caméra, je m'en donnai à cœur joie. Ces quatre volumes contenaient tous les actes enregistrés dans le premier district de la ville de Vienne en 1901 – pas seulement comme je l'avais espéré ceux en rapport avec les affaires religieuses – mais je ne comprenais rien à leur classification, et j'y serais certainement encore si Michaela qui m'observait de loin ne s'était finalement décidée à venir à mon aide. À l'onglet « *Kirchensachen & Matrikenwesen* », puis à la lettre K du second semestre, on ne trouvait trace de Kaiser en septembre 1901, et la déception m'envahit. Mais à la date du 12 juillet, on trouvait trois Kaiser : Nanette, Laura, et un certain Franz, qui me laissa perplexe un instant, le temps de réaliser que Franciszka était le second prénom de Karoline. Michaela m'expliqua que de tels décalages de dates étaient fréquents – sans doute l'acte n'avait-il été transmis à la *Kultusgemeinde* qu'en septembre.

Il ne me restait plus qu'à attendre que le vieil homme redescende dans les sous-sols chercher les actes dont nous avions les références. Hélas, il remonta un bon moment plus tard : les actes étaient manquants. Je ne verrais donc pas la signature de Karoline au bas d'une déclaration disant qu'elle renonçait à la religion juive. Le faisceau de présomptions se resserrait de plus en plus, mais la preuve objective, irréfutable, que je cherchais, m'échappait toujours.

Bien sûr, nous avions évoqué déjà l'hypothèse d'un test ADN, et imaginé les scénarios les plus rocambolesques pour comparer celui de Caroline avec celui d'un archiduc d'Autriche – les descendants de Sissi, petits-enfants et arrière-petits-enfants de ses filles Gisèle et Valérie, ne manquaient pas. L'un d'eux avait ouvert un « musée Sissi » à Ischl. Je me voyais déjà le contacter, sous prétexte de l'interroger pour mon documentaire, et, profitant d'un instant d'inattention, lui arracher un cheveu – car le consentement de la famille Habsbourg à une telle analyse était hautement improbable.

Au fur et à mesure de mon enquête, le désir de Caroline de connaître la vérité sur ses origines se faisait de plus en plus pressant. Après des années d'indifférence, j'avais éveillé en elle une curiosité qui virait à la nécessité. Au retour de mon voyage à Vienne, je me rendis au cimetière de Saint-Germain-en-Laye où, selon Wildon Lloyd, était enterrée Nanette Kaiser. La tombe était dans un état de total abandon, mais en grattant la mousse, je parvins à faire réapparaître les inscriptions à peu près effacées. Il m'apparut soudain que la réponse à la question que nous nous posions Caroline et moi – et qui n'était pas tant désormais : Karoline était-elle la fille de Sissi ? mais bien : Karoline était-elle la fille de Nanette Kaiser ? – se trouvait là, dans cette tombe, dans laquelle étaient enterrés les restes de Nanette Kaiser, née Prins, ainsi que ceux de sa fille Laura et du mari français de celle-ci. La concession avait été acquise pour cent ans et expirerait donc en 2028 – dans un peu plus de dix ans. Légalement, Caroline était sa descendante directe. Je me plongeai dans la législation française concernant l'exhumation à des fins de tests génétiques.

L'exhumation elle-même ne semblait pas poser de problèmes majeurs. Si Caroline se manifestait auprès des autorités municipales, sous prétexte de renouveler la concession ou de procéder à un transfert vers une autre sépulture, il serait facile d'obtenir l'ouverture du caveau afin de constater l'état des cercueils et, le cas échéant, de procéder à une « réduction » des dépouilles. Pratiquer un test génétique, en revanche, était plus compliqué, et même si l'ouverture de la tombe se faisait nécessairement en présence de la famille ou de l'un de ses représentants, je me voyais mal profiter de l'inattention d'un employé des pompes funèbres pour dérober un fémur (d'après un fascicule de la Croix-Rouge sur l'identification des restes humains disponible sur Internet, c'était une dent qu'il me fallait). Depuis l'affaire Montand, la législation française était très stricte et protégeait le droit des défunts à un repos éternel. Mais ces dispositions étaient contredites par la Cour européenne qui avait cassé des jugements à plusieurs reprises, considérant qu'un test génétique était de nature « peu intrusive », que d'ailleurs le repos des défunts n'était « nullement éternel » – cette dernière déclaration, surprenante, ne s'appuyait sur aucun argument d'ordre mystique ou religieux, seulement sur le fait que la durée des concessions était limitée dans le temps – et que, de toute manière, ledit droit des défunts au repos, éternel ou non, constituait un motif « futile » au regard du « droit des vivants à connaître leurs origines ». Le juge européen et moi étions parfaitement sur la même longueur d'onde. Mais parviendrions-nous à en convaincre un juge français ? Je remis le dossier entre les mains d'un ami avocat tandis que, de son côté, sa thérapeute conseillait à Caroline de pratiquer un test ADN afin de déterminer si oui ou non elle était juive.

Lorsque Caroline m'en parla, je crus d'abord qu'elle plaisantait. Mais, renseignements pris, la suggestion était sérieuse. Les sites de recherche ADN permettant à chacun de déterminer ses origines ethniques commençaient à faire fureur outre-Atlantique et un site israélien possédant une filiale en Suisse proposait spécifiquement des réponses à ceux qui se posaient des questions sur leur judaïté. Enthousiaste, j'offris aussitôt de financer le test – nettement plus simple à réaliser que l'ouverture de la tombe de Nanette Kaiser. Plusieurs formules étaient possibles : le test « autosomal » analysait les gènes provenant de tous les ancêtres, et donnait un pourcentage d'origines ethniques, ainsi que la possibilité de retrouver dans la base de données des individus qui vous étaient apparentés. Le test « mitochondrial » permettait de remonter la lignée purement maternelle, de fille en mère, jusqu'à la nuit des temps. Afin de mettre toutes les chances de notre côté, je commandai les deux, et filmai Caroline en train de se passer un petit bâtonnet dans la bouche, puis l'enveloppe contenant le prélèvement au moment où je la glissai dans la boîte aux lettres, en direction de la Suisse.

Dans l'attente des résultats, je décidai de me lancer dans des recherches afin d'en savoir plus sur « Nanette » – Anna Maria Prins, épouse Kaiser. Il me vint l'idée de consulter son acte de décès dans les archives de la ville de Saint-Germain-en-Laye. Aussitôt après, je téléchargeais le document sur mon téléphone et j'avais la divine surprise de constater qu'il contenait le nom et la date de naissance de ses parents : Alfred Prins, né à Amsterdam en 1809. Et Frances Micholls, née à Londres en 1810.

Quelques jours plus tard, j'étais en route pour Amsterdam.

Les archives des Pays-Bas sont non seulement numérisées, mais indexées. Elles n'ont qu'un seul défaut, c'est de n'être consultables qu'en néerlandais. L'aide d'un documentaliste ne me fut pas inutile pour trouver l'acte de naissance de Nanette Prins ; je découvris par la même occasion que Nanette n'était pas un diminutif comme je le croyais mais bien son prénom de naissance – celui d'« Anna Maria » lui avait été substitué bien plus tard, après sa conversion, au moment de son baptême, j'étais vraiment stupide de ne pas l'avoir deviné plus tôt. Car les registres de population étaient formels : la famille d'Alfred Prins, domicilié en 1861 au Binden Amstel, était « *nederlands – israelitisch* ». Concernant la ligne maternelle, pour remonter plus loin que cette Frances Micholls née à Londres, cependant, les archives néerlandaises et leurs gentils documentalistes ne m'étaient d'aucun secours. Mais la planète de la recherche généalogique sur le Web n'avait plus de secrets pour moi, et on ne pouvait plus m'arrêter. En quelques jours, je parvins à dresser un arbre généalogique de plus de quatre cents noms de la branche maternelle, que j'imprimai sur douze feuilles A4 collées entre elles, honteuse de l'ignorance qui avait été la mienne jusqu'à présent, car le nom de Micholls était celui porté par une branche de la famille Lucas, vieille famille juive anglaise dont certains membres avaient été anoblis et qui était alliée aux Montefiore, aux Goldschmidt, aux Guggenheim et même aux Rothschild, ce qui me mit au comble de l'excitation, fascinée que j'étais par ces illustres personnages depuis que, grâce à la reine de Naples, j'avais découvert leur histoire.

Fille aînée d'Edward Emmanuel Micholls, homme d'affaires immensément fortuné de Manchester dont le testament est conservé aux Archives nationales, Frances Micholls s'était mariée au diamantaire Alfred Prins à Amsterdam en janvier 1831, et deux mois plus tard, le 15 mars, donnait naissance à un fils. Cette juxtaposition des dates, le fait que le mariage avait eu lieu dans la ville de résidence de l'époux et non dans celle de la jeune fille comme le voulait la tradition, l'absence des parents à la cérémonie – ils avaient donné leur consentement par écrit – et enfin le fait que les deux fiancés étaient domiciliés à la même adresse sur l'acte, tout indique que Frances, ayant fauté, avait été rejetée par son père

Edward Emmanuel – et d'ailleurs, elle n'est pas mentionnée dans le testament de celui-ci. Mais toute relation n'avait pas été rompue entre Frances et le reste de sa famille puisque son frère cadet, Horatio Lucas Micholls, avait été témoin, quarante ans plus tard, au mariage de la fille de Frances, Nanette, avec Hermann Kaiser.

La plupart des membres de cette famille anglaise résidaient à Londres au début du XXe siècle, ce qui rendait encore plus intrigante la vie de Karoline et d'Elissa à cette période. Elissa soupçonnait-elle les liens qui l'unissaient à la famille Lucas-Montefiore-Behrens et qui faisaient de Karoline la cousine au second degré du deuxième vicomte Bearsted, ami des arts, collectionneur et philanthrope, qui allait quelques années plus tard aider de nombreux juifs à fuir l'Allemagne nazie ? Et qu'avaient pensé ces cousins du livre de Karoline – si tant est qu'ils en aient eu connaissance ?

De retour à Paris, je lus le journal intime qu'avait tenu Elissa pendant les années 1920-1922, et me trouvai plongée dans une ambiance *Downton Abbey* bien loin de la correspondance de Karoline et Carlo dans les années 1908-1909. Quand, comment leur situation matérielle s'était-elle si spectaculairement améliorée ? Le « comte » et la « comtesse » Zanardi-Landi avaient un *butler* (majordome) et avaient même engagé un *second butler* quand il avait fallu rétrograder le premier qui était incompétent sans l'offenser en le ravalant au rang de « *footman* » (valet de pied), et « *her Ladyship* » avait une « *maid* ». Quant à la vie de la jeune Elissa, elle était apparemment conforme en tout point à celle des jeunes filles de la bonne société londonienne, seulement un peu plus courtisée que d'autres par moult jeunes gens extrêmement fortunés, de thé dansant en soirée au théâtre, de lecture de poèmes en leçon de piano. Les Zanardi Landi semblaient reçus dans la meilleure société et vivre dans l'opulence. Karoline avait réussi son pari. Comment, par quel miracle ? Je lisais tout cela d'un autre œil à présent que je connaissais la famille de Nanette Kaiser. Le récit de la rencontre d'Elissa avec l'*honorable* Ivor Montaigu, fils du deuxième baron Swaythling, me sembla surréaliste. Car les Montaigu étaient une famille juive alliée aux Lucas, c'est-à-dire que cet Ivor, l'*honorable* Ivor, dont Elissa critiquait les manières de nouveau riche, était – si mon arbre généalogique était correct – non pas certes un de ses cousins directs, mais le cousin germain de ses cousins au second degré, et je me sentais à nouveau incrédule tant une telle situation, un tel désaveu de sa propre famille paraissaient invraisemblables. Je trouvai aussi dans ce journal le récit d'un dîner avec Sydney Schiff, l'écrivain, dont j'avais découvert quelques mois plus tôt le pendant dans la correspondance de Proust. Avant de faire l'éloge de la beauté et du talent de la jeune Elissa, Schiff écrivait à son ami Marcel, à la date du 22 novembre 1920 : « *À propos, il est venu ici aujourd'hui une dame, la comtesse Zanardi Landi, qui prétend être (et je la crois) la fille de l'impératrice d'Autriche.* » Et je m'interrogeais sur la juxtaposition qui ne pouvait être involontaire de ces deux mots, *prétendre*, qui exprimait le doute, et *croire*, qui affirmait immédiatement le contraire, et correspondait admirablement aux courants contradictoires qui ne cessaient de m'agiter, de me ballotter, m'attirant dans les eaux calmes de la certitude avant de me rejeter brutalement dans le tourbillon du doute. Mais à l'inverse de Sydney Schiff, c'est ma conviction nouvellement acquise que Karoline était bien la fille des Kaiser que je devais mettre momentanément entre parenthèses pour parvenir à me glisser dans la peau de cette Elissa qui ne semblait pas douter un instant de la parole de Karoline lorsque celle-ci, apprenant par une lettre de son frère « adoptif » Charles-Édouard sa présence à Londres ainsi que celle de sa mère, se disait bouleversée, car elle avait espéré ne plus jamais revoir un seul membre de cette épouvantable famille, acharnée à lui nuire et qui répandait sur son compte les plus affreuses calomnies.

J'avais entre-temps reçu les résultats du test : Caroline avait trente-neuf pour cent de parentèle ashkénaze. La généticienne en déduisait, formelle, que non seulement l'un de ses grands-parents était juif, mais qu'un autre devait l'être à moitié, ce qui me lança sur la trace d'Émilie, la mère de Richard Kühnelt, dont le nom de jeune fille était Kohn et dont je découvris effectivement grâce aux bases de données d'Anna Staudacher qu'elle avait été convertie au catholicisme enfant, en même temps que son père. Cette découverte m'impressionna beaucoup, et renforça ma confiance dans le sérieux de l'analyse ADN. Le fait, par ailleurs, était loin d'être anodin, puisque avoir non pas deux, mais trois grands-parents juifs rendait Elissa « pleinement juive » au sens des nazis et des lois de Nuremberg. Quant au test mitochondrial, il indiquait que, sans doute possible, Caroline descendait par sa ligne maternelle du peuple « Juifs, Phéniciens, Arabes ».

Par souci de rigueur scientifique, je ne pus me dispenser, avant de tirer de ce dernier test – mitochondrial – une conclusion hâtive, de remonter aussi la lignée maternelle d'Élisabeth, ce qui étonnamment ne me prit que quelques heures, la généalogie des familles régnantes étant sur Internet abondamment documentée. Sur une vingtaine de générations – très exactement vingt-sept – tout allait bien : de Hesse-Darmstadt en Deux-Ponts-Birkenfeld, de Hohenlohe-Waldenburg en Brandebourg-de-Hohenzollern, tout cela fleurait bon l'aryen germanique pure souche. À partir du XIIe siècle cependant, les sources devenaient confuses : les généalogistes semblaient hésiter à établir si l'impératrice byzantine Euphrosyne Kamateros était, en ligne maternelle toujours, d'origine arménienne, ou si elle descendait plutôt de la dynastie des Zagwé dite « maison de Moïse » qui avait remplacé la dynastie issue de Salomon (dite « maison de David ») sur le trône d'Éthiopie, auquel cas on ne pouvait exclure qu'Élisabeth, comme nombre de princesses européennes, ait été d'ascendance juive africaine. Je m'étais prudemment abstenue de creuser davantage, préférant m'en tenir au test autosomal qui établissait, lui, sans ambiguïté, que Caroline avait trois arrière-grands-parents juifs – et que Karoline était donc la fille des Kaiser.

Je n'avais rien dit à Caroline au téléphone, voulant filmer sa réaction, et je préparai pour mon prochain voyage à New York un dossier complet qui comprenait, outre les résultats du test, un arbre généalogique le plus exhaustif possible de la famille Micholls, dans l'espoir de lui apporter ainsi une famille, une filiation, qui compenserait un peu – et à mes yeux, largement – celle que je lui enlevais.

De retour dans la *boarding house* de Manhattan, je ne pus m'empêcher de ressentir une certaine déception en constatant le manque d'intérêt manifesté par Caroline face au monstrueux arbre généalogique que j'avais brandi devant elle, et je n'étais pas loin de l'accuser d'ingratitude en regard du travail qu'il m'avait demandé. Était-ce une conséquence du choc de la révélation ? Les résultats du test ADN n'avaient pas été une véritable surprise, mais, depuis qu'elle en avait pris connaissance, Caroline était néanmoins d'une humeur exécrable. L'entendant, depuis ma chambre où je m'étais réfugiée, pester toute seule dans la cuisine et injurier son frigo, il m'était difficile de ne pas questionner une fois de plus le bien-fondé de ma démarche. De quel droit venais-je en vampire bouleverser sa vie, dans le seul but d'écrire cette histoire ? Elle disait m'en être au contraire reconnaissante – « *truth is important* » – et être heureuse d'avoir grâce à moi découvert la vérité avant de s'être ridiculisée en écrivant sur le sujet comme elle avait le projet de le faire – « *I would have made such a fool of myself* ». Je me rassurais à bon compte en prenant au pied de la lettre ses protestations, et la morale commune qui veut que toute vérité soit préférable au mensonge, mais dans ce cas précis les effets bénéfiques de la déconstruction méthodique du roman familial à laquelle je m'étais attelée tardaient à se faire sentir. Au lieu de ça, Caroline me semblait chaque jour plus triste et plus déprimée – « *shattered* », disait-elle, par tous ces mensonges, qui avaient – elle en était convaincue – détruit la vie de sa mère, et je comprenais que, disant cela, elle pensait aussi à la sienne.

Caroline attendait à présent avec impatience le livre que j'écrirais sur sa mère. Jugeant mon « enquête » sur l'enfant de Sassetot terminée – même s'il restait encore bien des zones d'ombre –, je décidai, en attendant les financements pour entamer le montage de mon documentaire, de me mettre sérieusement à travailler sur mon *roman d'Elissa*, dont je savais déjà qu'il couvrirait ses années hollywoodiennes, son mariage avec John Cecil Lawrence, et se terminerait par la mort de Karoline. Invitée à un festival littéraire à Aix-en-Provence sur le thème du « roman du romancier », on m'avait demandé de parler des raisons qui m'avaient poussée à écrire. Questionnée sur mon itinéraire, il m'était apparu d'un coup avec une clarté aveuglante que mon désir de devenir comédienne n'avait été qu'une envie d'*entrer dans les livres*, que j'avais voulu devenir un personnage de roman en les interprétant, en jouant le rôle d'Anna Karénine ou de Bérénice, et qu'ainsi je m'étais fourvoyée dans une impasse, car seule l'écriture permettait de devenir une héroïne de roman – celui de sa propre vie. Mais l'écriture avait aussi le pouvoir de donner une forme et un sens à une réalité qui, sans elle, n'était que chaos. Dans le chaos extraordinaire qu'étaient les vies de Karoline Zanardi Landi et de sa fille Elissa, je me sentais tenue, par la confiance que m'avait témoignée Caroline, de démêler une histoire. Et puisque la fiction à laquelle elle avait cru depuis son enfance s'effondrait de toutes parts par ma faute, le seul moyen pour moi de réparer un peu les dégâts que j'avais causés était de me mettre au travail.

En me rendant une fois de plus, seule, au garde-meubles de New Paltz, par une journée torride du mois de juin, j'avais eu la mauvaise surprise de constater que les cartons soigneusement numérotés par mes soins et empilés près de l'entrée lors de ma dernière visite avaient été éparpillés et enfouis sous des amas de nouvelles caisses emplies de *junk* et de bric-à-brac, chaînes hi-fi, vieux magazines, jouets d'enfants et autres Monopoly incomplets – le fils de Caroline venait de déménager. Juchée tout en haut d'une montagne de cartons pour tenter de repérer deux des miens qui étaient manquants, j'avais connu un moment de grande solitude lorsque mes ciseaux étaient tombés dans un interstice, deux mètres plus bas, et j'avais sué sang et eau pour accéder aux lettres originales d'Elissa Landi dont je n'avais trouvé qu'une partie, le carton 7 restant définitivement introuvable. Suite à cet épisode, j'avais décidé de rapporter à Paris à chacun de mes voyages un peu de cette correspondance, avec le sentiment de faire œuvre de sauvegarde nécessaire, avant que tous ces témoignages d'un passé dont personne ne semblait se soucier autant que moi ne disparaissent définitivement au milieu de pièces de Lego.

Je commençai l'écriture de ce livre à Naples, à l'Institut français où j'étais royalement accueillie à l'occasion de la publication en Italie de mon deuxième roman. On m'y avait attribué la chambre où André Gide avait l'habitude de séjourner dans les années 1940. Elle était immense et froide, l'ameublement spartiate, le sol dallé. Un piano à queue occupait l'espace à droite de la porte-fenêtre, et je l'ouvris par souci d'esthétique – malheureusement je ne connais pas la musique et il resterait muet. La vue de la terrasse était partiellement obstruée par un *palazzo* jaune que j'appris par la suite être celui de Benedetto Croce, construit dans les années 1920. À ce léger bémol près, baignée de soleil, elle me rappelait beaucoup celle du palais de Naples, visité avec ma mère quelques années plus tôt.

J'installai ma table de travail à l'endroit précis duquel on voyait à gauche le Vésuve et le drapeau français, à droite la baie de Naples et l'île d'Ischia. Averti de mon intérêt pour la reine de Naples, mon hôte le consul avait fait disposer à mon intention sur une table basse plusieurs ouvrages bourrés de marque-pages et d'annotations. C'est là, dans une revue publiée par la Société napolitaine des Amis de Proust, que je trouvai la réponse à l'une des questions que je me posais depuis tant d'années. Peu après la publication du *Côté de Guermantes*, disait l'article, ayant entendu dire que Proust avait fait d'elle un personnage de la *Recherche*, la reine avait demandé à un écrivain suisse de ses amis, Gustav Schneeli, de lui lire les passages qui la concernaient. D'après Schneeli, après qu'il se fut exécuté, la reine avait gardé un instant le silence. Puis elle avait déclaré – parlant de Proust : « *C'est curieux. Je ne connais pas ce monsieur, mais lui semble très bien me connaître. Car dans une situation semblable, c'est exactement ainsi que je me serais comportée.* »

Ainsi encouragée dans l'idée que la fiction, mieux que toutes les recherches, permet parfois d'atteindre à la vérité des êtres – quand bien même je ne me prenais pas pour Proust – je me mis à écrire mon *roman d'Elissa.*

TROISIÈME PARTIE

Le roman d'Elissa

Studios de Joinville, janvier 1930

Bon Dieu, que ces *Frenchies* étaient lents. Vendredi ils n'avaient réussi à tourner qu'un seul plan, et hier la journée entière avait été consacrée à deux minuscules séquences de moins d'une minute. Chaussé de bottes jaunes, Adolphe Menjou, la vedette du film, mâchait son chewing-gum rageusement et marchait de long en large comme un tigre – qui mâcherait du chewing-gum –, ne pouvant retenir de temps à autre un rugissement de fureur. Pour une raison obscure, mais qu'elle voulait croire strictement artistique, il semblait s'être pris d'affection pour Elissa, tandis qu'il ne cessait d'éreinter sa co-star, « *that very french dame who's trying to run the pickcher* » : cette petite dame très française qui se prenait pour le boss. Pauvre femme. Qu'avait-elle fait pour mériter cela ? Elissa n'en savait rien mais, prudente, s'était retirée dans un coin du plateau, un bloc sur les genoux, se faisant toute petite et employant à faire son courrier les heures interminables d'attente durant lesquelles les techniciens français installaient le prochain plan. En plus d'empiéter sérieusement sur le temps qu'Elissa – auteure, à vingt-trois ans, d'un premier roman salué par la critique – pouvait consacrer à l'écriture, cette correspondance familiale était un vrai casse-tête. Chaque jour ou presque elle rédigeait deux lettres à l'apparence et au contenu à peu près identiques sur le papier à lettres du Grosvenor Hotel, 59 rue Pierre Charron, où elle résidait à Paris, et les envoyait dans deux enveloppes distinctes mais semblables à la même adresse, 45 Belsize Park, à Londres. La première, celle à son mari John Cecil Lawrence, occupant du premier étage, contenait une foule de nouvelles et d'anecdotes dont elle s'excusait dans la seconde à sa mère Karoline, comtesse Zanardi Landi, occupante du rez-de-chaussée, de ne recopier que des miettes, priant en conséquence John Cecil dans la lettre à lui adressée de descendre lire ladite missive aux « *chaps downstairs* » – ainsi désignait-elle sa mère et son beau-père –, en omettant bien sûr les passages à caractère trop privé. En contrepartie, elle détaillait volontiers à Karoline les attentions dont elle faisait l'objet de la part de tel ou tel gentleman, sur lesquelles elle ne jugeait pas utile de s'étendre trop longuement avec son mari, sans toutefois les lui cacher à proprement parler. Ainsi était-elle restée deux jours plus tôt pensive, le stylo en l'air, se demandant s'il était judicieux ou non de mentionner à son époux l'invitation à dîner qu'elle avait acceptée pour le soir avec Edward, ce jeune homme de très bonne famille si désespérément amoureux d'elle depuis des années qu'il avait traversé la Manche dans l'unique but de la revoir. Elle s'était décidée à l'évoquer *en passant* – *darling, you CAN'T mind my eating heavily at his expense* – prenant bien soin de souligner le mot *can't* – et le récompensant le lendemain par une longue et amoureuse missive – *my only love, my darling lover* – dans laquelle ce dîner en tête à tête apparaissait bien innocent en effet – ce d'autant plus qu'elle prenait grand soin de se moquer d'Edward, vers qui elle s'était tournée provocante lorsque, de manière tout à fait inattendue, l'orchestre de tango s'était mis à jouer *Le Beau Danube bleu* et que la piste s'était soudain vidée, j'imagine que vous savez valser ? – et elle glissait, maligne, à l'intention de John, qu'Edward dansait si mal les danses modernes qu'il devait forcément connaître ces vieux machins démodés et de fait, comme prévu, Edward avait acquiescé et ils s'étaient élancés, *woops-woops-woops, woops-woops-woops,* applaudis par la foule et bientôt rejoints par une dizaine d'autres couples. *But, Douchky,* continuait-elle, mélangeant les langues comme elle aimait à le faire et multipliant les surnoms tendres, *Ich bin fidèle, et amo sempre dich, min elskling,* et oui c'était mal mais c'était ainsi, elle avait tant de plaisir à sortir avec des hommes qui la désiraient et à faire semblant de ne pas s'en rendre compte, *Yonni don't grudge me my vicious dirty little pleasures will you because I am really so utterly tout à toi mon ami.* Puis elle baissait la voix, chuchotant par écrit à son John-Yonni d'éteindre la lumière avant de continuer sa lecture, parce qu'elle avait quelque chose à lui dire et qu'elle ne voulait pas qu'il voie son visage, ni comment elle rougissait en lui murmurant combien il avait su éveiller l'animal en elle, combien il lui manquait, combien elle était sensuellement assoiffée de lui, était-il content de l'apprendre ? Ou la préférait-il *avant*, aussi pure que la neige fraîchement tombée, comme elle était au temps pas si lointain de leur rencontre ? Oh pourvu que non mais si c'était le cas tant pis, trop tard, elle avait atteint *l'âge dangereux* – en français dans le texte – ou peut-être était-elle seulement atteinte de *parisitis*, cette maladie du *gay Paree* dont on respirait ici malgré soi l'air saturé de particules érotiques, qui la maintenait dans un état d'excitation dont elle ne pouvait se soulager qu'auprès de lui, son Yonni, son Titting Peebody, son darling *legal lover.* Et vraiment il ne devait pas se formaliser de telles sorties avec des jeunes hommes enfarinés et rougissants dont la conversation languissante la plongeait rapidement dans l'ennui, puisqu'elles ne faisaient que lui faire prendre davantage conscience combien ses conversations avec lui, John, étaient de virtuoses parties de ping-pong – non qu'elle eût particulièrement l'esprit de repartie mais lui, John, en avait pour deux, et répondait à chacune de ses remarques, *ping*, par une observation spirituelle, *pong* – qui lui manquaient amèrement lorsqu'ils étaient séparés. Sans doute, les gens qu'elle rencontrait n'étaient pas tous dénués d'humour – Menjou, par exemple, pouvait être très drôle, tout spécialement lorsqu'il se moquait de la façon qu'avaient les Français de faire du cinéma, là il était franchement hilarant – mais il faisait seul le show et jamais, jamais, ne renvoyait les balles qu'Elissa lui lançait et, en conséquence, ce séjour en France la plongeait parfois dans des accès de dépression si violente qu'elle ne pouvait s'en distraire qu'en allant manger des escargots à La Rotonde ou des huîtres des palourdes des écrevisses au bar de chez Prunier ou assister dans un cabaret de bas étage à une farce d'une épouvantable vulgarité et effroyablement indécente mais si bien jouée qu'elle en sortait en ayant mal aux côtes d'avoir tant ri – il fallait au moins cela pour survivre à l'ennui mortel de ce tournage, à ce rôle auquel elle ne parvenait pas à trouver le moindre intérêt, à ce metteur en scène si charmant, si distant et d'une si exquise politesse, à cette script à demi hystérique et à ce cameraman talentueux mais toujours de mauvaise humeur.

Karoline, sa confidente, sa *darling Karlinigum*, avait droit à une version différente, mais nullement contradictoire, de sa soirée avec Edward, ce jeune homme si brillant, l'étoile montante de Fleet Street, que Lord Beaverbrook avait félicité par câble de son dernier papier dans *L'Express*, voyant en lui l'étoffe d'un futur Premier ministre – elle avait vu le télégramme de ses propres yeux. Le magnat de la presse, lui avait expliqué Edward, tentait de le convaincre de créer un nouveau parti – un truc étrange, socialiste mais dirigé par des aristos, conservateur sans être réactionnaire, une sorte de mixture de gauche et de droite, si elle avait bien compris – et, à la réflexion, elle trouvait l'idée plutôt intéressante. Edward était un horrible snob mais, paradoxalement, ne croyait pas à la supériorité des vieilles familles anglaises. Selon lui, trois générations suffisaient pour faire de n'importe qui un gentleman tout à fait présentable – et Elissa persiflait : trois générations, entends-tu, ma Karline ? – sous-entendu pas deux, ce qui les excluait toutes deux de la bonne société comme il faut londonienne, malgré toute leur culture, leurs amis élégants et leur résidence de Belsize Park, car les immigrés de deuxième génération, quelle que soit la décence de leur mode de vie, Edward en était convaincu et Elissa ne pouvait lui donner tort, gardaient toujours au fond d'eux un étrange sentiment d'imposture, la peur des parvenus de tout perdre, de revenir à la case départ, qui ne s'évanouissait vraiment qu'à la génération suivante. Autrement dit, ses enfants à elle, Elissa, avaient une toute petite chance de se sentir un jour chez eux en Angleterre – à condition bien sûr de choisir avec soin leur géniteur – et, à ce propos, Edward peinait à comprendre qu'Elissa ait pu lui préférer ce bon à rien de John Cecil Lawrence, ce à quoi elle avait répondu, cinglante, à son cavalier d'un soir qu'elle n'éprouvait pas l'ombre d'une attirance pour lui et que d'ailleurs il ne l'avait jamais demandée en mariage, avec une mauvaise foi telle qu'Edward en avait sursauté et s'était récrié, outré, qu'il l'aurait fait, naturellement et plutôt deux fois qu'une, si elle ne lui avait pas affirmé très clairement à plusieurs reprises qu'elle n'était pas du « *marrying type* » avant de convoler sans préavis avec un autre et elle avait dû convenir que c'était vrai, tout en argumentant faiblement qu'elle ne considérait pas vraiment John comme son mari, seulement comme son « amant légitime », contre-attaquant aussitôt en disant qu'il ne devait avoir aucun regret car l'eût-elle épousé lui Edward, c'eût été uniquement par intérêt, parce qu'il était un beau parti – ce qui, concluait Edward, ne lui était d'aucune consolation puisqu'il trouvait cette motivation tout à fait défendable et que, mue par l'intérêt ou non, il aurait donné n'importe quoi pour qu'Elissa soit aujourd'hui sa femme.

Elle supplia sa mère de ne dire à personne, absolument personne – pas même à John –, à personne sauf à Pi, son beau-père le Pi-rate – car Pi savait tenir sa langue –, qu'Edward avait fait le voyage à Paris rien que pour elle – ce serait désastreux pour sa carrière à lui autant que pour sa réputation à elle –, personne ne pourrait croire qu'un jeune homme était capable d'aimer ainsi si purement, *sans espoir*, sans espérer quelque chose en retour – tandis que s'il se trouvait *par hasard justement à Paris* il n'y avait rien à redire.

Elle interrompit sa missive à sa mère en voyant s'approcher Jean de Limur, son metteur en scène, accompagné d'une gigantesque silhouette vêtue de noir dont la forme évoquait irrésistiblement un parapluie à demi ouvert, du moins jusqu'à ce qu'il se casse en deux pour s'incliner devant elle, et que de Limur le lui présente comme M. Marchand, l'auteur de la pièce dont ils tournaient l'adaptation cinématographique. Il avait vu les bouts d'essai d'Elissa et la complimenta chaleureusement sur son interprétation, puis, ayant appris qu'elle était l'auteure de deux romans, il se montra très intéressé, au point qu'ayant accepté son offre d'une loge au théâtre Saint-Georges où se jouait sa dernière pièce, elle se sentit obligée en retour de lui promettre de lui envoyer un exemplaire de son dernier ouvrage, pestant intérieurement contre les quarante shillings qu'elle allait devoir payer à son éditeur, plus les frais d'envoi, en échange d'une copie de *The Helmers.*

Dès que Marchand prit congé, elle termina sa lettre en informant sa mère qu'elle avait enfin été payée et qu'elle venait d'envoyer à la Barclay's un chèque de cinquante livres sterling, sur lequel Karoline pouvait tirer le montant dont elle avait besoin, à hauteur de vingt-cinq livres – pour quelqu'un d'aussi nul qu'elle en arithmétique, cette histoire de francs, de change et de système décimal était une vraie souffrance. Elle griffonna un calcul sur le dos de son bloc de papier à lettres et, après un instant de réflexion, glissa également dans l'enveloppe destinée à John Cecil un chèque de vingt-cinq livres, *on account* des dettes qu'elle avait contractées envers lui lors de son séjour à Paris où il était venu fêter le Nouvel An avec elle. Ensemble ils avaient dîné royalement, puis dansé furieusement au Grand Écart en compagnie de l'équipe du film et de gros pontes des studios américains venus rendre visite à Menjou. Malheureusement, rien n'était sorti de cette rencontre, bien que Menjou et de Limur aient fait sa publicité de manière touchante. *Too bad.* Hollywood, pensa Elissa, n'était pas pour demain. *Tant pis,* ajouta-t-elle en son for intérieur, en français dans le texte, tout en cachetant ses enveloppes. « Je suis prête, monsieur de Limur. » On allait bientôt tourner. D'un bond, elle se leva et se rendit sur le plateau.

Elissa sortit de sa chambre, ferma doucement la porte et fit quelques pas sur la moquette moelleuse du couloir, puis elle appela l'ascenseur. C'est aujourd'hui sans aucun doute, le 22 janvier, que le bébé de son frère Toni allait naître, échappant de peu au signe du Capricorne, comme Karoline l'avait espéré, « *non seulement pour le bien de l'enfant mais pour le nôtre à tous – pas d'autre petit Capricorne dans la famille si on pouvait l'éviter merci* », avait écrit Karoline, qui venait de célébrer l'anniversaire de Pi le 16 et celui de Ma Lawrence, la mère de John (« *encore un joyeux caractère du mois de janvier* »), le 12. Elissa avait fait en sorte d'être prévenue aussitôt de l'événement, à quelque heure qu'il survienne, qu'elle soit sur le plateau, à l'hôtel ou en train de somnoler dans sa loge, et se sentait étrangement fébrile. Son premier neveu – ou sa première nièce. Elle s'étonna de l'émotion que cette idée suscitait en elle, alors qu'elle-même ne se sentait pas du tout prête à devenir mère. L'ascenseur tarda un peu à venir, mais il était extraordinairement silencieux et s'arrêta devant elle en exhalant un soupir discret – la quintessence du luxe. Elle se félicita à nouveau de la décision qu'elle avait prise, sur un coup de tête, de quitter le Grosvenor qu'elle trouvait décidément miteux, sordide, et surtout insupportablement bruyant avec ses portes simples, ses incessantes réparations dans les étages supérieurs et ses bruits de chariots dans la cour. Elle devenait folle à force de manque de sommeil. Elle avait traversé la rue pour s'installer dans une chambre double avec baignoire au Château Frontenac, qui parvenait à combiner une élégance au-delà du concevable avec une ambiance tout à fait chaleureuse. Elle y était traitée comme une altesse royale – le concierge et les serveurs s'inclinaient devant elle – en un mot c'était tout simplement un autre standing. Elle répondit à la révérence du portier avec une grâce désinvolte et, une fois dehors, respira profondément. Dieu, qu'elle adorait Paris. Le printemps ici était déjà dans l'air. On vendait du mimosa dans les rues à cinq francs la branche. Et dire qu'en Angleterre il pleuvait des cordes. Ici il faisait doux et les fleurs étaient bon marché et les fruits aussi et la gaieté et le vin et les huîtres, tout était abordable, à portée de main, et les théâtres étaient excellents et les taxis aimables. Et même si elle reconnaissait qu'en tant que nation, évidemment, les Français étaient absurdes, et que sur le plan politique ils étaient infâmes, elle adorait les femmes françaises, toutes les femmes, qui étaient si douces et si gaies même lorsqu'elles étaient tristes, et toujours si exquisément chics. Elle-même était à présent d'une élégance extravagante – de quoi mettre le feu à la Tamise à son retour. Chez Lénief, elle avait fait l'acquisition d'une robe en satin noir et ceinturée, et de deux merveilleux chapeaux – elle devait faire attention à ses finances. Oui, elle était une mauvaise fille. *A bad, bad girl* – elle allait se calmer, promis – mais après tout il fallait bien qu'elle occupe ses journées. Ce tournage était une vaste blague, et les cent livres qu'elle était payée par semaine du vol pur et simple – jamais de sa vie elle n'avait gagné tant d'argent avec si peu d'effort. Elle n'avait pas été appelée aux studios depuis le dernier vendredi. Ils ne travaillaient *jamais* après six heures de l'après-midi, commençaient rarement tôt le matin. Jour après jour elle restait assise sur le divan qu'on avait installé dans sa loge et écrivait ou lisait des romans. À midi et demi on frappait à sa porte et elle descendait sur le plateau pour une répétition de cinq minutes, puis l'on tournait, et comme la version anglaise était faite en second, c'est son alter ego française qui avait le plaisir de transpirer sous les projecteurs pendant que le chef opérateur réglait les lumières. Ensuite, Elissa retournait dans sa loge jusqu'au moment où on venait lui annoncer qu'elle pouvait partir quand elle le souhaitait. Autrement dit, ses journées aux studios se passaient à tourner en rond et ne rien faire. Menjou était au bord de l'apoplexie – pour un Américain comme lui ces méthodes de travail étaient une pure agonie – et elle-même se surprenait à penser avec une certaine nostalgie à Elinor Glyn, la réalisatrice anglaise avec qui elle avait tourné l'année précédente. Glyn était une vache et leur infligeait des horaires insensés mais elle au moins avait de la méthode et était une vraie pro, l'exact contraire de « Lim » qui était adorable mais ne remarquait rien, ni si le maquillage d'Elissa était différent ni si elle s'était trompée de chaussures, et elle aurait pu se couper les cheveux à la garçonne qu'il ne s'en serait pas rendu compte, si bien qu'elle choisissait elle-même ses costumes et disait pour ainsi dire les dialogues qu'elle voulait.

Pourvu qu'elle ne se soit pas fait *arnaquer* en signant le contrat – malgré sa connaissance du français elle ne maîtrisait pas bien les termes juridiques et elle s'était soudain inquiétée du terme « prorata ». Tels qu'ils étaient partis, il y avait peu de chances que le tournage, en ce qui la concernait, soit terminé dans les trois semaines prévues, or le contrat stipulait qu'en cas de dépassement elle s'engageait à rester à la disposition de la production le temps nécessaire et cela « au prorata de vos appointements ». Cela signifiait-il qu'à l'expiration de la durée initiale de son contrat, les jours où elle ne serait pas convoquée ne seraient pas payés ? De Limur l'avait rassurée : si tel était le cas, il se ferait un plaisir de la convoquer innocemment tous les jours. Chaque jour, lui assura-t-il, il « penserait » avoir besoin d'elle, elle viendrait au studio se faire maquiller puis elle traînerait pendant une heure, le temps que de Limur « réalise » qu'il ne pourrait pas tourner ses scènes ce jour-là. Elle faisait confiance à de Limur malgré sa folie – il détestait les gros bonnets de la production – et elle riait de bon cœur à l'idée de montrer à ces cochons de frères Pathé qu'on ne la roulait pas comme ça.

Deux jeunes et grands Américains – si charmants et si jeunes – venaient à sa rencontre sur le trottoir. Ils s'effacèrent devant elle pour la laisser passer et lui sourirent. Elle les regarda droit dans les yeux en les croisant et agita dans leur direction la queue de son étole de renard – *so much fun* – et cependant la pensée de John ne la quittait pas un instant. Oh son Yonni son darling *Titting Peebody Love,* comme il devait lui en vouloir de si peu lui écrire en réponse à ses longues lettres et de ne pas lui téléphoner du tout. Pour le téléphone elle avait certes une bonne raison, la terrible expérience qu'elle avait du service de téléphone Paris-Londres qui facturait le minutage qu'ils voulaient, affirmant qu'on avait téléphoné une demi-heure quand en réalité la communication n'avait duré que six minutes, ou six au lieu de trois – et bien sûr c'était la Poste la fautive, pas l'hôtel, elle le savait très bien même si elle feignait de l'ignorer. Pour le reste, était-ce sa faute si toutes ses pensées étaient prises par ces histoires de bébé de frère de belle-sœur et qu'elle semblait incapable de penser à autre chose qu'à sa fichue famille – avait-elle dit « fichue » ? pardon, elle ne le pensait pas – *of course not.* Mais quand elle avait reçu une lettre paniquée de Toni lui demandant de lui prêter cent livres pour trois mois car le séjour d'Annie à la maternité et l'accouchement allaient lui coûter plus cher que prévu, elle avait été bouleversée. Cent livres, *gosh,* si seulement elle les avait, c'est ce qu'elle lui avait répondu aussitôt, sans prendre de gants, lui disant franchement qu'elle aussi avait des dettes, y compris et surtout envers John qui l'avait entretenue pendant un an. C'était une lettre épouvantablement amère et cruelle, elle en avait bien peur – mais au lieu de la soulager, refuser ainsi à Toni de l'aider l'avait fait fondre en sanglots et elle avait fini sa lettre à son frère en lui confiant qu'elle avait quelque part soixante-quinze livres en actions dont John ignorait l'existence et que si Toni parvenait à les vendre elle lui prêterait le montant qu'il en aurait tiré. Elle avait cacheté sa lettre en séchant ses larmes, se sentant si mal qu'un intense sentiment de culpabilité l'avait poussée à écrire sur-le-champ à Yonni et à tout lui avouer – y compris les soixante-quinze livres qu'elle lui avait dissimulées – afin qu'il la console, lui faisant jurer le secret le plus absolu et de ne dire à personne ni même laisser percer par son comportement envers Toni qu'elle l'avait mis dans la confidence.

Puis elle s'était endormie, épuisée.

Ses parents étaient pour elle un constant cauchemar d'inquiétude. Chaque robe ou paire de gants qu'elle achetait lui causait un coup au cœur. À chaque nouveau chapeau une voix au-dedans reprochait : « Et bang, voilà partie la note de lait de Karoline » ou « Trois robes et une paire de chaussures, un trimestre de loyer pour elle » – il n'y avait rien à faire, il lui était impossible de s'en empêcher. Et lorsque Karoline lui affirmait qu'elle n'avait besoin de rien et que temporairement elle n'était pas « à court », elle respirait, mais seulement brièvement, car si Karoline continuait à vendre tout ce qu'elle possédait, ses actions et ses meubles, comment cela finirait-il ? Karoline disait : « Je travaillerai », mais que ferait-elle ? Trouver du travail à son âge n'était pas si facile. Elle tirait le diable par la queue depuis deux ans, avait parlé d'ouvrir un restaurant, un magasin de meubles, de donner des cours de cuisine, et c'était bien joli de dire que les circonstances avaient été contre elle, mais les circonstances seraient TOUJOURS contre elle, c'était une mauvaise habitude qu'avaient les circonstances de toujours s'interposer entre les gens et leurs plus chers projets.

À l'angle d'une rue, elle hésita, décida de pousser jusqu'au parc Monceau avant de se raviser et de décider de rentrer à l'hôtel, par le plus court chemin. À peine fut-elle dans le hall qu'un portier se précipita vers elle. Un télégramme l'attendait, et on la cherchait partout. Le bébé était né – c'était une fille –, Toni demandait si Elissa acceptait d'en être la marraine – on l'avait prénommée Élisabeth.

Aussitôt sortie du London Pavilion, Karoline se mit à marcher soucieuse vers le 45 Belsize Park, se demandant ce qu'elle allait bien pouvoir écrire à Elissa. Elle se décida pour la stricte vérité, comme toujours, à savoir que ses premiers plans dans *Knowing Men,* le film d'Elinor Glyn qu'Elissa avait tourné l'année précédente, étaient tout bonnement effrayants : au lieu de sa ravissante fille, l'actrice qu'on voyait à l'écran avait la bouche fine comme une coupure, les yeux charbonneux comme ceux de Glyn elle-même, la voix rauque et zozotante. Dieu merci, dans la deuxième partie, elle était un peu mieux filmée, et dans quelques plans elle était même tout à fait jolie, néanmoins pas une seconde elle n'avait eu en regardant Elissa le sentiment d'absolue sécurité qu'elle avait d'habitude en la voyant sur scène. L'ensemble était maniéré, la scène avec le singe répugnante et stupide, le tout laissait une impression nauséeuse – cette fois, il n'y avait aucun doute possible, et la Glyn laissait clairement voir qu'elle était une obsédée sexuelle. Les critiques du film, ce matin, étaient épouvantables. Le journaliste du *Daily Mail* se montrait particulièrement sévère, disant en substance qu'il ne pouvait que décourager quiconque d'aller voir ce film. Par ailleurs, la plupart des articles ne parlaient que de la réalisation et ne citaient même pas les comédiens – mais peut-être après tout cela valait-il mieux. Mrs Glyn, pensa Karoline, allait devoir cesser de se vanter partout de donner leur chance à de jeunes acteurs sous prétexte que c'était elle qui avait lancé Clara Bow, la *it girl* d'Hollywood, et Elissa ferait bien d'y réfléchir à deux fois avant de signer pour un autre film avec elle.

Elle se demanda où en étaient les négociations d'Elissa à ce sujet. Elle n'avait pas de nouvelles et aurait bien voulu que John, pour une fois, la tienne un peu au courant. Jay, l'agent d'Elissa, avait téléphoné la veille alors qu'elle était sortie. C'est Pi qui avait répondu, et comme d'habitude il lui avait fait de la conversation un compte rendu plus que vague. Tout ce qu'elle avait compris était que Jay voulait l'adresse d'Elissa à Paris, et il était question d'un télégramme et de cent livres sterling, mais cela concernait-il le film de Paris, le prochain de Glyn ou autre chose, impossible de savoir et elle ne pouvait s'empêcher de s'inquiéter, sachant combien sa pauvre chérie d'Elissa était tout sauf une *business woman.* Penser qu'elle avait prêté sa robe du soir pour le tournage,

Karoline en était malade, alors qu'elle aurait pu la leur vendre mille deux cents francs – la robe en valait quatre cents de plus – et la racheter pour six cents. Pourquoi faire faire à la production l'économie de l'achat d'une robe neuve qu'ils auraient été heureux d'avoir à moitié prix, alors qu'eux-mêmes ne se gênaient pas pour gratter de l'argent partout où ils pouvaient ? De plus, personne ne pouvait dire ce qu'ils allaient faire lorsque la durée initiale du contrat serait expirée. Pourvu qu'Elissa ne se laisse pas une fois de plus rouler dans la farine.

Le ton de la dernière lettre de sa fille l'avait un peu retournée – même si elle savait qu'Elissa était animée des meilleures intentions. Que croyait-elle ? Bien sûr que si Elissa avait eu un revenu permanent de cent dollars par semaine, Karoline aurait accepté sans scrupule une pension mensuelle de cinq livres – peut-être même aurait-elle dit ma chérie, pourrais-tu m'en donner plutôt dix ! – mais l'argent que gagnait Elissa était loin d'être un revenu fixe et quand bien même elle aurait tourné sans discontinuer pendant plusieurs années, elles savaient toutes deux que du jour au lendemain tout pouvait s'arrêter. Contrairement à ce que pensait Elissa, Karoline avait ses plans – non, elle ne se laissait pas porter par les événements, croisant les doigts pour que le ciel lui soit favorable. Restait que, de mémoire d'homme, l'Angleterre n'avait jamais connu une crise financière comparable à celle de ces derniers mois, même au début de la guerre – ce n'était tout de même pas sa faute. L'époque était absolument dramatique. Elle n'avait pas pu vendre ses actions, il n'y avait simplement aucune offre, aucun échange sur les marchés boursiers, et jamais on n'avait vu de telles affaires dans les magasins. Les tasses à thé blanc et or assorties au service pour lequel elle avait payé seize shillings pièce en coûtaient quatre la douzaine à présent, et Toni avait acheté une très jolie poussette pour quatre livres et dix shillings seulement. Tout cela était pathétique et déprimant – quoique, pour sa part, elle devait bien avouer qu'elle se sentait toujours mieux quand le monde entier était fauché comme elle, plutôt que d'être seule à se serrer la ceinture. Mais elle n'était pas du genre à se laisser abattre, encore moins aujourd'hui qu'elle avait un grand projet – elle l'avait ruminé pendant des semaines –, et n'attendait plus que le retour d'Elissa pour le mettre à exécution.

La semaine précédente, Lord Beaverbrook, le milliardaire qui possédait la moitié de la presse britannique, avait lancé son « parti de l'Empire » et contrairement à ce qu'avaient espéré les conservateurs, ce n'était pas un groupe affilié au leur, mais un nouveau parti du centre qui devait scinder les libéraux en deux et rallier aussi des socialistes. John pensait que Beaverbrook était fou, qu'il allait seulement tuer les conservateurs en les divisant ainsi, mais Karoline n'était pas d'accord. Elle avait besoin d'Elissa pour parvenir jusqu'à Beaverbrook et lui proposer son aide. Le bruit courait que de nouvelles élections étaient imminentes – d'ici à quelques mois. L'idée de Karoline était de le soutenir, mais elle craignait, si elle tardait trop, que Beaverbrook n'ait déjà distribué ses districts aux candidats et n'ait plus de place disponible, c'est pourquoi, égoïstement – pour une fois –, elle espérait qu'Elissa rentrerait bientôt, à moins qu'elle n'écrive une lettre à Beaverbrook depuis la France en lui demandant de recevoir sa mère – dans tous les cas, il fallait faire vite, et surtout garder le secret et ne parler de ce projet à personne, surtout pas à John Cecil, qui se serait empressé de la décourager, comme toujours, car si c'était une fâcheuse habitude des circonstances de s'interposer entre vous et vos chers projets, comme disait Elissa, c'en était une autre qu'avaient les gens de vous décourager de leur mieux dès qu'on reprenait un peu espoir.

Arrivée chez elle, elle farfouilla en vain à la recherche d'un bloc de papier à lettres : cette espèce de mari de sa fille avait emporté le sien et ne l'avait jamais rapporté. Elle pesta intérieurement contre John, qui, lorsqu'il était passé la veille, avait vu que Karoline avait reçu une lettre d'Elissa – justement celle où Elissa lui parlait de sa soirée passée en compagnie du jeune Edward, le protégé de Beaverbrook. Prise au dépourvu, elle avait été obligée de promettre de lui en lire une partie plus tard, prétextant qu'elle n'avait pas le temps tout de suite, puis elle avait fait semblant d'oublier. Elle soupçonnait que John n'avait pas été dupe et, le connaissant, savait qu'il allait le lui faire payer en ne lui lisant plus les lettres qu'il recevait, lui, en représailles – mais, sur le coup, elle n'avait pas trouvé d'autre solution.

En vérité, John était plutôt un gentil garçon – même s'il avait ses défauts, évidemment, et les caprices d'une femme enceinte – et depuis le départ d'Elissa pour la France, il était comme un chiot perdu. Karoline ne pouvait s'empêcher d'être touchée par la manière dont il venait la voir sans arrêt, parfois pour lui lire les lettres d'Elissa – et ensemble ils étaient pliés de rire – ou lui confier ses petits soucis – à vrai dire, elle adorait cela. À qui aurait-il pu s'adresser sinon à elle, quand il avait fait un accroc à la veste de son costume bleu nuit ou trop mangé et trop bu la veille et qu'il avait un besoin urgent de bicarbonate de soude ? Elissa se montrait dans ses lettres très reconnaissante de la manière dont sa mère s'occupait de son mari, mais il semblait à Karoline qu'elle ne faisait rien que de très naturel : John était si gentil avec elle qu'elle ne pouvait faire autrement que le payer de retour.

Elle renonça à écrire à Elissa pour le moment, remit la chose au soir. Il fallait qu'elle se dépêche. La journée qu'elle avait devant elle était chargée. À une heure, elle devait se rendre à la vente des quelques meubles dont elle espérait se débarrasser – sans espoir d'en tirer grand-chose, car par ces temps sinistres seuls quelques requins rôdaient dans les salles de ventes, à l'affût de cadeaux bon marché. À cinq heures et quart, la belle-mère de Toni, la mère d'Annie, arrivait à Victoria, et à six heures, leur nouveau sous-locataire, un musicien hongrois nommé Miklos Schwalb, viendrait avec son impresario pour tester « Becki », le piano Bechstein. À sept heures, elle était supposée dîner chez Toni au 116, puis, enfin, elle serait libre puisque Toni et sa belle-mère allaient rendre visite à Annie à la maternité.

Elle rentra le soir épuisée et frigorifiée, mais satisfaite : contre toute attente, les meubles étaient bien partis. Là-dessus, John arriva avec – outre son papier à lettres – quelques très bonnes critiques de *Knowing Men* et Karoline se félicita de ne pas s'être précipitée pour envoyer sa lettre à Elissa, heureuse que toute la presse ne soit pas aussi mauvaise que le *Daily Mail.* À la réflexion, on aurait presque pu croire que Glyn avait écrit ce papier elle-même pour déclencher une polémique – la vieille vache était si retorse qu'elle en était capable –, mais Karoline maintenait néanmoins qu'elle ferait mieux de ne pas trop la ramener sur son grand talent, et il s'ensuivit une longue discussion car Pi, évidemment, n'était pas d'accord, comme toujours si fier de sa *Mady* qu'il avait trouvé Elissa parfaite dans chaque plan, et *Knowing Men* une réussite sous tous les aspects.

Le contrat pour le nouveau film de Glyn était signé. John s'était chargé de la négociation – trois semaines de répétitions payées cent livres en tout, elle trouvait ça un peu dur à avaler mais elle voulait ce job, car Glyn venait de signer un contrat de distribution pour trois films avec United Artists et United Artists c'était Schenck, Fairbanks et Chaplin et une sortie aux États-Unis assurée, et elle était disposée en conséquence à lâcher du lest, sans bien sûr descendre un penny en dessous de cent livres par semaine de tournage effectif. John avait donc demandé soit de monter le forfait de répétitions, soit de réduire leur durée à deux semaines. Et Glyn avait cédé. Et du coup Elissa avait accepté la proposition que les parents de John venaient de lui faire, de manière inattendue, de séjourner avec eux à Cannes et dans sa joie elle avait été d'une extravagance effrayante, s'était offert des vêtements des vêtements et des vêtements – un divin ensemble vert pistache en tweed, veste longue, jupe et pull angora avec un béret chenille pour compléter l'ensemble, de chez Patou, à deux mille cinq cents francs prix d'artiste, ce qui n'était vraiment pas cher pour ce que c'était et SI chic. Puis un manteau habillé en soie noire, mille cents francs – n'était-ce pas effrayant. La vie était si merveilleuse envers elle. Était-elle payée pour services rendus dans une autre vie? Elle remerciait en priant : « Mon Dieu rendez-moi digne de l'infinie bonté dont Vous faites preuve envers moi. Aidez-moi à répandre le bonheur et jamais la tristesse, à ne pas être égoïste, à faire profiter les autres de ma chance. » Peut-être la raison d'une telle chance était-elle de pouvoir faire le bonheur de Karoline. Peut-être le succès qu'elle rencontrait dans son travail avait-il eu pour but de lui permettre de se marier avec John. Elle avait eu une enfance intensément heureuse, jamais contrariée, jamais envoyée à l'école loin de ses précieuses poupées, on l'avait autorisée à étudier où et comment et avec qui elle voulait, encouragée à écrire, à danser, à rêver, on lui avait donné beaucoup de musique, elle s'était toujours sentie considérée – et même à Vancouver, lorsqu'ils n'avaient pas un sou et qu'elle courait comme un garnement dans les rues, elle n'avait jamais manqué de rien. C'était bien son tour à présent. Aussi suppliait-elle Karoline de cesser de s'inquiéter et de la laisser être son « mari » puisque c'était un fait acquis désormais, c'était Elissa l'homme de la famille, celle qui gagnait le pain quotidien, et Karoline sa chère petite « femme » ne devait pas faire la fière et lui dire s'il y avait des factures à payer pour la maison car les maris sont par le vaste monde en train de batailler – elle écarta vivement, ah-hem, une vision d'elle-même roupillant dans sa loge à Joinville – de BATAILLER durement, donc, pour gagner leur vie et on ne peut attendre d'eux qu'ils pensent aux factures domestiques. Et si Karoline trouvait à travailler décorer des intérieurs faire de la politique ou autre chose tant mieux très bien mais ce seraient des extras, c'est ainsi qu'elle entendait la proposition qu'elle lui avait faite de lui verser une pension mensuelle, pas de quoi s'offusquer espèce de susceptible indépendante vilaine épouse moderne. Et John. Qu'il soit un charmant garçon, un bon camarade, un amant délicieux, cela elle le méritait peut-être, étant elle aussi une jolie fille, une agréable copine et une maîtresse acceptable (plus qu'acceptable en fait, Elissa se savait même très douée pour le *lovemaking*) – mais qu'il prenne soin de ses affaires, lui serve d'agent, lui envoie ses coupures de presse, la conseille dans sa carrière et l'encourage dans son écriture, cela était complètement *out of the bargain*, c'était trop, et elle était submergée de gratitude – et toutes ses dettes payées ! Quelle vie – comment osait-elle parfois se plaindre. *Oh God I won't be selfish, I promise Thee.*

Le tournage s'était enfin terminé – avec plus de deux semaines de retard. John l'avait rejointe à Paris et ensemble ils avaient célébré la signature du contrat du prochain film de Glyn, bien qu'Elissa se soit étranglée de rire en apprenant qu'il serait tiré du livre *The Price of Things* – une histoire extrêmement *risquée* de baronet qui demande à son cousin de coucher avec sa femme à sa place car lui-même est impuissant – elle se demandait bien comment la vieille peau espérait passer la censure avec ça et depuis cette pensée la maintenait dans un état de perpétuelle hilarité mais sans doute la vieille savait-elle ce qu'elle faisait et c'était indiscutablement une bonne histoire. Ils étaient allés souper chez Maxim's qu'ils avaient trouvé très surfait et daté – clientèle de vieux messieurs et de filles bon marché, banquettes en cuir déchiré, bois de cerf aux murs et au sol une moche et terne mosaïque – ensuite aux Enfants terribles et retour à l'hôtel à deux heures et demi du matin. À sa demande, John était arrivé avec deux énormes valises dont l'une à peu près vide pour qu'elle puisse y mettre tous les nouveaux vêtements qu'elle s'était achetés à Paris, et l'autre contenait les vêtements dont elle aurait besoin pour son séjour sur la Riviera et que Karoline lui avait préparés. Puis John avait dû retourner à Londres car, pour une fois, il avait du travail et une plaidoirie à préparer à la *county court* et elle avait filé sur la Riviera où elle avait trouvé la famille de John en pleine forme – sa mère occupée à jouer au casino, sa sœur Madge à critiquer et son père à ronchonner.

« Elissa ! s'exclama la ravissante Madge en l'accueillant, je ne t'ai jamais vue si élégante ! Mais tu es totalement transformée ! », avant de se répandre pendant une heure pour dire combien elle haïssait la manière dont s'habillait Elissa auparavant, jusqu'à ce qu'Elissa en ait par-dessus les oreilles et lui lance : « Je n'ai jamais eu un goût si détestable que tu sembles le penser, seulement un portefeuille moins rempli », soutenue discrètement par Ma Lawrence qui ne trouvait pas mauvais, lui dit-elle à voix basse, que quelqu'un rappelle à sa fille que certains devaient travailler dur pour des choses qu'elle avait un peu trop tendance à tenir pour acquises. Elissa aimait beaucoup la mère de John, toujours de bonne humeur et enthousiaste, comme elle – c'est pourquoi toutes deux s'entendaient si bien –, Ma Lawrence qui, le soir de son arrivée, avait joué énormément et énormément gagné tandis qu'Elissa restait assise auprès d'elle et l'aimait à présent d'autant plus qu'elle en avait conclu qu'Elissa lui portait chance.

L'hôtel était un îlot d'Angleterre, personne ne parlait français. Elissa était allée se promener toute seule dans la ville de Cannes, et avait acheté des bêtises dans les boutiques – du savon, des citrons – pour le simple et unique plaisir de faire parler les gens et de se souvenir qu'elle n'était pas en Angleterre. Elle s'installa au bureau de la chambre, sortit du tiroir le papier à lettres de l'hôtel et, par pur esprit de vengeance, se mit à écrire à Karoline en français. Après tout, elle était, par naissance, autrichienne, et ses idées, ses pensées étaient tellement « continentales » qu'il lui semblait à présent bizarre, et un peu faux, de les habiller de mots anglais – pas un hasard si depuis plus d'un mois elle ne parvenait plus à travailler à son roman.

Durant la quinzaine de jours qu'elle passa à Cannes, il plut trois jours sur cinq, chaque jour ressemblait au précédent, et son programme était invariable : à neuf heures elle se réveillait, puis elle se rendormait jusqu'à midi – ensuite elle descendait déjeuner avec la famille et prenait avec eux un café et une liqueur dans le salon, puis tandis que Pa Lawrence s'installait pour son bridge et que Ma Lawrence et Madge allaient faire une sieste, elle se sentait un grand besoin d'air frais et sortait faire un tour. À quatre heures de l'après-midi, la Rolls était demandée et les trois femmes allaient sur la Croisette pour « profiter pleinement de la France » en prenant un thé au London House Tea Room, puis elles revenaient à l'hôtel se changer et Elissa, épuisée de toute cette activité, se reposait une vingtaine de minutes avant de s'habiller pour dîner et aller ensuite au casino – pour du repos c'était du repos, elle passait le plus clair de son temps au lit et n'utilisait JAMAIS son cerveau. Ses beaux-parents la gâtaient outrageusement – elle avait sa chambre avec sa propre salle de bains – et se montraient très gentils avec elle, même s'ils étaient un peu gênés de la compagnie de *Mademoiselle Elissa Landi* qu'ils essayaient de leur mieux de camoufler sous *Madame John Cecil Lawrence*, sans aucun succès puisque chaque soir au casino elle était vue et reconnue par toute la colonie britannique.

Puis Pa Lawrence prit le Train bleu pour rentrer à Londres – il avait un cheval qui courait la semaine suivante –, Madge s'en alla peu après rejoindre son mari, et Elissa, restée seule avec Ma Lawrence et ayant terminé la lecture des romans français qu'elle avait achetés à Paris – Maurois, Duhamel, Morand et Julien Green –, commença à s'ennuyer ferme et à avoir hâte de retrouver John elle aussi. Bien sûr elle ne se plaignait de rien, mais elle était beaucoup trop heureuse en amour pour avoir la moindre chance à ce *chemin de fer business* et elle n'avait pas entendu une seule *réelle* conversation depuis son arrivée ici. Elle était parvenue à la conclusion que les vieilles dames anglaises – les vieilles dames riches et d'âge mur – ne savaient que *blablater*. Blablater golf, blablater bridge, blablater habits, blablater régime. Elles ne s'écoutaient jamais entre elles et piapiataient toute la sainte journée sur des sujets sans intérêt.

Peut-être, se disait parfois Elissa, ferait-elle mieux de ne jamais, jamais rentrer en Angleterre.

Mais non.

Si elle ne rentrait pas elle ne reverrait jamais John. Et ce serait bon de rentrer à la maison, de retrouver ses choses à elle, ses disques et les mélodies nostalgiques qu'elle adorait, ses livres, sa chambre verte et son service à thé rose, et « Becki », son piano... Et Fritzi-Katz, qui devait avoir grandi et être à présent une grande chatte adulte, prête à concevoir ses petits. Et quel plaisir elle aurait à jeter toute sa garde-robe pour faire la place à ses nouvelles folies. Et avoir son homme dans ses bras – c'était un désir égoïste, entièrement égoïste. Oh, lui parler. Se serrer contre lui. Elle voulait qu'il casse la mince couche de glace qui s'était formée autour de son cœur pendant ces quelques mois, elle courait à lui pour qu'il la réconforte et soigne ses bleus à l'âme – penserait-il qu'elle était devenue une folle créature ? Trop étrange et trop folle pour lui, son pauvre amour ? Mon Dieu, comme elle avait changé. Elle avait peur. Elle avait changé, cette fois, vraiment. L'ancienne Elissa était morte, on ne la retrouverait plus. Elle mourait déjà au mois de décembre, lorsqu'elle était partie pour la France. À présent elle était enterrée. Son pauvre John, comment allait-il la retrouver ? Oh, parler enfin cœur à cœur avec lui, s'asseoir sur ses genoux, tenir son front entre ses mains et tenter de lui expliquer ce qu'elle ressentait, tenter de lui faire comprendre... *Oh Kitting I can't bear it,* je suis devenue une ÉTRANGÈRE – *And what am I going to do about it ?*

On board the Cunard RMS Aquitania,
10 août 1930

Elissa regarda la côte s'éloigner jusqu'à ce qu'elle ne soit plus qu'une mince ligne à l'horizon, s'efforçant de ne penser à rien et de se concentrer sur sa respiration. John l'avait accompagnée à bord et à peine était-il descendu sur le quai qu'elle avait ressenti une sorte de panique. Cette fois, elle l'avait fait. Elle était partie pour de bon. Impossible de faire machine arrière. Descendue dans sa cabine, elle tomba à genoux et pria. Puis, se sentant un peu mieux, elle se fit les ongles et se dirigea vers le restaurant, où on la conduisit à une grande table ronde. Elle était la première convive et se décidait à entamer son melon dans une splendide solitude quand un Anglais très comme il faut arriva, s'inclina rapidement et s'assit à sa table – aussi loin d'elle que possible. Ils furent bientôt rejoints par une jeune Américaine, désinvolte et grassouillette, puis par un autre Américain, en habit. Grand, plutôt agréable à regarder, mais apparemment trop timide pour les saluer, il les informa en s'asseyant : « Le capitaine ne descend pas ce soir. Mauvais temps. Brouillard. — Oh, se désola l'Américaine, Quel dommage. J'espérais tant voir un clair de lune sur l'Atlantique. »

Le troisième homme qui vint s'installer à leur table avait une petite quarantaine. Mince et la chevelure grisonnante, il s'excusa de ne pas s'être habillé pour le dîner – ses malles venaient seulement d'arriver. Elissa le rassura, lui disant qu'on lui avait affirmé, à elle, que ce n'était pas nécessaire. Il lui sourit et s'étonna :

« Vous voyagez seule ?

— Oui.

— Vraiment ? Loisirs ?

— Pas exactement. »

L'homme eut un fin sourire :

« Hollywood ou New York ?

— New York.

— Un engagement ferme ? »

Ainsi contrainte et forcée, Elissa dut se fendre de quelques minutes de publicité pour *Miss Elissa Landi*, et expliquer comment le film tourné quelques mois plus tôt à Paris avait donné l'idée à Rouben Mamoulian – le metteur en scène – et Al Woods – le producteur – de lui proposer le rôle de Catherine Barclay dans l'adaptation de *L'Adieu aux armes* d'Hemingway, qu'ils montaient à Broadway. Autour de la table, tous écoutaient, extrêmement excités, à part l'Anglais qui semblait plutôt gêné de se trouver à la même table qu'une actrice, et tous promirent de venir à la première new-yorkaise.

Le lendemain, le brouillard était épais. Les cornes de brume avaient résonné toute la nuit et la mer était grosse. Elissa se sentait un peu nerveuse. Le capitaine n'était toujours pas apparu. Elle ne fit connaissance avec lui que le troisième jour, à la table du déjeuner. Il se confondit en excuses, rassura les convives et les invita tous dans sa cabine pour boire des cocktails. Le soir, le ciel se dégagea enfin et Elissa put sortir sur le pont contempler le clair de lune sur l'Atlantique que l'Américaine avait appelé de ses vœux. Devant cette immensité argentée, elle fut envahie d'une exaltation inconnue. La bizarre pensée lui vint que si elle avait été capable d'aimer un homme ainsi, avec la même passion que lui inspiraient les merveilles de la nature, elle aurait pu le rendre heureux mais qu'hélas, aucun être humain ne parviendrait jamais à éveiller en elle un sentiment d'une telle intensité. Puis, d'un coup, se superposa à cette beauté l'image de Karoline dans son tablier rayé, les cheveux dans les yeux, en train de faire frire des tomates sur le poêle, et Elissa fut prise d'un hoquet, de manière aussi violente que soudaine – et elle éclata en sanglots.

La veille de l'arrivée, il y eut une tempête. Elissa tenta de sortir sur le pont et manqua passer par-dessus bord, après quoi elle se réfugia dans son lit pour écrire, avec difficulté car tout tanguait autour d'elle et elle avait du mal à diriger son poignet. Par chance, elle avait découvert qu'elle avait le pied marin et, même dans ces conditions extrêmes, elle ne ressentait pas le moindre mal de mer. Elle se sentait au contraire agréablement bercée par le roulis du bateau, et bientôt elle s'assoupit, avec la crainte diffuse de se réveiller brutalement sur le sol de sa cabine si les mouvements violents et désordonnés de la houle finissaient par la faire tomber de sa couchette – ou de ne pas se réveiller du tout, si le bateau sombrait.

Le lendemain, elle débarquait et posait le premier pied sur le sol américain.

À peine était-elle installée à l'Algonquin que les répétitions de *L'Adieu aux armes* commencèrent. À l'issue de la première lecture, elle fut convoquée dans le bureau du producteur, qui la félicita et, pour célébrer la signature de son contrat, lui offrit une bouteille de scotch de sa réserve personnelle – la prohibition était toujours en vigueur. Le samedi suivant, Mamoulian, le metteur en scène, l'invita à dîner après la répétition avec Lawrence Stallings – auteur de l'adaptation – et sa femme, puis ensemble ils se rendirent à la première d'une très mauvaise pièce policière intitulée *Le Neuvième Invité.* Lorsque Stallings s'éclipsa à la fin du deuxième acte, Mamoulian la regarda en coin derrière ses lunettes d'écaille et suggéra qu'ils aillent danser au Biltmore. Elle avait passé une soirée délicieuse. De Rouben Mamoulian elle appréciait le talent, l'intelligence et le sens de l'humour. De son côté, ne sachant rien d'elle, ni qu'elle écrivait ni qu'elle était une « aristo », il était vite tombé sous le charme de cette Elissa et de ses incisives écartées qui lui donnaient l'air d'une enfant de trois ans. Rouben était grand – six pieds trois pouces –, russe de nationalité mais de pure souche arménienne, et détestait qu'on le prenne pour un juif. Les sept années qu'il avait déjà passées en Amérique lui avaient donné un vernis « occidental », sans le dépouiller tout à fait d'un mystère et d'un exotisme qui le rendaient d'autant plus attirant, et Elissa le trouvait incroyablement magnétique. Ce soir-là, *out of the blue*, il se tourna vers elle et lui dit : « Où vous cachiez-vous toutes ces années ? » Et un peu plus tard : « Vous ne pouvez pas être celle que je crois – de telles personnes n'existent que dans les contes de fées. Aimez-vous les contes de fées ? » Elle lui répondit qu'autrefois elle avait pour habitude d'en écrire, et qu'ils parlaient tous d'un pays dans les nuages. « Ah, c'est donc de là que vous venez. Quel plaisir de vous voir descendue parmi nous. »

Tout ce marivaudage ne les empêchait pas de travailler dur. Ils répétaient chaque jour de dix heures du matin à six du soir, puis, lorsque les « premières » approchèrent, se mirent à travailler également le soir bien au-delà de minuit, mais dans une telle ambiance de camaraderie et de bonne humeur que, malgré la fatigue et la chaleur, personne ne songeait à s'en plaindre, Elissa moins que toute autre. Comment l'aurait-elle osé, étant l'objet de tant d'attentions et de sollicitude ? Lorsqu'un jour, à la fin d'une répétition, elle eut un malaise, on l'envoya se reposer et de retour à l'hôtel elle trouva dans sa chambre un énorme bouquet de roses et une carte disant : « *Pour notre chère Elissa, avec l'affection des Simon Legree – Signé : Rouben et Lawrence* » – en référence à l'esclavagiste de *La Case de l'oncle Tom*, ce qui la toucha et la fit rire, et le lendemain elle fut dispensée de travailler le matin. Il ne faisait de doute, pour elle ni pour personne, qu'elle allait remporter dans cette pièce un grand succès personnel. Le rôle de Catherine Barclay lui permettait de montrer toute la gamme étendue de son jeu – de la comédie légère à la pure tragédie de la fin, en passant par une scène de « grande amoureuse » au début du deuxième acte. Mamoulian ne tarissait pas de compliments sur elle. Quant au producteur, il était extatique, disant à qui voulait l'entendre que jamais il n'avait vu quelqu'un mourir ainsi sur scène. L'incertitude dura pendant plusieurs semaines sur la ville où aurait lieu la première. On parla de Cleveland, puis de Detroit. Une chose était certaine : ce serait aussi loin que possible de New York et de ses critiques.

À mesure que les répétitions avançaient, Elissa voyait approcher avec appréhension l'arrivée de John. Depuis qu'elle était en Amérique, elle s'était sentie libre comme jamais auparavant dans sa vie, et bien qu'elle n'ait caché à personne ici qu'elle était mariée,

Elissa redoutait le jour où cette réalité allait s'imposer à son entourage brutalement, et son statut changer de manière irréversible. Car il ne faisait aucun doute qu'aux yeux de tous, une fois John reparti elle ne serait plus une célibataire, mais une femme mariée sans mari.

De fait, malgré la joie réelle qu'elle éprouva à le revoir, le séjour de John en Amérique fut un désastre. John admirait New York mais ne l'adorait pas comme elle, et les quelques jours qu'ils y passèrent ensemble, avant que toute la troupe ne parte pour Philadelphie – où il avait finalement été décidé qu'aurait lieu la première –, furent à compter parmi les pires moments de leur mariage. Tout en admettant que la position de John n'était pas facile – être le mari d'une actrice à la veille d'une première cruciale pour son avenir –, Elissa était fichtrement trop épuisée pour y pouvoir quelque chose, et ne pouvait s'empêcher de lui en vouloir des exigences absurdes qu'il avait envers elle. En dehors du temps qu'elle passait au théâtre, John attendait d'elle qu'elle dépense le peu qui lui restait d'énergie à être pour lui une compagnie agréable. Quand elle revenait de répétitions à sept heures du soir, morte de fatigue, elle devait s'habiller pour sortir dîner – elle qui aurait tout donné pour se mettre au lit avec deux œufs à la coque et un verre de lait sur un plateau –, et de surcroît faire des efforts de conversation, sachant que si elle avait le malheur de se laisser aller à évoquer la pièce, John lui reprocherait de « parler boutique », ce qui la rendait folle de rage, car au nom de quoi, Dieu du ciel, n'aurait-elle pas « parlé boutique » dans un moment pareil? Sans compter les éternels « Tu ne m'aimes pas autant que je t'aime, on ne peut rien y faire » et autres « Je sais que je vais finir par te perdre, donc je dois en profiter tant que tu es encore à moi », répétés *ad vitam æternam* jusqu'à ce qu'Elissa n'en puisse plus de tout cet *amur, amur, amur,* et à bout d'exaspération finisse par lui répondre : « Non, sans doute, je ne dois pas t'aimer – pas comme tu le voudrais. J'aime trop mon métier », à la suite de quoi John déambulait avec la mine d'un condamné comme s'il savait sa fin prochaine, et elle aurait voulu ne pas avoir de cœur tant cela brisait le sien. Peut-être John se doutait-il que Mamoulian l'attirait et qu'elle le trouvait beau – ou plutôt d'une laideur étrangement séduisante –, et c'était cela, en partie, qui le rendait si irritable. Il aurait été facile à Elissa d'apaiser sa jalousie. Elle s'était renseignée : la réputation de Mamoulian était sans tache. Autour de lui, toutes les femmes faisaient la roue – sauf elle évidemment – et il restait impavide. Elle-même n'avait aucune intention de fauter avec lui, même si au fond elle était bien convaincue que Rouben était amoureux d'elle. Mais qu'y pouvait-elle si elle adorait ce pays? Car là était le danger, John et elle le savaient tous deux, même s'ils n'en parlaient jamais – tous deux pressentaient que ce qui les séparerait un jour n'était ni Rouben ni un autre, mais l'immensité de l'océan Atlantique.

Quel endroit étrange que ce New York. Un bâton de rouge fabriqué en Amérique coûtait deux dollars, des pastilles pour la gorge un dollar et trente cents, mais un exquis petit fer à repasser électrique seulement un dollar et vingt-cinq cents, et les meilleures cigarettes locales trente cents à peine... Et on pouvait trouver les chaussures les plus élégantes pour huit dollars et des bas de la meilleure qualité pour un dollar et demi. Elle adorait les Américains. Quelle blague que leur prétendue « grossièreté ». Oui, les serveuses vous appelaient « ma chère » et un garçon pouvait s'adresser à vous en disant « Alors, les gars, que puis-je pour vous ? », mais c'était avec un grand sourire et tant de gentillesse – *Goddammit*, ils semblaient juste *heureux* ! –, c'était tellement plus important à ses yeux que la fichue *déférence* anglaise, et s'ils étaient familiers, c'était de manière amicale, comme les habitants d'un même village. Même dans une ville gigantesque comme New York, dès que quelqu'un vous connaissait de vue il se comportait en voisin – elle les adorait, tous, tous les Américains – oui, même s'ils étaient des démocrates – non seulement les acteurs et les actrices mais aussi les domestiques, blancs, blacks et latinos, les portiers, les vendeurs et les vendeuses de drugstores et les chauffeurs de taxis, et les porteurs dans les gares. Elle se sentait tellement chez elle dans ce pays que personne ne voulait croire que c'était sa première visite.

Le départ pour Philadelphie apaisa un peu les tensions. La troupe vivant en vase clos, John s'y intégra davantage et se mit à passer plus de temps au théâtre où il se rendait utile de mille façons, servant d'homme à tout faire – sans quoi, marmonnait-il, il n'aurait jamais vu Elissa, car celle-ci répétait toute la journée de onze heures du matin à minuit et, les deux dernières nuits, jusqu'à quatre heures du matin. À son grand soulagement, John s'entendait très bien avec Stallings et Mamoulian. Ils prenaient leurs repas ensemble tous les quatre, et John fut le premier à appeler Rouben par son prénom, si bien que, lui emboîtant le pas, Elissa se mit à faire de même. Après leur première rencontre, John s'était exclamé : « Brave type, ce Mamoulian. Mais quel nom ! On croirait lire le cahier central de *La Sphère* » – et il avait déclamé doctement, faisant rire Elissa aux larmes : « *Une découverte des plus intéressantes, récemment, a été l'excavation en Asie centrale d'un animal préhistorique nommé "le Mamoulian"*... » Depuis, entre eux, ils ne nommaient plus Rouben que « le P. A. » : le *Prehistoric Animal.*

La presse de Philadelphie fut excellente, particulièrement pour elle – mais Mamoulian, Stallings et le producteur restaient insatisfaits du deuxième acte, si bien que, tout en jouant le soir, ils en répétaient dans la journée trois versions différentes. Une semaine plus tard, la première eut lieu à New York. À la fin du second acte, après ce qui était son moment de bravoure, Elissa se jetait sur un lit dans un torrent de larmes, puis elle restait seule sur scène tandis que le rideau descendait. Le public éclata en longs applaudissements et elle sut que c'était gagné. À l'issue du spectacle, les acteurs furent rappelés plusieurs fois. Quand elle revint, seule, saluer une dernière fois avant le tomber de rideau final, la salle debout l'applaudit en criant son nom.

Une formidable vague de chaleur s'était abattue sur Londres. Il faisait trente-cinq degrés à l'ombre, mais comme on était dans la joyeuse Angleterre où personne n'était préparé à un tel phénomène, les gens étaient joyeusement laissés à cuire dans leur jus. La glace, loin d'être produite en abondance, était rare. Les hommes dans les boutiques crevaient de chaud mais continuaient à porter leurs vestes et leurs gilets sous leur blouse. La triste vérité, pensa Karoline, était que cela avait peu de chances de durer et que dans trois jours, certainement, il allait se remettre à pleuvoir. Mais les Anglais ne pouvaient parler de rien d'autre, et se conduisaient comme si la peste s'était abattue sur eux. Karoline aurait voulu être au bord de la mer, ou d'un lac, dans un endroit où elle aurait pu nager – n'importe où ailleurs que dans ce fichu pays, et c'était bien sa chance qu'il fasse aussi chaud le jour où elle devait courir partout afin de faire des achats. On lui avait demandé de s'occuper du buffet pour la réception à l'Embassy Theatre. Il y aurait entre cent cinquante et deux cents personnes et ce pouvait être le début d'un *business* pour elle – si elle savait saisir sa chance. Elle était tout excitée à cette perspective, espérant simplement que l'argent qu'elle gagnerait justifierait le travail. Puisque ses ambitions politiques avaient fait long feu, elle ne pouvait pas faire la difficile.

Elle avait cru mettre toutes les chances de son côté en envoyant à Beaverbrook l'article qu'elle avait écrit en prévision du centième anniversaire de la naissance de l'empereur François-Joseph, le 18 août. C'était un très joli texte, assez poétique, dans lequel elle comparait l'empire d'Autriche aux mauvaises herbes arrachées dans son jardin. Malgré la recommandation d'Elissa, Beaverbrook ne lui avait même pas répondu. Elle avait alors confié l'article à son agent qui avait fini par le lui retourner après l'avoir proposé sans succès au *Daily Express*, à l'*Evening Standard* et au *Daily Mail*. C'était à y perdre son latin. Les deux premiers journaux étaient la propriété de Beaverbrook, et le *Daily Mail* appartenait à Lord Rothermere, son allié dans le parti de l'Empire. Or Rothermere militait activement pour la révision du traité de Trianon en faveur de la Hongrie. En bonne logique, son papier avait tout pour lui plaire, d'autant plus que la mode était aux centenaires. On célébrait celui de la naissance de toutes sortes de gens, y compris d'un sultan turc. Mais François-Joseph, semblait-il, n'intéressait personne. Karoline avait craint que les rédacteurs en chef des journaux, après avoir refusé son article, ne se servent des informations qu'elle leur avait données et fassent plancher un de leurs scribouillards sur le sujet, mais même pas – à croire qu'ils préféraient les bouillies sentimentales aux articles sérieux. Ou peut-être la mort de l'empereur était-elle encore si proche dans les esprits que peu de gens pouvaient imaginer qu'il était né cent ans plus tôt. Elle-même était convaincue – c'était la thèse de son article – que s'il avait vécu quatre-vingt-dix ans au lieu de quatre-vingt-six, Woodrow Wilson et les Alliés n'auraient jamais imposé à l'Autriche l'humiliation et la mutilation pour une guerre dont personne ne niait que l'Empire austro-hongrois n'était pas responsable. Elle avait la certitude que, dans moins de cent ans, la postérité rendrait justice au vieil empereur et reconnaîtrait qu'il était un grand homme.

En rentrant chez elle, elle promena autour d'elle un regard satisfait. Le salon était chaque jour plus joli. Pi avait gratté la peinture des portes et les avait teintées en chêne foncé comme les lambris. Il avait également fini le bureau d'Elissa et l'avait déjà monté dans son appartement. Le dessus était rouge clair presque rose, avec des lignes dorées et, dans les angles, les mêmes motifs de feuillage dorés que sur le coffre à disques, et l'ensemble était ravissant. Il ne manquait plus que la chaise, pour la fabrication de laquelle il avait déjà acheté le bois. La photographe du magazine *The Queen*, qui avait passé l'après-midi chez eux quelques jours plus tôt afin d'illustrer un article sur Elissa, à l'occasion de la sortie de *Children of Chance* – le film d'Esway qu'Elissa avait tourné après celui de Glyn et juste avant son départ pour l'Amérique –, avait demandé si le buffet était aussi l'œuvre de Pi. Karoline lui avait répondu que c'était un original du XVIe siècle, mais que la bibliothèque en revanche était une copie réalisée par ses soins, et elle avait été épatée. Une journaliste vraiment sympathique – elles avaient papoté ensemble une bonne partie de l'après-midi. Karoline, bien sûr, ne lui avait pas fait part de ses réserves concernant *Children of Chance*. C'était sans aucun doute le meilleur film d'Elissa à ce jour et plutôt amusant, même s'il était loin d'être parfait. À la projection de presse, Karoline avait été effrayée par une scène de bain dans laquelle Elissa était si atrocement mal filmée que ses cuisses paraissaient énormes – au point qu'elle semblait presque difforme. À la sortie elle avait croisé Esway, furieux car la production avait exigé qu'il coupe plusieurs minutes, et à la projection suivante, la scène de la baignoire avait disparu, ce qui n'était pas plus mal sauf qu'elle laissait un trou étrange : Elissa sortant du lit allait directement à sa coiffeuse se poudrer le nez et se mettre du rouge – quelle petite dégoûtante qui ne faisait même pas sa toilette –, enfin c'était le cinéma anglais.

Elle avait attendu avec impatience le verdict d'Elissa sur l'Amérique, et n'avait pas été déçue. Dès sa première lettre, débordante d'enthousiasme, Karoline avait pressenti quel déchirement ce serait pour Elissa de devoir revenir un jour en Angleterre. Elissa était bien sa fille. Karoline elle-même n'était restée en Europe que par la faute de la guerre. Si elle l'avait pu, avec quelle joie elle serait retournée au Canada ! Au lieu de quoi, elle se languissait depuis dix-sept ans dans cette maudite île, sans espoir de jamais en sortir, au milieu d'êtres guindés, qui non seulement se croyaient supérieurs au reste de l'humanité mais avaient réussi à en convaincre le monde.

Quelques mois plus tôt, les lettres d'Elissa depuis Cannes l'avaient ulcérée. Dans son hôtel, racontait Elissa, tout était fait pour plaire aux Anglais. Pourquoi des *muffins*, des *crumpets*, des *nutcakes* ? Pourquoi ne les envoyait-on pas au diable, pourquoi ne leur disait-on pas que s'ils venaient en France ils n'avaient qu'à s'habituer aux usages français ? Ce n'était pas seulement une question d'argent : dans les années passées les Russes avaient afflué, et le monde n'avait pas été envahi de vodka et de samovars. Mais les Anglais étaient si égocentriques que tout le monde devait s'aligner sur leurs façons de faire, qu'elles soient meilleures ou pires importait peu. Si au moins ils avaient su reconnaître le talent. Quelque temps plus tôt, Karoline était allée au théâtre, invitée par une de ses nombreuses connaissances, une jeune comédienne qui était la doublure de Diana Wynyard dans *Petticoat Influence* et la remplaçait dans le rôle principal pour une semaine. Son jeu était si mauvais que Karoline en avait été gênée pour elle et, à la fin, il y avait eu des sifflets dans la salle. Elle s'était néanmoins rendue en coulisses pour saluer la jeune actrice, se creusant la cervelle pour trouver quelque chose à lui dire, et, à défaut de mieux, était entrée dans la loge avec les mots : « La prochaine fois tu seras la vedette en titre, ma chérie ! » À quoi l'autre avait répondu : « Comment le sais-tu ? » Et Karoline stupéfaite avait appris que suite à sa performance elle avait été engagée pour le rôle principal d'une pièce qui se créait le mois prochain. Voilà comment on devenait une « star » en Angleterre.

Elle rangea les denrées périssables dans l'endroit le plus frais possible en attendant de s'atteler à leur préparation, et courut chez Toni au 116 chercher sa petite-fille, Élisabeth – que tout le monde appelait « Titote ». Les jours raccourcissaient et Karoline craignait que le bébé n'ait pas assez d'air frais si elle ne sortait que l'après-midi. Aussi la prenait-elle chaque matin afin de la faire dormir auprès d'elle dans le jardin – par cette chaleur il était impossible de rester dans l'appartement du 116 avant neuf ou dix heures du soir. En passant devant la boîte aux lettres elle jeta à celle-ci un regard de reproche. Le *Times* disait que le courrier en provenance de New York arrivait aujourd'hui et elle avait espéré une lettre d'Elissa, mais rien. Quelle mouche avait piqué John d'aller rejoindre Elissa. La pauvre avait fait part de sa consternation à sa mère qui lui avait répondu – en allemand, au cas où John arriverait avant sa lettre – qu'elle la comprenait tout à fait. Elissa devait rester seule pour avoir toute sa liberté, pas pour des aventures amoureuses, cela était accessoire, Karoline pensait seulement à son art et à son développement personnel. Pour cette raison, elle-même s'interdisait de songer à la rejoindre en Amérique. Dans quelques années, peut-être, si Elissa avait réussi à s'y bâtir une carrière. Face au désarroi de sa fille, elle n'avait pu que lui conseiller de ne pas s'angoisser et de laisser les choses suivre leur cours – quoi qu'on essaie de prévoir, les choses prenaient toujours un cours inattendu. Il ne servait à rien de se ronger les sangs par avance – *drink to the cup of life and don't worry.*

Quelques jours plus tard, Karoline reçut une lettre de John envoyée depuis le *Mauritania*, très drôle mais assez pathétique, dans laquelle il faisait une éloquente description de l'inconfort du voyage, ayant partagé sa cabine avec un Arménien, un Franco-Tchèque et un Norvégien qui n'avaient jamais entendu parler de l'usage de l'eau à des fins de toilette et l'avaient empêché de dormir durant tout le voyage. Karoline s'amusa de constater que John avait posté sa lettre à bord et qu'elle était repartie le lendemain en sens inverse par le même paquebot, si bien que techniquement la missive n'avait jamais quitté l'Angleterre. D'après Elissa, qui lui écrivit peu après, John était descendu du bateau avec la mine d'un déterré. Le pauvre. D'un autre côté, c'était bien fait pour lui. Quel besoin avait-il de voyager en seconde alors qu'il aurait pu facilement économiser les vingt-cinq livres d'une traversée en première en se passant de quelques extravagances ? Son gendre ne connaissait pas la vraie valeur des choses. Pour Elissa comme pour elle, un voyage en première était bien plus important qu'une soirée au Berkeley. Mais John étant anglais, il dépensait son argent en dépit du bon sens.

À mesure que les jours passaient, elle se mit à attendre la première d'Elissa avec une excitation grandissante. Lorsque l'article de *The Queen* parut, elle s'installa à la table de la cuisine pour le lire, et dut allumer l'ampoule électrique à onze heures du matin – mais comme on était encore en septembre, on aurait peut-être droit dans la journée à une minute de soleil. La chaleur de la fin du mois d'août n'était plus qu'un lointain souvenir. Comme Karoline l'avait prévu, tout était vite revenu à la normale : une atmosphère froide et humide et un ciel plombé. L'article s'étalait sur cinq pages, avec de nombreuses photos de l'appartement d'Elissa ainsi que des meubles de Pi. La journaliste concluait son papier par : « *Elissa Landi est un cas singulier d'actrice qui, à ce jour, n'a jamais connu l'échec. Il faut dire qu'elle a tout pour elle : un visage et une silhouette parfaits, une grâce exquise, une jolie voix et une intelligence très supérieure à la moyenne. Et c'est pourquoi ils voudront sûrement la garder en Amérique.* »

Karoline regarda par la fenêtre. Dehors il faisait sombre et le ciel était bas – comme un couvercle, aurait dit Baudelaire. Elle pensa, une fois de plus, que le manque de lumière était ce qui la déprimait le plus en Angleterre. « *Ils voudront sûrement la garder en Amérique.* » Du fond de son cœur elle souhaita, pour Elissa et pour elle-même, que *The Queen* ne se trompe pas.

« Vos problèmes existentiels me font rire. Au fond, il s'agit simplement de savoir si vous choisissez la Fox à vingt-quatre mille dollars pour six mois ou la Paramount à trente-cinq mille pour un an – si le choix du meilleur studio vaut la différence de salaire. En tout état de cause, il me semble que le pire qui puisse vous arriver est de vous faire l'équivalent de quatre mille huit cents livres sterling en six mois, avec toutes les chances de gagner encore davantage dans les six mois qui suivront. »

Elissa baissa le nez sur son soda, piteuse. Le P. A. avait raison, elle se comportait en enfant gâtée. Si incroyable que cela paraisse pour une parfaite inconnue à peine débarquée des planches londoniennes, elle avait été réellement déçue par la proposition de la Paramount. Lorsque le rideau était tombé quelques heures plus tôt sur la dernière représentation de *L'Adieu aux armes*, elle s'était sentie atrocement déprimée, et Rouben l'avait entraînée au Plaza Café pour tenter de lui remonter le moral. La pièce n'avait pas été le plus grand succès de la saison à Broadway et dès les premières représentations ils avaient compris qu'ils ne tiendraient pas l'affiche longtemps, mais la prestation d'Elissa avait soulevé l'enthousiasme unanime des critiques. Un soir, le concierge affecté à l'entrée des artistes lui avait annoncé à l'entracte la visite d'une certaine Miss Brody. Bien que n'ayant personne de ce nom parmi ses connaissances, elle avait répondu de laisser entrer. Et elle avait vu, ébahie, débouler dans sa loge Estelle Brody, l'illustrissime, la plus fameuse actrice de cinéma muet d'Angleterre, dont elle avait vu tous les films dans les années 1920, durant son adolescence londonienne. Les yeux rouges, l'actrice lui avait demandé pardon de cette intrusion : « Je n'ai jamais rien vu d'aussi beau que votre performance, je n'ai pas pu m'empêcher de venir vous le dire. J'ai pensé que peut-être vous sauriez qui je suis et que vous ne m'en voudriez pas. » Deux jours plus tard, c'était Richard Bennett, le père de Constance et Joan, deux jeunes étoiles montantes, qui sans frapper avait ouvert en grand la porte de sa loge, un chapeau haut de forme sur la tête. « Un travail remarquable, jeune fille ! avait-il crié d'une voix de stentor, le doigt pointé vers elle. Remarquable ! — Merci, avait-elle répondu poliment, ne sachant pas du tout qui lui parlait ainsi. C'est très aimable à vous. — Effectivement, avait-il renchéri. Venant de moi, ce n'est pas rien. Je suis le plus grand acteur d'Amérique, voyez-vous. » Et éclatant d'un rire fou, il avait disparu, non sans l'avoir saluée d'un grand mouvement de chapeau. « Ne vous en faites pas. C'est Richard Bennett, avait commenté tranquillement Burton, le coiffeur. Il est complètement cinglé. »

Le soir de la première, en plus d'une douzaine de dahlias géants et de deux douzaines de roses orangées de la part de John, elle avait reçu quatre douzaines de roses roses, un panier de ravissantes fleurs mélangées, une demi-douzaine de gardénias, cinq magnifiques orchidées, et un tombereau de télégrammes – mais surtout, quatre coups de téléphone de grands studios : la Paramount, la Warner, RKO et la Fox. Elle savait, bien sûr, que Rouben y était pour quelque chose. Tout juste auréolé du succès de l'un des tout premiers films parlants, *Applause*, il servait à l'occasion de rabatteur de talents pour les grands studios – et il était en pourparlers avec la Paramount pour réaliser l'adaptation de *L'Adieu aux armes* au cinéma.

Elle s'inquiéta soudain qu'il ne prenne ses hésitations pour une forme d'ingratitude. Mais le P. A. ne s'embarrassait guère de ce genre de susceptibilités. Il posa sa main sur la sienne – et son sourire bienveillant et ironique la rassura. À nouveau, il lui conseilla de signer avec la Paramount pour deux ou trois films, et de ne pas s'enchaîner avec un contrat. Un contrat, à son âge, était une absurdité : lorsqu'il se terminerait elle aurait trente ans et serait trop vieille pour les meilleurs rôles, et ils se débarrasseraient d'elle sans scrupule pour une actrice plus jeune. Selon Rouben, ce pays était pire que l'Inde : à seize ans on était déjà une femme. À trente, on commençait à décliner. Certes, elle avait aussi reçu plusieurs offres de compagnies de théâtre, ce qui lui aurait permis de mener carrière des deux côtés de l'Atlantique ou de rentrer à Londres auréolée de gloire, mais elle voulait battre le fer tant qu'il était chaud et saisir sa chance au cinéma tant qu'Hollywood voulait d'elle – elle n'avait pas dit le fond de sa pensée, qui était qu'elle ne voulait JAMAIS rentrer en Angleterre, et voilà tout.

À la pensée de son mari, son cœur se serra. Pauvre Yonni, pauvre Tid'n, Peebody, son gentil petit homme aux yeux bleus et aux cheveux bouclés, abandonné en Angleterre. Elle ne pouvait pourtant pas avouer au P. A. que la perspective de passer six mois seule en Amérique était – en partie du moins – responsable de son spleen. Elle s'arracha à la contemplation de sa propre main qui, fine et blanche, semblait si ridiculement minuscule sous la sienne et murmura :

« C'est vrai. Mais je dois manœuvrer finement pour ne pas perdre les deux offres et me retrouver le bec dans l'eau... Et je ne veux pas non plus signer avec un studio qui ne serait pas de premier ordre.

— Fox est un studio de premier ordre.

— Mais Paramount et MGM sont les meilleurs. Ce sont eux qui font à leurs stars le plus de publicité.

— Attendons leur nouvelle proposition mercredi. »

Ils ne se quittaient plus.

Quelques jours plus tard, Rouben l'emmena assister avec lui à la première de *Solid South,* qu'il avait mis en scène au Lyceum Theater. Durant le premier quart d'heure le spectacle peina à trouver son rythme et le P. A. était au supplice. Assise à ses côtés, Elissa percevait physiquement sa tension, à tel point qu'il lui semblait entendre ses os craquer. Au début du deuxième acte, la pièce prit enfin son rythme et, au moment de saluer, le spectacle reçut une longue ovation. Bette Davis, comme le reste de la distribution, était excellente, mais Elissa avait surtout été impressionnée par le jeu de Richard Bennett, et lorsqu'une fois le rideau retombé sur le dernier salut ils allèrent en coulisses boire un verre avec les acteurs, elle lui dit sincèrement : « Vous aviez raison l'autre soir. — Je plaisantais, répliqua-t-il. J'espère que vous n'avez pas cru que je me croyais sérieusement le plus grand acteur d'Amérique. — Que vous le croyiez ou pas, c'est pourtant la pure vérité », répliqua-t-elle du tac au tac.

Ensuite ils allèrent tous dans un *speakeasy* où elle s'ennuya ferme passé les premiers instants d'observation de la faune pittoresque qui s'y pressait – cravates et smokings, robes de bal, manches courtes, pantalons plus-fours, tweeds, lesbiennes, vierges blondes – et du décor qui se voulait moderne et qu'elle trouva hideux – caricatures sur les murs, dessins français vulgaires, scènes de rue hyperréalistes et vues du ciel, tables en métal sans nappes, chaises cannées, repose-pieds en petit point, fauteuils de cuir.

Et le mercredi arriva. Ces grosses saucisses de la Fox étaient revenues sur leur proposition d'un contrat de six mois, prétendant qu'ils avaient toujours eu en tête un contrat d'option, et parlaient à présent de quarante semaines. Quarante semaines à mille dollars, ce qui faisait huit mille livres sterling et donnait sérieusement à réfléchir. De plus, ils lui permettaient de jouer au théâtre, moyennant un préavis de huit semaines, et surtout, surtout, au moins une fois l'année, de prendre un congé suffisamment long pour rentrer en Europe – huit ou dix semaines minimum. Ils insistaient sur une option d'une année supplémentaire à mille cinq cents dollars la semaine, deux mille l'année suivante. Peu de stars de cinéma gagnaient beaucoup plus de seize mille livres sterling par an – elle s'était évidemment renseignée – ce n'était que sur des films isolés que les stars gagnaient des fortunes, pas lorsqu'elles étaient sous contrat. Ces histoires de salaires de mille livres sterling par semaine dont Karoline lui rebattait les oreilles étaient FAUSSES, Garbo elle-même ne se faisait que cinq cents livres. Avant de signer son contrat – pour trois ans –, un contrat qui faisait à présent vingt-cinq pages, négocié par un des meilleurs avocats de New York, elle avait passé une soirée entière en sa compagnie et celle de Rouben à en relire les moindres petites clauses, puis, épuisée, dans un état d'exaltation mêlée à une intense tristesse, elle avait pris la plume pour annoncer la nouvelle à John Cecil, avec le sentiment que jamais de sa vie elle n'avait eu de décision si difficile à prendre. Trois ans. Mais c'était tout ou rien, pas de compromis possible, et après des nuits et des nuits d'insomnie elle avait tranché. Et elle avait choisi. Tout. La nuit suivante, elle avait fait des cauchemars étranges, le visage pâle de John sans cesse devant les yeux, mais c'était un gardénia à demi fané. Il ne s'agissait pas – pas seulement – d'*elle*. Elle ne souffrirait pas de la solitude, elle le savait. Les gens qui, comme elle, vivaient avant tout dans leur imagination ne se sentaient jamais solitaires ou, si cela leur arrivait, ils pouvaient aisément le supporter. Et il ne faisait aucun doute dans son esprit que si elle restait ici, Karo et Pi tôt ou tard la rejoindraient. Ce pays avait besoin de gens comme eux. Elle avait parlé d'eux à Rouben et il s'était étonné. Jamais, avait-il dit, il n'avait rencontré quelqu'un qui soit aussi *intéressé* par ses parents. Lui-même avait beaucoup d'affection pour son père et sa mère, mais il ne ressentait pas pour eux, en tant que personnes, le même intérêt qu'Elissa pour les siens. Et elle avait dû admettre que Karoline – et Pi, dans une moindre mesure – était à ce jour l'une des plus grandes histoires d'amour de sa vie. Elle aurait pu écrire un roman entier sur eux, une étude de personnage – ils étaient si distrayants, si surprenants, elle avait le sentiment qu'ils étaient capables de tout et l'étonneraient toujours, comme des enfants dont on se demande ce qu'ils vont *devenir* – ils avaient un tel futur devant eux ! Tant de futur et de possibles dans ce pays qu'ils n'avaient qu'à attendre un peu – bientôt elle allait être riche – et alors, sans l'ombre d'un doute, ils viendraient l'y rejoindre.

Mais lui, son Yonni-boy, si rigide, si buté… Qu'allait-elle faire de lui ? Depuis son arrivée à New York, depuis qu'elle avait découvert qu'elle adorait plus que tout sa liberté, faire exactement ce qu'elle voulait d'elle-même et de son temps, elle se sentait l'âme d'une vagabonde – d'un vaurien. Elle ne pourrait jamais accomplir sa destinée avec Johnny à ses côtés – mon Dieu, sa destinée ! Pour qui donc se prenait-elle ? Et peut-être, comme le pensait Karoline, finirait-elle toujours par lui revenir, après tout – si seulement John faisait un effort pour accomplir de grandes choses et cesser d'être ce petit Anglais superficiel et content de lui.

Dans la lettre qu'elle écrivit ce soir-là, elle l'implora de bannir autant que possible la pensée d'elle de son esprit pendant tous ces longs mois – non pas de l'oublier, elle savait bien que c'était au dessus de ses forces, mais de ne pas se torturer inutilement en tentant de l'imaginer, si loin, jusqu'à rendre l'absence insoutenable. « Ne te fais pas de mal inutilement », insistait-elle. Le soir de la dernière de *L'Adieu aux armes*, elle s'était étonnée de la gaieté d'un de ses partenaires. « N'es-tu pas triste que la pièce se termine ? » lui avait-elle demandé. Il lui avait répondu : « Il y a quelques années, j'ai frôlé la mort. Depuis, tout ce que je vis est *en plus.* » Elle avait trouvé la formule étrange, mais parlante. Ainsi suppliait-elle John de penser à elle comme partie à la guerre et portée disparue, de sorte que lorsqu'elle réapparaîtrait, vivante après tout, ce serait comme si elle était miraculée – seulement une source de joie.

En conclusion, elle ajouta que jamais, *jamais* elle ne lui reprocherait *rien* – elle hésita un peu, puis souligna les deux mots plusieurs fois – de ce qu'il pourrait faire pour rendre sa vie plus agréable, pour être plus heureux sans elle. Rien. Jamais.

Do remember that.

Au moment où le rideau final tombe sur la dernière représentation de *L'Adieu aux armes* à Broadway le 10 octobre 1930, tandis qu'Elissa vient saluer pour la dixième fois un public qui, debout, crie son nom, alors qu'elle s'apprête en tremblant à signer son contrat pour Hollywood, à six mille kilomètres de là, dans un petit village breton de l'autre côté de l'Atlantique, une jeune femme nommée Aline, née la même année qu'elle, en 1904, vit un triomphe plus secret et donne naissance à une petite fille qui deviendra ma mère.

À bord du Chief-Compagnie Santa Fe,
20 octobre 1930

Les seuls noms des villes et des villages traversés font battre son cœur plus vite. Se réveiller et apprendre que l'on est dans le Colorado ! Le Colorado ! Puis regarder par la fenêtre et voir des étendues infinies d'herbe jaune, habitées seulement par quelques chevaux. Une fois toutes les demi-heures une maison, entourée de quelques arbres. Une carriole. Des chevaux, encore. Des chiens. Des enfants. Comme dans un western du début du siècle. Puis lentement au loin apparaissent des montagnes dentelées comme des molaires, blanches de neige, insolites sur ce fond de désert. Puis des arbustes çà et là et la terre commence à onduler en vastes plaines et douces collines et les montagnes lointaines disparaissent, mais le décor s'est changé en pâturages brûlés de soleil. Le train s'arrête. Où sont-ils ? Trinidad. Colorado. Ils sortent, marchent un peu, respirent l'air d'une incroyable pureté. Trinidad ressemble à un décor de cinéma, ils s'en amusent, avec un rocher en arrière-plan, perdu et pathétique dans le sauvage paysage environnant. « En voiture ! » crie le chef de gare, et ils sautent de nouveau dans le train. Plus tard – un tunnel, et à sa sortie le train s'arrête à nouveau, à nouveau ils descendent. Un autre village : Raton. Ils sont à présent au Nouveau-Mexique. Au Nouveau-Mexique, s'il vous plaît ! Et comme ce village, mélange de latin et d'indien, est étrange ! Elle voit des enfants comme elle n'en a jamais vus : de vrais petits Mexicains. L'air est divinement clair, le soleil brillant – des arbustes et des champs ondulés, fertiles, des épis de maïs séchés. Ici et là une maison de style espagnol. Ici et là un hameau de baraques américaines en bois, avec des porches : *Cowboy-Land* – le pays des cow-boys. Ils sont sur la route de Santa Fe, mais ne l'atteindront pas dans ce Los Angeles Express, qui va bifurquer à Las Vegas. Après ce sera l'Arizona, puis ils effleureront – à peine – le Nevada. Et ils seront en Californie. Le *Wild West* – l'Ouest sauvage.

Elle voyage dans le luxe et le confort le plus absolu, avec à son service une bonne qui a déjà fait le périple et qui veille à tout – excitée à l'idée de lui enseigner la géographie américaine. Le Chief n'est pas un train, c'est un hôtel sur roues. Elle dispose d'un salon Pullman avec deux couchettes, un sofa, une table, un placard et un cabinet de toilette privé. Il y a un coiffeur à bord et aussi une bibliothèque. Et plus elle avance vers l'ouest, plus elle a la certitude que malgré toutes ses promesses elle ne retournera pas en Angleterre l'an prochain, que ce serait une pure folie de dépenser l'argent d'une traversée vers cette absurde Europe épuisée, exsangue, lorsqu'elle pourrait pour la même somme faire venir l'un ou l'autre de ceux qu'elle aime et lui faire vivre cet incroyable périple, ou une aventure plus extraordinaire encore, car Karo ou Pi auraient tout leur temps et nul besoin de prendre un express. Elle leur rêve des itinéraires – ils pourraient débarquer à Québec, traverser l'Ontario, voir les chutes du Niagara, s'arrêter à Buffalo et prendre l'Union Pacific jusqu'en Californie –, Elissa invente pour sa mère un voyage qui ressemblerait au sien en mieux, tout comme moi, près d'un siècle plus tard, je l'imagine, en rassemblant tous mes souvenirs de la traversée que je fis dans les années 1990 à bord du wagon privé d'un milliardaire, de Los Angeles à La Nouvelle-Orléans, empruntant la même voie à travers le désert du Nevada mais dans le sens inverse et bifurquant à Tucson, Arizona pour arriver à travers les bayous de Louisiane, avec la même excitation au ventre qu'elle, la même ivresse d'aventure, la même jeunesse, la même attente impatiente de l'avenir, la même griserie de conquête, et pourquoi pas – je me plais à le croire – dans le même wagon Pullman.

Ainsi, c'était Hollywood : un faubourg londonien étalé sur plus de quarante miles, des quartiers nommés Beverly Hills, Santa Monica – près de l'océan – Hollywood, Hollywood Lands, et tout était à des miles et des miles de tout le reste. À une échelle démesurée, cela ressemblait beaucoup au sud de la France – un faubourg londonien au milieu de l'Esterel. Mais à part ces similitudes, la comparaison avec la planète Tellus s'arrêtait là. C'était un système solaire en lui-même, c'était Hollywood, un monde à l'écart du reste du monde, perdu pour le reste de l'humanité. Pour Hollywood rien n'existait d'autre qu'Hollywood et ses habitants. L'ignorance pour tout ce qui lui était extérieur était abyssale, incroyable. Il fallait y oublier le Vieux Monde et tout ce à quoi on avait cru, les règles et les principes autant que les habitudes, les mots n'y avaient plus le même sens, la morale était réinventée. À l'usage de Karoline et en espérant la distraire de la tristesse de leur séparation, elle mit au point un lexique résumant ses premières impressions de cet endroit étrange, insensé et à bien des égards révoltant :

Péché : avoir perdu ou fait perdre une quelconque somme d'argent à une compagnie de l'industrie cinématographique. Entraver de quelque manière, par des exigences artistiques, le succès commercial de films dans le Middle West ou toute autre région obscure et illettrée des États-Unis. Démontrer à un membre quelconque de cette industrie son ignorance, ou seulement lui faire sentir qu'il n'était pas aussi important qu'il croyait l'être.

Blasphème : parler d'un producteur, d'un *manager* ou d'un *business manager* comme d'un simple mortel. Il était correct de se référer au *general manager* de la Fox comme à « Sa Sainteté » Mr Sheehan. Lorsque le chef du studio d'Hollywood (la Fox avait un autre studio à Beverly Hills), Solomon Wurtzel, s'adressait à vous, il était recommandé de sauter sur ses pieds et de faire des salamalecs.

Beauté : être mince. Être blonde platine, rousse carotte ou brune comme une Mexicaine. Mesurer un mètre soixante ou moins. Ressembler exactement à toutes les autres filles. En guise de synonymes de « belle », on pouvait employer les mots : « mignonne », « pétillante » et « chic ».

Stupidité : avoir un sens de l'autodérision. Ne pas vivre de manière extravagante. Penser, ou lire autre chose que des scripts de films, ou des journaux qui en faisaient la critique. Parler d'autre chose que de sujets relatifs au cinématographe. Avoir d'autres intérêts dans la vie.

Elle logeait à Beverly Hills, le quartier le plus snob et le plus cher de la ville, dans un hôtel nommé le Beverly Wilshire qui était la résidence de toute la « sérieuse » élite d'Hollywood. La plupart des auteurs y séjournaient et une ou deux grandes et « sérieuses » stars y étaient descendues à leur arrivée. Aussi Elissa l'avait-elle choisi de préférence au Beverly Hills Hotel qui accueillait une faune plus *flashy*, bruyante et alcoolisée, pensant que ce serait une bonne chose pour son image de marque. Elle y disposait d'une suite très cinématographique avec une chambre-salon (le lit disparaissait miraculeusement durant la journée), un dressing-room, une salle à manger avec une *kitchenette* – en fait une grande cuisine – qui faisait sa joie, et une incroyable salle de bains munie de tous les jets et gadgets possibles qu'on aurait dit sortie d'un film de DeMille, tout cela pour deux cent cinquante dollars par mois – une folie –, mais dans un mois elle déménagerait pour un endroit d'un aussi bon standing qui ne lui coûterait pas plus de cent dollars. Pour l'instant elle faisait des économies sur la nourriture en demandant à

Marie de lui préparer ses repas ou en cuisinant elle-même, et ne se lassait pas d'utiliser les appareils sophistiqués de sa *kitchenette*, devenant jour après jour une meilleure cuisinière, comme quoi le sang parlait après tout – hérédité.

Hollywood couvrait une surface comparable à celle de Londres tout entier – et ce n'était qu'un quartier de Los Angeles. Six miles ici n'étaient rien, et il n'y avait aucun autre moyen de transport que les voitures particulières – depuis qu'elle était là, elle n'avait pas vu un seul taxi. Un bus passait toutes les vingt minutes le long de Wilshire Boulevard, où était situé l'hôtel, et à trois miles de là croisait un vieux tram qui vous menait à Hollywood proprement dit. Elle avait eu le plus grand mal à se faire conduire jusqu'à la plage un soir – vingt miles, une broutille – afin de voir l'océan et, en conséquence, sa première décision avait été d'acheter, à crédit, une Ford – tout le monde ici avait une Ford, même les plus grandes stars – afin de ne plus être une prisonnière dans son hôtel. Ce serait plus économique que de louer une voiture, avec ou sans chauffeur, et plus sûr que d'en acheter une d'occasion. Que dire de plus de cet endroit que l'on avait du mal à nommer une ville, sinon que la flore y était magnifique, les fruits très bon marché, que le matin les oiseaux chantaient très fort et qu'il y faisait atrocement chaud, aussi chaud qu'à Philadelphie au mois d'août, à cette différence près que dès que la nuit tombait, l'air se refroidissait d'un coup. On était fin octobre et le vent soufflait du désert, brûlant toute la ville avant la saison des pluies.

Arrivée le dimanche soir, elle commença le travail dès le lundi matin et se rendit pour la première fois dans le studio historique de la Fox à Hollywood, à l'angle de Western Avenue et de Sunset Boulevard, pour y tourner un bout d'essai. On la conduisit dans le bureau de Sheehan, ou plutôt dans l'antichambre de Sheehan, où elle patienta quelques minutes, signe d'extrême faveur, lui avait-on dit, car il était plutôt d'usage d'y séjourner plusieurs heures. Puis les portes capitonnées s'ouvrirent et elle pénétra dans une pièce immense et beige, avec des téléphones blancs. Elle chemina pendant des mètres et des mètres dans la lumière tandis que trois personnes la regardaient approcher, assises dans l'ombre. Elle reconnut Sheehan qui se levait pour l'accueillir, sans poser son éternel cigare dont il lui souffla la fumée dans la figure, en profitant pour l'examiner d'un peu plus près avant d'appuyer sur le bouton de l'interphone pour appeler Jimmy Barker, le maquilleur.

« Barker, je veux que vous fassiez un test et que vous preniez Miss Landi en main. Essayez de trouver une idée pour son visage et préparez-la pour *Body and Soul.* Le tournage démarre dans deux semaines. »

Jimmy l'avait donc « prise en main ». C'était

un petit homme plein d'humour avec qui elle s'était tout de suite bien entendue, et ils avaient passé la journée à essayer cinq maquillages et cinq styles de coiffure différents, en vue de filmer cinq bouts d'essai. On exigeait ici des stars une perfection physique déconcertante. Ses cheveux avaient été ondulés si merveilleusement qu'elle n'en avait pas cru ses yeux : ils étaient à présent souples et brillants. Ses cuisses, en revanche, avaient été cause d'une grande inquiétude. On lui avait formellement interdit de jeûner pour maigrir – les régimes faisaient s'affaisser les chairs – mais enjoint de marcher une demi-heure tous les matins. Puis on l'avait confiée aux bons soins d'un masseur qu'on disait être un magicien et qui, avec un bon sourire, avait garanti la débarrasser de deux livres par jambe et de trois livres supplémentaires sur les fesses – tout cela bien sûr gratuitement – et elle s'était brièvement réjouie mais ne tarda pas à déchanter lorsque ses cuisses furent vigoureusement giflées chaque jour, et quand elle disait giflées, c'étaient de vraies grosses claques, tout sauf une partie de plaisir – les massages ordinaires, assurait le masseur magicien, ne faisaient que déplacer la graisse. Une autre bataille ne tarda pas à éclater au sujet de ses dents. Les *executives* du studio voulaient les rapprocher – il y avait un autre magicien à portée de téléphone, apparemment, qui en était capable – mais elle avait refusé tout net, avant d'accepter un compromis, à savoir qu'on les redresse un peu, car elles étaient objectivement de travers, tout en conservant l'écart entre les incisives qui faisait, elle n'en démordait pas, partie intégrante de sa personnalité.

Puis elle passa une journée entière avec les publicistes de la Fox, qu'un cas comme le sien rendait terriblement perplexes. Une Autrichienne élevée à Vancouver puis à Londres et portant un nom si italien, comtesse de surcroît, ne leur inspirait que méfiance, dans une ville de faux-semblants où tous les émigrés se prétendaient au moins marquis. Plutôt que de passer pour une de ces fausses aristocrates qui traînaient ici par dizaines, elle avait préféré en dire le moins possible sur ses origines. Leur visage s'était encore allongé quand Elissa leur avait appris qu'elle avait déjà publié deux romans, et qu'elle en avait un troisième en chantier. L'un d'eux avait ri, un peu gêné, et dit qu'à sa connaissance aucune actrice à Hollywood n'avait jamais écrit de livre, et qu'il doutait que la plupart d'entre elles en aient même jamais lu un seul. Ils étaient vite tombés d'accord pour passer cela sous silence afin de ne pas effrayer le public, le simple fait d'être une actrice de théâtre anglaise et d'avoir eu quelque succès à Broadway semblant déjà de nature à lui faire une épouvantable réputation de snob, si cela venait à se savoir. Elle était sortie de leur bureau accablée, et sa conclusion était que, dans son ensemble, le personnel des studios était d'une inculture et d'une prétention – complexe d'infériorité – difficiles à croire. Au sommet de la hiérarchie, le boss du département « scénario » lui avait fait plutôt bonne impression, ainsi que le *Big Boss*, Winfield Sheehan. Mais leurs subordonnés immédiats étaient simplement odieux et la perspective de se trouver face à eux tous les jours était assez effrayante. Elle décida de les éviter comme la peste, du moins le temps que son statut ait changé, ce qui ne tarderait pas, elle en était certaine.

Elle n'avait pas que des sujets de mécontentement. À la cantine des studios, elle croisa des gens qu'elle ne connaissait jusqu'ici que par écran interposé, et sympathisa avec plusieurs d'entre eux. Surtout, on lui avait annoncé qu'elle tiendrait le premier rôle féminin face à Charles Farrell dans *Body and Soul.* C'était un très bon rôle, presque meilleur que celui de Farrell même s'il était moins important, un peu garbo-esque par le côté « mystérieux » – rien de « mignon » ni d'ingénu en tout cas, ce qui était le principal, et, à coup sûr, c'était un rôle qui la ferait remarquer. Elle rencontra le réalisateur, Al Santell, le jour où elle prit possession de sa Ford, une deux-places décapotable, noire avec des lignes vertes et une capote beige, bourrée de gadgets, d'essuie-glaces et jusqu'à des housses pour les roues de secours, qui montait facilement jusqu'à soixante-dix miles à l'heure. Au volant de sa nouvelle acquisition et les cheveux au vent, elle roula jusqu'aux studios flambant neufs de Foxhills, autrement nommés Movietone City, dans lesquels la Fox devait déménager sous peu, afin de faire une lecture du scénario avec ses partenaires et parler « psychologie » avec son metteur en scène. Elle aimait beaucoup le rôle et tout se passa au mieux, Santell lui demandant seulement de faire attention à son accent et de parler un anglais aussi « international » que possible. Movietone City était comme une petite ville de deux miles de côté, avec un square, des bungalows en guise de loges, des bars, des restaurants. Tout l'endroit était couvert de fleurs magnifiques, roses, œillets et chrysanthèmes à profusion et on y avait une vue superbe sur les montagnes. Même le *staff* y était plus aimable qu'à Hollywood, et elle se sentit un peu rassérénée. Santell lui posa quelques questions sur elle, disant que personne au studio n'avait rien pu lui dire. Elle sourit, se redressa et faisant de son mieux pour ressembler à sa grand-mère – par là elle pensait : l'impératrice – répondit : « Mon passé, ma famille font partie de ma vie privée et n'ont rien à voir avec ma carrière. Quant à ma personnalité, vous êtes mon réalisateur, et je ne doute pas que vous la verrez transparaître sur mon visage lorsque vous me dirigerez. » Elle l'avait quitté peu après, le laissant, pensait-elle, passablement intrigué.

Le soir, en rentrant du studio, elle écrivait, jusqu'à neuf pages par jour. Elle en était déjà au chapitre sept de *House for Sale* et, au fur et à mesure qu'elle avançait, elle envoyait les nouveaux chapitres à John afin qu'il les lise et les fasse taper à la machine. Elle trouvait qu'il était facile d'écrire ici, du moins lorsqu'on ne tournait pas, et ce n'était pas seulement parce qu'elle avait très peu de vie sociale et du coup rien d'autre à faire : loin de chez elle, inspirée par sa propre nostalgie, elle sentait chaque jour davantage qu'elle était, avant tout, une romancière, et que rien n'épuiserait jamais son besoin de s'exprimer avec des mots. Lorsqu'elle n'écrivait pas, elle lisait des livres anglais qu'elle se faisait envoyer de Londres – le dernier D. H. Lawrence, et aussi Sassoon et Van Druten, Huxley –, Karoline avait tort de s'inquiéter et de craindre qu'elle ne perde la pureté de son anglais. Certes, quand elle écrivait ses lettres, elle employait le jargon du cinéma et des américanismes, cela faisait partie du jeu si on voulait être dans le coup – ainsi, si elle usait de l'expression *starring vehicle*, c'est que le concept d'un script médiocre développé exclusivement pour mettre en valeur une vedette était difficile à faire comprendre sans d'interminables périphrases, et qu'il était pratique d'employer ce terme tout fait pour exprimer sa pensée –, mais elle ne perdait pas de vue pour autant que c'était du mauvais anglais. Elle était gaie le plus souvent, mais la tristesse la prenait parfois par surprise, en brusques accès qui frôlaient la dépression, lorsque son regard se posait sur la photo de

John dans un cadre en argent, avec son sourire enfantin et ses drôles d'oreilles décollées. Elle revoyait son visage sur le pont du *France* au moment du départ, leurs adieux précipités dans un salon de l'Algonquin, et se disait qu'on n'avait pas le droit de se servir d'un autre être humain pour son expérience et de le rejeter ensuite, même si on avait évolué de manière différente. Jamais elle n'oublierait la douceur avec laquelle John était devenu son premier amant. Elle avait entendu trop de femmes dire qu'elles s'étaient senties jetées à leur mari comme un morceau de viande crue à des fauves pour ne pas être à jamais reconnaissante à celui qui n'avait pas violé sa jeune vierge – même si elle savait bien qu'il était impossible de limiter sa vie à la gratitude et bien qu'elle se demandât, parfois, si ce n'était pas la seule chose qui restait aujourd'hui de son amour pour lui.

Juste avant de quitter New York elle avait eu un choc affreux : elle avait cru qu'elle était enceinte. Ses règles tardaient à venir et elle se sentait faible et terriblement nauséeuse le matin, alors qu'elle venait de signer son contrat et devait quitter New York le jeudi suivant. Le docteur qu'elle avait consulté lui avait prescrit d'abord des pilules, puis lui avait fait trois injections, sans résultat, la laissant toujours nauséeuse et un peu plus désespérée. Et finalement, le jour de son départ, ses règles étaient arrivées de manière tout à fait normale

– en même temps qu'une grosse note d'honoraires. Toute l'histoire, visiblement, était un tour que lui avaient joué ses nerfs, et elle était une sombre idiote de n'avoir pas cru le médecin dont cela avait été le premier diagnostic. Mamoulian l'avait vue si pâle et abattue qu'elle avait dû se confier à lui et il avait été adorable et compréhensif, comme toujours – ils s'entendaient si bien. Elle fut heureuse de le voir arriver à Los Angeles, une dizaine de jours après elle. Lui aussi avait pris ses quartiers au Beverly Wilshire. À peine descendu du train, il avait appris de la Paramount qu'ils voulaient qu'il dirige Clara Bow dans son prochain film – c'était à mourir de rire. La pensée du *Prehistoric Animal*, sortant à peine du très chic et intellectuel Theatre Guild, réalisant un film avec la petite reine rousse du box-office, la *it girl* d'Hollywood, pliait littéralement Elissa en deux. On disait que Clara Bow était exactement la même dans la vie que dans ses rôles. Si c'était vrai, elle allait lui en faire voir de belles, et Elissa aurait donné cher pour assister au tournage.

Un matin, tandis qu'elle marchait dans le couloir du département « publicité », les portes s'ouvrirent et des gens se ruèrent vers elle, disant qu'ils avaient vu les tests – ils étaient, paraît-il, magnifiques –, et elle fut frappée du changement que cela provoqua immédiatement dans l'attitude de tous ceux qui l'avaient snobée jusqu'ici. Dans certains plans le cameraman avait réussi à la faire ressembler à un ange dans une peinture préraphaélite, un léger halo autour de ses cheveux et l'air sombre. D'autres plans étaient très élégants, très « années 1880 », tout en cou, en yeux et en cheveux aériens. Pas de doute, ces gens connaissaient leur boulot, c'était impressionnant. Au lieu des sous-fifres qu'elle avait vus la première fois, elle eut alors un entretien avec Shapiro lui-même, le chef du département « publicité », à qui de nouveau elle s'abstint de parler de son ascendance, renonçant même à lui montrer son *press book* londonien, trop rempli de mentions de son illustre aïeule. D'un commun accord, ils décidèrent de la présenter comme une « intellectuelle », solitaire et recluse – un auteur, autrement dit –, et en tout cas un personnage quelque peu mystérieux. Quelques jours plus tard, elle était appelée par Sol Wurtzel, le numéro deux et patron du studio d'Hollywood, qui lui parla solennellement pendant une heure. Il lui dit sans détour que Sheehan lui-même et tous les *executives* de la Fox, ainsi que les meilleurs réalisateurs, avaient vu les tests en projection et étaient arrivés à cette conclusion : Elissa avait la plus forte personnalité qui soit apparue dans la dernière année, et que la distribuer dans un rôle qui ne serait pas d'une importance suffisante ne ferait que déséquilibrer un film. En conséquence, ils avaient revu le scénario de *Body and Soul* et décidé de « gonfler » son rôle, afin qu'il égale celui de Farrell en longueur et en force dramatique. De plus, ils avaient retravaillé certaines scènes en tenant compte de sa manière de jouer. Wurtzel avait conclu : « Je sais, ma chère, que je ne parle pas à une débutante, mais à une actrice expérimentée. Si vous ne sentez pas quelque chose dans un rôle, dites-le. Si vous pensez que la manière dont une scène est filmée ne vous convient pas, venez me voir aussi. J'ai compris en visionnant vos tests que vous saviez exactement ce que vous faisiez. »

Dans la foulée, la Fox commença à faire sa promotion et organisa pour elle un déjeuner-interview avec six femmes journalistes, dont deux d'entre elles avaient la réputation de vipères. Bien sûr, le studio avait tout arrangé et payait pour le repas, mais après les présentations ils l'avaient laissée se débrouiller toute seule, et les *ladies* l'avaient aussitôt entreprise sur le thème du mariage. Elle n'était pas la première à avoir abandonné un mari en Europe – Dietrich avait fait de même – mais Elissa savait que le sujet était brûlant et à manipuler avec une extrême précaution, le moindre faux pas pouvant se retourner contre elle. Aussi avait-elle subtilement manœuvré jusqu'à se retrouver l'animatrice d'un débat sur le sens profond de ce sacrement, ses avantages et ses inconvénients, tandis qu'aux tables voisines les *executives* tendaient désespérément l'oreille, et elle avait fini par recueillir les confidences des journalistes qui l'une après l'autre lui avaient raconté leur vie. Sur quoi Elissa s'était levée en s'excusant de devoir partir pour une séance de photos, les remerciant de ce déjeuner passionnant et les laissant toutes sous le charme. Depuis, Sol Wurtzel allait partout proclamant « Cette fille est un génie – un génie » et tout le personnel du studio était aux petits soins pour elle.

Peu après, elle fut appelée par Sheehan, qui avait un script à la main. C'était *The Yellow Ticket*, l'adaptation d'une pièce qui s'était jouée à Broadway en 1914 et avait eu un immense succès. L'intrigue se déroulait dans la Russie tsariste. L'héroïne en était une jeune fille juive et pauvre qui, pour quitter le ghetto et rendre visite à son père mourant, se faisait passer pour une prostituée. Sheehan se racla la gorge. Ils avaient acheté les droits du scénario deux ans plus tôt et travaillaient toujours dessus, trouvant très difficile d'en faire le casting. Lui et Mr Raoul Walsh, l'un de leurs meilleurs réalisateurs, avaient vu les tests et avaient pensé à elle, si elle était intéressée. Si elle était intéressée ! Elle avait vu la pièce des années plus tôt et l'avait adorée, c'était un rôle au-delà de ses rêves les plus fous – Karoline l'avait vue deux fois lorsque la pièce s'était jouée à Londres. Sheehan la prévint que le script ne serait pas prêt avant plusieurs mois, et qu'elle devrait tourner auparavant un voire deux autres films. Mais Elissa n'en avait cure. Le rôle de Maria dans *The Yellow Ticket* serait, elle le sentait, son passeport pour la gloire : c'était un rôle pour Garbo, ou pour Dietrich. C'était un rôle de « star ».

Aussitôt que les répétitions de *Body and Soul* commencèrent, elle se trouva débordée d'essayages et d'interviews. Depuis qu'il avait vu *Morocco*, Wurtzel ne décolérait pas parce que Dietrich avait tout un magnifique fond de désert pour la mettre en valeur, tandis qu'Elissa dans *Body and Soul* n'avait que des gares et un aéroport. Aussi avaient-ils décidé de compenser en mettant le paquet sur les vêtements. Tous les costumes étaient faits dans les matières les plus nobles, fourrures et soieries véritables, et le film se passant pendant la Première Guerre mondiale – c'était une histoire d'aviateurs et d'espions –, elle s'amusait beaucoup avec les costumiers à imaginer des compromis qui n'offenseraient ni la vraisemblance historique ni le goût de 1931. Le jour de la Sainte-Élisabeth, que depuis son enfance on avait toujours célébré au lieu de son anniversaire, car le 6 décembre était trop proche de Noël, elle eut un sérieux coup de cafard, malgré le câble de Karoline. Elle se sentait soudain vieille – même si elle semblait plus jeune que jamais, du moins le lui disait-on – mais elle avait tant de choses derrière elle qu'elle se sentait avoir au moins trente-cinq ans. C'était cela, vieillir : avoir des choses derrière soi. La puissance atroce des souvenirs communs. 1927, sa rencontre avec John, le début de leur histoire d'amour. Dieu, comme ils étaient jeunes alors. Ses voyages avec lui en Allemagne, Munich et Feldafing, sur les traces de son auguste grand-mère. Et en Angleterre, ce jour d'automne où elle avait pleuré quand John l'avait couchée par terre dans les bois. Et tout récemment, New York, un déjeuner au Crillon, un bain pris ensemble dans la baignoire de l'Algonquin, son visage sur le pont du *France* un vendredi soir de septembre... Gardénia, gardénia. Des roses jaunes. Et leurs dates qui étaient le 3, le 10 et le 28 – leurs sortes d'anniversaires. Ici, sur cette autre planète, rien ne lui rappelait sa vie passée, à l'exception d'un manteau de fourrure et de quelques livres. Elle avait gardé quelques-uns des vêtements qu'elle portait en Europe, mais la plupart du temps s'habillait comme tout le monde à Hollywood avec un sweater en jersey, un béret et une jupe. Elle conduisait une voiture neuve que John ne connaissait pas, elle fumait de nouvelles cigarettes – des Luckies – et même sa nourriture était différente : des sandwiches et des toasts, des soupes qu'on nommait *chicken gumbo* et d'étranges céréales. Elle ne buvait plus de lait, prenait de la crème dans son café, mangeait des quantités de raisins bizarres, et un fruit qu'on appelait avocat et qu'on préparait en salade. À présent qu'elle répétait, elle déjeunait le midi avec Farrell et Humphrey Bogart, ses partenaires dans le film – respectivement son amant et son mari – avec qui elle s'entendait très bien. Le reste du temps, elle le passait avec Mamoulian, ou fréquentait plutôt les « littéraires », scénaristes, écrivains ou journalistes. Les blagues idiotes qui les faisaient tant rire elle et John lui manquaient – et le *baby talk* qu'ils avaient l'habitude de parler ensemble. Mais peu à peu elle commençait à aimer ce drôle de pays sans saison où brocolis petits pois laitues fraises oranges artichauts céleri et maïs poussaient tout au long de l'année.

Mi-novembre, elle déménagea ses trois malles et ses deux valises dans un appartement de Franklin Avenue à Hollywood. Le Beverly Wilshire manquait d'intimité et, pour élégant qu'il fût, Elissa n'aimait pas le quartier de Beverly Hills – il n'y avait pas si longtemps encore un plateau couvert de puits de pétrole – avec son Wilshire Boulevard large et désert. Franklin Avenue était située en haut d'une colline, d'où l'on pouvait voir des kilomètres à la ronde. Le quartier était calme, discret et élégant. Il y avait beaucoup de verdure, de magnifiques sycomores et des palmiers. L'hiver approchant, ils eurent enfin une semaine de fraîcheur et même une tempête, qui fit tomber de nombreux palmiers et eucalyptus, mais le 25 novembre il faisait à nouveau chaud et le jour de Thanksgiving, toute la vie s'arrêta. Il n'y avait bien sûr pas de répétitions, les studios étaient fermés ainsi que toutes les boutiques. Elissa fut frappée de l'atmosphère si particulière qui régnait sur l'Amérique entière – une atmosphère de calme festivité, pourrait-on dire, en ce jour de fête nouveau pour elle. Elle passa la journée seule avec ses pensées. Il lui semblait normal et juste que Thanksgiving soit ainsi célébré dans le pays qui avait certes le plus de raisons de dire merci, car cette terre avait reçu davantage de Dieu que toute autre, et il était plutôt réconfortant de penser que les Américains étaient capables de s'arrêter de faire de l'argent une fois par an pour penser à leur chance. En prévision de son anniversaire et en avance sur Noël, sachant qu'elle n'aurait pas beaucoup de cadeaux cette année, elle s'offrit une jolie radio, avec un gramophone sur le dessus, et une flopée de disques – Bach bien sûr, et aussi *L'Arlésienne*, *L'Après-midi d'un faune*, la *Sonate pour violon en* la *majeur* de César Franck. Parfois elle mettait un disque de Bach, fermait les yeux et elle volait en pensée vers Londres et Belsize Park, et elle marchait dans leur salon, visualisant chaque objet, chaque meuble avec une précision étonnante : la table, les chaises tapissées, la cheminée, la jeune fille néerlandaise dans son cadre espagnol, la crédence, la bibliothèque sculptée de Pi, le phonographe...

Elle sentait sous ses doigts les rideaux, se souvenait du moindre bibelot, des petits soufflets et de la dame d'ivoire. Puis John entrait, souriant, dans son costume de bureau, et elle voyait chacune de ses boucles et l'éclat de ses dents entre ses lèvres entrouvertes, ses lèvres si douces à embrasser... Si clairement elle le voyait... Et elle se passait le disque encore et encore et ressentait violemment le mal du pays. Alors elle se mettait à son bureau et elle écrivait des pages et des pages de *House for Sale*.

Pendant les trois semaines que dura le tournage, elle se leva à six heures tous les matins pour être prête à tourner à neuf heures, et en conséquence se couchait tôt, suivant en cela l'exemple de tout le reste de la colonie. Sachant que de ce film dépendrait la suite de sa carrière, elle ne voulait pas lésiner sur la préparation et avoir tout son temps pour se faire maquiller et coiffer. Le soir elle rentrait vers six heures et demie, prenait un bain et dînait, puis elle répétait son texte avec Rouben qui l'encourageait à faire confiance à son instinct plus qu'à son intelligence, et la sauva plusieurs fois de son péché mignon qui était d'en faire trop. Ensuite ils travaillaient ensemble sur son script à lui – celui avec Clara Bow – et elle lui indiquait les dialogues qui, à son avis, pouvaient être améliorés. À dix heures moins le quart, il était temps d'aller au lit pour avoir ses huit heures de sommeil et se lever de nouveau le lendemain à six heures. Quelle drôle de vie, et quelle drôle de relation était la leur. Rouben lui avait dit un jour : « Ce qui est merveilleux entre nous, c'est que nous n'avons rien à nous envier l'un à l'autre, et que nous pouvons nous tenir tous deux au sommet de nos montagnes respectives et nous faire des petits coucous. » Et c'était la vérité. Rouben rencontrait lui aussi beaucoup de succès, de sorte qu'il n'y avait entre eux ni jalousie, ni arrière-pensée, ni amertume, mauvaise humeur, complexe d'infériorité d'aucune sorte – rien de tout ce qui empoisonnait, pensait Elissa, l'amour entre elle et John.

Pour finir, le problème de ses dents avait été réglé par des jaquettes de très fine porcelaine qu'elle fixait avec une pâte par-dessus ses dents au moment de tourner. L'effet était très naturel, et elle mettait quiconque au défi de remarquer que ce n'étaient pas ses vraies dents. Au vu des premiers rushes, elle se trouvait très bien photographiée – elle paraissait tout à fait mince et presque blonde – et le son était impeccable – aucun besoin de forcer sa voix. Dans sa toute première scène, elle devait s'évanouir en apprenant la mort de son mari, puis reprendre conscience et éclater de rire de manière hystérique tout en sanglotant. Il lui avait suffi de penser à John sur le *France* au moment de leurs adieux, et instantanément des larmes avaient coulé de ses yeux, si bien que tous sur le plateau avaient pensé : quelle merveilleuse actrice. Aussi, lui écrivit-elle, quand il verrait le film, il saurait que ces larmes étaient pour lui. Plus les jours passaient, plus il devenait clair que ce film était *son* film et que le réalisateur misait tout sur elle – restait juste à espérer que le public l'aimerait autant que les *executives* de la Fox.

Elle continuait bien sûr à envoyer de l'argent à sa famille et, un peu avant Noël, eut la désagréable surprise de constater que Toni, au lieu de payer ses dettes avec l'argent qu'elle lui avait donné à cet effet, continuait à les rembourser à crédit. Une fois de plus, elle s'énerva contre ses mensonges, exigeant de lui, au moins, qu'il lui dise la vérité sur l'état de ses finances. Mais c'était peine perdue, Elissa ne se faisait aucune illusion. Quelque chose ne tournait pas rond chez ce garçon. Ce qui la mettait le plus en colère était que Karoline, une fois de plus, allait en souffrir, car elle avait fait son budget et prévu de faire à sa mère une surprise pour Noël, et elle allait à présent devoir donner cet argent à son frère pour le sortir d'affaire. Quel boulet. Alors pour se changer les idées et retrouver sa bonne humeur – il ne servait à rien de ressasser –, elle allumait la radio et parfois tombait sur New York et un concert dirigé par Toscanini – mais le plus souvent, presque toujours, on y jouait du jazz et elle se mettait à rêver. Jésus, elle espérait que tout cela en valait la peine. L'avenir paraissait si rose. Et elle écrivait à Karoline de ne pas être triste et d'être une grande fille. Dans peu de temps elle la rejoindrait ici – et elle aussi aurait un Frigidaire et des oranges et des raisins et des fraises et de délicieuses *delicatessen* – oh comme elle allait grossir ! Puis elle écrivait à John pour le féliciter d'avoir tant de travail et elle lui disait : « Un jour tu seras riche et je serai riche et nous serons très heureux tous les deux, *oh dear*, je l'espère. Tiens bon, *Tid'n*... J'aurai besoin de toi atrocement et j'espère que tu auras besoin de moi aussi quand tout ce *nonsense* et ce *glamour* auront disparu. Tiens bon... »

C'était au moment de Noël que Karoline réalisait le plus combien elle avait peu de personnel. En dehors d'une jeune femme qui venait le matin de huit heures à onze heures nettoyer l'appartement de John, la pauvre Minnie devait se coltiner tout le travail, la couture, les lessives, l'argenterie, elle montait et descendait au moins dix fois par jour, faisait le ménage chez Karo et Pi, portait le charbon et le bois dans les cheminées et servait à table, tandis que l'année dernière encore une domestique nommée Winifred assurait tous les travaux d'aiguille, le repassage et le service, et Karoline avait en plus deux cornichons de valets de pied pour aider à tout le reste. Mais la conjoncture étant ce qu'elle était, elle avait dû remercier tout ce beau monde et, moralité, s'était retrouvée à découper elle-même les pelures d'orange, écraser la chapelure et dégraisser la moelle en prévision du repas de réveillon. En lisant la dernière lettre d'Elissa, elle avait été horrifiée que celle-ci pense à licencier Marie, sa bonne, sous le simple prétexte qu'elle la payait trop cher, alors que cinq dollars par semaine ne feraient aucune différence pour Elissa, mais beaucoup dans le dévouement d'un serviteur. Karoline s'était rendu compte récemment qu'elle était très austro-hongroise dans ce domaine : les Austro-Hongrois ne détestaient rien autant que la pingrerie. Personnellement, jamais elle ne marchanderait avec plus pauvre qu'elle, c'était une question de principe. Cela ne faisait pas d'elle l'incurable extravagante pour laquelle on essayait de la faire passer. John, à la lecture de la dernière lettre d'Elissa, s'était bien sûr écrié : « Mais à quoi diable dépense-t-elle tout son argent ? », ajoutant d'un air soupçonneux : « À moins qu'elle ne vous envoie davantage que vingt livres par semaine ou qu'elle entretienne Toni. » Elle n'avait rien répondu, préférant traiter cette remarque par le mépris.

Depuis le départ d'Elissa, l'atmosphère de guerre larvée, le courant d'agressivité permanent qui avait toujours existé, lui semblait-il, entre Elissa et John s'était à présent déplacé vers elle et elle vivait avec son gendre sur le mode agressif (lui) – défensif (elle). Cela semblait amuser John et la laissait quant à elle parfaitement froide, aussi ne s'en formalisait-elle pas, ne s'énervait jamais et le traitait simplement comme un chiot arrogant et content de lui. Il les considérait elle et Pi comme des sortes de nounous, qui n'auraient d'autre fonction que s'occuper de son confort – c'était un sale gosse si gâté qu'elle se promettait souvent de lui donner une leçon, et ne le faisait jamais quand l'occasion s'en présentait. Par ailleurs, il sortait tous les soirs et ne paraissait pas du tout aussi déprimé que semblait le penser Elissa. Mais de quel droit se mêlait-il de ce que sa femme faisait de l'argent qu'elle gagnait ? Karoline avait refusé les mille livres par an que voulait lui donner Elissa, comme à John, expliquant que c'était beaucoup trop et que sauf imprévu du genre ennui de santé et facture de médecin, auquel cas elle n'hésiterait pas à l'appeler à l'aide, elle n'avait pas l'intention de vivre dans le luxe à ses dépens. Elle espérait que John en ferait autant et aurait la décence de ne pas vivre au-dessus de ses moyens aux crochets de sa femme. Bien sûr, John Cecil avait toujours besoin d'argent, mais en réalité il était dans une bien meilleure situation qu'Elissa, car il avait un capital qu'avait gagné son père et il dépensait tout bonnement trop, tandis qu'Elissa n'avait aucun capital et devait s'en constituer un pour gagner son indépendance et garantir son avenir. À toutes fins utiles, Karoline avait d'ailleurs fait pour sa fille un budget qui devait lui permettre, si Elissa s'y tenait, de mettre de côté quatre mille dollars la première année, huit mille la deuxième et douze mille la troisième, à condition évidemment qu'elle soit raisonnable et ne se laisse pas exploiter par son mari. John s'était fait plus de trois cents livres au barreau cette année. Il avait une femme qui lui envoyait l'argent pour payer les charges de leur appartement, une belle-mère qui s'occupait de ses petits besoins quotidiens. Et quand finalement il ne savait plus où trouver l'argent, il écrivait à Papa qui lui envoyait un chèque de cent livres d'un coup. Mais il jetait l'argent par les fenêtres d'une manière si ridicule qu'il était toujours fauché. Ce qui ne l'empêchait pas de prendre un air supérieur et content de lui face à leur nouveau locataire, ce malheureux musicien hongrois qui n'avait pas un sou et personne au monde – de le traiter avec mépris, comme si ce pauvre diable de Miklos ne souffrait pas assez de vivre de la charité des étrangers et qu'il devait en plus supporter d'être regardé de haut par des gens qui ne manquaient de rien. Depuis son arrivée, leurs voisins, les Butchers, faisaient tout un scandale et prétendaient que leurs nerfs ne supportaient pas la musique alors que Miklos commençait seulement à jouer vers dix heures du matin et, environ trois fois par semaine, poursuivait l'après-midi, le plus souvent avec un break à l'heure du thé. Évidemment c'était seulement parce que le pauvre garçon était un étranger qu'ils se plaignaient ainsi : lorsque Minnie leur avait explosé la tête matin après matin en passant l'aspirateur Tellus qui faisait un bruit de réacteur partout dans l'appartement, ils n'avaient pas protesté. John avec sa mauvaise foi habituelle avait pris le parti des Butchers et affirmé qu'« on ne pouvait pas comparer les deux choses, car le bruit du Tellus était un bruit mécanique et qu'il était beaucoup plus facile de s'y habituer » – autant pour le sens musical des Anglais.

L'Angleterre était dans un marasme absolu. On avait l'impression d'être au bord de l'effondrement. Cent cinquante mille mineurs s'étaient mis en grève au pays de Galles. Il y avait dans les boutiques des soldes monstrueux, mais pas d'acheteurs. On venait d'annoncer que Citroën avait réduit son activité à trois jours de travail par semaine, Morris à deux, et Austin avait fermé ses usines. Le chômage augmentait d'heure en heure. C'était comme une lente paralysie qui gagnait peu à peu tout le pays. Quant à son *business* à elle, il semblait s'être complètement évaporé. Les circonstances ne se prêtaient pas à la fête et les gens ne donnaient pas beaucoup de soirées, cela allait sans dire. Sans compter que la nourriture était aussi chère qu'un an plus tôt, à part le pain. Karoline ne pouvait s'empêcher de comparer combien elle était à l'aise en 1918 avec cent livres par mois et comme elle vivait médiocrement à présent avec vingt livres par semaine. Elle ne comprenait pas pourquoi mais tout paraissait même plus cher que pendant la guerre. L'autre jour il y avait eu un long article dans le *Film Weekly* comparant Hollywood à Londres, et on y lisait que les produits de première nécessité coûtaient deux fois moins cher là-bas qu'ici. Pourtant, chaque fois qu'arrivait un chèque d'Elissa, Karoline avait honte de dépendre ainsi financièrement de sa fille. Elle aurait accepté un coup de main occasionnel, mais être ainsi entretenue par Elissa la rendait folle, et elle se sentait perdre peu à peu l'estime d'elle-même – ce qui ne risquait pas d'arriver à Pi, puisqu'il n'en avait aucune. Il était plus infantile que jamais, et tout le monde l'adorait – c'est facile d'être gentil, pensait Karoline, quand on est irresponsable. Par chance, Elissa semblait heureuse, cela diminuait un peu sa honte. Sur certaines des dernières photos qu'elle avait envoyées, elle avait même retrouvé une expression de la petite Mady d'autrefois, celle qui volait des cornichons, quelque chose d'espiègle et de pas sophistiqué qu'elle avait complètement perdu en Angleterre, dans ce pays de prétendu raffinement, c'était comme un souffle d'air frais – et une véritable joie de la contempler. Et pourquoi s'en étonner? Elle-même avait toujours recherché de manière pathétique la vie au grand air, les contrées sauvages et les gens simples. Elle en voulait un peu à Elissa lorsque celle-ci écrivait combien Pi se plairait en Californie et semblait oublier que c'était lui qui les avait forcées à quitter l'Amérique, et Karoline qui avait pleuré quand elle avait dû partir. D'un autre côté – c'était sa seule consolation –, s'ils étaient restés à Vancouver, Elissa ne serait pas devenue ce qu'elle était aujourd'hui et elle n'aurait pas eu la même culture – en cet instant précis Miklos jouait la *Fantaisie* de Schumann –, il était certain que là-bas elle n'aurait pas pu développer ainsi tous ses talents.

La solitude d'Elissa l'inquiétait. Et son cœur s'était brisé à la pensée que sa fille avait passé sa soirée de Noël seule jusqu'à neuf heures du soir en compagnie d'une bonne. N'avait-elle aucune amie femme ? Ses lettres sonnaient comme l'un de ces films ridicules avec une seule fille et des nuées d'hommes tournant tous autour d'elle. En même temps, Karoline ne pouvait s'empêcher de penser : quelle expérience. Elissa avait raison de dire que traverser les Rocheuses vous faisait vieillir de dix ans en une semaine, elle avait eu exactement le même sentiment en arrivant à Vancouver en 1908 – elle avait vingt-six ans, l'âge d'Elissa aujourd'hui. Elle avait toujours pensé que ce vieillissement subit était dû aux circonstances particulières et difficiles de sa vie, mais voilà qu'Elissa, qui semblait avoir vingt ans et était vouée à une jeunesse éternelle, avait ressenti la même chose – c'était étrange. Elle-même, Karoline, ne souffrait pas de la solitude. Elle était profondément convaincue que la solitude n'existait pas pour les gens généreux, même lorsqu'on vieillissait. Elle était entourée d'une flopée de jeunes gens car elle leur montrait de la gentillesse et de la sympathie et n'attendait rien en retour. Il y avait le pauvre Miklos qui était dans ses jupes comme un petit enfant, qui avait mis son piano chez eux et lui jouait chaque jour une musique sublime pendant des heures – et elle se prenait à souhaiter qu'Elissa finisse par devenir assez riche pour se permettre d'entretenir des musiciens pour son bonheur personnel, comme Ludwig. Il y avait trois ou quatre jeunes actrices qui ne demandaient qu'à lui rendre visite et autant de jeunes hommes, et la petite Titote bien sûr qui était la plus adorable enfant – tout le monde était si gentil avec elle et elle se sentait malgré tout horriblement perdue, comme quelqu'un dans une foule qui essaie de retrouver une personne en particulier et qui n'y parvient pas. C'était depuis qu'elle savait combien Elissa était seule là-bas que cela l'avait prise, elle ne pouvait simplement pas le supporter. On entendait partout combien les gens se sentaient seuls à Hollywood, Edna Best avait dit dans une interview qu'elle tremblait encore en pensant à la solitude qui avait été la sienne là-bas, Marlene Dietrich n'avait pas pu la supporter et était retournée en Allemagne chercher son mari et son enfant. Même Garbo la mystérieuse avait fait venir son frère – et pourquoi elle, Karoline, restait-elle à Londres dans ce pays qu'elle détestait au lieu d'être avec Elissa ? Elle y avait beaucoup réfléchi et était arrivée à la conclusion que voici : malgré toute l'envie qu'elle en avait, elle ne devait pas la rejoindre pour l'instant. Pas avant qu'Elissa soit absolument et complètement *arrivée* à tous les niveaux. C'était le prix qu'elles devaient payer pour sa gloire. Elissa disait toujours que

Karoline était le soleil auquel elle se réchauffait, mais plus encore, Karoline était l'étoile qui lui montrait la route à suivre. Elle aurait eu le sentiment de ne pas remplir la mission qu'elle s'était assignée si elle avait cédé par faiblesse. À quoi servirait à Elissa d'être libre dans son mariage si ses parents formaient un autre lien dont elle ne pouvait pas se défaire ? Aussi avait-elle décidé de faire le plus grand sacrifice qu'on pouvait lui demander, à savoir vivre loin de celle qu'elle aimait le plus au monde, de toutes les fibres de son être. Peut-être y avait-il quelque chose de grand dans cette sorte d'amour. Peut-être était-ce seulement ridiculement hystérique. Après tout Elissa était tellement près d'elle, tout le temps, la distance physique n'était rien. Il y avait là quelque chose d'assez mystérieux. Était-elle juste une ambitieuse au cœur sec ? Peut-être. Une femme qui préférait voir ses ambitions réalisées à la joie de serrer son enfant dans ses bras. Eh bien, si c'était le cas, *let it be.* Elissa était un trésor trop grand pour que seuls quelques-uns en profitent. Vouloir la garder près d'elle était juste de l'égoïsme sentimental. Elissa jusqu'ici avait réalisé tous ses espoirs, et au-delà – car qui aurait pu dire qu'avec tout le succès, l'adulation qu'elle recueillait, elle resterait si aimante et si gentille. Et pour cela Karoline remerciait Dieu. Mais Elissa était seulement au milieu de son voyage et rien ne devait l'empêcher de le continuer en paix. Garbo faisait rêver parce qu'elle sortait du caniveau, le mystère d'Elissa

Landi viendrait exactement de l'opposé – et vraiment, si le public ne trouvait pas son histoire « romanesque », c'était à se demander ce qu'il lui fallait. Mais la présence de ses parents auprès d'elle gâcherait tout.

Chaque semaine, Pi faisait des kilomètres pour se procurer les journaux américains et lisait *Variety* de la première à la dernière page – pour lui, même Garbo ne valait pas tripette à côté d'Elissa. Seul John se montrait critique à la lecture des lettres d'Elissa, s'exclamant par exemple : « C'est une incorrigible optimiste » ou : « Mon Dieu, si seulement elle n'avalait pas toutes les flatteries comme cela, elle se fait avoir si facilement », et Karoline contenait mal son énervement, même si elle savait très bien que cela était dicté par la jalousie. Il disait que si les pontes du studio se concentraient sur elle plus que sur Farrell, c'est qu'ils savaient déjà que son charme à lui crevait l'écran et qu'ils n'étaient pas sûrs qu'il en soit de même de la personnalité d'Elissa, ajoutant même que pour sa part il en doutait – elle avait envie de le mordre quand il était de cette humeur là. Elissa envoyait surtout des photos à John, et Karoline en était d'autant plus envieuse que John ne les appréciait pas et trouvait toujours quelque chose à y redire, même si parfois elle était d'accord sur le fond – par exemple qu'il fallait qu'Elissa arrête de se décolorer les cheveux, car ils devenaient trop clairs et cela lui ôtait de la personnalité.

Ne sachant à quoi occuper son temps à présent que ses espoirs de monter un *business* avaient fait long feu, elle décida de venir en aide à Miklos de son mieux – ce garçon avait un talent fou – et avait invité à dîner tous les gens qu'elle connaissait dans le monde de la musique afin qu'il joue pour eux. Un producteur de spectacles, après avoir beaucoup bu, était devenu d'un coup très enthousiaste et avait proposé à Miklos une tournée sur une scène de variété – sous un autre nom bien sûr, et Caroline le poussait à accepter – après tout cela n'avait rien de dégradant. Les choses avaient tellement changé aujourd'hui qu'on ne pouvait plus se tenir à des règles inscrites dans le marbre en matière de carrière. Quelques années plus tôt, on regardait de haut les acteurs qui acceptaient de faire du cinéma – mais quels rôles vous offrait-on au théâtre, à moins d'être tout en haut de l'échelle ? Il fallait gagner de l'argent, c'était tout ce qui comptait. Par ailleurs, Miklos devait accompagner une célèbre chanteuse espagnole dans un concert à l'Albert Hall, dont le directeur lui avait dit que s'il trouvait de quoi payer la salle il pourrait donner un récital en soliste juste après – on économiserait ainsi le prix de la publicité en la faisant pour les deux concerts en même temps. Karoline s'était lancée à corps perdu dans la recherche de fonds, et avait écrit des dizaines de lettres à toutes ses connaissances pour leur demander de souscrire autant de tickets qu'ils le pouvaient. Le récital de Miklos avait été un formidable succès – le public n'avait plus de voix à force de rappels. Les critiques bien sûr avaient fait les malins, disant qu'il avait une technique brillante mais qu'il y sacrifiait trop l'émotion, alors que c'était exactement l'inverse – mais peu importe : Miklos avait obtenu plusieurs engagements et on commençait à parler de lui. Karoline rayonnait de fierté.

Emportée par son élan, elle se remit à écrire – ce succès lui avait donné une tranquille confiance que sa chance allait enfin tourner. À peine se mit-elle à imaginer une histoire pour Elissa qu'elle se sentit revivre, comprenant avec joie que ce n'étaient ni l'âge ni le climat qui avaient coupé depuis des années son inspiration, seulement les soucis et l'angoisse de ne jamais savoir d'où viendrait le prochain penny. Pour la première fois depuis très longtemps, elle se sentait sûre d'elle, et elle savait où elle allait. Le soir dans son lit les idées lui venaient en masse et le jour, tout en écrivant, elle écoutait Miklos qui jouait César Franck, si bien qu'elle ne pouvait plus imaginer un autre thème sonore pour le film qu'on tirerait de son texte – elle était ridicule. Bien sûr, elle ne pensait pas marquer son époque par la littérature, juste réussir à gagner sa vie avec ça. Combien se monnayait une histoire, dans le monde du cinéma ? Karoline, qui n'avait jusqu'ici écrit que des livres et des articles, n'en avait pas la moindre idée. Toni le pessimiste disait quarante dollars, Pi l'optimiste plusieurs milliers. Si elle se situait quelque part entre les deux, à partir de cent dollars, était-elle complètement à côté de la plaque ? D'après Elissa, les studios ne se souciaient pas du style ni des dialogues – il y avait des scénaristes pour cela, c'était un métier – mais ils cherchaient désespérément des histoires des histoires des histoires. Sitôt qu'elle eut fini le synopsis, Karoline le donna à Mrs Murray, l'ancien professeur d'Elissa, pour qu'elle le corrige, et quand celle-ci le lui rendit elle se sentit accablée. Sa grammaire anglaise n'était pas assez sûre pour pouvoir juger si les corrections du Dragon étaient vraiment nécessaires ou si elles dénaturaient l'ensemble. Elle soupçonnait que l'Anglaise, au lieu de se contenter de corriger les fautes, avait rajouté des éléments rococo çà et là, alors que si Karoline avait maîtrisé la grammaire, pensa-t-elle, son style aurait été comme l'architecture moderne, simple et droite, parfois même brutale. Elle posta néanmoins le manuscrit, et commença à attendre avec anxiété le jugement d'Elissa.

En attendant la sortie de *Body and Soul*, Elissa se mit à l'équitation. Sa première sortie dura deux heures, avec une selle western qu'elle trouva très confortable et agréable, sur un grand cheval noir que le propriétaire des écuries ne donnait pas souvent à monter car il avait la réputation d'être difficile – mais c'était le seul qui restait ce jour-là et le propriétaire avait dû pressentir qu'Elissa était une bonne cavalière. De fait, Darkey s'était montré doux comme un agneau avec elle, et à présent on le lui donnait chaque jour, y compris lorsqu'elle se sentit assez assurée pour partir se promener toute seule.

Elle montait à cheval très tôt le matin, alors que le soleil se levait sur les collines, et dans cette glorieuse lumière elle se sentait intensément vivante. Plus elle avançait en âge, plus elle se sentait ressembler à sa grand-mère l'impératrice. Comme Élisabeth, pensait-elle, aurait aimé ce pays, elle qui aimait tant les chevaux et la Méditerranée. Non loin de Laurel Canyon, il y avait un chemin d'herbe où elle pouvait galoper pendant plus d'un kilomètre, puis la piste descendait le long d'une côte si raide que son cheval glissait presque sur les hanches. Un jour qu'elle montait seule à la tombée du soir, elle lança son cheval dans la pente au grand galop. Darkey était très fougueux, il n'était pas sorti de la journée et partit aussitôt comme un fou. Elle eut la même impression que lorsqu'on est enfant et qu'on court sur les dunes en jouant à la fois le cheval et le cavalier – c'était comme un rêve, un jeu devenu réalité, elle jouait aux cow-boys et aux Indiens et elle criait de plaisir, galopant sauvagement dans le soleil couchant. Sur le chemin du retour la lune s'était levée et les étoiles étaient apparues dans le ciel. Un vent chaud soufflait sur la piste à flanc de colline et son cheval devenu nerveux voulut, à nouveau, galoper vers le ranch. Comme elle ne le laissait pas faire, il se mit à faire des écarts. En descendant la pente, elle vit Sid, le garçon d'écurie, venir vers elle au petit trop. Ne la voyant pas revenir, il s'était inquiété, craignant qu'elle n'ait fait une chute. Elle le rassura, occupée à maîtriser sa monture qui continuait à vouloir partir au galop et se mit à ruer, si bien qu'elle avait commencé à valser, tournant en rond, jusqu'à ce qu'il finisse par se calmer et trotter gentiment. Il y avait dans l'air un fort parfum de sauge qu'elle respira avec délice. « Quelle chaleur cette nuit, dit Sid. La nuit parfaite pour un tremblement de terre. » Elle poussa un petit cri de frayeur. « Vraiment ? — *Yes*, Ma'am, répondit-il tranquillement. Vous n'êtes pas d'ici, on dirait. » Ils marchèrent côte à côte sous une arche de poivriers sauvages. L'odeur était extrêmement puissante, délicieuse, et ils restaient silencieux. De nouveau Darkey s'agita et Elissa se mit à rire : « Un vrai cheval de cinéma, ce Darkey. Qui marche et qui danse et qui aime qu'on le regarde. » Sid avait hoché la tête : « Sûr que tous les deux, vous pourriez jouer ensemble dans un film. » En arrivant à l'écurie, elle avait compris que Darkey était à vendre. Trois cent cinquante dollars et trente dollars par mois de pension. Le propriétaire s'appelait Jock Gironde, c'était un ancien cow-boy qui fournissait la Fox en chevaux depuis des années et il était prêt à lui faire crédit, et à le reprendre au même prix pendant un an si quelque chose n'allait pas.

Elissa était tentée. Darkey était un beau cheval noir de six ans, parfaitement dressé. Bien sûr, elle demanderait à un expert de passer le voir avant de se décider mais après tout, elle montait deux heures presque chaque jour, parfois trois, et elle adorait ça – et en ce qui concernait la pension il suffirait qu'elle se passe de Marie, sa bonne, qui était outrageusement surpayée de toute manière – tout le monde disait à Elissa qu'elle était une vraie poire. Marie allait pleurer, gémir mais tant pis.

Puisqu'il fallait choisir entre Marie et Darkey, Elissa se décida pour le cheval.

Le soir, elle rentra chez elle et cuisina un excellent risotto, qu'elle invita le P. A. à partager. Puis elle lut et écrivit un peu, tandis qu'il restait assis et travaillait sur son script. La radio jouait et dehors le vent sifflait dans les palmiers et les eucalyptus, et elle ne pouvait s'empêcher de penser que John aurait aimé cette vie – pas la vie liée au cinéma bien sûr, il lui reprochait, très injustement, de ne plus parler que films, penser films, manger et dormir films, mais l'autre vie, le calme et le sport et tout ce qu'il aimait, la pêche à la truite et l'équitation, la natation. Et comme ses parents à lui apprécieraient le soleil. Elle tentait de le convaincre de la rejoindre cet été – selon son contrat, elle avait droit à huit semaines de vacances – ici ou dans un ranch du Colorado, où John pourrait pêcher à la mouche, ou encore à Santa Barbara où tous deux pourraient nager et monter à cheval.

À Londres, John continuait à vivre dans leur appartement au-dessus de celui de ses parents, mais les récits qu'il faisait de sa vie sans elle ne collaient pas du tout avec les rapports de Karoline, et Elissa ne savait que penser. À l'en croire, John avait passé un Noël totalement sinistre et solitaire, tandis que, selon sa mère, son mari s'amusait beaucoup et menait une vie dissipée. Elle l'aimait toujours tendrement mais elle sentait dans son cœur une affreuse et douloureuse sensation d'adieu, la sensation que plus jamais les choses ne seraient comme avant. Étrangement, pendant quelques semaines les lettres de John avaient perdu cette note caustique qu'elle détestait – son côté « Cecil » – et s'étaient teintées d'une douceur, d'une tristesse nouvelles, et elle s'était surprise à croire que malgré tout ce qu'elle disait parfois, elle lui reviendrait toujours. Et que lorsqu'ils se retrouveraient, elle aurait changé seulement en mieux, et il ne devrait pas lui en vouloir d'avoir accepté l'amour d'autres hommes, de leur avoir consacré même un peu de son temps et de ses pensées, car ce n'était rien en regard de ce qu'elle avait gardé pour lui – les autres étaient des répétitions, lui était le spectacle, ils étaient de simples exercices qui satisfaisaient son horrible vanité mais ne lui enlevaient rien, et aucun autre ne comptait que lui. Puis le côté « Cecil » était revenu, ce côté supérieur qui l'irritait au plus haut point, et elle s'était dit : qu'il aille au diable, et que dorénavant elle ferait ce qu'elle voudrait, toujours.

Depuis cette promenade à cheval dans Griffith Park, depuis qu'elle avait monté ce chemin et embrassé du regard, arrivée en haut de la montagne, ce qui semblait être toute la Californie du Sud, elle avait l'impression de renaître. Elle avait pensé : oh mon Dieu, est-il un seul plaisir dont je serai privée ? Ou vais-je avoir le droit de goûter à TOUS les bonheurs ? Et elle avait su qu'elle en avait fini avec l'Europe, et la « civilisation » et les trivialités. Et elle avait compris pourquoi elle aimait tant ses parents et pourquoi malgré toutes leurs bagarres et leurs tribulations ils étaient toujours ensemble et le resteraient jusqu'à ce que la mort les sépare, pourquoi ils étaient si étroitement *tricotés* ensemble : parce que Pi était un homme proche de la Terre et pas du tout civilisé, un homme avec ses mains, un chasseur, un homme parmi les Bêtes – et elle, Karoline, malgré Vienne, malgré ses livres et son passé, était avant tout une Mère, une fée du logis et une aventurière. Et Elissa avait réalisé qu'elle aussi était restée, au fond d'elle, une petite Indienne, le galopin de Vancouver qui grimpait aux arbres, courait vite et sautait des toits. Oh, qu'ils attendent un peu, et tous ensemble ils s'installeraient dans la montagne, comme des fous illuminés – il fallait juste la laisser gagner beaucoup d'argent et ensuite ils vivraient sur un petit revenu qui ne serait pas énorme mais ils seraient si heureux.

À présent que Darkey était à elle, elle le montait presque tous les jours, lui apportait des carottes et le plus souvent le sellait même toute seule – il la reconnaissait et, lorsqu'elle entrait dans son box, il mettait son museau sous son bras. Elle aimait tant ce cheval qu'elle aurait pu en pleurer. Montée sur son dos, elle n'avait jamais peur, même quand il faisait nuit et qu'après une forte pluie elle devait le forcer à traverser une grosse flaque dont il ne voyait pas le fond, ni quand il paniquait devant un simple rocher tombé sur le chemin qu'il prenait pour une créature surnaturelle, et même son ancien propriétaire Jock Gironde faisait des compliments à Elissa sur ses qualités d'écuyère – un compliment d'un cow-boy valait ceux de cent gentlemen. Dieu, comme les gens en général manquaient de vitalité, de bonheur animal, de joie de vivre. Darkey, lui, en débordait, c'était ce qu'elle aimait tant chez lui. Quand il galopait dans les collines, elle aurait juré que s'il avait pu il aurait ri de plaisir, et elle le faisait pour deux, elle riait toute seule d'exultation. Elle avait des moments de bonheur absolu : lorsqu'elle montait seule le matin au soleil et qu'un papillon bleu voltigeait devant eux, qu'un colibri sortait soudain d'un buisson ou qu'un écureuil à la queue broussailleuse traversait le chemin comme une flèche – et que les oiseaux et les cigales chantaient si fort. Ou lorsqu'elle montait au crépuscule et que la vallée était pourpre, le ciel turquoise et rose. Dieu, comme elle aimait ce pays. Il était immense et superbe et pur comme un géant encore vierge, rude et grand et magnifique, plein de fleurs et silencieux. Le soleil y était chaud mais l'ombre toujours fraîche et les nuits presque froides. On n'y trouvait aucun méchant insecte, reptile ou plante tropicale – à part quelques rares serpents, sur lesquels on s'excitait exagérément –, beaucoup d'oiseaux, pas de moustiques, peu de mouches. Et en dehors de rares périodes de sécheresse on ne manquait pas vraiment d'eau, il y avait les montagnes et beaucoup de fruits.

Elle se rendait parfois au studio pour voir comment avançait le film mais la plupart du temps elle était à cheval. Lorsqu'il y avait une averse tropicale – elles étaient fréquentes en cette saison –, elle faisait des marches ou écrivait. Dès qu'elle mettait le pied au studio, quelqu'un venait vers elle pour se répandre en compliments sur son jeu – et la comparer à Garbo – mais plus le temps passait, moins elle savait que penser de sa performance et plus elle se disait qu'elle aurait pu être meilleure. Oh, elle ne savait plus que croire. Peut-être ce film allait-il être son *Adieu aux armes* et finalement être un flop. En attendant, la Fox avait fait appel pour son nouveau film au meilleur couturier, celui qui dessinait les robes de Shearer et Garbo – ainsi qu'à un coiffeur venu tout exprès de United Artists pour s'occuper d'elle. Elle avait complètement conquis Sol Wurtzel et réussi à faire peur à Winnie Sheehan en se montrant si aristocratique qu'il était mal à l'aise en face d'elle – sachant combien il était snob elle était parvenue à lui instiller subtilement la certitude qu'elle était une aristocrate de la première eau, venue là incognito. De fait, il était probable que les rumeurs concernant son ascendance étaient parvenues jusqu'à eux, mais les gens de la Fox étaient trop avisés, en ces temps démocratiques, pour les claironner sur les toits, et Elissa était à peu près certaine qu'ils ne le feraient jamais : ils avaient parfaitement compris que ce serait de la mauvaise publicité, et faisaient tout ce qu'ils pouvaient pour garder cela sous silence – elle leur tirait son chapeau.

Le lendemain de la *preview* à Riverside, le réalisateur l'appela survolté : ils avaient cassé la baraque et tout le monde au studio était très excité à son sujet. De nouvelles interviews et séances de photos suivirent. Dans la presse on ne lisait pas encore grand-chose sur elle car les magazines étaient bouclés trois ou quatre mois en avance – Dietrich était arrivée en juillet et le ramdam autour d'elle avait commencé seulement en novembre. Mais cela exploserait bientôt. En attendant, elle envoyait à Londres des coupures de magazine pour donner à sentir à Karoline et Pi l'« atmosphère » d'Hollywood et faire un peu de *name-dropping*. Elle avait été invitée pour la deuxième fois par Marion Davies à passer le week-end au ranch de Hearst à San Simeon. Elle était allée danser à l'Ambassador avec son mari de cinéma Humphrey Bogart, et le meilleur ami de celui-ci, un auteur de la MGM qui avait écrit le dernier film de Garbo, et qui était par ailleurs le « beau » de Gloria Swanson – raison pour laquelle, lorsqu'il lui avait envoyé le lendemain un tombereau de fleurs ainsi que son dernier livre et une invitation à déjeuner, elle avait refusé platement. Will Rogers était merveilleux et elle l'adorait. Loretta Young était l'un des êtres les plus délicieux d'Hollywood, un ange et une actrice superbe, la personne que tout le monde voudrait avoir pour fille. Joan Bennett était adorable et ravissante – vingt-deux ans et l'air d'en avoir dix-sept, elle avait déjà un enfant de quatre ans et demi ! Marion Davies était une traînée mais elle avait un cœur d'or et Elissa l'aimait bien. Elle n'avait jamais rencontré Garbo – personne ne rencontrait Garbo.

À peine avait-elle terminé le tournage d'*Always Goodbye* que *Body and Soul* sortit au Roxy, le plus grand cinéma de New York. Le film ne connaissait pas un grand succès mais Elissa y faisait un triomphe. « *Variety raves about Elissa Landi.* » À Detroit, Chicago, Tacoma, le film était un *hit* grâce à elle. Elle commença à recevoir du courrier de « fans » – dix ou douze lettres par jour, ce qui lui semblait colossal. Les murs de New York étaient couverts d'affiches portant son nom et son salon ressemblait à une loge de théâtre un soir de première. Glaïeuls jonquilles roses iris tulipes roses thé lilas et fleurs sauvages par camions, envoyées par Sheehan lui-même et Sol Wurtzel pour la féliciter de sa nouvelle célébrité. Ils lui annoncèrent que dans *Always Goodbye* son nom serait au-dessus du titre. À partir de ce moment, ce serait Elissa Landi dans ceci-cela, avec Machin et Machin – ce qui n'avait l'air de rien, un simple détail, mais en fait signifiait quelque chose d'énorme : que c'était ELLE que le public venait voir – en un mot : qu'elle était devenue une « star », la seule star féminine de la Fox.

Le soir où elle se rendit à la « World Premiere » des *Lumières de la ville*, le nouveau Charlie Chaplin – c'était l'événement de l'année –, la foule innombrable était déchaînée et on lui demanda de parler à la radio pour saluer ses « fans ». Lorsque le nom « Elissa Landi » fut annoncé dans le micro, une clameur s'éleva et elle eut la chair de poule. C'était la première fois qu'elle apparaissait en public depuis la sortie de *Body and Soul* et ce fut un vrai choc pour elle de constater qu'elle avait à présent tant d'admirateurs. Quand elle eut fini de signer des autographes et put enfin pénétrer dans la salle, elle était blanche comme un linge et tremblait. Elle ne ressentait aucune vanité, mais une sorte de peur, d'une qualité très particulière, qui ne la quitta pas durant toute la projection du film, un chef-d'œuvre – bien que muet – dont la fin était la chose la plus bouleversante qu'elle ait jamais vue à l'écran – et, avec soulagement, elle put enfin laisser couler ses larmes.

Le jour de Pâques, elle demanda à sa mère de lui envoyer – d'urgence – une reproduction du tableau de Louis II de Bavière en robe de couronnement qu'elle avait dans sa chambre de jeune fille, ainsi qu'une bonne photographie de l'illustre mère de Karoline. Leur influence bénéfique lui manquait – du moins son support physique – car, en elle, leur présence continuait à se faire sentir avec une force étonnante, plus fortement que jamais auparavant dans sa vie. Dans ses balades solitaires, sa grand-mère l'impératrice chevauchait souvent à ses côtés – non pas au point de la voir, merci, elle n'était pas encore complètement marteau – mais elle la sentait près d'elle, étrangement proche. Comme Elle, la plupart des êtres humains l'ennuyaient et elle ne recherchait pas leur compagnie. Comme Elle, elle avait avec les chevaux un don presque surnaturel. L'influence de Ludwig était différente : « Il » était plus esthétique qu'« Elle », plus passionné, moins sensible. *God*, elle adorait Ludwig. Comme elle les connaissait bien. Elle avait le sentiment d'être entièrement et pleinement leur continuation à tous deux – comme si elle était, et non Karoline, le résultat de leur union. Karoline ne leur ressemblait pas vraiment : elle était trop attentive aux autres, trop douce, alors qu'il n'y avait pas chez Elissa un seul trait de caractère qu'elle ne pouvait directement imputer à l'un ou à l'autre. Comme eux, elle était impulsive, cérébrale, sauvage et égoïste – une artiste. Comme eux, elle avait le don de se mettre en scène ancré en elle. Les portraits de Ludwig et de « son amour », comme elle disait d'Élisabeth, étaient arrivés sans encombre ni verre brisé et chaque soir elle contemplait leurs beaux visages – c'était sa manière à elle de se ressourcer après une journée passée en compagnie de Wurtzel et de Shapiro.

Pour une raison ou une autre, le tournage de *The Yellow Ticket* ne cessait d'être retardé et son prochain film serait un drame dont l'action se passait sur cinq années et pour une grande partie en prison. Après *Wicked*, elle tournerait enfin *The Yellow Ticket*, puis il était assuré qu'elle aurait huit semaines de vacances. Irait-elle en Europe, John viendrait-il la rejoindre ici ? Quoi qu'il en soit, ils allaient se revoir bientôt. Aussi, lui écrivait-elle, il pouvait cesser d'avoir ces affreux cauchemars dans lesquels ils étaient séparés à jamais.

Comme c'était amusant d'être une star. On pouvait dire : « Pas question » et « Je voudrais ça ». On pouvait aller voir le superviseur et dire : « J'aimerais bien jouer une scène dans laquelle je chante une berceuse à mon enfant et je pleure en même temps – je crois que je pourrais rendre cela très émouvant. » Et il appelait immédiatement l'auteur pour qu'il vous écoute et en discute avec vous – et la scène était écrite. On pouvait réécrire ses dialogues et discuter des situations et demander à avoir son cameraman attitré et son accessoiriste personnel et son coiffeur et son maquilleur itou et les costumes étaient dessinés selon vos goûts. Quand on était une star, le studio entier était à votre service et les portiers d'une prévenance inouïe – même s'ils étaient très polis avec tout le monde de toute façon. C'était si drôle et si étrange après avoir été traitée comme un boulon toutes ces années par les réalisateurs avec qui elle avait travaillé en Angleterre, ou avoir été un membre comme un autre d'une équipe au théâtre. La science de la photographie dans les grands studios était incroyable. Elle avait acquis beaucoup de technique et savait à présent exactement comment elle devait être filmée : un projecteur au-dessus, un autre derrière elle qui ne devait pas toucher son visage et une lumière forte d'un seul côté – cela lui faisait un joli nez droit. La caméra devait être placée haut et un peu en plongée pour les gros plans, en contre-plongée pour les plans moyens ou lointains, cela la faisait paraître plus grande même si elle n'en avait pas besoin. Avec tout ça, tandis que tout Hollywood s'affamait, elle mangeait des tonnes de crème et des kilos de beurre et était plus mince que jamais, à part son visage qui restait rond et plein comme une lune. Tout le monde lui donnait vingt et un ou vingt-deux ans et les journalistes lui demandaient ce qu'elle faisait pour garder ce visage de bébé, si elle prenait des hormones, à quoi elle répondait qu'elle vivait comme un bébé dormait huit heures et demie par jour buvait des litres de lait marchait montait à cheval prenait des bains de soleil – elle était à présent bronzée et le duvet sur ses bras presque blanc contre sa peau brune – lisait, écrivait, jouait du piano et disait ses prières.

Le printemps californien était caniculaire – le printemps le plus chaud depuis trente ans, disaient les gens du coin. Un violent vent d'est semblait souffler du feu depuis le désert de Mojave et même à neuf heures du matin, lorsqu'elle montait à cheval, il faisait déjà une chaleur d'enfer – la piste était une flamme couverte de pavots de Californie jaunes, de lupins violets et de lilas sauvages, comme un buisson de plumes d'autruche. Sur le plateau les acteurs transpiraient comme des malheureux et Elissa décida qu'elle allait étouffer si elle ne pouvait pas s'asseoir dans un jardin ou au moins sur une terrasse lorsqu'elle rentrait le soir après sa journée de travail. En conséquence, elle quitta son appartement pour louer une maison située non loin de là, dans un des deux seuls quartiers sécurisés d'Hollywood. On s'y sentait comme à la campagne, l'isolement en moins, tant elle était pleine de soleil et d'air frais et si calme – le genre de maison qu'on loue pour des vacances d'été. Dès qu'elle y fut installée, Elissa commença à envisager sérieusement de faire venir Karoline auprès d'elle. Elle était sûre qu'en insistant un peu, elle finirait par la convaincre. Ici sa santé s'améliorerait, et Elissa serait heureuse d'avoir près d'elle son unique, sa grande véritable amie. Mais la perspective d'abandonner John tout seul en Angleterre la préoccupait et la faisait hésiter.

Elle avait reçu de lui une lettre épouvantablement amère, et dès que John se montrait amer ou triste elle se sentait misérable. Toute sa famille se faisait des illusions sur elle, John le premier – et il commençait à les perdre. Il commençait à la voir comme elle était, et c'est pourquoi il était tellement en colère et blessé : il avait découvert qu'elle n'était pas du tout l'être admirable qu'il avait cru, juste une petite carriériste égocentrique qui n'avait aucune considération pour quiconque et ne se souciait que de son propre confort, de ses désirs et de ses besoins – et c'était la vérité, elle le pensait sans aucune ironie, n'essayait pas de se défendre ni de le détromper. Longtemps elle avait tenté de cacher sa vraie nature, l'*happy hypocrite* par excellence qu'elle était, mais à présent elle s'était trahie et avait été démasquée. Elle suppliait seulement John de croire qu'elle n'avait voulu faire de mal à personne et qu'à sa manière elle l'aimait, même si son pauvre amour égoïste faisait pâle figure à côté du sien. John savait aimer de manière incroyablement généreuse et compréhensive. Au moins devait-il savoir que cet amour n'était pas méconnu, qu'il était apprécié. Elle s'interdisait de se poser trop de questions, et maniait avec précaution les souvenirs, qui pouvaient soudain la mordre au cœur inopinément. John voyait à présent beaucoup Celia Johnson, ce qui était un bon choix – Elissa admirait beaucoup Celia – mais il semblait qu'elle ne voulait pas avoir une liaison avec lui et Elissa en était désolée. Elle conseillait à John de persister, se déclarait prête à dire elle-même à Celia ce qu'elle manquait en se refusant à lui. John en retour lui posait des questions sur le P. A. et elle admettait franchement qu'il était amoureux d'elle et ne s'en cachait pas, il était amoureux d'elle calmement, avec dignité et solennité comme toujours, sans prétention aucune et sans aucun espoir. Elle suppliait John de la croire quand elle affirmait que son attachement pour elle n'avait rien de sexuel – c'était la dévotion d'un chat –, s'aventurant jusqu'à dire que Mamoulian n'avait aucune libido et qu'il mettait toute sa vitalité dans son travail car John pouvait la traiter de vaniteuse mais ce n'était pas possible autrement, un tel comportement n'était pas naturel, son expérience avec d'autres hommes lui prouvant qu'elle n'était pas elle-même tout à fait dépourvue de sex-appeal.

À Karoline elle tenait un discours quelque peu différent, et par précaution les avait priés de mettre fin à leurs rituelles lectures de lettres familiales. Elle en désapprouvait soudain le principe même, disait qu'elle n'avait plus l'impression d'écrire à quelqu'un en particulier, que la correspondance perdait toute intimité et qu'elle ne les autorisait plus désormais à ne s'en lire mutuellement que des bribes, lorsqu'elle le précisait explicitement. Et, certes, c'était plus prudent car à sa mère elle écrivait combien elle se sentait écartelée entre John – qu'elle aimait tant et qui l'attendait si patiemment, si fidèlement – et le P. A. qui était si bon pour elle et qui semblait si certain que lui et elle étaient l'un à l'autre pour la vie. Qui, mieux que Karoline, pouvait comprendre la satisfaction qu'on retirait à avoir sur quelqu'un de l'influence, à être le moteur de sa réussite? Au début de leur relation, Rouben lui avait fait des reproches parce qu'elle oubliait de poudrer son nez et de se manucurer. Elle lui avait retourné le compliment en disant qu'il ne l'attirait pas du tout physiquement de toute façon, car en dépit de sa haute taille et de ses larges épaules il avait une vilaine peau et ressemblait à un champignon. Alors elle s'était soignée davantage, avait fait une manucure et il s'était mis à faire de l'exercice. Chaque fois qu'il venait chez elle petit-déjeuner elle l'obligeait à s'allonger par terre et à faire des battements de pieds avant d'avaler quoi que ce soit – ce qui n'aurait rien eu d'amusant avec n'importe qui d'autre était simplement hilarant avec le P. A., qui était toujours si digne et si solennel. Elle lui avait proposé de le conduire au studio en voiture et l'avait abandonné à mi-chemin pour le forcer à marcher un peu. Elle l'avait nourri, soigné, dorloté, l'avait aidé à choisir une maison, lui avait prescrit un régime. Maintenant il nageait tous les matins, montait à cheval avec elle le dimanche et conduisait sa voiture, il prenait des bains de soleil et était tout bronzé. Elle lui avait appris tout ce qu'elle savait en matière de musique, intérieurs de voiture, diététique, poésie anglaise, meubles, peinture, style littéraire, mythologie allemande et comment s'occuper de bébés et de chats, lui avait fait honte de ne lire aucun livre sauf ceux qui pouvaient être adaptés au cinéma, lui avait démontré qu'il était un autocrate, un obsédé de la réussite, bourré de préjugés, gâté par les femmes et intolérant. En plus de quoi elle avait parlé « scripts » avec lui pendant des heures. En retour, quelle influence incalculable Rouben avait eue sur elle ! Combien il l'avait stimulée, aidée à grandir ! Parler avec lui avait changé sa manière de voir le monde, l'avait sauvée de la famine intellectuelle et son travail – à la fois le jeu et l'écriture – s'était grâce à lui amélioré de cent pour cent. Ils étaient tout simplement *bons* l'un pour l'autre.

Et John ?... Tout ce qu'elle avait appris avec lui, c'est à ne pas se montrer trop impatiente ni se sentir trop supérieure. Elle lui avait ouvert le monde de la musique, et quel nouveau monde lui avait-il fait découvrir en retour ? Aucun. Yonni était bon *avec* elle, pas *pour* elle. Et cependant, elle se sentait vraiment, humainement, plus attirée par lui.

Un dimanche, alors qu'ils parlaient des prochaines vacances et de ce qu'elles impliquaient, Elissa s'était effondrée en larmes et avait dit au P. A. dans quel dilemme elle se trouvait, combien elle détestait tromper et pourtant ne pouvait pas supporter l'idée de faire mal à Yonni. La sympathie du P. A. l'avait abasourdie. Il lui avait dit : « Je t'aime plus que tout. La pensée de te perdre me donne la chair de poule. Hollywood serait sinistre sans toi. Tu me reviendras, n'est-ce pas ? Chérie, je comprends pour John. C'est un si gentil garçon. Mais tôt ou tard tu aurais séparé ta vie de la sienne – ou tu te serais gâchée. »

À mesure qu'on allait vers l'été et que s'approchait le moment des retrouvailles – il était à présent convenu qu'elle allait rentrer en Europe – elle se sentait de plus en plus épuisée. Le tournage de *The Yellow Ticket* ne cessait d'être reporté – et la date de ses congés avec. Elle y aurait pour partenaire Lionel Barrymore et son vieil ami Laurence Olivier qu'elle avait connu sur les planches londoniennes. Mais auparavant il fallait tourner les *retakes* de *Wicked* et cela n'en finissait pas – *retakes*, dans le jargon d'Hollywood, signifiait retourner certaines scènes après la *preview* – elle était « *Wicked* » depuis le mois de mai, on était fin juillet et elle n'en pouvait plus. Elle jouait le rôle très dramatique d'une femme injustement accusée d'un crime, qui donnait naissance à un enfant en prison et le studio ne parvenait pas à trouver une fin satisfaisante. Au début ce devait être un *happy ending*, puis Wurtzel et Sheehan avaient décidé de faire quelque chose de plus « artistique » et décidé d'une fin mélo dans laquelle elle confiait son bébé à une autre femme pour le bien de celui-ci. Puis Sheehan était revenu de New York en disant que personne ne pourrait avoir de la sympathie pour une femme qui abandonnait son enfant parce que les autres la prenaient pour une criminelle alors qu'elle-même se savait innocente – ce qui était sans doute vrai d'un point de vue moral, mais qui posait le tout petit problème que, sans cela, il n'y avait pas d'histoire. Les gens de la Fox, heureusement, étaient toujours aux petits soins – s'ils ne l'avaient pas été, elle n'aurait pas tenu le coup. Elle ne travaillait jamais le soir, avait une doublure de sa taille sur qui on réglait les lumières afin qu'elle n'arrive sur le plateau qu'au moment de tourner, son maquilleur et son coiffeur en permanence sur le plateau, et malgré cela elle était épuisée – au point de se demander si la pensée de John, ou plutôt les efforts qu'elle faisait en permanence pour ne pas penser à lui, n'étaient pas responsables en partie de sa fatigue et de son état nerveux.

Lorsque enfin le tournage fut terminé – un mardi soir – et qu'on la convoqua à neuf heures le lendemain pour commencer celui de *The Yellow Ticket*, elle refusa tout net, disant que si elle n'avait pas quelques jours de repos entre les deux films elle allait tomber malade. Les médecins, après toutes sortes d'examens, lui diagnostiquèrent un problème de thyroïde – rien de méchant, si elle avait bien compris elle était comme une voiture dont le moteur était en parfait état mais la batterie était à plat. Elle devait *se reposer*, quelque part dans les montagnes, n'importe où mais bien au-dessus du niveau de la mer. Elle se mit à chercher un endroit où elle pourrait partir, pas trop loin de Los Angeles – à moins de deux cents miles il y avait des endroits où l'on pouvait skier. Comme elle enviait Karoline qui venait de partir pour le Tyrol. Elle lui écrivit d'assurer la Bavière et l'Autriche de toute son affection, et de dire de sa part aux Alpes qu'elle leur rendrait bientôt visite – mais que les montagnes d'Europe ne se la jouent pas trop non plus car les High Sierras n'étaient pas exactement des taupinières et leurs cousines les gigantesques Rockies se rappelaient à leur bon souvenir. Dans son état de fatigue – et la chaleur écrasante, inhabituelle même en Californie, n'aidait pas – la perspective de se rendre en Europe lui semblait au-dessus de ses forces. Sans compter l'argent que cela allait coûter et le fait que, la Fox ayant prévenu la presse de ce voyage, elle serait obligée d'assurer la publicité à chaque étape, serait attendue par les journalistes à Chicago et New York et accueillie à Southampton par un barrage de photographes. Malgré ses supplications, John était inflexible et lui interdisait de prendre l'avion, et la traversée allait coûter horriblement cher car, étant une star, elle se devait de soigner son standing – et par ailleurs elle allait mourir si elle n'avait pas l'air conditionné.

Depuis son arrivée près d'un an plus tôt, elle était loin d'avoir économisé ce qu'elle aurait voulu. Il y avait toujours quelque chose : un jour c'était Toni, un autre c'était Margel, sa nouvelle secrétaire, qui prétendait qu'elle était sous-payée et réclamait le doublement de son salaire – un autre jour son amie Dorothy tombait enceinte et il fallait payer son opération, ou une collecte était organisée pour empêcher l'expulsion d'un ami – sans compter les appels à l'aide venus d'Angleterre, le plus souvent relayés par Karoline, et tous les événements de charité en relation avec le studio. Au final, au lieu des dix mille dollars qu'elle comptait mettre de côté, elle n'avait pu en sauver que la moitié et, sur le conseil de Wurtzel, avait acheté des bons du gouvernement américain, à quatre et demi pour cent – rien d'autre n'était parfaitement sûr. Quelqu'un lui avait suggéré d'investir dans l'acier mais Wurtzel avait hurlé que c'était trop risqué et elle lui avait fait confiance. Quand elle pensait à ce qui arriverait si elle faisait faillite, elle se sentait faiblir. Rien ne lui laissait à penser que ce serait bientôt le cas, mais il ne fallait pas se voiler la face, le monde était dans un état affreux. Curieusement, jamais Toni n'avait eu tant besoin d'argent que depuis qu'elle avait un bon salaire, et elle détestait sembler pingre, mais ce *film business* n'était pas une partie de plaisir, elle travaillait dur et, qui plus est, c'était un travail qui ne durait pas longtemps, il fallait moissonner tant que le soleil brillait. Elle ne faisait aucun reproche à Karoline et Pi, qui avaient tant fait pour elle et étaient eux-mêmes les victimes de leur générosité et de leur manque de chance, mais elle se demandait ce que fabriquait son frère : elle lui avait envoyé plus de six cents livres sterling en un an, nets d'impôts.

À peine avait-elle décidé d'annuler son voyage en Europe que Sol Wurtzel était descendu sur le plateau, tout transpirant d'agitation, et elle avait ressenti un élan d'affection pour le petit homme qui, se confondant en excuses, disait qu'il n'aurait jamais pu imaginer qu'elle ne se sentait pas bien – elle était si posée et si bronzée et si « anglaise », comme elle trompait son monde – et que bien sûr il n'était pas question qu'elle tombe malade, mais comment allaient-ils faire avec Barrymore qui devait être libéré le 8 août. Pour finir, elle avait obtenu une semaine de repos et après trois jours de pilules pour la thyroïde et des tonnes de sucre, elle avait commencé à se sentir beaucoup mieux. Aussi avait-elle de nouveau changé d'avis et décidé qu'après tout elle irait en Europe. « Femme varie, fou qui s'y fie », comme disait Élisabeth.

Kufstein, Tyrol, août 1931

C'était dimanche et à quatre heures de l'après-midi l'auberge était quasi déserte. Il y avait trente personnes tout au plus dans l'établissement alors que deux ans plus tôt, lorsqu'ils avaient passé leur dernière journée ici fin septembre, trois cents clients prenaient le thé à cette heure et au moins une centaine déjeunaient. Avant leur départ pour Kufstein, quand depuis Londres Karoline s'était mise à organiser leur séjour, on leur avait dit que le propriétaire de l'hôtel avait vendu et était parti mais à leur grande joie ils avaient constaté que ce n'était qu'une rumeur – au contraire, il s'était agrandi, avait obtenu le bail du café au bord du lac et de la plage. Ils avaient pensé ensuite que certainement en cette saison ce serait plein de randonneurs et qu'il serait impossible d'y rester pour un long séjour, mais au téléphone on leur avait affirmé que cela ne posait aucun problème et de fait, lorsqu'ils étaient arrivés, ils avaient trouvé l'auberge à peu près vide. Ici aussi, la terrible crise financière avait frappé et personne en Allemagne ni en Autriche ne pensait à prendre de vacances. Quant aux randonneurs, il leur restait à peine de quoi se payer un verre de bière. L'endroit était juste divin, Karoline – qui avait vu beaucoup d'endroits dans sa vie – ne connaissait rien de comparable, mais il était peu probable que l'hôtel survive à cette saison catastrophique : la cuisine était encore meilleure que la dernière fois, le prix de la pension identique, mais la vingtaine d'employés était payée à ne rien faire et errait dans les salles, complètement désœuvrée.

Dès les premiers beaux jours, Karoline avait commencé à préparer leurs vacances sur le continent. Elle envisageait même sérieusement d'y rester pour de bon, si elle en trouvait le moyen. Ayant écarté l'idée de rejoindre Elissa en Amérique, du moins pour le moment, elle n'en était pas moins décidée à ne pas passer un hiver de plus en Angleterre. Elle voulait quitter Londres à tout prix : non seulement la vie y était horriblement chère, mais elle y était sans cesse sollicitée par l'un ou l'autre de leurs amis dans le besoin et avait l'impression de nourrir en permanence la moitié de l'humanité. Semaine après semaine, Elissa dans ses lettres ne disait rien de l'histoire que Karoline lui avait envoyée, ce qui sans doute voulait dire qu'elle ne valait rien – parfois le silence est plus éloquent que beaucoup de mots. Par fierté, Karoline résista un peu puis, n'y tenant plus, prit sa plume pour supplier sa fille d'être sincère – de toute façon elle n'avait jamais eu une haute opinion de ses talents en matière de littérature, mais si c'était vraiment mauvais, elle préférait le savoir afin d'arrêter tout de suite et d'utiliser le temps qu'elle passerait en Autriche durant les prochains mois à apprendre à faire des saucisses – elle gardait à l'esprit qu'elle pouvait de nouveau avoir besoin de gagner sa vie et il ne fallait rien tenir pour acquis.

Quand enfin Karoline reçut les commentaires d'Elissa sur son histoire – ils étaient très favorables –, elle ne se tint plus de joie. Elle accepta avec grâce toutes les critiques, ne reprochant à Elissa que de ne pas les lui avoir adressées plus tôt, expliquant l'abus d'adjectifs et de superlatifs dans son style par le fait que l'allemand était plus exubérant que l'anglais, et s'insurgeant seulement contre l'accusation d'user de clichés qui, assurait-elle, n'étaient pas de son fait mais avaient été rajoutés à son insu par Mrs Murray. Le personnage d'Astra, la diva, qui faisait assumer la paternité d'un enfant à un autre homme que son père, devait être l'équivalent de l'impératrice Élisabeth dans le monde moderne, Karoline ne s'en cachait pas. Elissa, quant à elle, se déclarait intéressée par le conflit entre amour physique et amour cérébral, et malgré ses craintes que le sujet soit considéré comme trop « risqué » par la censure, encouragea sa mère à continuer, même si personnellement elle ne comprenait pas pourquoi Karoline tenait tant à gagner de l'argent en vendant des histoires. « Pour l'amour de Dieu, écrivait Elissa, *sit down, sister, sit down and take it easy.* » Karoline n'avait-elle pas suffisamment travaillé dans sa vie ? Pourquoi des scénarios ? Pourquoi Karoline n'écrivait-elle pas *pour son plaisir* – des romans ou des recettes de cuisine, qu'Elissa aurait tout le temps de corriger et de faire publier en Amérique. Et – comme tous les « maris » – Elissa se moquait de ses efforts et de ses velléités d'indépendance. Mais comme toutes les épouses, avait décidé Karoline, elle ne se laisserait pas faire.

Lorsque le mois de juin était arrivé, Karoline s'était mise à trépigner d'impatience. La sortie de *Body and Soul* à Londres se faisait attendre et tous les jours, en passant devant les cinémas du centre, elle soupirait. Elle avait prévu de financer leur voyage par la sous-location de leur appartement pendant leur absence et déjà publié l'annonce, ce qui impliquait qu'ils vivent quelque part dans un endroit bon marché pendant au moins deux mois, trois de préférence – ils ne pouvaient se permettre de partir pour une courte période. Mais bien sûr, manquer la sortie londonienne des premiers films hollywoodiens d'Elissa n'était pas envisageable. Le problème était que, contrairement à la Paramount et à la MGM, la Fox ne possédait pas de théâtre dans le centre de Londres. En conséquence, leurs films devaient attendre leur tour, et pour l'instant ces cinémas étaient submergés de navets anglais que les lois de régulation les obligeaient à mettre à l'affiche. Un soir que Karoline était au cinéma avec Pi, au moment des publicités, tous deux eurent le choc de leur vie en voyant soudain apparaître à l'image les deux yeux d'Elissa braqués sur eux, et en lettres énormes le nom LANDI s'afficher, tandis qu'en haut de l'écran on lisait « Venez voir ». Puis les yeux disparurent et les mots « *Europe's favourite, England's success, America's Star* », entourés d'étoiles, apparurent sous le nom « Landi », suivis de plusieurs plans de *Body and Soul*. Autour d'eux, le cinéma bruissait d'exclamations d'admiration. Karoline en avait eu la chair de poule et, lorsqu'elle s'était tournée vers Pi pour partager avec lui son émotion, elle s'était aperçue que celui-ci pleurait doucement.

À une soirée mondaine en soutien à l'Argentine – elle en connaissait l'organisatrice, qui l'y avait invitée –, elle fut frappée par l'hostilité qui émanait des actrices présentes à l'égard d'Elissa – un ton supérieur, une manière de mettre en doute son succès et de suggérer que c'était de la publicité. L'une d'elles susurra « Il paraît que Fox voudrait en faire une autre Garbo » d'un ton qui donna à Karoline envie de la gifler. Une autre se demandait comment Elissa faisait pour supporter ces Américains car elle-même, bien sûr, « en aurait été incapable ». Heureusement, à l'Institut français, Karoline avait croisé Noël Coward qui y remettait le prix Femina et lui avait dit des choses merveilleuses sur le succès d'Elissa, et qu'on disait partout qu'on n'avait jamais vu un acteur ou une actrice inconnue faire une ascension si rapide à Hollywood, car Dietrich aussi bien que Garbo avaient déjà une réputation en Europe quand l'Amérique avait mis la main dessus.

Enfin *Always Goodbye* était sorti au Capitol et tout le monde l'avait adoré – John lui-même n'y avait rien trouvé à redire. Karoline était retournée voir le film quatre fois et à chaque fois était restée aux deux séances, et en sortant elle avait connu l'expérience rare d'entendre de parfaits étrangers parler d'Elissa avec enthousiasme jusque dans la rue. Peu après, *Body and Soul* était sorti au Regal et elle avait voulu faire la même chose, mais après avoir vu les deux séances du samedi elle n'avait pas eu la force d'y retourner le dimanche, ce qui était un bon test : au deuxième visionnage elle n'en pouvait littéralement plus des poses interminables de Farrell. Quant à Elissa, Karoline était vraiment contente que la Fox ait décidé d'en finir avec la touche *Garbo-Dietrich-voulez-vous-coucher-avec-moi* car Elissa était une actrice intense qui parvenait à faire passer n'importe quel sentiment avec beaucoup de force, et les plans où elle jouait le désir, que Karoline avait trouvés magnifiques la première fois, à la deuxième vision la mettaient franchement mal à l'aise – mais étant sa mère, elle était sans doute mauvais juge.

Les nouvelles concernant la santé d'Elissa l'avaient beaucoup alarmée, et elle n'avait su que lui conseiller au sujet des vacances. C'était un problème. Maintenant qu'Elissa avait fait ses preuves, la Fox allait certainement vouloir prolonger son contrat et lui offrir de nouvelles conditions pour une quatrième et une cinquième année. Elissa devait être prudente et ne pas se lier pour trop longtemps avec eux – dans deux ans et demi elle aurait peut-être envie d'être libre, ou de faire une pause pour avoir un bébé. John en ce moment était obsédé par l'envie de devenir père, et Karoline ne pouvait s'empêcher de s'inquiéter : si Elissa avait un enfant avec John, elle serait forcée de le suivre là où John le déciderait. Elle ne pouvait supporter l'idée que pour le reste de sa vie Elissa doive prendre en compte les désirs de quelqu'un qui était si indigne d'elle. Karoline n'avait rien contre Mr John Cecil Lawrence – elle avait tout contre l'homme qui risquait d'être un jour un obstacle sur la route d'Elissa. L'indifférence de John pour les problèmes de santé d'Elissa la consternait. Bien qu'il la sache anémique et qu'elle ne pouvait supporter le voyage à travers le continent américain, il faisait semblant de l'ignorer, mais il continuait à soutenir qu'il n'avait ni le temps ni les moyens de faire, lui, la traversée. Quant à sa fidélité... Elle avait relu plusieurs fois ce que le P. A. avait déclaré à Elissa : « Tôt ou tard tu te serais séparée de lui ou tu te serais gâchée », et avait senti pour Mamoulian un élan de sympathie : qu'Elissa se gâche avait toujours été sa constante peur à elle aussi. Elle ne savait pas ce que John pouvait écrire qui le fasse ainsi passer pour un type formidable, qui attendait Elissa patiemment et fidèlement. Fidèlement ? *Yee God.* Elle n'en avait jamais parlé car elle pensait que c'était une chose entendue entre eux que chacun d'eux faisait ce qu'il voulait et que l'autre ne chercherait pas à savoir – et franchement elle sympathisait complètement avec un mari qui était infidèle quand sa femme était absente si longtemps, mais de là à prétendre être un saint ? Sans parler du rôle que Pi et elle jouaient dans cette histoire en l'aidant à sauver les apparences. Il était hors de question qu'il en profite pour tourner la situation à son avantage. Elissa disait la pauvre qu'elle n'avait rien appris de lui mais en vérité il s'en était fallu de peu qu'il ne l'ait au contraire abîmée : pour lui plaire elle avait tenté de devenir un papillon, pour lui plaire elle riait à ses blagues vulgaires. Et elle croyait lui avoir instillé l'amour de la musique ! C'était à mourir de rire – Miklos vivait avec eux depuis six mois et pas une seule fois John ne lui avait demandé de lui jouer quelque chose. Karoline finissait par espérer qu'Elissa ne vienne pas en

Europe tant elle craignait l'influence de John – ou plutôt l'effet qu'avait sur elle sa présence car, à vrai dire, personne n'influençait vraiment Elissa.

Aussitôt les films sortis elle se dépêcha d'organiser leur départ. Elle avait sans difficulté trouvé des locataires, un couple charmant de bientôt jeunes mariés, et elle devait faire de la place dans toutes les armoires et les commodes et enfermer le reste. Miklos hélas l'avait beaucoup déçue. Depuis deux mois Karoline lui répétait qu'il fallait qu'il se trouve un autre logement parce qu'ils allaient partir, mais il n'avait même pas fait semblant de chercher et à présent il ne savait pas où aller. Dire que quand il était venu habiter chez eux, il venait d'être malade et n'avait ni argent ni ami. À présent il était en bonne santé, avait commencé à se faire un nom dans le monde musical. Et au lieu de se prendre en charge, il claquait son argent en allant dîner au Café Royal et au Hungaria, lui laissant toujours à elle le soin de payer ses notes de blanchisserie et de cordonnier. Elle était vraiment une imbécile – quand on pensait qu'elle-même n'avait pas dîné dans un restaurant à Londres depuis des années et que son propre fils n'allait jamais nulle part – c'était toujours la même histoire, la charité était une invention idiote et démoralisante.

Enfin ils étaient partis et Karoline avait été ahurie de découvrir le changement qui s'était opéré en Europe depuis leur dernier voyage. L'Allemagne était dans un état atroce. À Munich, tout était mort et les gens si déprimés que cela avait gâché leur séjour. Seule la Hofbräuhaus restait toujours animée, aussi bondée et bruyante que par le passé. Elle fut très frappée de voir combien le cinéma était ici peu populaire en comparaison de l'Angleterre – il y avait tant de manières bon marché de s'amuser qu'on n'avait pas besoin d'y recourir pour passer le temps. Il y avait des *Bierhallen* avec des concerts, des excursions dans la campagne et de la bière servie dans les jardins, et des auberges où on mangeait merveilleusement pour presque rien. Enfin et surtout la pauvreté était telle que beaucoup de gens ne pouvaient se permettre aucun amusement. Le chômage était dix fois pire qu'en Angleterre, pas tant en nombre que par sa nature : en Angleterre ils étaient des millions à n'être pas employables, tandis qu'en Allemagne personne, y compris les gens qualifiés, ne trouvait de travail. Même les nantis ici étaient convaincus que l'Allemagne et l'Autriche se dirigeaient vers le communisme – il était clair que ces millions de gens qui vivaient de douze marks par mois avec leur famille à nourrir voulaient un gouvernement qui leur donnerait de quoi se loger et ne pas mourir de faim. Quant à Karoline, que les plus riches doivent se contenter de moins au profit de ceux qui n'avaient rien lui semblait une évidence. Le problème était que personne ne voulait rien céder et qu'en conséquence une génération de mendiants et de voleurs était en train de grandir, qui devrait d'abord assassiner et piller avant d'obtenir ce à quoi ils avaient droit. D'un coup elle se demanda si la banque d'Elissa était sûre – elle avait entendu dire qu'en Amérique seules celles qui dépendaient de Morgan ou des banques anglaises l'étaient, Elissa ferait bien peut-être de déposer son argent dans une branche de la Lloyd Bank ou de Barclays à Los Angeles – et dans tous les cas il serait plus prudent de ne pas tout mettre dans un seul endroit. Elissa était-elle certaine que sa banque était garantie par le gouvernement fédéral et pas seulement l'État de Californie ? C'était un cauchemar d'imaginer que tout cet argent durement gagné puisse être englouti en un jour. Elle fut un peu rassurée de savoir qu'Elissa voulait acheter des American Bonds. Si le gouvernement américain faisait faillite, alors le monde entier aussi.

Il lui vint soudain à l'esprit que c'était son anniversaire et qu'elle entrait dans sa cinquantième année – elle ne pouvait pas croire que vingt ans plus tôt, très exactement, elle passait sa première *bank holiday* à Londres. Il y avait une grande grève des chemins de fer et personne ne pouvait aller nulle part, même le métro ne marchait pas. Les gens étaient aussi mécontents qu'aujourd'hui, l'atmosphère chargée de révolution, à chaque moment on craignait que cela n'explose et pourtant rien n'était vraiment arrivé. En Angleterre à présent on apprenait aux jeunes à détester la guerre. Mais à son grand effroi, Karoline constatait qu'en Allemagne était apparue une jeune génération aussi belliqueuse que celle d'avant 1914. Elle s'en frottait les yeux. Le temps avait passé, et les jeunes de seize ou dix-sept ans ne se souvenaient de rien. Même les années d'inflation avec leur désespoir et leurs privations n'étaient, chez les plus intelligents d'entre eux, qu'un vague souvenir noyé au milieu d'autres plus heureux, et complètement effacé chez la grande majorité, les idiots, les violents et les faibles. Elle avait parlé à des adolescents de treize ou quatorze ans qui étaient encore des bébés lorsque leurs parents avaient dû lutter pour joindre les deux bouts, et les avait trouvés terriblement durs et cyniques. Ils lui semblaient avoir perdu quelque chose que les jeunes Anglais, eux, avaient su conserver, et elle avait eu le sentiment très clair qu'ils deviendraient des hommes dangereux dans les années à venir, élevés comme ils l'étaient par des gens sans religion ni foi ni philosophie.

Tout cela était très déprimant mais ne les empêchait pas de profiter de l'instant. Pi pêchait tous les jours et avait pris cent soixante-quinze poissons, ce qui était une source de grande satisfaction pour la patronne de l'hôtel qui en avait pour plusieurs vendredis. Aussitôt pêchés, on les mettait vivants dans un réservoir constamment renouvelé en eau fraîche par un ruisseau. Karoline doutait que les clients soient aussi réjouis que la patronne, car ces poissons lui rappelaient beaucoup les *pesci del lago* italiens qui étaient loin d'être son plat favori. Pi ici faisait des ravages, toutes les femmes jeunes et vieilles couraient après son beau mari. Quand il pleuvait, il allait visiter des fabriques de meubles – on était au cœur de l'industrie du bois. Un jour qu'il s'apprêtait à partir pour l'une de ces excursions, Karoline qui écrivait dans la chambre décida de l'accompagner afin de faire quelques emplettes – elle avait acheté de jolis draps et des taies d'oreiller et faire broder des initiales ici ne coûtait à peu près rien. Par la fenêtre ouverte de la chambre elle voulut lui faire signe et lui crier de l'attendre. Lorsqu'elle leva le bras, elle ressentit une douleur affreuse dans la poitrine. Puis tout s'obscurcit et elle s'effondra sur le sol.

Au mois d'août 1931, quand le tournage de *The Yellow Ticket* commença enfin, Elissa se sentait complètement remise sur pied et plus pleine d'énergie que jamais. Raoul Walsh, le réalisateur, était adorable et elle était tombée littéralement amoureuse de Lionel Barrymore. Comme ces Barrymore étaient fascinants. Lionel avait cinquante ans ou même plus et il avait une gentillesse, un sens de l'humour et un charme qu'elle n'avait encore jamais rencontrés dans cette profession. Il adorait la musique, faisait de la gravure en amateur, il n'y avait pas un livre qu'il n'avait pas lu, pas une ville qu'il n'avait pas visitée. Il était le *glamour* incarné, souvent ivre, toujours un peu exalté, avec une culture théâtrale qui fleurait bon les vieux maîtres, et cela faisait un bien fou après tous ces joueurs de golf, danseurs de fox-trot et autres athlètes qu'on tentait ici de faire passer pour des acteurs. Le film était un mélodrame parfois facile, mais globalement solide et l'histoire était bonne. Walsh avait un sens de l'image indiscutable. Ils avaient tourné de belles scènes – des scènes de ghetto qui évoquaient des tableaux de Pilichowski, de groupe à la Rembrandt, et une séquence délicieuse dans un café sous les arbres avec plein d'officiers, de gens élégants et de cavaliers passant à l'arrière-plan. L'ensemble avait un côté *old-fashioned* mais aussi « lubitschien » et ses robes étaient sublimes – pas comme dans *Wicked* ou après avoir dessiné des costumes divins on les avait délibérément saccagés par souci de « réalisme ». Bref, le film ne manquait pas d'« atmosphère » et le jeu de tous les acteurs était parfait – Lionel Barrymore formidable et Laurence Olivier charmant comme toujours. Quant à elle, non seulement elle était très jolie mais surtout elle y montrait une personnalité mystérieuse et unique qui ne rappelait personne d'autre.

Elle avait finalement décidé de prendre ses vacances le 15 septembre. Yonni lui avait écrit qu'il était dévasté car Celia, sa nouvelle *girlfriend*, ne voulait plus sortir avec lui à cause des commérages à leur sujet et elle s'étonnait de sa stupidité – le pauvre chéri, qui s'affichait avec une jeune fille en public et s'étonnait que les gens bavardent. Elle-même vivait dans la ville la plus cancanière de la planète et voyait le P. A. presque tous les jours et il n'y avait aucun ragot sur son compte. Comme John se débrouillait mal – un piètre *manager* de sa propre vie. À moins que Celia n'ait été, en fait, amoureuse de lui et qu'elle ait voulu prendre ses distances parce qu'elle savait son amour pour lui sans espoir... John lui disait-il la vérité ? Celia et lui avaient-ils été ou étaient-ils amants ? Elissa n'était pas assez naïve pour penser qu'on pouvait abandonner ainsi un homme pendant de longs mois et exiger de lui la chasteté. Elle lui jurait qu'elle ne lui en voudrait pas si c'était le cas – elle croyait en son amour. Il fallait juste qu'il soit honnête et qu'il n'ait pas peur d'elle – elle était sauvage mais pas méchante ni étroite d'esprit ni rancunière – vraiment. Et s'il se mettait à l'aimer moins, si même il ne voulait plus d'elle, elle se contenterait de ce qu'il lui donnerait avec gratitude, sachant qu'elle l'aurait bien mérité. Quelle bêtise que cette théorie selon laquelle les femmes ne pensaient qu'à se marier tandis que les hommes cherchaient l'aventure ! Dès qu'un homme respectait et aimait vraiment une femme, il la voulait pour la vie, il voulait des enfants avec elle – comme c'était le cas de John à présent. Mais Rouben n'était pas en reste. Il avait beau s'en défendre, si elle lui avait dit demain qu'elle n'était pas réellement mariée et qu'elle l'aimait bien et voulait-il l'épouser, il aurait poussé un cri de joie et aurait couru publier les bans. Après tout, c'était leur problème. Elissa n'était pas du genre à appartenir à quiconque – qu'à elle-même.

Pourtant elle voulait des enfants, elle les voulait un peu plus chaque jour – elle DEVAIT avoir un fils. Elle l'élèverait dans l'Ouest, et il serait aussi courageux physiquement que Pi et aussi courageux moralement et cultivé et gai que Karoline. Comme les jésuites elle disait : donnez-moi les dix premières années. Pas de Vancouver pour son fils, pas de ville même petite, mais un ranch et une vie un peu « à la dure » – comme cela les rendait beaux, la vie au grand air. Parfois l'envie de tenir un bébé dans ses bras, n'importe quel bébé, la submergeait – pas nécessairement un bébé, un être jeune et de préférence « difficile » – elle se sentait capable d'apprivoiser n'importe quel animal. Quelques semaines plus tôt elle avait adopté un chaton qu'elle avait nommé Jockey parce qu'il était né dans les écuries – sa mère était la chatte du ranch – et les premiers temps elle avait dormi avec lui, car il n'avait qu'une quinzaine de jours et risquait de se sentir seul – et d'ailleurs, glissait-elle à John en passant, il était le seul compagnon qu'elle avait. Hélas, Jockey s'était révélé être le bâtard d'un chat sauvage et impossible à apprivoiser, il avait des taches au lieu de rayures, griffait, attaquait, mordait et devenait positivement dangereux – c'était tout elle, choisir le seul chaton du coin impossible à domestiquer. Elle était sur le point de se résigner à s'en séparer – même si l'idée d'avoir pour compagnon un chat sauvage n'était pas pour lui déplaire, loin de là – quand magiquement le chat Jockey, rebaptisé *Méphisto* par le P. A., était soudain devenu aussi doux et inoffensif qu'un agneau et elle l'avait gardé.

En revenant un jour d'une promenade à cheval, elle passa au milieu d'un groupe de scouts qui se mirent à agiter les bras et à crier « Hello ! ». Et un tout petit garçon d'une huitaine d'années lui cria : « Eh Ma'am, je peux monter avec vous ? » En manière de plaisanterie, elle répondit : « Bien sûr » et vit le petit visage criblé de taches de rousseur s'illuminer, avec une joie fébrile et impatiente. Elle ne se sentit pas le cœur de le décevoir. Elle fit aller Darkey jusqu'au wagon sur lequel les enfants étaient grimpés, prit devant elle sur la selle le gamin tout blanc d'excitation et fit marcher son cheval pendant une centaine de mètres avant de faire demi-tour, le garçon se tenant à la crinière – si adorable avec ses petites mains chaudes et collantes et ses taches de rousseur et ses yeux bleus et ses cheveux en brosse qu'elle avait eu envie de l'embrasser et pensa : et si je donnais un coup de talon et que je m'enfuyais avec cette merveille d'enfant. Elle voyait d'ici les titres de journaux : « *Une actrice kidnappe un jeune boy-scout... Se défend en disant qu'elle a eu un coup de foudre....* » Elle devenait cinglée. Elle ramena l'enfant et naturellement tous les autres voulurent monter à leur tour, mais elle prétendit qu'ils étaient trop grands – non que celui qui y avait eu droit ne soit pas grand, se reprit-elle, les autres étaient seulement encore plus grands et son cheval n'était pas assez fort pour les porter – et elle les quitta en emportant avec elle le souvenir de ce petit corps d'enfant contre le sien.

Lorsque Laurence Olivier attrapa une jaunisse et que le tournage fut en conséquence arrêté, Elissa sut qu'elle n'en aurait pas terminé avant la fin du mois et encouragea John à prendre ses vacances sans l'attendre : avec tous ces retards elle ne serait pas en Angleterre avant le mois d'octobre. Du coup il était parti pour Venise via Le Touquet – le « Cecil » en lui s'intensifiait de jour en jour, c'était effrayant, c'était vraiment Docteur Jekyll et Mister Hyde sauf que Cecil, Dieu merci, n'était pas dangereux. En attendant que Larry Olivier soit rétabli, elle prit quelques jours de vacances à Los Angeles, lézarda au soleil, monta à cheval et en profita pour finir son livre. Étrangement, *House for Sale* s'était mis subitement à raconter une histoire – Elissa en était la première surprise. Pour écrire le personnage d'Helen, cette mère de famille qui voit défiler sa vie au moment de quitter sa maison, elle s'était inspirée de Karoline et avait imaginé ses sentiments en voyant grandir sa fille. L'éditeur de chez Doubleday & Doran à qui elle l'avait envoyé était emballé et voulait le publier aux États-Unis ainsi que ses deux livres précédents, et Elissa réfléchissait déjà au suivant – peut-être un portrait de son beau-père qu'elle intitulerait « On l'appelait Pirate » – à moins qu'elle ne fasse un roman de l'histoire d'adultère que

Karoline lui avait envoyée, qui était vraiment une bonne histoire mais jamais ne passerait la censure pour devenir un scénario, à présent que le code Hays était entré en vigueur.

Un soir qu'elle dînait avec Rouben, Elissa fit avec lui le bilan de l'année écoulée. Elle se sentait pleine de confiance : elle avait fait quatre films dont chacun était meilleur que le précédent, avait acquis le statut de « star », avait écrit un roman et quatre poèmes. Et – ce n'était pas le moindre de ses succès – elle était à présent capable de monter et de dresser à peu près n'importe quel cheval. Tandis qu'ils devisaient ainsi gaiement, assis devant leurs bols de soupe, Elissa éclata soudain en sanglots, sans raison apparente, en pensant à Karoline. Rouben, inquiet, lui demanda ce qui se passait. Elle répondit que si sa mère tombait malade à cet instant, même si elle partait aussitôt la rejoindre elle arriverait trop tard, et qu'elle ne supportait pas la pensée de ne pas être sur place quand Karoline avait besoin d'elle – cela ne servirait à rien d'être là-bas quand le pire serait arrivé. Quelques heures plus tard, elle avait reçu le câble lui annonçant que Karoline avait fait une embolie pulmonaire mais qu'elle était sortie d'affaire, et aussitôt sa décision fut prise. Que Karoline le veuille ou non, Elissa la ramènerait avec elle en Amérique après son voyage en Europe – Karoline seule, Pi et Toni suivraient plus tard mais ELLE allait venir et faire une cure de repos d'au moins trois mois, Elissa la mettrait entre les mains de son médecin qui lui ferait perdre du poids sous contrôle médical, repos et absence de soucis, BONHEUR et soleil, soleil, SOLEIL, tout autour d'elle dans l'air, pas sur sa peau. En attendant, que Karoline reste où elle était et qu'elle se rétablisse et qu'elle prenne soin d'elle et qu'elle ne s'inquiète pas cette fois c'était fini pour elle l'Angleterre, cette Angleterre qui la tuait à petit feu, elle allait la quitter pour de bon, cette Angleterre spirituellement si froide, ici elle se ferait plein d'amis et surtout elle serait AVEC ELLE, là où était sa place – *because you are mine, I OWE you* – Elissa réclamait sa possession une bonne fois pour toutes et Karoline n'avait rien à dire – qu'à obéir.

La traversée à bord du *Mauritania* avait été un cauchemar. Elissa et Karoline avaient passé quatre jours malades dans leurs lits, Karoline perdu trois kilos et Elissa eut une pensée émue pour John qui, un an plus tôt, avait fait le voyage sur le même bateau mais en seconde classe. Dieu merci, le voyage en train qui suivit se passa bien et perdre trois kilos, après tout, faisait le plus grand bien à Karoline. À son arrivée à Hollywood, Elissa eut la désagréable surprise d'apprendre que sa maison avait été cambriolée par son propre jardinier. Un voisin l'avait arrêté alors qu'il s'enfuyait avec une malle pleine d'objets divers, de robes, de photographies et de lettres, et l'avait tenu en respect avec son arme tandis qu'il appelait le shérif. À présent en prison ainsi que son complice, le jardinier avait avoué avoir dédicacé lui-même les photographies – avec deux « l » à Elissa, pauvre semi-demeuré – dans l'espoir de les revendre. Quant aux lettres, il avait l'intention de la faire chanter avec la correspondance d'un certain « Yonni » – il ignorait qu'Elissa était mariée. Heureusement, les lettres en question étaient tendres mais sans rien de vraiment trop intime, et somme toute il y avait plutôt de quoi rire – la faire chanter avec des lettres de son propre mari. Puis quelqu'un affola Elissa en lui disant que le ranch dans lequel son cheval était en pension avait dû déménager de Laurel Canyon à Griffith Park par décision municipale et que Darkey avait été négligé. Elle se rua pour juger sur pièces et trouva les nouvelles écuries très agréables, et son cheval en pleine forme.

La Fox, en revanche, était dans un état affreux. Sheehan était toujours en poste mais ses responsabilités avaient été réduites et lui et sa bande avaient moins de pouvoir. On tendit à Elissa un script qui la fit hurler, et elle refusa platement de jouer dans le prochain film qu'on lui destinait. On modifia le script, on tendit à nouveau le scénario à Elissa. Elle re-hurla, menaça de rompre son contrat, consulta un avocat, fit semblant d'être malade, et pour finir dut se soumettre et se vengea en réécrivant complètement son rôle. Elle se plaignit également avec véhémence de la publicité qui était parue en son absence : dans le *Photoplay Magazine* de septembre, l'histoire de Karoline s'étalait sur trois pages, avec photos de l'impératrice et du château de Sassetot à l'appui. Et dans le *Modern Screen* de novembre, une certaine princesse Radziwill avait écrit un article titré « Réfutation » dans lequel elle attaquait la « rumeur » selon laquelle Elissa était « la petite-fille de », et cætera. Furieuse, Elissa écrivit à Shapiro, et lui dit sans mâcher ses mots ce qu'elle pensait de lui pour avoir laissé sortir l'histoire et de sa manière de prendre soin de sa publicité, et lui demanda ce qu'il comptait faire. La réponse fut sans ambiguïté : rien. Pas question pourtant pour Elissa de permettre à la princesse Radziwill d'avoir le dernier mot, et plutôt être pendue que de se balader avec une étiquette d'intrigante collée à son front. Quand une charmante jeune fille répondant au nom de Muriel Babcock vint l'interviewer pour le *Los Angeles Sunday Times*, et lui demanda franchement, à brûle-pourpoint, si toute l'histoire était une invention à des fins publicitaires, Elissa répondit : « Non. Ma mère a vraiment écrit un livre. » La journaliste : « Vous admettez donc que vous êtes de sang royal autrichien ? » Elissa : « Je ne veux pas en parler. Mais je constate que mon silence est mal interprété. Les journalistes commencent à penser que je ne veux pas contredire le département "publicité" de la Fox, sans quoi je dirais que ma mère a menti. En réalité, j'en veux beaucoup à la Fox d'avoir laissé sortir cette histoire car elle ne concerne en rien ma carrière. Bien sûr, j'admets qui sont mes ancêtres. Bien sûr, je ne peux pas le prouver. Si ma mère avait eu le genre de preuves requises par un tribunal, je ne serais probablement pas ici aujourd'hui, et ma mère n'aurait pas non plus eu besoin d'écrire un livre. La princesse Radziwill, dans son exubérance, a commis dans son article une bonne douzaine d'erreurs ou inexactitudes, mais tout cela m'ennuie trop pour que j'aie envie de me battre. Et à présent j'aimerais ne plus aborder le sujet. » À la suite de cette interview, Muriel Babcock écrivit un article qui reproduisait très fidèlement ces propos, et Elissa, espérant que cela suffise à éteindre la polémique, considéra que l'affaire était close.

Karoline à Hollywood avait un succès fou. Invitée par la Fox à visiter les studios, elle avait été très officiellement guidée à travers les plateaux et les décors extérieurs ainsi que les studios d'enregistrement et, en un rien de temps, s'était rendue incroyablement populaire auprès de toute la colonie. Elle était en permanence gaie comme un pinson et, suivie par un médecin, avait développé la plus étonnante coquetterie, *gone Hollywood* au point de suivre un régime draconien – Karo comptant ses calories comme n'importe quelle star de cinéma, c'était à mourir de rire. Ravie d'être délivrée des soucis ménagers, elle ne faisait déjà plus son âge et elle était méconnaissable. Chaque matin la coiffeuse d'Elissa s'occupait de ses cheveux, elle avait une manucure deux fois par semaine et, quand Elissa recevait, Karoline allait dans la cuisine préparer des crêpes Suzette qui lui avaient valu un paragraphe dans la colonne « Society » de l'*Examiner* – mais n'y touchait pas elle-même. Comme c'était bon, pensait Elissa, de l'avoir ici avec elle. Le jour de Noël – le premier Noël californien de Karoline –, pour ne pas qu'elles se sentent trop seules, Elissa invita huit enfants de leur entourage choisis avec soin et Karoline se déguisa en Père Noël avec une fausse barbe pour leur donner leurs cadeaux. Puis toutes deux avaient dîné chez Rouben avec ses parents, qui eux aussi venaient d'arriver d'Europe pour rejoindre leur fils. Karoline et le P. A. s'entendaient à merveille, tandis que les parents de Rouben – par ailleurs des gens très bien – étaient d'un ennui mortel. Pourquoi, se demandait Elissa, les gens très bien sont-ils si souvent d'un ennui mortel ? Là où Karoline s'amusait de voir des arbres de Noël le long d'Hollywood Boulevard, eux ne voyaient qu'absurdité. Quand elle trouvait charmantes les maisons de style mexicain perchées en haut des collines, ils pensaient « inconfort ». Et quand, malgré ses problèmes de cœur, elle voyait de la beauté dans le paysage qu'on découvrait du haut de la montagne, ils se plaignaient de la fatigue de la montée. Quand Karoline admirait les avenues bordées de palmiers et de poivriers sauvages sur des dizaines de kilomètres, ils soupiraient après les châtaigniers du Caucase, quand Karoline s'extasiait sur la gentillesse, l'hospitalité et la spontanéité des gens du cru, ils s'indignaient de leur manque de savoir-vivre. Franchement, Elissa n'avait plus de patience pour des gens qui semblaient se complaire dans le mécontentement et une nostalgie inutile pour la Russie tsariste. Depuis leur arrivée, le P. A. était une boule de nerfs et commençait déjà à ne plus les supporter.

Le soir du Nouvel An, Elissa voulut montrer à Karoline une *Hollywood party* et accepta l'invitation de Marion Davies à la soirée qu'elle donnait dans sa maison de Santa Monica. Karoline et elle se firent déposer devant un haut mur blanc, percé d'un portail imposant. Deux agents de police les escortèrent dans une immense cour intérieure fleurie de roses et entourée d'un énorme bâtiment en forme de U, de style *american colonial.* La porte d'entrée était ouverte et, sur le seuil, elles furent accueillies par leur hôtesse manifestement ivre, ainsi que par un William Randolph Hearst qui semblait fatigué. L'endroit était aussi calme qu'un mausolée et elles se demandèrent un instant s'il y avait vraiment une soirée ou si, peut-être, elles étaient arrivées trop tard. Miss Davies s'empressa de les détromper et les invita à la suivre dans le vestiaire des dames. Entassée dans une pièce de quelques mètres carrés sur laquelle donnait la porte ouverte d'un W.-C., était réunie la crème d'Hollywood, certains debout mais la plupart couchés à même le sol, ivres morts. Karo voulant se rafraîchir se dirigea vers le petit réduit adjacent au vestiaire proprement dit, dans lequel se trouvait un lave-mains et des serviettes. Elissa la suivit, ainsi que Marion Davies qui en pouffant stupidement s'affaissa sur le lavabo. « Maintenant, chuchota Elissa à Karo, tu comprends pourquoi je ne vais jamais aux soirées ici. » Karoline sourit et se retourna, ahurie, en découvrant ce qu'Elissa n'avait pas encore vu : leur hôtesse en train de se soulager devant elles sans aucune gêne, tandis qu'un certain Mr Clark Gable, titubant sous l'effet de l'alcool, s'appuyait affectueusement sur l'épaule de la dame. À minuit et demi, partagées entre le rire et la consternation, elles s'enfuirent et se dépêchèrent de rentrer chez elles dans la Rolls Royce d'une dame qu'elles ne connaissaient pas. Elissa ne manqua pas de faire remarquer à Karoline que toutes les « nouvelles » stars, de Bennett à Landi, s'étaient distinguées par leur dignité, au contraire des célèbres *old-timers*, de Mary Pickford à Lionel Barrymore qui était saoul comme un lord – mais *comme un lord,* pas comme un palefrenier. Avant de partir, elles avaient eu le temps de visiter la maison dont les murs étaient couverts de tableaux de Lawrence et de Hoppner, de Gainsborough et de Reynolds, de Greuze et de Vigée-Lebrun. Il y avait un Van Dyck dans une des pièces, des meubles hors de prix partout et par les fenêtres on voyait l'océan, éclairé par de gigantesques lumières de couleur installées sur la plage – l'effet était magnifique. Mais Elissa avait eu le cœur serré par la vision tragique du vieux Mr Hearst errant lamentablement à travers les pièces de ce qui ressemblait à un musée, un vieux collectionneur solitaire et fatigué, n'ayant plus pour ambition que de faire plaisir à sa gentille mais excessivement vulgaire petite amie. Quelques jours plus tard une jolie chatte tigrée était entrée dans la maison d'Elissa, à demi morte de faim, et s'y était installée. Pendant trois jours elle était restée sans nom puis un matin, avait tranquillement fait des cacas au milieu du salon, suite à quoi on l'avait baptisée évidemment : *Marion Davies.*

Ayant soudain réalisé qu'elle gagnait plus de mille cinq cents dollars par semaine et qu'elle en dépensait au plus deux cent cinquante, et étant arrivée à la conclusion que l'air d'Hollywood n'était pas sain – l'incident du cambriolage n'était pas non plus complètement étranger à sa décision –, Elissa s'était mise en quête d'une maison à acheter, plus près de l'océan. Elle en visita une bonne trentaine avant de tomber littéralement amoureuse d'une maison entourée de six acres et demi de terrain dans la partie la plus chic de Los Angeles County, entre Beverly Hills et Santa Monica, avec une vue sur le Pacifique. C'était une maison magnifique, pas immense, avec à peu près toutes les espèces possibles d'arbres fruitiers dans le jardin, des pamplemoussiers des orangers des mandariniers et des avocatiers, des fleurs exotiques et des plantes du monde entier, et une pergola de roses, tout cela merveilleusement irrigué – il y avait même des fraises sauvages. Le propriétaire précédent, un architecte localement célèbre, était un grand voyageur et la maison était remplie de détails et objets extraordinaires – elle était vendue avec les meubles dont beaucoup étaient ravissants, un piano à queue Steinway et un orgue, la grille d'entrée en fer était une œuvre d'art datant du XVIIe siècle, les sols étaient couverts de parquet, les escaliers magnifiquement ouvragés. En bas il y avait un immense salon digne d'un décor de studio, une jolie bibliothèque, le hall et une salle à manger ; une cuisine, deux chambres et une pièce pour le personnel. À l'étage, la *master bedroom*, avec son balcon sculpté, donnait sur un boudoir, une salle de bains et un petit dressing. Les appartements d'amis occupaient l'aile droite et avaient une entrée complètement séparée depuis le patio, qui était entouré de colonnes et ressemblait à un cloître de couvent, raison pour laquelle la maison était appelée The Cloisters. Dans l'aile gauche il y avait un garage pour trois voitures et une chambre pour un chauffeur ou un jardinier. Enfin, au-dessus de la suite d'amis, une autre petite suite, nursery ou deuxième appartement d'amis avec deux pièces et une salle de bains. C'était la meilleure affaire qu'Elissa ait jamais vue ou dont elle ait même entendu parler dans sa vie. Elle était sur un nuage.

John lui avait envoyé une lettre mélancolique qui, reprenant le titre de son livre, commençait par : « *A House for Sale*... Et tu l'as achetée... », ayant parfaitement compris qu'Elissa prenait ainsi racine sur le sol américain, alors qu'il avait fait semblant de croire jusqu'ici qu'elle partait aux États-Unis pour deux ou trois ans seulement et qu'elle reviendrait un jour. Il l'admirait tellement, continuait-il, qu'il ferait tout ce qui était en son pouvoir pour ne pas entraver sa carrière. Après tout, Elissa était sa seule chance de passer à la postérité. Un jour, ses biographes écriraient : « *En 1928, elle épousa John Cecil Lawrence* » – cela tiendrait en une seule ligne. Bouleversée, elle ne sut que lui répondre : « Comme tu es bon et honnête et généreux – et comme tu me connais bien. » Elle aurait aimé pouvoir lui dire que l'Angleterre était son foyer spirituel, que les Américains lui portaient sur les nerfs, qu'elle n'était PAS un chat-qui-s'en-va-tout-seul, que son travail n'était pas toute sa vie et que seul l'amour comptait pour elle. Elle en était incapable. Ce qu'elle pouvait faire de mieux était d'accepter de devenir la recluse laborieuse que la maturité qui approchait était en train de faire d'elle, et d'essayer de rester inconsciente de l'intense isolement, et même de la solitude, qui était en train de devenir partie intégrante de sa personnalité. Devant Dieu c'était la vérité : John était le seul homme qui l'avait jamais aimée en connaissance de cause, les yeux ouverts, le seul qui avait violé cette solitude et su briser cette croûte d'isolement – la certitude irraisonnée qu'elle avait de son infaillible compréhension. Cela ne semblait pas très romantique – comme si elle le tenait pour acquis. C'était mieux que romantique – vital.

Lorsqu'elle eut entre les mains les épreuves de *House for Sale*, que John s'était occupé de corriger avec sa générosité et son intérêt habituels dès qu'il s'agissait de son écriture, elle en trembla d'excitation et de reconnaissance. Leurs vacances en Europe les avaient rapprochés et, depuis l'arrivée de ses parents, elle voyait moins le P. A. qui était constamment malade et déprimé. Ils s'étaient disputés plusieurs fois, et à deux ou trois reprises Rouben s'était vraiment mal conduit, débarquant après le dîner alors qu'elle avait eu une journée atroce au studio, piquant des crises de fureur, de sinistrose et de jalousie au sujet de son amitié complètement fraternelle avec Untel ou Untel. Elissa avait fini par réaliser que le P. A. était un ogre, qui mentalement et moralement l'avait avalée tout entière et voulait d'elle tout ce qu'elle pouvait donner aux autres – y compris à John. Maintenant elle en avait assez. Puisqu'il voulait toute son attention ou rien, ce serait rien. Rouben avait ressenti sa perte avec tant d'amertume qu'elle avait eu peur qu'il ne commette un acte désespéré. Et elle ? Elle avait été désolée de lui faire du mal, horriblement triste d'avoir ainsi tout gâché, mais elle était tellement le chat-qui-s'en-va-tout-seul qu'elle avait léché ses pattes, changé de maison et d'environnement et repris sa chasse solitaire d'expériences. Seul John, se disait-elle, l'acceptait pour qui elle était – même si lui aussi était capable de l'idéaliser, n'appréhendant pas totalement sa brutale, insatiable curiosité mentale et morale, son désir d'expérience et de connaissance, sa soif d'aventures psychiques – et toutes les cruautés dont elle était capable.

Aussitôt installée aux Cloisters, Elissa commença avec Fred le jardinier à planter un jardin aromatique pour la cuisine, et s'attaqua à son nouveau roman, d'après l'histoire qu'avait imaginée Karoline. La sortie de *House for Sale* avait été un grand succès. Elle avait reçu des câbles de félicitations et des fleurs, et les critiques en Angleterre étaient excellentes – John se faisait un point d'honneur d'entrer dans chaque librairie de Londres pour demander le livre et, lorsque Karoline avait fait de même dans la librairie d'Hollywood Boulevard, leur stock était déjà épuisé. Depuis, le livre était parti pour une seconde impression, ce qui était remarquable compte tenu du marasme économique. Elissa écrivait dès qu'elle en trouvait le temps, le soir et parfois même sur le plateau, entre les prises. Il lui semblait que c'était la raison même pour laquelle elle était venue à Hollywood – pouvoir écrire des livres tout en étant payée par un studio – et elle commençait à s'indigner lorsque le cinéma exigeait trop de son attention et de son énergie. Noël Coward avait dit : « *Les acteurs d'Hollywood ont une vie atroce. Ils se lèvent à six heures du matin, travaillent comme des esclaves toute la journée et leur plus agréable perspective est de se mettre au lit le soir avec un plateau.* » C'était exactement sa vie. Elle rentrait à six heures et demie chaque jour et se faisait masser pendant une heure puis elle prenait un bain chaud avec des sels – immersion : trente minutes – suivi d'une douche. À sept heures et demie, elle dînait avec Karoline et faisait avec elle les menus du lendemain. Karo était devenue accro aux régimes et ne pensait qu'à maigrir. Plus aucun de ses vêtements ne lui allait – elle avait perdu six pouces de tour de taille et six et demi autour des cuisses et elle envisageait à présent d'apprendre à monter à cheval. Le nouveau roman, hélas, avançait lentement. Parfois, Elissa était si fatiguée qu'elle avait l'impression de ne pas pouvoir utiliser son cerveau, seulement ses doigts, alors elle jouait de l'orgue – le sien était un bijou, avec deux claviers manuels et un pédalier. C'était atrocement difficile mais tellement beau. Elle jouait Bach, Beethoven et Haendel, puis à dix heures moins le quart elle allait au lit et lisait jusqu'à dix heures et quart puis éteignait. Certains soirs, elle n'avait même pas l'énergie de jouer de l'orgue ou du piano, alors elle allumait la radio, s'installait dans un fauteuil et pensait à la construction de son roman, ou écrivait un poème. Comme il était plus naturel pour elle de se bagarrer avec l'abstrait, l'émotion, avec une sorte de « pensée poétique », que de raconter des faits. Dans un certain état de fatigue, la musique était encore ce qui lui venait le plus aisément, et elle s'était mise à composer une sonate en *fa* mineur – elle se battait maintenant avec le second mouvement, qui était plein de *crash* et de *bang* et de *tarra-diddles* – elle en riait toute seule : *well, well,* certains pour se détendre faisaient du jardinage, d'autres de l'apiculture, elle... écrivait des sonates.

Quant à sa carrière cinématographique, elle avait acquis la conviction qu'elle ne deviendrait jamais la plus grande star du monde tant qu'elle serait chez Fox. Sheehan et sa clique étaient trop vulgaires pour laisser aucun film vraiment artistique sortir de leur studio – ils ne voulaient que faire de l'argent et ne juraient que par le box-office. Sans compter qu'à force de changements dans la direction, plus personne ne savait qui était le boss. De ce qu'elle avait compris, elle n'aurait pas le *star billing* dans son nouveau film non plus, sous prétexte qu'elle avait fait tant de flops qu'ils voulaient être sûrs que celui-ci soit un *hit* avant de la mettre en tête d'affiche à nouveau. Dieu merci, tout le département « publicité » avait été viré et allait être remplacé par une équipe venue de la Paramount. Trois mois plus tôt, cela l'aurait grandement réjouie. À présent elle attendait avant de crier victoire – mais cela ne pouvait pas être pire que Shapiro, qui avait récemment craqué et confessé qu'il avait agi selon des instructions précises de Sheehan de « tuer Landi » – toute l'histoire de l'impératrice avait été lancée dans l'espoir de lui nuire. Sheehan, paraît-il, voulait ainsi montrer à ces « gros malins de New York » qui était le chef et leur apprendre à signer des artistes sans son accord. Il était très surprenant qu'elle ait survécu, mais bizarrement elle avait plus la cote à Hollywood que jamais. Son *fan mail*, ce baromètre indiscutable, augmentait chaque jour malgré le fait qu'elle n'était pas apparue dans un nouveau film depuis cinq mois et elle allait être « empruntée » par la Paramount pour tourner non pas, hélas, *L'Adieu aux armes* (c'était Helen Hayes qui avait décroché le rôle qu'elle avait joué au théâtre), mais tout de même l'un de leurs plus importants films de l'année : *Le Signe de la croix* de Cecil B. DeMille, dans le rôle d'une martyre chrétienne.

Un jour de mars, les *retakes* du film enfin terminées, Elissa se leva à l'aube et décida d'aller monter Darkey, qu'elle avait beaucoup négligé ces derniers temps. Il était toujours en pension à Griffith Park, ce qui était épouvantablement loin des Cloisters, et outre qu'elle passait le plus clair de son temps au studio, il semblait absurde de conduire plus de vingt miles pour se balader à cheval quelques heures. Mais c'était l'une des dernières fois qu'elle irait monter là-bas. Après avoir acheté la maison, elle avait eu la divine surprise d'apprendre que Will Rogers était son voisin – l'étendue sauvage qui séparait son terrain de l'océan était, en réalité, son ranch. Du coup elle s'était arrangée avec Will pour mettre Darkey en pension chez lui, dans ses écuries de la Riviera. Elle s'habilla en tenue de cheval et sortit sur son balcon, s'émerveillant toujours du paysage qu'elle découvrait de sa fenêtre. Le printemps était arrivé en Californie et les collines étaient d'un vert cru, le jardin couvert de fleurs de pêchers et d'amandiers. John aimerait tant cela quand il viendrait ici – ici il deviendrait entièrement « John », avec « Cecil » bien plié et rangé dans sa poche et réduit au silence. Les Jeux olympiques auraient lieu du 31 juillet au 15 août et promettaient d'être très amusants. Cela ne lui coûterait que le prix de la traversée et elle lui offrirait chez elle un véritable palais avec tout le luxe et un beau jardin, la possibilité de nager, de monter à cheval, de faire du bateau même et, en septembre, de chasser – tout cela gratuitement –, sans oublier qu'il y avait un golf magnifique à moins de cinq minutes. Oh, qu'il vienne. Il lui manquait tellement et tous les hommes autour d'elle étaient si sérieux et adultes, ensemble ils grimperaient aux arbres et se doreraient au soleil et galoperaient les cheveux au vent et ils riraient et diraient des bêtises et se serreraient l'un contre l'autre – oh si fort.

En revenant de Griffith Park quelques heures plus tard, elle s'arrêta pour parler à Mildred qui était en train de dépouiller son *fan mail* et lui tendit une petite enveloppe bleue en provenance d'Allemagne. Elissa s'assit et la relut plusieurs fois, n'en croyant pas ses yeux. Il apparaissait que Marie Wallersee, fille du duc Louis-Guillaume « en » Bavière (branche de Possenhofen), nièce favorite et amie intime d'Élisabeth, avait été témoin de la naissance de Karoline et connaissait toute l'histoire. Vingt ans plus tôt, elle en avait fait le sujet d'un chapitre de son livre *My Past*, intitulé « La petite fille de Sassetot » – mais le chapitre avait été censuré et supprimé. Selon la baronne Wallersee, toute une partie de « leurs honorables parents », selon ses propres termes, était horrifiée et scandalisée que revienne au grand jour, grâce à la jeune Elissa, une affaire bien connue mais soigneusement étouffée depuis des années. Des articles avaient paru un peu partout sur Elissa dans la presse autrichienne et allemande, certains mentionnant son ascendance comme un fait, d'autres comme une rumeur, d'autres encore niant l'histoire en bloc. Marie Wallersee avait pris sur elle de défendre Elissa contre les sceptiques et les « incroyants » et écrivait : « *Je suis contente de pouvoir m'engager dans la défense de cette jeune fille.* » Plus loin : « *Enfin je n'ai plus besoin de me taire sur un secret que j'ai dû garder pour moi depuis 1882.* » Et enfin : « *Je serais très reconnaissante des nouvelles que je pourrais obtenir d'Elissa ainsi que de ma cousine, la comtesse Zanardi Landi.* »

S'efforçant au calme, Elissa s'astreignit à un temps de réflexion avant de courir dans le jardin montrer la lettre à Karoline. Elle connaissait de nom Marie Wallersee et avait même lu *My Past* – une copie se trouvait encore dans la bibliothèque du 45 Belsize Park. Elle en avait gardé un souvenir mitigé – son auteure n'y apparaissait pas vraiment à son avantage – et redoutait pour Karoline les effets d'une telle émotion. Néanmoins, elle ne pouvait que se réjouir pour sa mère de ce soutien qui tombait à pic : elle allait pouvoir répondre à la princesse Radziwill et une fois pour toutes rabattre leur caquet à tous ceux qui mettaient sa parole en doute.

Dans le jardin, Karoline lut et relut la lettre plusieurs fois, sans manifester la moindre émotion. Elissa attendait patiemment. Enfin, Karo leva la tête et laissa tomber, pensive : « Comme c'est étrange. Je séjourne tout un été à une heure de Munich, et rien ne se passe. Puis je m'en vais à plus de six mille miles, et c'est ici que je trouve enfin le *chaînon manquant.* »

QUATRIÈME PARTIE

« *Happy endings* »

Je vivais avec Elissa. Ses photos tapissaient les murs de la chambre dans laquelle j'écrivais et j'entretenais avec elle une conversation quotidienne et secrète. Grâce à elle je rencontrais les stars qui m'avaient fait rêver, je montais à cheval dans les Santa Monica Mountains, je dormais dans la maison d'Amalfi Drive, évoluant enfin dans le monde et l'époque que j'aurais voulu être miens. Mais je m'attachais aussi de plus en plus à Karoline, qui s'était invitée dans mon *roman d'Elissa* comme malgré moi, et dont l'humilité, l'humour, le sens de l'autodérision ne cadraient pas du tout avec l'image que je me fais d'une mythomane – ce n'est pas un hasard si j'ai interrompu ce récit au moment où celle-ci reçoit la lettre de Marie Wallersee. Certes, j'avais acquis la conviction qu'Elissa croyait à la version de Karoline, et qu'elle ait fait venir d'Angleterre les portraits d'Élisabeth et de Louis II indiquait clairement son opinion quant à la *question du père.* Mais je n'arrivais pas à imaginer la réaction de Karoline elle-même, à cet instant – si son histoire était fausse. Que peut-on ressentir lorsque l'on a inventé de toutes pièces une histoire aussi folle, réussi à en convaincre ceux qui vous sont le plus proches, et qu'on voit sa version soudain confirmée par un parfait étranger ? A-t-elle éprouvé un vertige, de la joie, au-delà de la stupéfaction ? Une sorte d'effroi, devant l'incompréhensible ? À ce stade, croit-elle elle-même à ce qu'elle a raconté dans son livre ? Est-elle vraiment folle ? Et si oui, comment continuer à faire d'elle un personnage principal de mon roman ?

Je ne parviens pas à être dans sa tête.

Cette ménagère qui écrit des histoires, cette mère si tendre, généreuse, chaleureuse que je pressens à travers ses lettres à Elissa, et qui renaît sous ma plume, ne cadre pas avec l'image que je me fais d'une aventurière.

La princesse Radziwill, en revanche, qui l'accuse d'imposture – mais cela, Karoline et Elissa l'ignorent –, en est une, et de la plus belle eau, une de ces aventurières aristocrates dont semble regorger le monde à l'époque : elle est la nièce de Mme Hanska, le grand amour de Balzac, et fait commerce de fausses lettres de sa tante à l'écrivain – auparavant elle a aussi signé pour six cent mille francs de faux chèques, ce qui lui a valu de faire deux ans de prison en Afrique du Sud – elle appartient sans nul doute, elle, à cette catégorie dans laquelle je ne me résigne pas – encore – à ranger Karoline.

Dans son manuscrit, Katerina von Burg écrit que Karoline « *a lu et relu* » la lettre de Marie Wallersee, « *son être entier animé par l'espoir* ». A-t-elle écrit ces mots à son fils Toni, resté en Angleterre ? Si c'est le cas, les lettres en question ont été perdues – à moins qu'elles ne soient quelque part à New Paltz, dans le carton 7, sous un tourne-disque hors d'usage et un vieux jeu de Monopoly incomplet. « *Enfin elle allait être reconnue, après toutes ces années pendant lesquelles elle avait fermement mis derrière elle tout espoir, elle avait trouvé quelqu'un qui pouvait prouver son identité.* » Et, de fait, la baronne Marie Wallersee confirme tout, même la date – la seule chose qu'elle conteste est l'identité du père, décidément Louis II ce n'est pas possible, Marie Wallersee insiste sur Middleton – mais pour le reste, elle est d'une telle bonne volonté qu'elle va même jusqu'à écrire une fausse lettre de Sassetot, adressée par l'impératrice à sa mère Henriette Mendel et prétendument recopiée par ses soins, qu'elle envoie à sa « cousine » à Los Angeles.

Que ressent Karoline, le jour où elle reçoit ce faux, ne me le demandez pas.

Je n'en sais rien.

Mais la réalité elle-même, après tout, est faite de trous.

Et je n'ai d'autre choix, pour continuer ce *roman d'Elissa,* que d'enjamber ces trous, de manier les ellipses – et ce, d'autant plus que dès lors que Karoline a rejoint Elissa en Amérique, les lettres entre elles se font rares –, je ne peux que supposer, supputer, imaginer pour combler les failles sans contredire les faits, comme dans ces jeux d'enfants où l'on doit relier des points numérotés entre eux pour faire apparaître une forme, espérant que de ce travail émergera une fiction, c'est-à-dire un mélange cohérent d'imaginaire et de réel qui formera un récit intelligible.

Récit qui nous amène donc, si vous le voulez bien, un an plus tard, en mars 1933, en cette année qui marque l'apogée de la carrière d'Elissa – mais aussi, me semble-t-il, le début de la fin.

Los Angeles, mars 1933

Quelle semaine ça avait été ! D'abord les banques avaient fermé puis le studio avait suspendu les salaires – et pour finir cet horrible tremblement de terre. Elissa était dans sa chambre quand la secousse avait eu lieu. La maison avait tremblé comme le *Mauritania* pendant une tempête. Le miroir de son dressing s'était brisé sur le sol et quelques cadres et tableaux étaient tombés, par chance la maison était solide. Quand elle était finalement parvenue jusqu'au jardin, elle s'était évanouie pour la première fois de sa vie. Les dégâts dans la ville de Los Angeles étaient énormes et elle dormait dans la chambre d'amis depuis presque une semaine, car tous les jours et toutes les nuits, continuaient à se produire de petites répliques, désagréables quand on était à l'étage.

Elle avait fini le tournage de son dernier film la veille au soir et maintenant elle avait une quinzaine de jours de repos – au moins, et peut-être même davantage – car Chase National avait laissé tomber la Fox et fait venir les administrateurs judiciaires et Dieu seul savait ce qu'il allait advenir du studio. Les États-Unis étaient en pleine confusion. Tout le monde vivait au jour le jour. Il n'était pas rare qu'un film commence dans l'euphorie et la bonne humeur, chacun excité et ponctuel – puis, une heure ou deux plus tard, après quelques prises et au milieu d'une répétition, deux hommes en costume noir chapeau noir et lunettes noires apparaissaient sur le plateau, disaient quelques mots au réalisateur ou faisaient à l'intention des acteurs le geste de se passer le doigt sur la gorge, avant de s'en aller aussi vite qu'ils étaient apparus, et c'était terminé. Un murmure circulait : « Les banques. » Il n'y avait plus alors qu'à rentrer chez soi et prier pour être convoqué à nouveau. Ce n'était pas dénué de drôlerie et assez excitant, mais les jours derniers s'était levé un léger vent de panique, car TOUTES les banques avaient fermé pour trois jours à travers le pays, et tout le monde se demandait ce que ça voulait dire. Heureusement pour elle, s'étant déjà fait avoir une fois, Elissa avait presque tout son argent en cash dans son coffre. Le jour où la First National Bank de Beverly Hills avait fermé ses portes, un an plus tôt, elle s'était sentie sonnée, comme le reste de la colonie, en comprenant qu'elle avait mis ses économies dans un bas complètement troué, et que quatre mille quatre cents dollars étaient partis en fumée. Mais elle avait refusé d'en pleurer, s'efforçant de voir le bon côté des choses et préférant chantonner qu'elle était contente de s'être acheté une maison – et une Packard – et d'avoir retiré toute son assurance à capital différé, et que la Fox retienne un certain pourcentage de son salaire pour son impôt sur le revenu, *contente contente contente.* Dieu merci, elle avait un salaire confortable et même si ses réserves avaient temporairement disparu, elle n'était pas sans un sou. Désormais elle aurait deux banques pour plus de sûreté, des banques garanties par le gouvernement comme elle avait l'illusion que la sienne l'était – et si ces deux banques faisaient faillite, les États-Unis tout entiers aussi, et il n'y aurait rien d'autre à faire qu'espérer que Roosevelt parvienne à redresser la situation. Le coût de la vie dans ce pays était simplement ridicule. Les œufs étaient à vingt-cinq cents la douzaine, on pouvait acheter pour le même prix huit douzaines de pamplemousses, et un gros filet de porc coûtait quarante cents, alors qu'en Angleterre c'était exactement l'inverse, et que les marchandises étaient atrocement chères. On lisait partout que l'Europe était dans un état épouvantable – une imitation de Mussolini nommée Hitler était arrivée au pouvoir en Allemagne et des rumeurs de guerre flottaient dans l'air.

Elissa sortit dans le jardin. Il faisait plus chaud qu'aux portes de l'enfer, et ses eucalyptus se courbaient sous le vent brûlant. L'un de ses jardiniers mexicains sifflotait comme un oiseau, satisfait de son travail, inconscient de la situation, et son cœur à elle était rempli de joie. Elle dansait au-dessus d'un volcan, vivait dans une prodigieuse bulle de luxe qui pouvait crever d'un instant à l'autre – ou pas – mais elle vivait, se surmenait d'une manière étonnante, riait beaucoup et pleurnichait un peu – elle avait vingt-huit ans et n'avait pas d'enfant et elle était seule, toute seule, entourée d'un essaim d'adorateurs. Karoline et elle n'achetaient plus ni fruits ni légumes : dans le jardin elles avaient des pois, des haricots, des carottes, des laitues de deux variétés, des radis, des betteraves, des tomates et des avocats. Les orangers et les *tangerine trees* croulaient sous les fruits. Les centaines de roses étaient en bourgeons, il y avait des pois de senteur, des œillets et des anémones en quantité dans le jardin et dans les collines et les canyons, des guirlandes de lupins et de *californian poppies* sur les rochers rouges ainsi que quatre nuances différentes de lilas sauvage qui étaient un délice pour les yeux – elle devenait déchaînée de bonheur quand elle montait à cheval seule là-bas. La vie était une aventure et le printemps avait sur elle le même effet que la musique. Et John qui avait peur que l'argent ne la transforme – non, elle était juste heureuse et avait une foi éternelle en la beauté, que rien ne pouvait changer : l'argent ne pouvait pas changer les collines et les lupins, même si le manque d'argent pouvait la priver d'eux.

John et elle avaient passé tout l'été ensemble dans son petit palais californien. Il avait apporté sa caméra Kodak, l'avait filmée dans les jardins dansant sur le belvédère et fait des dizaines de photographies. Quelle merveille qu'ils aient ainsi réussi à préserver leurs illusions et leur romance et leur respect mutuel et leur tendresse. Malgré leur séparation, rien n'avait changé entre eux en six ans et elle était confiante à présent qu'il en irait toujours ainsi. Puisse le temps lui donner raison et ainsi confondre les jaloux ricanants et les oiseaux de malheur. Le jour de son départ, quand son avion avait décollé, Elissa avait bravement retenu ses larmes et, en se retournant pour partir, elle avait aperçu Mary Pickford qui était derrière elle et la regardait, si bouleversée par son courage que c'est elle qui pleurait sur leur sort à tous deux.

Peu après le départ de John, Karoline et elle s'étaient rendues à une projection du *Signe de la croix.* Elles en étaient sorties pleurant de rire tant le film était consternant. L'histoire sainte n'y était qu'un prétexte à montrer des scènes d'orgie et à se rincer l'œil, et comme il fallait s'y attendre cela avait fait un carton au box-office. Karoline avait mis un point d'honneur à ne pas trahir sa pensée et envoyé à DeMille un télégramme de félicitations dans lequel elle souhaitait au film « le succès qu'il méritait » – Elissa en riait encore. Par chance, la plupart de ses scènes avaient été coupées au montage et dans celles qui restaient elle était supranaturellement belle – si bien que curieusement, au bout du compte, le film avait servi sa carrière : Sam Goldwyn, le patron de United Artists, avait sauté dans son fauteuil en voyant une projection d'une *rough print* et hurlé qu'il la voulait pour le film de Colman. Elle avait accepté à condition qu'ils donnent un peu plus de consistance à son rôle, ce qui lui avait valu un affrontement épique avec Goldwyn, qui s'était étranglé devant son assistant, et Moss Hart, l'auteur des dialogues :

Sam Goldwyn : « *Witty*? Je ne veux pas qu'elle ait de *l'esprit*! Je ne veux pas d'une intellectuelle bas-bleu, d'une femme qui fait des blagues ! *Witty* ! » Elissa : « De *l'esprit*, Mister Goldwyn ! Pas des blagues. » Elle s'était tournée vers le dialoguiste. « Cher Mister Hart, auriez-vous l'obligeance de traduire en américain pour Mr Goldwyn le mot *esprit*, qui en anglais se dit : *wit*? »

Suite à cette scène le scénario avait été amélioré et, comme le tournage avec Ronald Colman s'était très bien passé, le film ne devrait pas nuire à son image – néanmoins Elissa ne pouvait s'empêcher de trouver que ces histoires d'usurpation d'identité dans lesquelles une femme pouvait confondre un autre homme avec son propre mari étaient grotesques et une insulte à l'intelligence. Heureusement, elle avait enchaîné avec le rôle d'Antiope dans *The Warrior's Husband*, une comédie satirique et féministe très drôle où elle jouait un rôle de Fairbanks femelle, sautait d'une balustrade, combattait en duel et surtout galopait sur son propre cheval – Darkey, ce cabotin, avait enfin pu réaliser son rêve. Il lui semblait décidément que sa chance était en train de tourner. Son prochain film était *I Loved You Wednesday* et elle en était très contente, c'était un joli rôle dans une délicieuse comédie, en prévision duquel elle prenait des leçons de danse acrobatique et de chant. Par ailleurs, ses cheveux avaient repoussé et étaient redevenus auburn – deux jours plus tôt elle avait coupé la dernière mèche blonde –, ainsi John serait satisfait, et il ne resterait plus aucun vestige de ses compromissions avec Hollywood.

Rouben et elle s'étaient plus ou moins réconciliés, toutefois leurs relations étaient loin d'avoir retrouvé l'ancienne intimité et, à l'exception de quelques rares personnes qui venaient dîner de temps en temps, elle menait aux Cloisters une vie retirée en compagnie de Karoline, du personnel de la maison et de la fidèle et inestimable Mildred, qui lui servait à présent de *manager*. Elle était parvenue à la conclusion qu'elle faisait partie de ces gens horribles qui n'avaient pas BESOIN d'amis – la compagnie d'Astra et de Franz Perfal, les personnages de son nouveau roman, lui suffisait, avec celle de son gentil Peebody qui vivait dans son cœur. Comme pour son précédent livre, elle envoyait les chapitres à John au fur et à mesure de leur écriture. Il ne tarissait pas d'éloges et s'était mis en tête de trouver à Elissa un agent littéraire. Chatto, qui avait publié ses romans précédents, était un éditeur prestigieux mais n'avait fait aucune publicité pour *House for Sale* malgré les excellentes critiques et en conséquence les ventes étaient restées modestes. John avait donné à lire à un agent nommé Savage une version encore inachevée de *The Ancestors.* Savage avait dans l'ensemble beaucoup aimé, mais émis quelques réserves sur le premier chapitre et Elissa aussitôt s'était braquée, furieuse : son étude subjective d'une jeune femme couchée sur un lit par une journée pluvieuse était un fichu chef-d'œuvre et ce chapitre était juste bizarrement construit – sans doute Mr Savage aimait-il Daphné du Maurier qui écrivait si joliment, était si bien élevée et faisait les mêmes constructions que tout le monde. Si seulement il n'avait pas aimé *un autre* chapitre, elle aurait pu l'accepter. Mais la personne qui n'aimait pas le premier, franchement, cette personne n'aimait tout simplement pas Landi, car ce chapitre contenait l'*essence* de Landi, et au vu de tout ça, elle ne se sentait pas vraiment encline à laisser Mr Savage représenter le livre – de toute façon, elle n'avait plus confiance en aucun agent. John ne voudrait-il pas la représenter ?

Un soir que Karoline et elle étaient tranquillement installées dans le salon de la maison d'Amalfi Drive, le Philadelphia Orchestra, sous la direction de Stokowski, diffusa un concerto par un jeune compositeur de vingt-neuf ans nommé Abram Chasins. Quand on l'avait annoncé, Karoline et elle avaient ricané – bien sûr, musique américaine, jeunesse, modernisme, bruits de mécanique et rouleaux compresseurs. Quelle n'avait pas été leur surprise et leur joie quand le compositeur, au piano, leur avait joué par radio interposée la plus vitale, excitante et belle composition – assez influencée, il fallait l'admettre, par Rachmaninov. Dans l'enthousiasme de cette découverte, Elissa s'était assise et avait écrit à Chasins une véritable *fan letter*, adressée au Curtis Institute of Music à Philadelphie dont il était membre. Par retour du courrier elle avait reçu une lettre pleine d'esprit, de charme et de style – vraiment pleine d'humour et aussi débordante de vitalité que sa musique, dans laquelle il affirmait qu'Elissa était une de ses idoles. À son tour elle avait répondu et ils s'étaient engagés dans une correspondance insolite qui était vite devenue un doux esclavage – une sorte de liaison mentale, une aventure par correspondance. Ils s'écrivaient à présent tous les jours, de longues lettres heureuses dans lesquelles ils détaillaient toutes sortes de pensées avec la certitude d'une étrange compréhension réciproque. Ils ne se connaissaient qu'à travers leurs lettres et se sentaient en profonde communion. Ils s'adoraient – et ne s'étaient jamais rencontrés. Sûre que John la comprendrait toujours, elle s'aventura un soir jusqu'à lui confier qu'elle lui avait été, à sa façon, infidèle avec Chasins, car elle lui avait donné certains « cadeaux mentaux » qu'elle n'avait auparavant donnés à personne d'autre qu'à lui. Et que, oui, elle avait même pu dans le passé avoir des relations physiques avec un autre sans pour autant avoir été réellement, profondément infidèle – tandis que son âme s'était étrangement compromise avec le musicien. Aussitôt le courrier posté, elle se demanda si elle n'avait pas eu tort de s'être montrée si honnête et commença à attendre la réponse de John avec une certaine anxiété. Elle avait soudain l'impression d'être une incurable garce – comme si John, après avoir lu sa lettre, lui envoyait une onde télépathique de mépris et de désenchantement. Mais qu'y pouvait-elle ? S'il devait la haïr, qu'il en soit ainsi – son Peebody, elle s'agenouillerait toujours devant lui avec gratitude pour tout ce qu'il lui avait donné, sa superbe sagesse, son fair-play, sa dévotion et son absence complète d'égoïsme.

À peine eut-elle fini les *retakes* de *I Loved You Wednesday* – elle avait terminé avec une séquence de ballet dans laquelle elle avait dansé magnifiquement – que la Fox tendit à Elissa le scénario de son prochain film et son sang ne fit qu'un tour. Le personnage principal en était un homme et elle n'avait rien à faire à part écouter ses répliques, en d'autres termes son personnage était à peu près aussi important dans l'histoire qu'un meuble – c'était, en fait, un rôle de meuble. Elle était un *hit* dans *The Warrior's Husband* et tout le monde la disait sensationnelle dans *I Loved You Wednesday*, au nom de quoi aurait-elle enchaîné avec une si mauvaise histoire à nouveau ? *No way*. Elle demanda à la Fox l'annulation du reste de son contrat, pensant que cette fois elle l'obtiendrait peut-être, car Chase s'étant retiré ils étaient dans la mouise et elle leur causait trop de problèmes – et dans ce cas il fallait espérer qu'il y ait un rôle pour elle avec Gable chez MGM, ou autre chose du même genre. En attendant, elle allait s'envoler pour l'Est – voir quelques pièces de théâtre, rendre visite à ses amis là-bas, faire du shopping et être SEULE, loin des studios et de tous les gens qu'elle connaissait, elle n'en pouvait plus de la Californie et de ces histoires de cinéma – elle DEVAIT partir d'ici sinon elle allait devenir dingue.

Surtout, elle DEVAIT voir à quoi ressemblait Chasins.

Le matin suivant la fin du tournage elle prit l'avion pour Philadelphie, ayant seulement prévenu le musicien de la visite d'une de ses amies – une certaine Miss Meredith, le nom de son personnage dans *I Loved You Wednesday*. Elle avait voyagé soi-disant « incognito » – ce nom d'emprunt était une vaste blague et tout le monde savait très bien qui elle était. Chasins, lui aussi, la reconnut instantanément, de dos, dans le *lobby* de l'hôtel, et devint vert sous le choc. Ils montèrent dans son appartement dans un silence complet. Il avait sonné pour le déjeuner, et ils avaient continué à se regarder en silence, attablés sur la terrasse de son salon. Son visage était ravagé de tics et il s'en excusa, disant que ce n'était pas permanent – seulement l'effet du stress. Après le déjeuner – il n'avait pas avalé une bouchée –, il s'assit et joua quelques morceaux de sa dernière composition, ne semblant vouloir prendre aucune initiative et se contentant de la regarder, disant qu'il n'avait jamais été aussi heureux. Alors elle s'était penchée vers lui et l'avait embrassé.

Le soir même elle téléphona à Karoline et lui donna malgré elle l'impression qu'elle était déçue – et certes elle l'était, mais seulement par le physique de Chasins, car il était indéniablement affreux, ce dont elle se fichait comme d'une guigne, assura-t-elle, puisqu'il irradiait le génie. Il se dégageait de lui une sorte de joie tranquille et sa sensibilité, sa gentillesse, sa considération, sa qualité enfantine, « mozartienne » la ravissaient. Il était du signe du Lion, comme Karoline, et en conséquence d'une générosité folle, prenait soin de vous naturellement, sans effort, et il avait, pour un artiste, une facilité étonnante à applaudir. Enfin, c'était un *homme* – ce que Karoline et elle appelaient un *homme.* Ce petit génie musical, ce lutin de cinq pieds six pouces était le premier de cette espèce qu'elle pouvait complètement respecter. Ils étaient des âmes sœurs et dès le matin suivant leur rencontre elle en avait été sûre – comme c'était drôle, cet homme affreux et la « belle » Elissa, quelle blague et quelle romance et quelle tendresse et quelle sagesse. Oui, ce petit musicien voûté et hirsute, aux grandes oreilles et à la drôle de bouche, qui marchait aussi vite que Pirate et ne pouvait jamais s'asseoir tranquille, elle l'aimait.

C'est alors que la foudre tomba : la Fox lui fit savoir qu'elle était attendue sur le plateau pour de nouvelles *retakes.* Elissa crut devenir folle : le réalisateur le dernier jour lui avait souhaité « Bonnes vacances », et il était entendu que le film fini elle serait sur un *layoff* de six semaines, et personne ne lui avait dit le contraire le lendemain après avoir vu les rushes – qu'ils ne comptent pas sur elle pour revenir à présent. Chasins et elle avaient décidé de traverser le continent et de rentrer à Los Angeles par la route. Ils avaient acheté une voiture que Chasins avait payée cash – lorsqu'elle lui avait dit qu'elle allait le rembourser, il avait fait un grand geste de la main en disant que cela n'avait aucune importance.

Comme Karoline, il se comportait constamment comme s'il était un millionnaire, ce qui était leur habitude à ces natifs du mois d'août – et elle, pauvre tortue radine, devait les surveiller pour vérifier qu'ils ne faisaient pas des choses trop impossiblement généreuses. Dans le Colorado, ils s'arrêtèrent dans un très confortable hôtel qui ressemblait à un chalet suisse, entouré de forêts épaisses. Après une seconde d'hésitation, ils se firent enregistrer sous le nom de Mr et Mrs Meredith – l'auberge était très loin de tout et ils en étaient les seuls clients. Ils y vécurent deux semaines hors du temps. De la chambre on voyait les cimes enneigées des montagnes. Pour la première fois de sa vie, Elissa se sentait en présence d'un homme qui lui était supérieur : Chasins était meilleur qu'elle, plus courageux, ne se fâchait jamais et ne devenait jamais impatient, ne voulait pas toujours avoir raison. Elle lui avait découvert un étonnant sens pratique concernant les hôtels et les valises et, surtout, il était gai, intérieurement gai – le reste, sa qualité poétique et sa capacité de dévotion, elle les connaissait déjà. Pauvre John, tellement joli à regarder qu'auprès de lui Chasins paraissait un monstre, son Yonni, son gentil mauvais garçon si paresseux, si radin...

En arrivant à Los Angeles, Elissa trouva Karoline affolée. Ne sachant pas où était Elissa, elle avait remué ciel et terre pour la joindre et tenté en vain de temporiser : la Fox l'avait assignée pour rupture de contrat et lui demandait des dommages et intérêts. Toute la presse locale s'interrogeait sur la « disparition » d'Elissa Landi, au moment précis où le succès lui souriait et où sa carrière semblait enfin s'envoler. Et au courrier l'attendait une lettre de John. Il accusait réception de la sienne, lui souhaitait tout le bonheur possible avec Chasins, en profitait pour l'informer que de son côté il avait rencontré quelqu'un, et il lui rendait sa liberté.

Au fil du temps, j'avais réussi à visionner presque tous les films qu'Elissa avait tournés à Hollywood, à l'exception notable du premier, *Body and Soul*, qui était aussi le premier film d'Humphrey Bogart et qui restait introuvable. Parmi eux, *I Loved You Wednesday* reste mon préféré – elle y est ravissante, émouvante et juste irrésistible. Le film a été tourné au début de sa correspondance avec Chasins, elle irradie. Pendant les mois qui ont précédé, elle a écrit tous les jours plusieurs pages de *The Ancestors*, son quatrième roman qui est aussi le plus volumineux, elle est sur le point d'en venir à bout, elle dédiera le livre à John alors même que leur histoire – et leur mariage – se termine. Chaque jour, tandis que je lis sa correspondance et que je travaille en parallèle à mon livre, j'ai l'impression qu'Elissa et moi discutons d'écriture, nous « parlons boutique » comme John lui reproche si souvent de le faire – mais je suis injuste, il lui fait ces reproches seulement au sujet du cinéma, en ce qui concerne l'écriture il est d'un soutien sans faille, il croit en son talent, corrige ses épreuves, et ses critiques sont toujours positives – j'aime bien John. Quant à Chasins, je ne lui pardonne pas de ne pas avoir aimé *I Loved You Wednesday*, et surtout d'avoir écrit à Elissa, peu après sa sortie, qu'il est certain que ce film va desservir sa carrière – il y a entre eux, clairement, un conflit d'ego. De la même manière qu'Elissa dit vivre avec Astra et Franz Perfal (ce sont les personnages principaux de *The Ancestors*), moi je vis avec elle et Karoline et John, et si la facilité avec laquelle elle noircit des pages me déconcerte, si les questions qu'elle se pose ne sont pas les miennes – l'époque a changé –, je partage avec elle la conviction qu'on n'écrit jamais le livre qu'on veut, seulement le livre qu'on peut, et Elissa me fait rire quand elle déclare à John, en réponse aux critiques de Savage, qu'elle aussi, bien sûr, aime les écritures exquises et bien ordonnées mais qu'elle ne sait simplement pas écrire comme ça et qu'elle n'est pas sûre d'en avoir envie, elle me fait rire, la petite vaniteuse, quand elle fait semblant de n'avoir aucun doute sur son talent et qu'elle se console en pensant que le *Concerto pour violon en* ré *majeur* de Beethoven a été sifflé et que la *Cinquième* de Tchaïkovski a fait un bide – rien que ça.

Ses années de mariage avec John, j'en suis convaincue, malgré tous leurs différends, malgré leur séparation, ont été la période la plus heureuse de sa vie. À dater de leur rupture, et jusqu'à sa rencontre avec Curtis, le père de Caroline, en 1941, Elissa enchaînera les déceptions amoureuses – Chasins d'abord, puis Jean Negulesco, puis Nino Martini – et dès 1933 on sent dans ses lettres poindre une amertume, une tristesse qui vont de pair avec sa désillusion quant à sa carrière hollywoodienne, et le gouffre vers lequel les événements politiques semblent conduire inexorablement le monde.

C'est le début du chaos.

Pendant ce temps, Karoline entretient une correspondance assidue avec Marie Wallersee, qui tente de convaincre Elissa de jouer le rôle d'Élisabeth dans un film sur Louis II de Bavière dont elle écrirait le scénario, et qu'elle vendrait à Hollywood. Elissa – qui n'a plus qu'une idée à présent, se défaire de cette image d'« aristo » froide et intellectuelle qui lui colle à la peau – ne veut pas en entendre parler. Mais à la demande de Karoline, elle envoie à la vieille baronne de l'argent pour l'aider à survivre.

Sur cet aspect au moins, je tiens à réhabiliter Karoline – si ce n'est aux yeux du monde, à ceux de sa petite-fille. Dans l'interview qu'elle m'avait accordée à Vienne, peu après notre rencontre et bien avant le test ADN, alors même qu'elle assurait fermement que sa grand-mère « n'était pas une menteuse », Caroline ne m'avait pas caché qu'elle la tenait pour responsable de l'ascension autant que de la chute d'Elissa. Elle se disait certaine que sa mère n'avait jamais eu d'autre ambition que d'écrire, et que Karoline avait été son mauvais génie, poussant Elissa à quitter l'Angleterre pour tenter sa chance à Hollywood, pilotant de loin sa carrière d'actrice pour assouvir sa propre « soif de grandeur », puis, son but atteint, dilapidant sans scrupule la fortune d'Elissa en donnant aux Cloisters des fêtes somptueuses, au point qu'à sa mort elle avait laissé Elissa sans un sou. Lorsque je trouvai dans les archives l'inventaire relié recensant tous les meubles et objets de valeur que contenait la maison d'Amalfi Drive, Caroline s'en saisit aussitôt et le brandit tristement comme la preuve que la maison avait été saisie et vendue pour dettes, après la faillite de sa mère.

Je ne voyais aucune trace de cela dans les lettres. Tout ce que je lisais me montrait au contraire qu'Elissa, concernant sa carrière, n'en faisait qu'à sa tête, et que Karoline était elle-même la victime de sa propre générosité, ne dépensant rien pour elle mais se laissant aisément attendrir par la misère des autres. Et si, indéniablement, Elissa était bien « l'homme » de cette famille, j'étais touchée des efforts inlassables qu'à la différence de Pi et de Toni, Karoline n'avait jamais cessé de faire pour ne pas demeurer à la charge de sa fille.

Quant à l'inventaire, je devais m'apercevoir par la suite qu'il avait été établi pour les assurances, et avait servi à prouver que Karoline n'était pas dans le besoin lorsqu'elle avait voulu obtenir un visa d'immigration pour les États-Unis.

Car bien qu'installée depuis plus de deux ans chez Elissa à Los Angeles, Karoline n'avait toujours qu'un visa de visiteur. Elissa elle-même avait dû à plusieurs reprises traverser la frontière pour se rendre au Mexique, et faire appel aux avocats de la Fox pour obtenir le renouvellement de son permis de travail. À chaque démarche, la nécessité de fournir un acte de naissance était le même casse-tête – non seulement pour Karoline, mais aussi pour Elissa, qui, adoptée par le comte Zanardi Landi, refusait, semble-t-il, de faire état de sa naissance en tant que fille d'un certain Kühnelt : sur sa biographie officielle, il est écrit qu'Elissa est née à Venise, et non à Vienne. Katerina von Burg fait l'hypothèse qu'en 1914, fraîchement installée à Londres, Karoline, qui avait elle-même été convoquée par la police en tant que résidente de nationalité ennemie, avait voulu éviter les mêmes problèmes à ses enfants. Le fait que beaucoup d'archives avaient été détruites pendant la Première Guerre mondiale se révélait bien utile : en 1933, lorsque Elissa demanda à la ville de Venise de lui fournir un certificat de naissance, une lettre attestant qu'on n'avait pu le retrouver suffit à établir sa nationalité italienne, sa grande notoriété là-bas et l'admiration du Duce ayant sans nul doute grandement facilité les choses.

Après le départ de Karoline pour l'Amérique, Pi était resté pendant près de deux années seul à Londres avec son fils Toni et sa belle-fille Annie, attendant impatiemment qu'Elissa l'autorise à les rejoindre. Devant le peu d'empressement manifesté par celle-ci à cette perspective, il s'était résigné à se rendre à Rome, où il avait de la famille et de nombreux amis, et où il tentait à nouveau de faire fortune dans des *business* improbables – ou, à défaut, caressait l'idée de reprendre du service dans le renflouage de navires, cette fois pour le compte du gouvernement italien. Sur la route de Londres à Rome, à la demande de Karoline, il avait fait un crochet par la mairie de Sassetot à la recherche d'un acte de naissance qui permettrait à celle-ci de clarifier sa situation et d'immigrer légalement aux États-Unis. À sa grande consternation – mais le lecteur n'en sera pas surpris –, il avait fait chou blanc. Karoline avait alors décidé de rendre visite à la Wallersee à Augsbourg afin de lui faire signer un papier de reconnaissance officiel qui lui tiendrait lieu de certificat de naissance, en passant par Rome pour embrasser son mari qu'elle n'avait pas vu depuis de longs mois. Elle terminerait son périple à Londres, où elle s'occuperait de liquider ses affaires et d'organiser son déménagement définitif. Ce qu'elle fit en décembre 1933, laissant Elissa seule aux Cloisters – et, à tous les sens du terme, en pleine tourmente.

Los Angeles, décembre 1933 - janvier 1934

La nuit du Nouvel An, une véritable tornade dévasta Los Angeles. Beaucoup de gens avaient été tués par les inondations, des ponts avaient été emportés, de nombreuses rues détruites, et le canyon et le chemin de terre dans lesquels Elissa avait l'habitude de monter à cheval n'existaient plus. Darkey l'emmenait à présent dans le lit d'une rivière qui avait été autrefois une route pavée et sur laquelle il avançait prudemment, tandis qu'elle constatait tristement tout autour d'elle sur les collines l'ampleur du désastre. Quant au jardin des Cloisters, il était ravagé – les rosiers couchés sur le sol, plusieurs arbres à demi arrachés, et le coin que Karoline avait aménagé sous le saule pleureur dans la « jungle » avait disparu, couvert de boue et effondré – Elissa avait le cœur serré en pensant à la tristesse qui serait la sienne lors de son retour.

Après le départ de Karoline pour l'Europe, Elissa avait passé des vacances de Noël nostalgiques aux Cloisters, en compagnie de Chasins et d'un vieil ami venu d'Angleterre lui rendre visite – Charles Munro, auteur de la pièce qui avait lancé sa carrière sur les planches londoniennes dans les années 1920 –, se disant chaque jour qu'elle devait écrire à John, sans jamais y parvenir. Depuis l'épouvantable lettre qu'elle avait reçue de lui en juin, six mois plus tôt, ils avaient eu très peu de contacts – juste assez pour qu'Elissa ait l'horrible impression que son Yonni avait disparu très très loin et que l'avocat nommé Mr Lawrence qui avait pris sa place ne voulait plus désormais qu'une seule chose : la piéger. John voulait divorcer, c'était évident, et elle n'y voyait pas d'objection – à condition qu'il lui fournisse la preuve nécessaire à une procédure. Elissa était assez convaincue que cette preuve existait – sans doute John lui avait-il été infidèle depuis le début. Mais elle avait récemment commencé à soupçonner qu'il voulait divorcer *à ses torts à elle*, et cela, malheureusement, était hors de question – car non seulement cela ficherait sa carrière en l'air, mais des torts, elle n'en avait pas.

De retour de sa promenade, elle monta dans sa chambre pour enlever ses vêtements de cheval puis s'installa à son bureau et, sur le joli papier à en-tête des Cloisters, commença à coucher cela sur le papier. Pour la millième fois, elle se maudit d'avoir parlé à John de ses sentiments pour Chasins *par écrit* – néanmoins, au moment où elle l'avait fait, leur relation était encore platonique, et Elissa s'accrochait à cette réalité pour soutenir que la passion qu'elle avait éprouvée pour lui AVANT de le rencontrer s'était évanouie AUSSITÔT qu'elle avait posé ses yeux sur lui, se transformant en l'amitié belle et profonde et tendre qu'elle était à présent – et rien d'autre. John ne pouvait pas demander le divorce au seul motif des *sentiments* d'Elissa pour quelqu'un.

Elle prit une grande inspiration et écrivit : « *Physiquement Chasins n'est pas séduisant. Je te l'ai déjà décrit : c'est un homme de toute petite taille, bourré de tics, et c'est un génie, une combinaison rarement – jamais – propre à éveiller le désir sexuel. Tu ne peux pas inventer une preuve – et il n'y en a pas. Je ne suis pas coupable d'adultère. Est-ce clair ?* » Puis elle continua en disant qu'elle se demandait pourquoi John n'avait pas fait de même et inventé une « attitude inappropriée » avec Mamoulian – la réponse étant que bien qu'elle ait adoré le P. A. *exactement de la même manière*, elle ne lui en avait jamais fait la confidence aussi honnête et aussi franche. Elle conclut en constatant amèrement qu'il ne méritait pas la confiance qu'elle lui avait témoignée – et en l'assurant néanmoins de son amour – toujours.

Elle cacheta la lettre, espérant que cela suffirait à calmer le jeu. En novembre dernier, Chasins s'était montré imprudent et des rumeurs les concernant avaient commencé à fuiter dans la presse. Depuis il était devenu un modèle de discrétion et ils n'avaient jamais été vus ensemble seuls durant sa dernière visite. Quant à Munro, elle avait confiance en lui – il lui avait dit qu'il était prêt à assurer, si on le lui demandait, qu'Elissa et Chasins n'étaient que des amis. Oh, ce *film business* était atroce. Y compris cette angoisse du divorce à cause du « public ». Dans le passé, de nombreuses actrices avaient défié la ménagère et survécu à un divorce. Mais aujourd'hui que le code Hays était entré en vigueur, on jouait *pour* la ménagère. Et les attachés de presse contrôlaient vos vies et vous faisaient un *fichu* chantage – non, elle n'était sous l'influence de personne, elle allait avoir trente ans et l'âge d'avoir ses propres opinions.

À peine son contrat rompu avec la Fox, Elissa avait tourné *By Candlelight* chez Universal et signé un contrat d'un an avec la Columbia, mais eux non plus ne trouvaient pas, semblait-il, d'histoires pour elle et le film dans lequel ils l'avaient distribuée s'était révélé être une horreur. Elle avait l'impression d'être poursuivie par un mauvais sort au cinéma, du point de vue des histoires et de la production. Pourquoi n'arrivait-elle pas à faire de bons films ? C'était Frank Capra qui avait détruit toutes ses chances à la Columbia – il en avait fait des tonnes sur le manque de talent d'Elissa pour la comédie, affirmé que

By Candlelight était effrayant et exigé d'engager Claudette Colbert à sa place. Maintenant que *By Candlelight* était sorti et que les critiques la concernant étaient excellentes, il était un peu embarrassé et Harry Cohn, le patron de la Columbia, ayant payé cinquante mille dollars pour Colbert, positivement furieux – néanmoins leur Capra chéri ne pouvait pas avoir tort donc Cohn continuait à prétendre que « personnellement » il n'aimait pas sa performance et qu'il se fichait de l'opinion du monde entier – et c'est Miss Carole Lombard qui ferait le prochain film de Hawks. Un autre facteur, évidemment, était qu'Harry V. Cohn – entre elles Karoline et Elissa le nommaient Harry *Vomit* Cohn – était en train de comprendre qu'Elissa ne coucherait pas avec lui et en conséquence trouvait cent excuses pour se dire qu'il « avait perdu la foi » en elle en tant que « star ».

Elissa avait commencé à préparer Karoline à l'idée que tout pouvait arriver – mais, promis, elle ne ferait pas n'importe quoi, elle avait mûri et ne serait pas impulsive. Elle allait réfléchir, crayon en main, avant de décider si elle pouvait ou non se permettre de les envoyer tous au diable. Elle avait un plan fou. Elle voulait un jour – dans pas trop longtemps – liquider tout ce qu'elle possédait. En réinvestissant le capital judicieusement, elle devrait pouvoir assurer à Karoline et Pi un revenu d'au moins cinq mille dollars par an – à eux, jusqu'à la fin de leurs jours. Alors elle pourrait enfin faire du théâtre ou les films qu'elle voulait, écrire des livres et des articles – librement – LIBREMENT. D'une chose elle était sûre : c'était sa dernière année ici sous contrat. Cette bulle dans laquelle elle vivait devait éclater – elle allait la crever elle-même. Et Karoline devait l'aider à mettre tout ce qu'elle pouvait de côté cette année, pendant qu'elle gagnait encore beaucoup d'argent, dans une *insurance annuity* ou des diamants, mais ne pas le gaspiller. Plus de voitures de bijoux de réfrigérateur d'aménagements de luxe dans le jardin de fourrures de « prêts » de voyages etc – ni pour elle ni pour Karoline. *Please darling, help me.* Elle avait passé trois années très agréables, dépensant un revenu de près de soixante mille dollars par an – mais maintenant, c'était fini. Avec la nouvelle année elle voulait repartir de zéro et il fallait commencer quelque part. Ce qui l'amenait à l'éternelle question de Pi et de sa venue. Comment faire ? Elissa ne voulait pas de lui ici, Karoline le savait bien. Les installer dans un endroit à eux coûterait forcément de l'argent – ne pouvait-on pas attendre encore ? Et Toni et Annie et le bébé, il ne fallait pas les encourager dans l'idée d'un voyage en ce moment – pardon pour sa franchise brutale. Oui, elle se dégonflait, elle commençait à avoir la frousse. Et cela paraissait contradictoire mais elle était contente que Karoline se soit acheté de jolis vêtements et des chaussures, elle en avait besoin – et qu'est-ce que c'était que soixante livres pour des vêtements alors que Karoline n'achetait jamais rien pour elle ? Que Karoline ne lui parle surtout pas de son extravagance en ce qui LA concernait, c'est quand sa générosité envers les autres parlait qu'elle se laissait aller à ses impulsions.

Et en parlant de Pi... Elissa avait eu pas mal de petits ennuis avec les autorités fédérales suite à l'envoi par son beau-père de prétendus « échantillons » de gants et de chaussures depuis Rome, afin d'obtenir des commandes à l'un de ses amis qui avait un commerce de maroquinerie de luxe – il semblait qu'il avait séparé des articles vendus par paires afin de ne pas payer de droits de douane et les avait envoyés à différentes adresses à Hollywood. Hélas, l'une de ces adresses était celle de Mary Stewart, une ancienne femme de ménage dont Pi ignorait qu'Elissa avait dû se séparer – de manière pas très amicale, elle en avait bien peur – quelques semaines plus tôt. Mrs Stewart devait avoir très envie de causer des ennuis à Mildred car elle avait délibérément tenté de suggérer que Mil ou Elissa avaient monté une conspiration pour recevoir des marchandises en contrebande d'Italie – elle pensait sûrement que c'était à Mildred qu'elle devait son renvoi au début de l'année, et c'était sa manière de lui rendre la monnaie de sa pièce. Elissa avait eu la délicieuse surprise de se retrouver ainsi dans un micmac avec les autorités – formidable publicité – *Christ !*, les gens du FBI étaient sur le point de venir aux Cloisters faire une perquisition pour trouver des preuves – et si elle était convaincue de recel de contrebande elle pouvait être expulsée. Son avocat, Rodney Johnson, avait découvert que des agents enquêtaient depuis des mois sur cette histoire d'envois d'échantillons – ils avaient été très méthodiques. Les départements du Federal Bureau avaient un dossier – le service de la poste, le bureau des douanes, les services secrets, ils avaient tous suivi l'affaire, avaient des copies de l'écriture sur les paquets, déclarations de postiers, déclaration sous serment de Mary Stewart, témoignages d'autres personnes (anonymes), description des marchandises et vérification qu'il s'agissait d'envois de paires d'objets qui avaient été séparées. C'était merveilleux. Elle adorait. Cela allait tellement faciliter les choses pour Karoline quand elle voudrait revenir dans le pays avec des meubles et des tableaux. Pour l'amour de Dieu, il fallait qu'elle déclare TOUT, qu'elle fasse estimer les antiquités par un expert assermenté. Et c'était tellement agréable pour Elissa de voir son dossier sans tache terni par des soupçons d'une combine pour spolier le gouvernement de quelque chose comme cinquante dollars – l'avocat était d'accord que ce n'était pas amusant du tout. À présent sans doute elle allait s'en tirer avec une amende – une sacrée grosse amende, ils n'allaient pas se priver –, à quoi il faudrait ajouter les honoraires de Rodney qui ne seraient pas donnés vu qu'il avait passé toute une journée à se bagarrer. Tout ça parce que le beau-père d'Elissa avait voulu lui économiser – ou économiser lui-même – quelques dollars de droits de douane. En colère ? Non. Elle se sentait juste un peu triste. Elle avait toujours été plutôt respectueuse de la loi. Et aussi assez sincère. Et franche aussi. Parfois elle se laissait influencer. Il y avait une chose dont Salomon ne parlait pas et qui pour elle était de la sagesse : rester seul. En amour tu seras seulement celui qui donne, jamais celui qui reçoit. Car en recevant l'amour tu seras pris au piège. Que ta générosité soit celle de la pluie qui tombe, pas celle de la terre qu'on arrose pour récolter ensuite. Si seulement elle avait pu suivre elle-même ce précepte. Dieu sait qu'elle en était incapable. Elle était fourbue, endolorie, écrasée de gratitude et de loyauté et du sentiment des dettes qu'elle ne pourrait jamais rembourser – des dettes morales, bien sûr. Elle avait écrit quelques beaux vers récemment – un poème le dimanche précédent : « Complainte de la pluie pour une terre stérile » – c'était la meilleure chose qu'elle avait écrite dans sa troisième décade malgré son titre pompeux –, elle le joignait à sa lettre au cas où Karoline voudrait y jeter un coup d'œil.

À peine arrivée à Londres, Karoline lui avait fait une description pathétique de la situation de leurs amis et connaissances en Angleterre. Les gens là-bas, écrivait-elle, étaient comme des mouches attrapées dans du papier collant, ou se cognant contre les murs pour échapper au spray. Leur fidèle femme de ménage, Minnie, n'avait plus de dents devant et ne pouvait pas s'offrir le dentiste, ses frères ne trouvaient pas de travail et ne pouvaient pas payer pour l'entretien de leur mère. Et la petite Winifred, qui faisait autrefois la couture d'Elissa. Son frère venait de mourir subitement, laissant sa mère sans soutien, et elle avait dépensé son argent de Noël pour pouvoir l'enterrer. Certains essayaient encore de sauver les apparences, d'autres avaient complètement lâché prise : leur ami Aldo par exemple, l'amour de jeunesse d'Elissa. Il se perdait complètement dans une existence imaginaire, dans une ville miniature qu'il avait construite lui-même et qu'il ne cessait d'agrandir et d'améliorer, en récupérant des boîtes de conserve, des bouts de bois, et des ficelles – la seule chose qu'il achetait était les outils avec lesquels il coupait le métal. D'une certaine manière, ajoutait Karoline, il avait de la chance de s'être ainsi bâti un monde dans lequel il pouvait s'échapper – la réalisation microscopique de ce qu'il aurait voulu faire dans la vraie vie. Des Murrays, Karoline ne parlait même pas – c'était tout simplement effrayant.

Elissa avait été bouleversée et bien sûr, en retour, avait signé une bonne dizaine de chèques. Mais elle suppliait sa mère, désormais, de faire attention et de ne pas se laisser emporter par les élans de son cœur. Oh, cela lui faisait si mal de lui refuser un seul de ses désirs qu'elle endurait le martyre – elle se reposait sur l'infinie compréhension de Karo, dans l'espoir qu'elle comprendrait ses motivations et ne les interpréterait pas de travers. C'était facile de la condamner en disant qu'elle changeait d'avis tout le temps. Parfois Elissa se sentait comme un animal enfermé dans une belle cage confortable et spacieuse. Devait-elle rester dans cette cage, en sécurité et pleine de honte, afin que les gens la regardent et la taquinent et la harcèlent jusqu'à la mort ? Oui, se disait-elle, le luxe immédiat en valait la peine. Puis elle se voyait, un misérable sauvage animal, tournant en rond en reniflant à la recherche d'une issue, d'un trou par lequel s'échapper. En voilà un ! Oui, là, c'en est un ! Non, ce n'en est pas un. Ici, alors ! Oui, oui, regarde ! Non, pas par là. Et elle tournait et elle tournait, cherchant la meilleure issue. Mon Dieu, elle se sentait si vieille. Elle avait vécu toute une vie en si peu d'années et à vingt-neuf ans elle avait atteint un tel état de solitude. Les dernières de ses illusions étaient en train de disparaître. Elle n'avait plus confiance qu'en très peu de gens et seulement dans leurs motivations – pas dans leur jugement ni dans leur loyauté. Pour la plupart d'entre nous, la loyauté était partagée. Oh, cette entreprise désespérée d'essayer de faire d'une pierre deux coups ! De servir deux maîtres ! Chasins entre elle et une ancienne liaison, dont il ne parvenait pas à se défaire. Karoline, inévitablement, entre Toni et elle. Toni entre Elissa et la famille qu'il avait fondée avec Annie – et c'est sa propre famille qui venait en premier – cher Toni. Elle l'aimait tendrement et ne lui faisait pas confiance une seconde – comment l'aurait-elle pu ? Et pourtant comment aurait-elle pu blâmer ou condamner un seul de ces pauvres êtres qui souffraient et se battaient amèrement sur cette terre ? Des mouches, comme les appelait Karoline. Quelle brillante comparaison. Et Toni, aussi, était une mouche, attiré et vrombissant autour du pot de confiture – pas pour lui, oh non, jamais – pour sa petite nichée. Non, elle n'avait pas un coup de cafard, et elle ne devenait pas non plus particulièrement misanthrope. Elle ne détestait personne, ne méprisait personne. Elle avait pitié et elle était un peu mélancolique. Voilà tout. Karoline pensait-elle qu'elle pouvait être heureuse dans son lit à baldaquin matelassé de satin en sachant que Minnie perdait ses dents, que les professeurs qui lui avaient tant appris galéraient et que les Latzlsperger, les parents de leur chère nurse Fanny, étaient dans la misère ? Mais que pouvait-elle faire ? Elle ne pouvait pas nourrir et entretenir le monde entier. Pouvait-elle se réjouir de voir les occupations puériles dans lesquelles son cher ami Aldo trouvait refuge ? Non, elle pouvait juste l'imiter à sa façon : en apprenant à son cheval à sauter des obstacles de plus en plus hauts – une haie de trois pieds aujourd'hui, une de trois pieds six pouces demain puis une de quatre pieds, d'abord en tenant la crinière, puis, avec du style, sans les mains – et sans parvenir à oublier une seule seconde que pendant ce temps, à Vienne, des gens se faisaient massacrer, et que partout il n'y avait que combat, combat, combat.

Les semaines et les mois passaient. Faute de financement, mon documentaire était au point mort et, autour de moi, on commençait à s'inquiéter que je ne publie toujours pas d'autre livre. Il y avait à cela une bonne raison : le livre que j'écrivais avait depuis longtemps débordé mon *roman d'Elissa,* qui n'était plus qu'une partie d'un projet plus vaste. Il m'était en effet apparu que je ne pouvais pas raconter son histoire sans raconter aussi celle de Karoline, ni celle de Karoline sans décrire le chemin qui m'avait menée jusqu'à elles. Durant toute ma vie, les gens s'étaient étonnés de mon intérêt obstiné pour cette histoire – notez que je récuse toujours énergiquement le mot « obsession » : après tout, cette « autre vie » souterraine et secrète que j'avais menée pendant toutes ces années ne m'avait pas empêchée d'avoir en surface une carrière et une vie personnelle « normales ». Mon obstination à résoudre cette énigme, insistaient-ils, les intriguait autant sinon davantage que l'histoire elle-même. Ce livre serait ma tentative de réponse. À défaut du « pourquoi », il dirait au moins le « comment ».

Cette entreprise n'était pas exempte de doutes. Je connaissais des moments de grand découragement. Mais je tenais bon. Car j'avais acquis la conviction que si nous ne nous étions jamais rencontrées dans la vraie vie, nous étions, Elissa, Karoline et moi, *les personnages du même roman.*

Au moment où je n'y croyais plus, mes précédents livres avaient fini par être traduits en anglais, et j'avais eu la satisfaction de pouvoir les donner à lire à Caroline. Ayant accepté l'invitation d'un libraire de Boston à venir rencontrer des lecteurs, je décidai de m'y rendre en voiture depuis New York, et d'en profiter pour tenter d'apercevoir la maison de Kingston où Caroline avait passé les toutes premières années de sa vie, du vivant de sa mère, puis celle de ses grands-parents à Newburyport, où elle avait vécu par la suite. À Newburyport se trouvait aussi la tombe d'Elissa, avec auprès d'elle l'urne contenant les cendres de Karoline qui ne l'avait jamais quittée, la suivant dans tous ses déménagements.

Les grands-parents paternels de Caroline étaient des descendants des premiers immigrants du Massachusetts. Ils vivaient dans une vieille maison de pierre située dans Rings

Island, à l'estuaire du fleuve Merrimack. C'était, disait Caroline, une terre de fantômes. La maison était située en bordure des « marches », ces terres de marais où flottent les esprits des Indiens chassés ou massacrés par les colons. Enfant, elle allait avec crainte jouer sur la colline sacrée des Pennacook. Adulte, elle se sentait appartenir à un peuple d'assassins.

Je n'étais jamais allée en Nouvelle-Angleterre et fus frappée de la ressemblance de la côte avec celles de ma Bretagne natale. Lorsque, après m'être inclinée sur la tombe d'Elissa et de Karoline, je me rendis dans Rings Island, mon regard se porta instinctivement vers l'horizon, en direction de l'est. Là-bas, exactement là-bas, de l'autre côté de l'océan, une petite fille avait passé des heures à regarder l'océan en direction de l'Amérique, rêvant de voir un jour un *Pacific sunset.* Et je m'étonnais du chemin sinueux qui m'avait menée jusqu'ici, des multiples hasards qui avaient fait bifurquer plusieurs fois, spectaculairement, le cours de ma vie pour, me semblait-il, me conduire à ce cimetière paisible et ombragé, vaste étendue de gazon verdoyant comme le sont les cimetières américains, dans lequel reposait Elissa. Qu'aurait été ma vie si je n'avais pas rencontré, en ce jour de juin 1983, celui qui m'avait fait découvrir l'Amérique ? Si je n'avais pas été choisie, quelques années plus tard, pour le rôle grâce auquel j'avais connu le père de mes enfants ? Il était vertigineux de penser que nos vies étaient gouvernées par le hasard, et mon esprit cartésien ne cessait de se cogner, quoi que j'en dise, à toutes les *coïncidences* qui émaillent ce récit.

J'eus un jour la curiosité de rechercher l'endroit où était situé ce Café Central dans lequel j'avais passé mes soirées avec Henry lors de mon premier séjour à New York, en 1983. Non sans mal, je finis par en trouver l'adresse dans un vieux magazine de ces années-là : il était situé sur Colombus Avenue, entre la 78e et la 79e Rue, face au Musée d'histoire naturelle. Autrement dit, au pied de l'immeuble où habitaient déjà, à l'époque, Caroline et son père, Curtis Thomas. Et au vu de la correspondance entre Curtis Thomas et Fred Brumme, c'est cet été-là qu'il lui a confié les lettres de Marie Wallersee, que Brumme allait rapporter en Europe et montrer à Brigitte Sokop.

Au douzième étage de l'immeuble donc, juste au-dessus du restaurant dans lequel je dînais avec Henry et ses amis – et alors que je me passionnais déjà pour l'histoire de Marie Wallersee et de l'enfant de Sassetot.

De même, j'avais découvert qu'Hermann Kaiser, le père « adoptif » de Karoline, avant de diriger la Deutsche Bank à Berlin puis de partir pour Vienne, avait travaillé dans les années 1860 pour le Comptoir d'escompte de Paris, dont le siège se trouvait rue Bergère, dans les locaux de l'agence de la BNP située juste en face du Conservatoire, dans laquelle j'ai eu mon compte pendant plus de vingt ans – autrement dit, ma banque.

Comme le disait Elissa de l'accident qui avait coûté la vie à Fanny Latzlperger, tout cela bien sûr n'était, ne pouvait être que le fruit du hasard.

Mais quand j'ai lu sous la plume d'Elissa qu'elle avait choisi comme nom de personnage, pour son tout premier roman, celui de *Coralie Manzini*, je me suis sentie malgré tout un peu vaciller. Car dans mes premières écritures d'adolescente, j'avais nommé mon héroïne *Carole Mancini*, et également signé de ce pseudonyme l'un de mes premiers scénarios, dont je n'étais pas très fière. Quelle était la probabilité rationnelle pour qu'Elissa et moi, à cinquante ans d'écart et parmi tous les noms possibles, ayons choisi le même, à deux ou trois lettres près ? Une sur un million, un milliard ? Je fis part de ma stupéfaction à Caroline qui n'était plus à une surprise près, encore occupée qu'elle était à assimiler les dernières révélations que je lui avais assénées, et qui me répondit avec flegme qu'indéniablement, et d'une manière que nous ne comprenions pas mais qui serait sûrement scientifiquement prouvée un jour, j'étais intimement liée à cette histoire, et qu'il ne faisait guère de doute pour elle que nous étions, sa mère et moi, des variations d'une seule et même personne.

J'écris ces lignes au Cap-Coz, non loin de Beg-Meil, dans la baie de Concarneau, dans la maison où j'ai passé toutes mes vacances d'été lorsque j'étais enfant. Chez le marchand de journaux, j'ai acheté une petite plaquette qui retrace le séjour que fit Marcel Proust à Beg-Meil, en compagnie de Reynaldo Hahn, en septembre 1895. Des tableaux et quelques photos d'époque, certaines colorisées, illustrent le récit. Je regarde celle de la ferme Kerrengrimen, propriété de l'ami des parents de Proust qui lui a conseillé la région, et où il a passé ses premiers jours dans le pays de Fouesnant, après avoir été déçu par Belle-Île. Puis je lève les yeux vers le mur du salon qui me fait face, sur lequel est suspendu depuis des années l'agrandissement d'une photo qui me montre à cheval, dans la cour d'une ferme, à l'âge de quatorze ans. Les pierres, les ardoises, l'agencement des bâtiments, l'arrondi des portes : c'est bien la même ferme. J'avais quatorze ans, c'étaient les années 1970, je me trouvais dans la ferme même où Proust avait séjourné en 1895, et qu'il évoquerait dans son premier roman resté inachevé, *Jean Santeuil*, dont il avait écrit ici plusieurs chapitres, tandis que la reine de Naples complotait avec les anarchistes à Paris, qu'Élisabeth était à Corfou, en Suisse ou sur un yacht quelque part en Méditerranée (à moins qu'elle n'ait été à Bad Kissingen et rencontré Karoline qui y séjournait avec les Kaiser), je faisais du cheval dans les années 1970 pendant que Caroline, par l'intermédiaire de son agent secret, faisait la connaissance de John Cecil Lawrence à Londres, qui lui remettait les lettres qu'Elissa lui avait envoyées d'Hollywood, et que Fred Brumme, déjà, arpentait Sassetot, à la recherche de témoignages et de la solution de l'énigme. Les lieux, les temps, les personnes, Proust et le Café Central, Sassetot et Elissa, moi et Hollywood, tous nous tournons, nous confondons, nous mélangeons dans la grande essoreuse du Temps.

Rome – Augsbourg – Londres,
décembre 1933 - janvier 1934

À Rome, alors qu'elle l'avait cru désespéré par leur séparation, Karoline avait trouvé Pi en pleine forme – il avait l'air de passer du bon temps et était devenu très ami avec le beau-père de la fille de Mussolini, ainsi qu'avec le chef du département de la censure des films. Le Duce, lui avait-il appris, avait écrit une version de *César et Cléopâtre* pour le cinéma et était tombé amoureux fou d'Elissa en la voyant dans *Le Signe de la croix*. Il voulait qu'elle joue le rôle de Cléopâtre et cherchait une compagnie américaine qui produirait le film pour eux en Italie. Elissa pensait-elle que la Columbia pourrait être intéressée ? Karoline avait le sentiment qu'un film écrit par Mussolini et qu'il était prêt à financer entièrement de sa poche devait être possible à caser – à condition de ne donner à Pi aucune responsabilité : tant qu'il s'agissait de rencontrer des gens tout allait bien, mais dès que l'argent s'en mêlait c'était une catastrophe. Et si Elissa, comme Karoline en avait l'intuition, se fichait de jouer Cléopâtre comme d'une guigne, le film de Musso serait néanmoins un bon prétexte pour obliger Pi à rester à Rome, puisque Elissa ne semblait pas pressée qu'il les rejoigne aux États-Unis.

De Rome, Karoline avait pris le train pour Augsbourg afin d'y rencontrer la vieille baronne Wallersee. À peine installée à son hôtel, elle avait envoyé un message à l'adresse que celle-ci lui avait indiquée, demandant si elle pouvait passer la voir l'après-midi. Le messager était revenu avec un mot griffonné l'invitant à venir vers quatre heures, heure à laquelle la baronne serait « dans son trou à rat ». De ce que Karoline avait compris, la vieille baronne ne recevait jamais aucune visite, à part la dactylo qui tapait ses manuscrits, et de temps en temps une petite jeune fille – une artiste – qui l'avait prise en affection. Un taxi avait déposé Karoline devant une bâtisse sans inscription ni sonnette, et lorsque après un instant d'hésitation elle poussa la porte, une voix lui cria de monter. L'intérieur de la maison était nu, sans l'ombre d'un tapis, ni dans le hall ni dans l'escalier, qui était raide et étroit. Sur le palier se tenait une digne et imposante silhouette, pauvrement mais proprement vêtue avec un châle de laine drapé sur ses épaules. Karoline s'arrêta sur l'avant-dernière marche, surprise. Elle avait imaginé la baronne Wallersee plus petite, et tassée par les années. Mais la baronne avait dû dans le passé être encore plus grande qu'elle et était seulement un peu courbée. Son visage était absolument beau, parfaitement dessiné, un peu creusé et allongé par l'âge. Sa bouche, bien que presque complètement édentée, très expressive et malicieuse. La seule chose que Karoline ne trouva pas à son goût fut son menton, qui ressemblait étonnamment au sien – cette sorte de gorge oblique typiquement Wittelsbach. La nièce de l'impératrice dégageait une telle majesté qu'on en oubliait la misère et qu'on ne ressentait en la regardant qu'admiration. Sitôt que Karoline fut près d'elle, la vieille dame lui prit la main – l'émotion l'empêchait apparemment de parler – et l'entraîna dans sa chambre, puis lui indiqua un fauteuil et chuchota : « Asseyez-vous là sous cette lampe que je puisse bien vous voir. »

Au bout de quelques minutes, Karoline et elle étaient comme de vieilles amies. Karo trouvait à la baronne un sens de l'humour irrésistible – des choses drôles et absurdes fusaient de sa bouche constamment. Ainsi, lorsqu'en réponse à une réflexion qu'elle faisait sur son âge, Karoline protesta poliment qu'elle n'était pas vieille, Marie Wallersee haussa les épaules et répliqua : « Pas vieille si j'étais une cathédrale, mais pour une femme, si. » Ou, comme elle essayait de cacher sa bouche avec son mouchoir : « Je devrais me faire mettre un dentier, au cas où quelqu'un tomberait amoureux de moi. » Lorsqu'elle expliqua qu'elle était bien handicapée à cause d'un genou cassé qu'elle avait négligé et qui l'empêchait de marcher, Karoline demanda : « Et sinon, la santé va bien ? — Très bien, répondit Wallersee, sauf que j'ai de la purée dans le crâne à la place du cerveau » avec un tel humour pince-sans-rire et si dénué d'amertume qu'elles éclatèrent de rire, et que Karoline ne put s'empêcher de lancer : « Quel sens de l'humour merveilleux vous avez. » À quoi la baronne répondit : « À quoi vous attendiez-vous ? Je serais morte depuis longtemps si je ne riais pas. » Sa chambre était la plus pauvre que Karoline eût jamais vue, uniquement meublée d'un lit tout déglingué, d'une table, de quatre chaises, et d'une autre petite table avec deux feux à gaz posés dessus. Quant aux murs, ils étaient entièrement couverts de coupures de presse et de photos d'Elissa, de l'impératrice, de la baronne elle-même, de toutes sortes d'altesses royales, de Chaplin, de Mussolini – qu'elle adorait au point d'avoir donné son nom à son chat. « Et parfois il dort dans mon lit, et le lendemain je peux dire que j'ai couché avec Mussolini. »

Au bout d'un moment, elles en vinrent aux raisons de sa visite, et Karoline lui demanda si elle accepterait de lui signer un papier de reconnaissance officiel qui pourrait lui tenir lieu de certificat de naissance. La baronne lut le papier puis, regardant Karoline par-dessus ses lunettes, elle suggéra : « Je pourrais écrire que j'étais la sage-femme », avant d'éclater de rire. Le lendemain matin, Karoline dénicha un notaire avec l'aide de l'hôtel, l'amena chez la Wallersee afin de contresigner le document et l'affaire fut faite : Karoline se trouva l'heureuse propriétaire d'une déclaration officielle.

Sur ce, elle se mit en route pour Londres, qui ne lui parut pas changé, si ce n'est qu'après deux ans passés en Californie, tous les Anglais lui semblèrent pâles et anémiques, des rats courant sous la terre sans jamais voir le ciel ni respirer l'air frais. Pour la millième fois, elle se demanda comment elle avait pu vivre en Angleterre si longtemps et, munie de la reconnaissance de la Wallersee, se prépara gaiement à aller demander son visa d'immigration. Hélas, après avoir retourné en vain l'appartement du rez-de-chaussée du 45 Belsize Park – dans lequel habitaient à présent Toni et Annie – à la recherche de son certificat de mariage avec Pi, elle se rendit compte avec désespoir qu'il était, tout autant que celui de sa naissance, introuvable. Aussi, ne pensant plus avoir aucune chance d'obtenir un visa d'immigrant, elle se résigna à se rendre à l'ambassade des États-Unis pour demander un simple visa de visiteur. Après avoir jeté un coup d'œil rapide à son dossier, la jeune femme à la réception lui demanda pourquoi elle n'avait pas demandé un numéro de quota, écouta attentivement les explications embarrassées de Karoline, puis passa dans la pièce voisine d'où elle l'appela une minute plus tard. Karoline eut alors une petite conversation avec le consul en personne, qui lui demanda son âge et cligna de l'œil en disant : « Je pense qu'on peut se dispenser du certificat de mariage » – il ne restait, semblait-il, que l'importante question des finances à régler. Dieu soit loué, avant son départ, Elissa avait fait établir un certificat d'assurance de la maison avec l'inventaire de tout ce qu'elle contenait, qu'elle avait mis au nom de Karoline – il y en avait pour plus de cent trente mille dollars. Elle montra le certificat au consul qui parut satisfait. Il l'escorta dans les escaliers jusqu'au bureau de l'immigration où se trouvait un gentleman qui lui demanda de jurer qu'elle avait dit toute la vérité, agrafa une carte à un grand et impressionnant document, lui dit de retourner avec tout cela au premier étage pour payer les frais de dix dollars, et ce fut la fin des formalités. Elle s'assit presque sur le parquet de surprise. Ils lui avaient donné un numéro de quota – un visa d'immigration. Elle adorait les Américains. Ils étaient juste différents du reste du monde. Elle était si abasourdie qu'il lui fallut vingt-quatre heures avant de réaliser ce que cela signifiait. Immigrer définitivement en Amérique était la raison principale de son voyage en Europe et elle avait été désespérée d'en revenir avec un simple visa de visiteur. Mais à présent elle aurait la liberté de faire n'importe quel travail là-bas – elle ne serait pas forcée de rester un éternel fardeau et un souci pour Elissa. Elissa ne devait plus s'inquiéter – elles allaient s'en sortir.

L'esprit ainsi libéré de ces tracasseries administratives, elle entreprit de se consacrer à la mission que lui avait confiée sa fille, à savoir s'occuper du partage des affaires qu'Elissa et John possédaient en commun en prévision du divorce. Elle transmit à son gendre les demandes d'Elissa. Pi aurait été flatté de voir comme John avait du mal à se séparer de chacun des meubles de sa confection, mais il céda sur presque tout, se montra tout à fait d'accord pour laisser le tapis rose à Elissa, et n'eut pas un murmure au sujet du lit ni du piano. En revanche, il tenait terriblement au portrait de la dame hollandaise au-dessus de la cheminée, qui était un cadeau de mariage de Pi et clairement revenait à Elissa, ce qui mit Karoline dans l'embarras – si John avait été un tant soit peu agressif ç'aurait été plus facile mais il se comportait en vrai gentleman et elle n'avait pas trop de prise. Par ailleurs, elle ne parvenait pas à savoir dans quelles dispositions il se trouvait réellement à l'égard d'Elissa. D'après Toni, lorsqu'il avait reçu la lettre d'Elissa lui annonçant sa liaison avec Chasins, il s'était effondré en larmes, et ce n'était sans doute que par une fierté imbécile qu'il lui avait rendu sa liberté aussitôt, en prétendant avoir de son côté rencontré quelqu'un. Bien sûr, elle s'était conformée scrupuleusement aux instructions d'Elissa, et avait fait l'idiote en soutenant à John qu'il n'y avait entre sa fille et Chasins qu'une grande amitié, ne voulant pas donner à John des armes contre elle – elle n'oubliait pas qu'il était avocat.

Elle s'apprêtait, toute fière d'elle, à rendre compte à Elissa du succès de ses négociations lorsqu'elle reçut la lettre amère dans laquelle Elissa – visiblement en pleine agitation – la suppliait de faire plus attention à leurs finances. Karoline en fut bouleversée, tout en ne pouvant se défendre d'un profond sentiment d'injustice. Elissa affirmait qu'elle avait dépensé soixante mille dollars par an durant les trois dernières années – ma chérie, pensait Karoline, mathématiquement tu as gagné en tout, entre novembre 1930 et novembre 1933, cent quatre-vingt-huit mille dollars. Comment aurais-tu pu en dépenser soixante mille par an et mettre de côté tout ce que tu as ? Certes, au sujet des « prêts » – ainsi nommaient-elles pudiquement entre elles l'argent que, sur les demandes pressantes de Karoline, Elissa distribuait à tour de bras à leur entourage –, Karoline reconnaissait qu'elle n'était pas blanche comme neige. Elle admettait volontiers que toutes deux avaient été faibles. Oui, elle avait été *soft*, sûrement. *Damn soft.* Mais elles ne vivaient pas au milieu du désert et il n'était pas si facile de regarder stoïquement les autres mourir de faim quand on vivait soi-même dans le confort. Elle espérait qu'à l'avenir Elissa réussirait à rester aussi ferme qu'elle le disait. Pour le reste, *please*... Qu'Elissa ne lui jette pas dans les dents les bijoux et le réfrigérateur – au moins elle les *possédait.* La vérité était que l'achat de cette maison lui avait évité de perdre dix-huit mille dollars qui auraient disparu autrement dans le krach bancaire – et cela grâce à qui ? Certainement à aucun des gentlemen dont Elissa avait pris le conseil – voyons voir. Mr John Cecil Lawrence : Elissa avait fini par voir quel brillant homme d'affaires il était. Il ne s'était même pas renseigné sur la Fox au moment où Elissa avait dû choisir entre les différents studios, sans quoi il ne lui aurait jamais conseillé de signer avec eux. Mr Mamoulian : il avait recommandé la National Bank de Beverly Hills et certifié qu'elle était garantie par l'État – *ha ha.* Mr Chasins ? À peine s'étaient-ils rencontrés qu'il avait présenté à Elissa un certain courtier en Bourse qui allait faire d'elle une femme riche en moins de deux – et elle avait perdu d'un seul coup plus qu'elle n'aurait jamais pu rassembler par des années de mégotage. Dieu soit loué, Elissa n'avait pas signé la sorte de procuration qu'il voulait obtenir d'elle : le Grand Méchant Loup le lui avait interdit. Karoline ne prétendait pas être un génie financier, loin de là. Elle voulait simplement que ses enfants ne répètent pas ses propres erreurs. Même les gens comme Pa et Ma Lawrence, qui roulaient sur l'or, ne savaient littéralement pas quoi faire de leur argent pour le mettre à l'abri. Ma Lawrence avait voulu acheter des maisons pour les convertir en appartements, mais on l'en avait dissuadée : les gens ne pouvaient plus payer leur loyer et cela ne rapportait plus rien. Pa Lawrence disait qu'Elissa avait été bien avisée d'acheter des diamants – la chose qui avait le moins de valeur aujourd'hui était l'argent, ou son équivalent, c'est-à-dire ce qu'Elissa se proposait à présent d'acheter : des annuités. Quel bien cela lui ferait-il de posséder cent mille dollars qui lui rapporteraient cinq mille dollars par an si le pouvoir d'achat du dollar diminuait de moitié ou même plus ? Oh chérie – parfois Karoline regrettait de n'avoir pas pris davantage de liberté avec l'argent d'Elissa – Mildred était témoin qu'elle s'était même renseignée auprès de la Bank of California sur l'acier – les actions étaient alors à trente-sept dollars, elles étaient aujourd'hui à cinquante-sept – voilà comment on gagnait de l'argent, pas en mégotant et en se privant de confort. Comme elle avait été stupide – une sacrée idiote. Peur ! elle avait eu peur – ne sommes-nous pas tous esclaves de la peur ? Elle avait toujours eu peur de déplaire à Elissa. Elle s'était toujours dit : ah ! J'ai l'air de vouloir l'argent pour moi. La pauvre chérie, elle travaille si dur, elle a bien le droit de vivre dans le luxe, c'est sa seule compensation, elle déteste son travail. Donc maintenant elle allait faire une croix sur tout cela, elle allait être une vieille grippe-sou d'esclavagiste – du moins elle se sentirait être telle – et il faudrait qu'Elissa lui dise et lui répète que c'était bien ce qu'elle voulait, car sinon elle se détesterait trop.

Le ton de la lettre d'Elissa était si amer que Karoline commençait à redouter qu'elle n'agisse impulsivement et prenne une décision qu'elle regretterait ensuite. Oui, le cinéma était un dur travail, mais il lui achèterait l'indépendance si elle serrait les dents et continuait encore un peu. À vrai dire, à part Katharine Hepburn, personne ne semblait réellement faire de bons films ces temps-ci à Hollywood. Tout le monde savait que les gens n'y restaient que pour l'argent. Elissa avait au moins la consolation qu'être comédienne n'était pas son art véritable, c'était son moyen de survie, et la question de l'intégrité artistique, de ce fait, n'entrait pas en ligne de compte comme pour les autres actrices. Après tout, si elle n'avait pas eu de talent pour jouer la comédie et danser, elle aurait dû, soit être une épouse modèle dont l'esprit aurait été brisé, soit gagner sa vie en devenant professeur ou secrétaire – et à la longue cela n'aurait peut-être pas paru si formidable de gratter péniblement cinq ou même dix livres par semaine en faisant les quatre volontés d'un patron.

Parfois il semblait à Karoline qu'Elissa en avait un peu assez d'elle – peut-être ferait-elle mieux de rester loin plus longtemps ? Dieu merci, Karoline se suffisait parfaitement à elle-même. Elle avait la grande satisfaction de constater qu'elle faisait partie de ces très rares femmes d'âge mûr dont les gens recherchaient la compagnie – elle était invitée partout et sortait tous les soirs –, beaucoup plus qu'elle ne l'aurait voulu. Elle avait commencé à regarder les bateaux pour son retour, mais décida d'attendre pour acheter son billet qu'Elissa lui dise franchement ce qu'elle souhaitait. Quant à Pi, Karoline avait bien compris qu'Elissa ne voulait pas de lui en Californie et elle faisait tout pour le tenir à distance. Avec un peu de chance, il serait coincé en Italie par ce projet de film pendant encore de bons mois.

À peine Karoline avait-elle cacheté sa lettre qu'arrivait le câble d'Elissa, qui lui annonçait la rupture de son contrat avec la Columbia.

Depuis le test ADN, je lisais bien sûr la correspondance d'Elissa et de son frère d'un œil différent, repérant chaque référence aux juifs, nombreux à Hollywood, et il me paraissait évident qu'elle ne soupçonnait pas du tout l'être elle-même. Ainsi, au moment du tournage de *The Yellow Ticket* dont l'histoire se déroulait dans un ghetto de Russie en 1913, Elissa s'inquiétait fort, malgré le maquillage, de paraître beaucoup trop goy et nordique pour le rôle, au point de ne pas être crédible. Caroline, cependant, se disait certaine que sa mère faisait semblant de croire à l'histoire de Karoline et que, tout au fond d'elle, Elissa se savait juive, tout comme elle-même, Caroline, avait compris l'homosexualité de son père bien avant de *savoir* qu'elle le *savait* : « Il y a tant de niveaux différents de conscience », aimait-elle à répéter. Elle allait jusqu'à affirmer que la guerre – et la découverte des camps – était ce qui avait causé la maladie d'Elissa et sa mort, et, de fait, tous les témoignages confirmaient avec quelle conviction Elissa s'était engagée contre le nazisme, prenant sa part de l'effort de guerre et la nationalité américaine en 1943.

Sur ce terrain miné, j'avançais avec une grande précaution, ne me sentant guère légitime pour trancher une telle question.

Après son divorce avec Karoline, en 1911, le père d'Elissa, Richard Kühnelt, s'était remarié avec une femme juive dont il avait eu deux filles – qui se trouvaient donc être les demi-sœurs d'Elissa. Ayant rompu toute relation avec son père, mort dans un accident d'avion en 1930, Elissa ne les avait jamais rencontrées, mais connaissait leur existence. D'après Curtis Thomas, elle s'était convaincue après la guerre que ses deux sœurs, ainsi que leur mère, étaient mortes dans les camps de concentration, et en avait été profondément et durablement bouleversée. Non sans mal, j'ai retrouvé la trace de ces deux jeunes filles. J'ai ainsi appris à Caroline que ses deux tantes avaient pu se réfugier en Angleterre en 1939 avant d'émigrer, plus tard, en Amérique du Sud. Leur mère, en revanche, la deuxième épouse de Kühnelt, restée à Vienne, a été déportée en 1942 dans le ghetto de Łódź, qui servait alors de zone de transit pour des juifs venus des quatre coins du Reich et d'où elle n'est jamais revenue.

Ce qui aurait été, sans doute, le sort de Karoline, si elle n'avait pas aussi spectaculairement modifié le cours de son destin.

Dans son début d'autobiographie, en 1941, Elissa écrit : « *Difficile à écrire mais vrai, je suis heureuse que Karoline ne soit plus parmi nous. Je sais ce qu'elle aurait ressenti devant l'Anschluss. Elle avait toujours cru en l'alliance entre l'Allemagne et l'Autriche, mais elle n'aurait pas supporté l'annexion de son pays d'origine par Hitler. Toute guerre et toute oppression, pour elle, étaient inexcusables. Avant 1930, elle pouvait comme nous tous, juifs et "gentils" confondus, répéter des plaisanteries dont les juifs étaient la cible. Avant 1930, j'ai pu l'entendre dire : "Ce sale juif" comme je l'ai entendue dire : "Ce fourbe d'Irlandais" ou "ce satané Hun". Mais du jour où Hitler est arrivé au pouvoir, je n'ai plus entendu une seule fois dans sa bouche une remarque antisémite, même sous forme de plaisanterie.* »

Lorsque je retrouvai sur Internet le texte du livre que Karoline avait écrit en 1915, l'année suivant la publication du *Secret of an Empress*, j'hésitai à le montrer à Caroline. Je savais par Brigitte Sokop que cet essai, intitulé *Is Austria Doomed ?*, contenait des passages antisémites, et je craignais sa réaction. Je ne me trompais pas. Elle ne voulut pas y toucher, mais accepta que sa fille Elissa lui en lise à voix haute quelques extraits tandis que je filmais la scène. À la suite de quoi Caroline cracha sur le livre, puis décrocha de son mur toutes les photos de sa grand-mère Karoline. J'avoue n'avoir pas lu le texte en entier – il me suffisait de savoir que son auteure accusait conjointement les jésuites et les juifs d'être responsables du déclin moral de l'Autriche. Me semblaient particulièrement vertigineux les nombreux passages où elle s'acharnait contre les « *juifs convertis* », selon elle les pires de tous, « *ces individus qui se pensent sur la voie du triomphe social et, afin de ne pas choir des hauteurs où ils sont si difficilement parvenus, jouent les antisémites et affectent le mépris envers leur propre peuple pour mieux dissimuler leurs origines* ».

Et à nouveau, malgré moi, j'étais saisie par le doute, tant une telle « haine de soi » dépasse mon imagination.

Peu à peu, cependant, une autre histoire se dessinait pour moi.

« Pi était-il seulement comte ? » me demanda un jour Caroline.

Sur ce point, j'ai mis longtemps à acquérir une certitude, mais j'ai enfin la réponse : le premier comte Zanardi Landi – Giovanni Battista – était un cousin au second degré de l'ancêtre de Pi. Anobli en 1577 par le duc Ottavio Farnèse, il a transmis le titre de père en fils à ses descendants directs – dont Pi ne faisait pas partie. Autrement dit, bien que membre de cette illustre famille, Pi n'avait pas droit au titre de comte et était bel et bien un imposteur. Dans son autobiographie, Elissa mentionne la bague ornée d'une couronne, qu'il portait toujours à son doigt – la même couronne figurait sur son papier à lettres, ainsi que sur le service de table et l'argenterie dont avait hérité Caroline, et qui m'avaient tant impressionnée lors de ma première visite chez elle à New York.

Curtis Thomas, le père de Caroline, n'avait pas connu Karoline, qui était morte plusieurs années avant qu'il ne rencontre Elissa. Mais il avait en revanche bien connu Pi : après avoir vendu les Cloisters, au début de la guerre, Elissa s'était acheté une ferme à Kingston pour y vivre avec son beau-père. Pi s'était lancé avec enthousiasme dans l'élevage et la culture, tandis qu'Elissa, qui, malgré de jolis succès d'estime, ne parvenait toujours pas à vivre de sa plume, continuait à être « l'homme de la famille » et à gagner le pain quotidien sur les planches, suppliant son beau-père dans ses lettres de « faire bien attention à la vache », leur bien le plus précieux en ces temps de restrictions. Après son mariage avec Elissa, Curtis était lui aussi venu vivre à Kingston et, s'il n'avait pas connu Karoline, il avait cohabité avec Pi jusqu'à la mort d'Elissa, soit plus de six années. À son sujet, il n'était pas avare de sarcasmes, et professait sur son beau-père une opinion bien tranchée :

« *Pi,* écrivait-il dans un texte qui devait servir de préface au livre de Katerina von Burg, *était un intrigant, et il était stupide. Karoline en revanche, à ce que m'en a toujours dit Elissa, était loin d'être stupide, et n'avait pas le profil d'une aventurière.* » Il ajoutait que le deuxième livre de Karoline, *Is Austria Doomed ?*, reflétait selon Elissa bien plus les idées politiques de Pi que de Karoline elle-même.

Tirant ce nouveau fil, je parvins non sans mal à me procurer plusieurs articles de presse sur l'affaire du *Falernian* qui lui avait valu le surnom de « Pirate », et appris que Carlo Zanardi Landi avait été condamné par les tribunaux anglais en première instance, puis en appel, non seulement pour n'avoir pas respecté les clauses du contrat de renflouage qu'il avait signé, mais aussi pour avoir menti sous serment. Lorsque je découvris une lettre d'Annie, la femme de Toni, ironisant sur l'admiration enthousiaste manifestée par Pi envers Mussolini, dont il ne s'était départi que très tardivement, et se félicitant en octobre 1943 que, sans doute sous l'influence d'Elissa, il « *ait enfin vu la lumière* », puis une autre d'Elissa à Pi, datant elle aussi des années 1940, dans laquelle, lui annonçant la visite d'une de ses amies qui était juive, elle lui reprochait avec virulence son antisémitisme, « *qui, lorsqu'il n'y prenait pas garde, transparaissait malgré lui dans ses propos* », j'eus l'impression que, soudain, toutes les pièces du puzzle se mettaient en place. J'avais trouvé à Karoline les *motivations* qui m'avaient toujours échappé pour se conduire comme elle l'avait fait.

Ne pouvait-on pas, sinon excuser, du moins comprendre que Karoline, se trouvant seule après sa séparation d'avec Kühnelt en 1906, à Vancouver, avec deux enfants en bas âge, et faisant la connaissance de ce bel ingénieur qui se disait comte et tomba instantanément amoureux d'elle – et elle de lui, je n'en doute pas, même si au fil du temps la passion s'était transformée en une tendresse conjugale teintée d'un certain mépris, qu'Elissa d'ailleurs partageait bien –, ne pouvait-on pas comprendre que Karoline n'ait pas voulu prendre le risque de saborder cette belle histoire naissante en lui avouant qu'elle était une *juive convertie*, pour peu que Pi ait laissé échapper devant elle, incidemment, un ou deux propos antisémites ? N'était-il pas crédible qu'elle se soit inventé une filiation aristocratique afin de paraître digne de lui, et que, se laissant déborder par son imagination romanesque, elle se soit choisi pour mère, tant qu'à faire, une impératrice – *remember*, 1908, Vancouver, l'Europe et l'Autriche sont si loin, qui va la démasquer ? –, ne pouvant prévoir que Pi, flairant la bonne affaire, embrasserait sa cause avec tant d'enthousiasme qu'il entreprendrait des démarches auprès de la Cour, la convaincrait d'écrire ses Mémoires et de revenir en Europe, sans qu'elle puisse ensuite faire machine arrière et avouer son mensonge sous peine de le perdre ?

Je ne prétends pas que ce soit la vérité, seulement – à mes yeux tout du moins – une fiction *possible.*

L'écrit le plus ancien dont j'avais connaissance, de la main de Karoline, était daté de janvier 1908, à Sault-au-Récollet, près de Montréal. Glissé entre deux lettres à Carlo, il ne comportait aucune mention de destinataire, et ressemblait au début d'un journal, qu'elle regrettait de ne pas avoir tenu plus tôt. À partir de ce jour, affirmait-elle en préambule, tout y serait consigné. A-t-elle tenu parole ? Si oui, la suite a disparu. J'avais passé un long moment à l'étudier, car s'il s'agissait bien de réflexions intimes de Karoline, elles devaient être l'un des seuls écrits de ce genre dont je disposais, l'un des seuls à n'avoir ni objet ni destinataire, à ne pas faire partie d'un plan. Elle y citait Voltaire en français (« *Tant de bruit pour ces quelques arpents de neige !* »), racontait une conversation avec le vicaire, y livrait ses premières impressions du Canada qui ne l'impressionnait guère que par ses étendues d'eau et par la bigoterie des indigènes, si obsédés par leur mort prochaine et préoccupés par leur salut qu'ils regardaient tous les Européens comme des âmes perdues. Elle recevait la *Neue Freie Presse* et la lecture qu'elle en faisait ici lui était pénible, car elle lui rappelait l'insouciante quête du plaisir de la vie viennoise, et elle sentait monter en elle une fureur, une jalousie, une nostalgie aussi. Car ce monde-là avait été le sien, et lorsqu'elle lisait la liste des dames patronnesses de l'Automobil Ball, pas moins de quatorze d'entre elles faisaient partie de son cours de danse, celui qui était à présent le mari de l'une d'entre elles lui avait même fait la cour, et elle, pauvre innocente, l'avait repoussé – malgré ses trente millions de florins. Et à présent? Elle ne voulait pas y penser. *Fatum.* La tête lui tournait tant qu'elle ne pouvait poursuivre sa lecture. Elle, la plus ambitieuse de toutes, si bannie du monde. Mais tout vient à son heure. Et la fin de ces lignes sonne comme du Balzac ou du Alexandre Dumas : c'est une déclaration de guerre, une annonce de vengeance : « *Geld machen* », devenir riche, puis rentrer là-bas, tel est son but. Dix ans. Alors elle brillera, tandis que les étoiles de ses compagnes de jeunesse commenceront à pâlir. L'ambition sommeille encore en elle, mais le feu couve sous la braise et les flammes un jour jailliront...

Dans cette aspiration un peu stupide à la fortune et à la gloire, dans cette âme tendre qui avait lu trop de livres, romanesque au-delà du raisonnable, dans cette Karoline que « ma » Caroline clouait au pilori, je reconnaissais quelque chose de moi au même âge.

Sans doute, outre ses écrits antisémites, son attitude à l'égard de sa mère – si Nanette

Kaiser était bien telle – demeurait à mes yeux d'une cruauté difficilement excusable. Mais que savais-je après tout, moi dont la mère avait toujours été si aimante, des torts que ladite Nanette avait pu avoir envers elle ? Des quelques échanges qui étaient parvenus jusqu'à moi, ainsi que des rares lettres de sa sœur, Laura Kaiser, se dégageait une impression étrange : ainsi Nanette suggérait-elle à Karoline de lui écrire à une autre adresse « si elle craignait que Laura n'ouvre ses lettres ». Et Laura, en 1925, dans l'une des rares lettres que j'ai retrouvées d'elle, adressée à Elissa, disait avoir appris par une cousine que sa mère Nanette se trouvait dans la détresse financière à Londres, et l'avoir en conséquence ramenée auprès d'elle à Paris. Quelle fille apprend « par une cousine » que sa mère est en détresse ? Les liens entre les membres de cette famille Kaiser étaient, à l'évidence, plus que distendus, et qui pouvait blâmer Karoline d'avoir voulu échapper à un destin tout tracé, comme l'avaient fait sa grand-mère et sa mère avant elle ? Toutes les femmes de cette lignée maternelle, sur trois générations, avaient choisi la rupture – Frances Micholls fuyant son pays et son honorable famille pour se marier enceinte, Nanette Kaiser n'attendant que la mort de son mari pour se convertir au catholiscisme ainsi que ses deux filles, Karoline rejetant sa mère avec une violence inouïe, s'inventant une mère fantasmée, et inaugurant ainsi un nouveau cycle mère-fille, un cycle d'amour fou, mon Elissa perdue, dévorée dans une relation fusionnelle avec une mère adorée, pour finir par « ma » Caroline pleurant toute sa vie une mère qu'elle n'avait pas connue.

Un jour, Caroline m'a appelée de New York alors que j'étais à Paris et que je marchais dans la rue. Elle avait la voix altérée. Elle m'a demandé de la rappeler à un moment où je serais tranquille, elle avait quelque chose à me dire. Sa fille, Elissa, avait décidé de changer de sexe. Je ne sais pas si c'est la bonne formulation, si « décidé » est le mot juste, en tout cas Caroline était choquée – autant, me dit-elle, par le fait lui-même que par la manière dont Elissa le lui avait annoncé, sans ménagement et au milieu d'une réunion amicale. Mais surtout, surtout, elle était choquée par le nouveau prénom qu'avait adopté Elissa : elle se prénommerait désormais Carter. Cette décision sonnait pour Caroline comme un désaveu, un rejet de tout son héritage maternel. « Elle aurait pu au moins, me dit-elle, choisir un prénom moins éloigné de celui que je lui avais donné, ou prendre Landi comme *middle name*, mais non : Carter. »

Et tout en comprenant son désarroi, je ne pouvais m'empêcher d'admirer la radicalité du moyen qu'avait trouvé Elissa – qu'avait trouvé Carter – pour rompre cette chaîne.

Rambouillet, automne 1935

Elle était de retour en France, et tournait *Kœnigsmark* dans la jolie petite ville de Rambouillet. Annie, sa belle-sœur, l'avait accompagnée en Europe et ensemble elles partaient faire de longues balades sur les vélos que leur prêtaient les serveuses. La nourriture dans ce pays était toujours incroyablement bonne, mais aussi l'atmosphère ambiante, et l'humeur générale, en dehors même du plateau de tournage, était au beau fixe. La situation politique était étrange : le gouvernement français et la presse défendaient Mussolini, tandis que tout le monde dans la rue était contre lui – mais personne ne voulait la guerre. Pour sa part, elle ne voyait pas comme une tragédie que ce fichu petit Duce, qui se prenait pour Jules César, s'approprie des miles et des miles d'Abyssinie – après tout, l'Italie avait autant de droits que quiconque d'avoir des colonies – mais bien sûr, si on le laissait faire, rien ne l'empêcherait ensuite de revendiquer la Savoie, et Malte, et toutes les îles grecques. Dieu, que le monde était devenu effrayant. Et les Anglais ? On ne pouvait que prier qu'ils n'entrent pas en guerre. Personne en Europe ne voulait la guerre, pas même les Italiens. Elle avait dans sa loge une radio et cherchait souvent la fréquence de Rome, Milan ou Gênes. Discours, discours, discours, qui tous exhortaient à se battre pour la gloire de la patrie, mais curieusement on entendait dans le ton même de ces discours qu'ils s'adressaient à des oreilles rétives, comme si ceux qui les tenaient essayaient de *vendre* l'idée de la guerre à leurs auditeurs. Elle avait été interviewée par un jeune Italien qui l'avait confirmée dans cette impression et on ne pouvait s'en étonner – la dernière guerre était encore si proche. Le mépris d'Elissa pour Mussolini augmentait un peu chaque jour, même s'il commençait à se teinter de pitié quand elle voyait dans quel *mess* il s'était fourré. Et dire que l'année passée Pi s'était démené pour tenter de monter un film sur Jules César dont paraît-il le Duce lui-même avait écrit le scénario et pour lequel il ne voulait qu'Elissa dans le rôle de Cléopâtre ! Heureusement, comme la plupart des choses que Pi entreprenait, l'affaire était tombée à l'eau d'elle-même, sans qu'Elissa ait besoin de chercher un quelconque prétexte pour se défiler.

Elle avait été heureuse de quitter la Californie, et de s'éloigner de Jean Negulesco, même si elle l'aimait toujours, du moins elle aimait l'homme qu'il était un an auparavant, le garçon gai et débonnaire qui l'emmenait au Hollywood Bowl, à Monterey, ce compagnon si plein d'imagination, de bonne volonté et de joie de vivre, de cette *vitalité* surtout dont elle avait tant besoin, et elle ne pouvait pas croire qu'il ait complètement disparu – mais elle allait faire comme si, et s'éloigner de la créature faible et craintive qui avait pris sa place, dont la vigueur était purement physique et dont l'imagination était tout entière employée à poursuivre ses intérêts égoïstes. Oh, bien sûr, elle n'était pas elle-même exempte de torts, et que celui qui n'a jamais péché et cætera, et elle éprouvait toujours pour lui une forme d'amour nostalgique, en demi-teinte, mais toute particule de respect et de foi et d'espoir en lui avait disparu, et elle ne pouvait pas dire qu'elle ne l'avait pas toujours su, intimement, qu'elle n'avait pas dès le début connu, deviné Jean pour ce qu'il était, mais cela faisait mal malgré tout, et elle avait espéré qu'il saurait régénérer un peu de sa tendresse afin qu'elle puisse garder vivant en elle un sentiment pour lui mais à cela aussi il avait échoué.

Contrairement à son habitude, Karoline, qu'elle avait laissée aux Cloisters, avait eu du mal à la laisser partir. Le lendemain de son départ, alors même qu'Elissa était encore sur la côte Est – avant de s'embarquer pour l'Europe elle devait passer quelques jours à

Washington –, Karoline avait pleuré en écoutant la *Neuvième symphonie*, tout en ayant le sentiment que tant qu'Elissa était sur le continent elle n'était pas encore tout à fait partie, car c'était cet épouvantable océan qu'elle redoutait le plus, cet océan que le courrier mettait des jours et des jours à traverser. Elissa avait dû lui jurer que malgré les apparences elle ne la quittait pas, même si c'était une banalité de dire que deux personnes pouvaient se trouver à des milliers de kilomètres l'une de l'autre sans être pour autant séparées, c'était la pure vérité, elle en était convaincue, elle ne quittait pas Karoline parce que Karoline était un être achevé qui durant son absence ne changerait pas – alors qu'elle quittait Titote, par exemple, la fille d'Annie et de Toni, sa filleule, car la Titote qu'elle retrouverait à son retour n'aurait plus rien à voir avec le bébé qu'elle était à présent –, elle ne se séparait pas de Toni non plus, même si elle regrettait bien sûr les moments qu'elle ne passerait pas auprès d'êtres qui lui étaient chers et qui ne vivraient pas toujours – la seule personne à vrai dire dont elle se séparait était Jean, à lui, oui, sans l'ombre d'un doute elle disait adieu, et si elle le revoyait un jour ce serait avec étonnement, comme on retrouve un ami arraché par miracle aux griffes de la mort. Mais à Karoline elle ne disait que *auf Wiedersehen*, car Karoline était à chaque instant EN elle, AVEC elle, elle le sentait chaque jour davantage, et qu'étant au sens le plus profond du terme son enfant, le prolongement de ses rêves, sa mission était de poursuivre là où Karoline avait été brusquement arrêtée par les circonstances, poursuivre autrement sans doute, dans un domaine différent, mais en allant toujours de l'avant, sa mère se tenant à ses côtés non pour la retenir, mais pour l'encourager, comme elle l'avait toujours fait, et de cela Elissa la remerciait du fond du cœur. Rien de ce qu'elle ferait, elle en avait la certitude, elle ne le ferait seule. Tout ce qu'elle accomplirait, ce serait en leur nom à toutes deux, Elissa n'était que la marque commerciale, l'enseigne au-dessus de l'entrée de la boutique, et même les larmes qu'Elissa avait senties monter à ses yeux en la quittant étaient les larmes de Karoline, pas les siennes – c'était la tristesse de sa mère qui la faisait pleurer, bien davantage que la sienne propre.

Dieu merci, Karoline ne l'avait pas accompagnée à New York pour lui faire ses adieux sur le bateau. De sa vie Elissa n'avait vécu un départ aussi sinistre et déprimant. Elle se jura de ne plus jamais mettre le pied sur un navire allemand tant que Herr Hitler serait au pouvoir. À peine arrivées, Annie et elle avaient découvert que la cabine qu'elles avaient réservée était déjà occupée – l'attitude du personnel variait du froidement poli au légèrement désagréable. Au moment du départ il y avait eu des policiers partout, et une atmosphère de tension effroyable. Des cris, des sifflets, « Ce sont les communistes », leur avait dit le serveur. Tous les visiteurs venus accompagner les voyageurs avaient été priés de quitter le pont et même le quai et c'est sans une âme qui vive pour lui souhaiter bonne traversée que le *Bremen* avait gagné la mer. Montées sur le pont supérieur pour regarder s'éloigner les tours de Manhattan, elles s'étaient heurtées à six hommes armés de lampes torches qui fouillaient chaque recoin à la recherche de clandestins et à Hoboken, où le pilote les avait laissés, ils avaient stationné interminablement tandis que les agents terminaient leurs recherches. Les passagers étaient les plus ennuyeux que l'on puisse imaginer – pour la plupart d'ennuyeux Américains, et quelques ennuyeux Allemands – et la salle à manger, située sur le pont D, était étouffante. Elle ne voulait pas faire son enfant gâtée, mais elle regrettait la dépense – quand on pensait au confort du *Savoia*, pour un prix comparable ! Elles jouaient au ping-pong de manière assidue avec de mauvaises balles – les meilleures balles de ping-pong, les seules véritablement bonnes, à vrai dire, étaient celles fabriquées en Angleterre, et ensuite venaient les américaines – et le nazisme avait contaminé ce bateau à un tel point que même le papier toilette était sinistrement utilitaire et spartiate.

Elles arrivèrent à Cherbourg un matin à six heures trente, souhaitant presque trouver des émeutes à Paris, qui les soulageraient de l'ordre oppressant qui régnait sur ce bateau.

Ah, Paris, Paris. La ville était toujours aussi belle – et de surcroît devenue presque amicale avec tous ses désordres, chaleureuse comme une ville américaine – un véritable soulagement après ce maudit *Bremen* et ces horribles *Hitlerites.* Personne ne la reconnaissait, et les gens étaient aussi gentils avec Annie qu'avec elle – et la nourriture, et le vin – et cet enthousiasme pour tout ce qui était beau ou sensuel, l'architecture, l'art, la musique et les livres. Le Louvre était décidément un endroit incroyable. Elle y avait passé un dimanche entier, toujours en compagnie d'Annie, et préféré ce moment à tout ce qu'elle avait vu d'autre en Europe, retournant toujours aux Italiens, ceux d'avant Leonardo. Puis elles avaient contemplé les Rubens, qui étaient si amusants, et un peu de l'école française, dans le style de Watteau – Watteau lui-même et aussi Fragonard. Les David et les Proudhon, en revanche, étaient atroces – Vigée-Lebrun plutôt regardable, en comparaison –, elle n'avait pas eu le temps pour les peintures modernes. Elle avait découvert en Annie une compagne très agréable, et renoué avec elle la relation d'amitié qui avait été la leur quand elles étaient enfants – avant qu'Annie tombe amoureuse de Toni et qu'elles deviennent des belles-sœurs. Sa froideur apparente n'était en réalité que de la réserve, et elle était plus calée en peinture et même en littérature qu'Elissa ne l'aurait jamais soupçonné. Par ailleurs, elle faisait preuve d'un grand sens pratique en toute circonstance, tout en se montrant pleine d'énergie et de fantaisie.

Ainsi, le premier dimanche qui avait suivi leur arrivée *on location* à Rambouillet, elle avait entraîné Elissa entendre une messe à la cathédrale de Chartres, et l'avait fait rire aux larmes quand un matin, n'en pouvant plus de la manie française de serrer la main à tout bout de champ, y compris à de parfaits inconnus – ce qui devenait vraiment à la limite de l'hygiène au bout d'un moment –, elle avait décidé de leur rendre la pareille et avait fait le tour de tous les gens présents, se plantant devant eux en leur disant avec la plus grande gravité « *Oh, did I say* Bonjour *to you?* » et en leur secouant la main vigoureusement, sous leurs regards médusés et tandis que tous leurs compagnons de souffrance anglo-saxons s'étouffaient de rire.

Le tournage était une maison de fous, comme d'habitude. Avec ses dix-huit robes et ses deux versions à apprendre, Elissa n'avait pas une seconde à elle, même durant son temps libre. Mais Maurice Tourneur était un homme d'autorité et de grande intelligence, et voyant comment il avait « tenu » la production depuis une semaine à présent, elle avait toute confiance que le tournage serait terminé dans les délais prévus – à temps pour partir à Londres enchaîner avec celui de *The Amateur Gentleman* avec Douglas Fairbanks Jr. Le travail à Londres serait peut-être plus dur, mais pas si harassant. La veille on leur avait tendu, au dernier moment, sur le plateau, à John Lodge et à elle, une scène d'une longueur inouïe, non seulement épouvantablement mauvaise, mais en deux versions et elle avait refusé platement d'en dire plusieurs répliques. Au moins le script de Clemence Dane était-il fin prêt et bon, et une version unique serait un jeu d'enfant après cela. Les Anglais connaissaient son prix et avaient été assez malins pour ne pas discuter d'argent avec elle – ce qui voulait dire que pour cette année elle n'avait aucun souci à se faire financièrement, elle était très au large. Et ce serait la dernière année qu'elle dépenserait tout ce qu'elle gagnait. À partir de l'année prochaine, elle avait l'intention d'économiser, il ne s'agissait pas d'être radin, évidemment, il n'y avait pas d'inquiétude à avoir, son étoile était montante, mais il fallait acheter plutôt que dépenser, et à un moment ou un autre elle n'aurait pas d'autre choix que de se débarrasser de cette maison, et voilà tout. Elle avait commencé à en parler à Karoline, avec le maximum de diplomatie dont elle était capable. Bien sûr, cela lui crevait le cœur à elle aussi de se séparer de ce petit paradis, mais il fallait se montrer raisonnable, dépenser cinq cents dollars par semaine pour l'entretien de ce palace paraissait absurde quand seulement trois personnes y vivaient. Bientôt, pas dans l'immédiat peut-être mais dans un an, deux ans au plus tard, Hollywood en aurait assez d'elle – si ce n'était pas dans deux ans, ce serait dans trois ou dans quatre – et elle avait tant de livres à écrire. Karoline disait que la conjoncture ne s'y prêtait pas – les taxes en Californie avaient tellement augmenté que plus personne ne voulait acheter et que tout le monde cherchait au contraire des maisons à louer –, pourquoi pas, du moment qu'elle s'en occupait, que Karoline choisisse entre vendre ou louer, en ce qui concernait Elissa cela lui était *ganz egal.*

Des bruits avaient commencé à courir sur elle et Douglas Fairbanks Jr, et même Karoline l'interrogeait sur la nature de leur relation – elle avait tellement envie, la pauvre, qu'Elissa se console de sa rupture avec Negulesco mais il n'y avait aucun risque qu'elle ait avec ce bébé de Douglas autre chose qu'un « *unpremedited roll in the hay* », comme aurait dit leur ami Noël Coward, et c'est tout ce que voulait Douglas au fond, même s'il s'en défendait et se disait amoureux d'elle, étant encore dans cette étape romantique où une relation purement physique manquait de piquant, et elle n'allait certes pas gâcher son plaisir en le lui disant, elle allait la boucler et se montrer aussi adorablement romantique que lui, qui n'avait pas la moindre idée de ce que signifiait le mot « amour », tandis que ses attentes à elle avaient été irrémédiablement influencées par la vue de Karoline et Pi, et qu'il n'y avait pour elle de couple que quand on pouvait penser à voix haute devant l'autre. Se quereller, pour l'amour du ciel, se battre, se rendre malheureux, mais aimer les mêmes choses, partager les mêmes buts, et qu'est-ce que le jeune Douglas et elle pourraient bien partager à part la passion des films et de Douglas Fairbanks Jr et d'Elissa Landi ? D'ailleurs, au risque de choquer Karoline, elle en avait fini avec l'amour, fini avec toute idée de lien et de permanence. Si elle avait envie d'une liaison, elle l'aurait, quelles qu'en soient les conséquences, mais elle ne perdrait plus son temps à chercher le *véritable* amour. Elle était bien consciente qu'il y a peu encore elle avait souhaité un compagnon, et que c'était un cas flagrant de « raisins trop verts » mais elle l'assumait tout à fait, elle était le renard, elle ne voulait plus des raisins, ils ne valaient pas l'effort qu'il fallait pour les obtenir. Elle embrasserait, caresserait, s'amuserait, se ferait de délicieux souvenirs puis elle poursuivrait sa destinée, comme l'aurait fait n'importe quel homme. Tant pis pour ceux que cela gênait. L'alliée qu'elle aurait toujours, la seule sur qui elle comptait et qui l'accompagnerait à jamais, était sa Karoline adorée. Dieu, comme elle se sentait libre. Elle se sentait comme Astra à la fin de *The Ancestors.* Finie la *grande passion* – en français dans le texte. Elle l'avait connue, s'y était brûlée, c'était terminé. Elle allait retrousser ses manches et se mettre au travail, elle allait écrire, et écrire de grandes choses. Le monde était à elle, elle avait sa maturité devant elle et elle ne la laisserait pas filer.

C'était sa dernière lettre à Karoline. Le 17 novembre, alors qu'Elissa venait de terminer le tournage de *The Amateur Gentleman* et s'apprêtait à embarquer pour New York sur le *Champlain*, Annie reçut de Toni ce télégramme :

WESTERN UNION CABLEGRAM SANTA MONICA TO ANNIE LANDI, GROSVENOR HOUSE HOTEL LONDON 17 NOV 1935
KAROLINE DÉCÉDÉE AUJOURD'HUI STOP ANNONCE NOUVELLE À ELISSA ET APPELEZ MOI TÉLÉPHONE STOP TENEZ LE COUP TOUTES DEUX COMME ELLE AURAIT VOULU STOP TONI

Toni l'avait trouvée étendue sur le sol de la cuisine, alors que Karoline préparait son dîner d'anniversaire. Elle n'avait, semblait-il, pas souffert.

Le lendemain, John Cecil Lawrence vint rendre visite à Elissa – c'était la première fois qu'elle le revoyait depuis leur divorce – et pleura sur son épaule. « Ce n'est pas seulement ta mère que je pleure, lui dit-il. Karoline était aussi *mon* amie – mon amie *à moi.* »

Dans sa dernière lettre à Elissa, Karoline parle du livre de Corti, qu'elle est en train de lire en allemand. Elle s'y amuse du fait que Corti, après avoir relaté les dix premières années de la vie conjugale d'Élisabeth et François-Joseph, continue contre l'évidence, malgré leurs conflits et leurs incessantes séparations, à maintenir la fiction de leur fidélité et à les prétendre tous deux « *purs comme la neige fraîchement tombée* », en sorte que le livre, écrit-elle, « *ressemble à une version expurgée par l'American Purity League* ». Je me suis procuré l'exacte édition qu'elle a eue entre les mains, afin de m'assurer que la petite note en bas de page qui parle de l'enfant de Sassetot, et qui est à l'origine de mon intérêt pour cette histoire, y figure bien. C'est le cas. Après le triomphe de sa reconnaissance par Marie Wallersee, Karoline aura donc connu le désaveu final, car le livre de Corti a été un succès planétaire et, à dater de sa publication, Karoline Zanardi

Landi devient irrémédiablement, aux yeux du monde, une intrigante et une affabulatrice.

Karoline ne fait en revanche aucune mention des lois de Nuremberg, promulguées en septembre 1935 et qui font d'elle et d'Elissa, aux yeux des nazis, des *Untermenschen*. L'incident du SS *Bremen* qui a emporté Elissa en Europe est pourtant à l'origine de la première de ces lois, celle dite « du drapeau du Reich » qui instaure le *svastika* comme emblème officiel de l'Allemagne nazie. Le 26 juillet ce sont bien des militants communistes qui se sont introduits sur le bateau encore en mouillage dans le port de New York à bord duquel vient d'embarquer Elissa, et qui ont déchiré le drapeau à croix gammée avant de le jeter dans l'Hudson. L'indulgence du magistrat juif qui a fait libérer les coupables en qualifiant le nazisme de « révolte contre la civilisation » a déclenché la fureur d'Hitler – malgré les excuses de l'administration Roosevelt – et la loi du drapeau, en guise de rétorsion.

Si elle a lu le Corti, Karoline meurt trop tôt pour lire le livre que Marie Wallersee publie en 1936, au sujet duquel la vieille baronne a multiplié les allusions dans ses lettres, faisant miroiter à sa « cousine » une surprise de taille. Dans *My Royal Relatives*, Marie Wallersee ne se contente pas de confirmer la naissance d'un enfant de la reine de Naples au couvent des Ursulines. Elle affirme que celle-ci a accouché non pas d'un, mais de deux enfants, des jumelles, et que l'une d'entre elles a été « adoptée » par son frère aîné, Louis-Guillaume. En un mot, Marie Wallersee affirme être, elle aussi, la fille cachée d'une souveraine – non pas la nièce mais la fille de sa tante, la reine de Naples.

Pourquoi une telle révélation ? Brigitte Sokop suppose que la vieille baronne Wallersee a voulu échapper à la suspicion des nazis envers le patronyme de sa mère, Henriette *Mendel.* Elle aurait voulu s'inventer ainsi une lignée maternelle incontestablement aryenne. Convaincus ou pas, les nazis ont lâché l'affaire, et Sokop publie un courrier de la Gestapo qui dit en substance que la vieille dame va bientôt mourir, et qu'elle ne vaut pas la peine qu'on s'acharne sur elle. De fait, Marie meurt en 1940 – je ne sais pas si Elissa en a été informée, mais dans son autobiographie inachevée, en 1941, elle écrit que, sans doute, la vieille baronne est morte de faim.

1936 sera aussi l'année de la première adaptation cinématographique de la comédie musicale des frères Marischka sur Sissi, elle a été réalisée par Josef von Sternberg mais a disparu de la plupart de ses filmographies, et ce n'est pas sans raison. Après des années de recherche, j'ai fini par mettre la main dessus, c'est une abomination à côté de laquelle les films avec Romy Schneider paraissent des chefs-d'œuvre. Le rôle de Sissi est tenu par

Grace Moore, une cantatrice qui a chanté l'année précédente les poèmes d'Elissa mis en musique par Chasins – j'ai une photo d'elles deux en 1934 côte à côte, le monde du cinéma est petit. Grace Moore a, paraît-il, menacé de quitter Hollywood après avoir dû passer une journée entière à chanter assise tout en trayant une vache – la scène a été coupée au montage mais le film n'en est pas meilleur pour autant –, je me demande ce qu'Elissa en a pensé. Tout comme je me demande ce qu'elle a pensé du *Mayerling* d'Anatole Litvak, tourné en 1936 également, il semble que ce soit l'année où les Habsbourg capturent l'imagination des cinéastes, et c'est le premier film parlant étranger à faire un triomphe en Amérique.

Après la mort de Karoline, Elissa et la fidèle Mildred mettront plusieurs années avant de réussir à vendre les Cloisters. La maison sera finalement achetée pour une bouchée de pain par Douglas Fairbanks Jr lui-même, qui la louera pendant toute la durée de la guerre moyennant un bon prix à divers acteurs parmi lesquels Cary Grant – et je ne peux m'empêcher de relever une fois de plus la justesse de l'analyse de Karoline, lorsqu'elle conseillait à Elissa de louer la maison plutôt que de la vendre, alors que le marché n'était pas favorable.

Et à propos des Cloisters...

J'ai découvert très récemment une interview de Steven Spielberg, dans un article de la revue *Architectural Digest*, datant de 1989, consacré à sa propriété du 1515 Amalfi Drive. Spielberg explique que le fait de savoir que cette maison était la résidence de David Selznick au moment où il produisait *Autant en emporte le vent* a été déterminant dans son choix de l'acheter et que, pour cette raison, cet endroit est chaque jour pour lui une source d'inspiration.

Je n'en crois pas mes yeux.

Il n'est pourtant pas compliqué de vérifier une telle information. Rien que chez moi, à Paris, il me suffit de tendre la main pour trouver dans ma bibliothèque deux livres (*My Private View*, d'Irene Mayer Selznick, et *Showman*, de David Thomson) qui m'assurent qu'au moment de produire *Autant en emporte le vent*, en 1938, David Selznick habitait avec sa femme Irene au 1050 Summit Drive, juste en face de Pickfair où habitait Chaplin, ils venaient d'avoir leur deuxième enfant, je sais même où leur fils Jeffrey allait à l'école. Un clic de souris plus tard, hop, j'apprends que cette maison, celle de Summit Drive, a été vendue en février 2017 pour vingt millions de dollars, elle est à présent à louer pour soixante-dix mille dollars par mois, il y a des photos de l'intérieur, c'est assez agréable. C'est agréable mais ce n'est PAS les Cloisters, ce n'est PAS la maison d'Elissa – qui, en 1938, n'avait pas encore été vendue.

J'ai peine à croire que dans sa bibliothèque M. Spielberg n'ait pas la moindre petite biographie de David Selznick.

Alors pourquoi invente-t-il une telle histoire, au risque de se voir démasquer par la première venue telle que moi ? Sûrement pas pour se faire de la publicité – il n'en a pas besoin. Se laisse-t-il déborder par son imagination, par pur romantisme ? Y croit-il vraiment ? A-t-il lui aussi, à force d'en avoir envie, *fini par y croire* ?

Los Angeles, automne 1935

Un soir de septembre, Karoline se rendit en compagnie de Pi, Toni et Mildred au dernier concert du Hollywood Bowl. On y jouait la *Neuvième symphonie* de Beethoven. Durant les jours qui avaient précédé, toute la Californie du Sud avait été réjouie d'une tempête sèche comme on n'en avait jamais vu dans cette partie du monde. Pendant vingt-quatre heures il avait été dangereux de sortir – des milliers d'hectares avaient brûlé et des propriétés entières avaient été réduites en cendres. La route pour Malibu avait été fermée par la police, les bungalows sur la plage étant menacés, le feu faisant rage à seulement un mile de là. À présent que tout était terminé, les gens étaient heureux de sortir et le temps convenait parfaitement à l'occasion – la lune claire, la nuit exceptionnellement chaude et parfumée. Quelque chose dans l'atmosphère estivale et festive rappela à Karoline les gaies années 1890, du temps de sa jeunesse à Vienne, et elle se sentit soudain étrangement nostalgique. Depuis le départ d'Elissa les gens lui disaient constamment : « Votre fille doit terriblement vous manquer », et elle répondait : « Pas du tout, je n'ai pas le temps d'y penser » pour le simple plaisir de regarder leur tête désappointée – et dans un sens c'était vrai, elle s'interdisait toute pensée sentimentale, refusant de s'attendrir sur son propre sort et de prétendre que la vie était insupportable sans Elissa. Pi l'avait rejointe en mars dernier – « après tout, avait soupiré Elissa, tu ne peux pas vivre éternellement séparée de ton mari » – et habitait avec elle aux Cloisters, ainsi que Toni et la petite Titote, mais cela n'était que provisoire – dès le retour d'Annie de son voyage avec Elissa, ils se mettraient en quête d'une maison à eux. Suivant les conseils de Karoline, Toni avait profité du *boom* qu'avait causé la mort brutale de Will Rogers dans le *business* des assurances pour créer sa propre compagnie, qui démarrait plutôt bien. Mais, toujours insatisfait, il parlait à présent de devenir producteur de films – ce garçon, soupirait Karoline, voulait toujours faire la même chose que tout le monde.

Curieusement, le fait d'avoir ainsi près d'elle le reste de sa petite nichée ne consolait pas Karoline de l'absence d'Elissa. Elle montait souvent dans son appartement, rien que pour être parmi les objets qui lui appartenaient et sentir sa présence, calculant combien de jours encore sa fille en resterait loin, ou respirait les roses dans son petit patio en pensant à une foule de choses qu'elle aurait voulu lui dire – et à tout le temps qui s'écoulerait avant qu'elle puisse le faire. Pendant le dernier mouvement, quand l'orchestre avait attaqué l'« Ode à la joie », une sorte de vague de désespoir, de manque et d'immense solitude l'avait submergée et elle avait fait semblant de fermer les yeux pour mieux écouter, hurlant intérieurement de tout son cœur. Invitée à la soirée qui avait suivi en l'honneur de Klemperer, le chef d'orchestre, elle s'était soudain trouvée entourée d'une foule de petits hommes en noir qui lui paraissaient tous être à peu près identiques. Toutes les cinq minutes on lui en présentait un qui disait : « *Guten Abend, freut mich' Ihre Bekanntschaft zu machen* » (Bonsoir, très heureux de faire *votre connaissance*). Puis dix minutes après la même chose, et encore quelques minutes plus tard « *Guten Abend, freut mich, etc.* », c'était comme dans un drôle de cauchemar – ce n'était bien sûr jamais le même petit homme, mais ils avaient tous la même tête pathétiquement triste, peut-être aussi ennuyée, et tous étaient musiciens, des petits juifs exilés d'Allemagne malheureux et persécutés.

Depuis le départ d'Elissa, Karoline ne cessait de tourner en rond et de méditer sur le sens de sa vie. Bien sûr, on grandissait toujours avec toutes sortes d'espoirs, dont peu devenaient réalité – sans compter que vingt-cinq ou trente ans plus tôt, les femmes avaient encore moins d'opportunités que maintenant de réaliser leurs ambitions. Elle avait raconté maintes fois à Elissa comment, en revenant de sa lune de miel en 1902, elle avait regardé autour d'elle et s'était dit qu'il lui serait impossible de vivre pendant quarante ou cinquante ans ce genre d'existence. Quand le krach était arrivé, elle l'avait pris avec une certaine légèreté – c'était une aventure. Même aujourd'hui, combien de femmes au bout du compte pouvaient vivre autrement que par procuration ? L'on vivait pour soi jusqu'à un certain point, mais la plupart des êtres humains, après un certain âge, vivaient à travers leurs enfants. Ceux qui continuaient à vivre pour eux jusqu'à l'âge de cinquante ou même de quarante ans étaient des fous ou des égoïstes. Bien sûr, elle pensait à elle. Quand elle disait que sa propre personne ne l'intéressait pas – ce n'était pas une pose mais la pure vérité –, elle ne voulait pas dire qu'elle était incapable de trouver sa vie intéressante et qu'elle ne savait qu'en faire. Mais avoir chaud, froid, être installée confortablement ou non, s'amuser ou non, lui était au fond assez égal. Et c'était un grand repos que cette indifférence à ce qui pouvait lui arriver. Récemment, voir tant de gens mourir autour d'elle l'avait changée d'une manière étrange, et soudainement la mort avait perdu pour elle sa lugubre majesté, elle avait le sentiment que l'on s'en allait, simplement, ailleurs. La vie était comme une vibration, et lorsqu'on mourait on changeait simplement de fréquence, on quittait le bleu de l'arc-en-ciel pour passer dans le violet, du violet dans le rouge. La question était bien sûr de savoir si tous ceux qui s'étaient croisés durant leur séjour sur terre se retrouvaient ensuite au même endroit – là-dessus on ne pouvait que spéculer.

À la mi-novembre, elle reçut la lettre qu'Elissa lui avait envoyée depuis Rambouillet et prit sa plume pour tenter de la réconforter, attristée de sentir sa fille si ébranlée par sa dernière désillusion amoureuse. Mais Elissa devait être honnête avec elle-même et admettre que ce qui la déprimait était le fait de ne pas trouver l'amour qu'elle recherchait, non le besoin de cette personne en particulier. L'année dernière, juste avant qu'elle ne rencontre Jean Negulesco, elle était dans le même état de dépression – et en écrivant ces lignes Karoline réalisa soudain qu'elle écrivait comme si Elissa lui avait confié être déprimée alors que pas un mot dans sa lettre ne parlait de tristesse – oh chérie chérie – aucun océan jamais ne les séparerait – quel étrange phénomène. Parfois il lui semblait qu'elles étaient une seule âme accidentellement jetée dans deux corps distincts – après tout, qu'étaient vingt-deux années de différence au regard de l'éternité –, elles savaient si bien, toujours, ce que ressentait l'autre. Une chose au sujet de Jean pourtant l'étonnait – Elissa s'était-elle vraiment attendue à ce que Jean soit fidèle ? La plupart des hommes, pensa Karoline, étaient inconstants dans un domaine ou dans un autre. Les hommes de valeur attachaient le plus souvent la plus grande importance à leur travail et pour eux l'amour venait en second. Et puis il y avait ceux du genre de Pi, qui était d'une obstination et d'une endurance en amour invraisemblables, mais qui agissait avec la plus grande légèreté dans tous les autres domaines. Peu de gens se donnaient comme Elissa à fond dans tout, le travail et l'amour, jusqu'à l'épuisement – et alors elle abandonnait brutalement avant de recommencer ailleurs ou avec un autre homme quelques mois plus tard. Elissa prétendait à présent pouvoir parfaitement se passer de sexe. Karoline ne savait pas combien de vérité il y avait là-dedans et elle n'était pas la bonne personne pour faire des commentaires à ce sujet mais elle était certaine d'une chose : si Elissa parvenait, non pas à se passer de sexe, mais à lui donner une importance secondaire, elle aurait plus de chances de rencontrer quelqu'un avec qui faire un bout de chemin – les meilleurs compagnons de lit ne sont pas, en général, les meilleurs bâtisseurs. Pour autant, elle se gardait bien de donner le moindre conseil à Elissa dans ses affaires de cœur – la chérie avait un goût si étrange en ce qui concernait l'autre sexe qu'elle semblait n'en jeter un que pour en prendre un autre qui ne valait pas mieux s'il n'était pas pire. Sa passion pour Chasins avait à peine duré plus d'un an, et celle pour Negulesco ne battrait pas le record. Mais pourquoi s'inquiéter. Elissa ne pourrait pas se remarier avant un moment, et donc il fallait laisser les dieux en décider. Et même si parfois elle se sentait seule, elle devait comprendre que c'était le sort de beaucoup de gens, surtout de ceux qui étaient au-dessus de la moyenne. Toute femme qui sortait du lot devait se faire à l'idée de parcourir le chemin de la vie de façon un peu solitaire.

L'autre soir, chez Vicki Baum, la dizaine de convives présents avait eu une discussion sur le mariage. Il était curieux de voir l'insistance avec laquelle les hommes soutenaient que le mariage était important *for the sake of companionship*, tandis que les femmes se taisaient et prenaient juste un air fatigué – la plupart des couples s'ennuyaient tellement ensemble après cinq ans de mariage qu'ils étaient prêts à demander à n'importe qui de sortir avec eux. Sans doute, quand on était seul, on avait l'impression de rater quelque chose qui était une part essentielle, structurelle de la vie. Sans doute. Ayant un homme à elle, Karoline était mauvais juge – elle aurait seulement voulu qu'il sache conduire une voiture.

Parfois elle faisait des châteaux en Espagne avec Fred, leur jardinier, qui était un vrai *rancher.* Il était né et avait été élevé dans le Middle West, dans un « petit » ranch de trois ou quatre mille hectares, et cela mettait l'eau à la bouche de l'écouter raconter comment on pouvait vivre là-bas une vie saine et simple au grand air, en comparaison des existences soi-disant sophistiquées de tous les gens qui grandissaient en ville. Contrairement à ce que semblait croire Elissa, Karoline n'était pas du tout opposée à l'idée de se séparer des Cloisters. Elle aimait y être parce que Elissa adorait cet endroit, et elle y avait certes des souvenirs heureux – elle avait eu ici la plus grande paix et le plus grand bonheur de toute sa vie. Mais pour son propre goût, les jardins étaient bien trop classiques – et ces grands cyprès qu'elle trouvait sinistres lui rappelaient les cimetières mahométans. Surtout, elle était parfaitement d'accord avec Elissa que cela n'avait pas de sens d'entretenir un tel endroit qui coûtait trois cents dollars par semaine juste pour trois personnes – elle-même avait l'impression qu'on la faisait vivre dans une résidence hors de prix dont elle n'avait aucun besoin et qu'elle ne souhaitait pas. Il fallait seulement prendre un peu patience. Pour l'instant la conjoncture n'était pas favorable mais quand le marché immobilier repartirait et qu'ils pourraient disposer des Cloisters, Karoline ne voyait aucune objection à vivre à la campagne toute l'année, et Elissa pourrait partager son temps entre le ranch, les voyages et les grandes villes – elle avait tant et tant de choses à vivre. Après tout, Elissa avait toujours eu de la chance – sauf avec les hommes, mais cela était plus une calamité du monde moderne – et même dans le domaine de l'amour, concernant Elissa, Karoline n'avait pas du tout perdu espoir. Patience. Lohengrin n'était pas loin – elle le voyait dans les étoiles. Karoline faisait désormais attention à chaque penny, elle avait réduit les gages des domestiques de vingt dollars et faisait tourner la maison avec seulement quarante dollars par semaine de nourriture. Elles avaient beaucoup de diamants – presque trop, ils coûtaient cent dollars par mois en assurance –, elles avaient des meubles, des fourrures, Elissa pouvait à présent remplir son bas de laine, il fallait juste qu'elle prenne soin de sa santé, qu'elle sourie et dans un an ou deux, *bye bye*, elle écrirait, ferait des bébés ou en adopterait, trouverait un mari, voyagerait, ferait tout ce qu'elle voudrait – elle serait libre. Libre. LIBRE.

Peu avant d'achever ce livre, je suis retournée avec ma caméra sur les lieux où avaient commencé mes recherches. Le château de Sassetot avait changé de propriétaire, et était devenu beaucoup plus confortable. On y cultivait à présent, mais sans excès, le souvenir de l'impératrice. Çà et là, des portraits et des photographies d'Élisabeth étaient accrochés aux murs. Le nouveau maître des lieux m'accueillit très aimablement et feuilleta avec moi les archives du château, qui avaient hélas en grande partie brûlé. Sur le sujet de l'enfant de Sassetot, j'en savais bien sûr plus que lui, mais je glanais néanmoins toujours de nouvelles informations, et il me fit visiter l'emplacement exact de la chambre qu'occupait Élisabeth lors de son séjour. De nombreuses personnes du coin, m'assura-t-il, croyaient encore à l'histoire de l'accouchement secret. Tandis que je conversais avec lui dans un petit salon, je lui montrai une photo d'Elissa, dont il n'avait jamais entendu parler, à l'âge de seize ou dix-sept ans. Il eut un sursaut de surprise et, me désignant un portrait d'Élisabeth en face de lui, s'exclama que la ressemblance était incroyable. Je ne sus que répondre. Karoline avait inventé toute cette histoire au début de l'année 1908, alors qu'Elissa avait tout juste trois ans et était encore un bébé joufflu. Comment avait-elle pu anticiper qu'Elissa ressemblerait si fort, quinze ans plus tard, à celle dont elle se prétendait la fille ?

À cette question, comme à tant d'autres, je n'avais pas de réponse.

J'ouvris un jour le *Martyrdom of an Empress*, premier livre écrit sur Élisabeth un an après sa mort, par Marguerite Cunliff-Owen, et dont certains affirmaient que Karoline s'était inspirée pour écrire *The Secret of an Empress.* Le livre était bien sûr d'occasion, je me l'étais procuré sur Internet, et à peine ouvert je respirai l'odeur de Los Angeles. Étaient-ce les meubles, une essence de bois particulière ? Ce livre avait-il séjourné longtemps dans une maison de Californie ? Tout me revenait, la maison de Monteel Road avec ses meubles Art déco et son juke-box, la petite chambre sans volets où le soleil et le chant des oiseaux me tiraient du sommeil à l'aube, les heures passées à m'ennuyer et à rêver ma vie au bord de la piscine. Mais je n'y trouvai rien de ce que j'y cherchais, rien dont Karoline ait pu s'inspirer pour son *Secret of an Empress,* rien qui m'explique comment une jeune femme peut, en 1908, à Vancouver, sortir entièrement de son imagination une histoire pareille.

Tout comme reste à mes yeux invraisemblable, quoi que j'en dise, la violence du rejet de Nanette Kaiser par Karoline, si elles sont réellement mère et fille.

Oserai-je l'avouer ? J'ai identifié plusieurs descendantes de Sissi par la lignée exclusivement maternelle, dont l'une est âgée aujourd'hui d'une trentaine d'années, et vit à Lyon. Si elle était disposée à faire le même test ADN que Caroline, cela m'ôterait un grand poids. Ou si le maire de Saint-Germain-en-Laye, à la lecture de ce livre, autorisait l'exhumation de Nanette Kaiser à des fins de tests génétiques, je pourrais enfin dormir en paix.

Mais il ne faut pas rêver.

Après Sassetot, Possenhoffen, Budapest, je suis retournée à New York. J'avais programmé mon voyage à la même date que six ans plus tôt, lors de ma première rencontre avec Caroline. La floraison des cerisiers est brève et j'espérais que ceux de Prospect Park seraient en fleur, car je voulais filmer Caroline dans le décor où je l'avais vue le premier jour, le jour de l'*hanami*. Hélas, cette année-là, l'hiver n'en finissait pas. Dans tout le jardin botanique de Brooklyn, au lieu de la cerisaie dont j'avais le souvenir et de son explosion de fleurs roses, je ne trouvai qu'un seul arbre dont les bourgeons commençaient timidement à éclore, et le plan que je fis ce jour-là avec une pauvre Caroline épuisée et gelée était si pathétique qu'il ne serait sans doute pas utilisable.

Le lendemain de mon arrivée, nous sommes allées au MoMA assister à la projection de trois films d'Elissa, organisée juste pour nous. Après de longues recherches, j'avais découvert que le Study Center du Musée d'art moderne de New York était la seule institution à posséder une copie de *The Warrior's Husband*, ainsi que de *Body and Soul*, que j'avais fini par croire tous deux introuvables. Après la projection, nous avons parlé avec le conservateur qui s'est dit très heureux de rencontrer Caroline et intéressé, le jour où elle voudrait s'en séparer, par ses archives concernant Elissa Landi. Aussi ai-je commencé à faire un premier tri des milliers de coupures de presse et de photographies que Caroline ne regarderait jamais, et je suis retournée à New Paltz avec Robert. C'est là que nous avons découvert, au fond du box, un seizième carton d'archives qui nous avait échappé le premier jour et n'avait jamais été ouvert – et dedans, les *home movies* en seize millimètres que j'étais venue chercher. Je les ai fait numériser et nous les avons regardés ensemble sur mon ordinateur, Caroline et moi, lors de mon séjour suivant dans sa *boarding house*. On y voit Elissa qui danse, filmée par John Cecil. On la voit faire l'andouille avec Karoline dans le jardin de Spielberg, on la voit à cheval sur Darkey, quelque part dans les montagnes en train de skier avec Chasins. Elle est exactement telle que je l'imagine.

Je la connais si bien.

Ce jour-là, en prenant le thé dans le salon de son appartement, Caroline m'a dit que si mon livre et mon documentaire aidaient à réparer l'oubli dans lequel sa mère était tombée, cela la rendrait heureuse. J'ai promis de faire de mon mieux, et nous avons regardé par la fenêtre le chantier qui commençait, faisant tomber les arbres, près du Musée d'histoire naturelle. Caroline était fatiguée ce jour-là et d'humeur nostalgique. « Toutes les vies ont un envers, je suppose – *a seamy side* –, le côté où les coutures se voient », m'a-t-elle dit en contemplant le portrait d'Elissa qui trône au-dessus du piano, sur lequel elle apparaît dans toute la splendeur de sa jeunesse et de sa beauté.

Elle aussi, un jour, écrira sa version de l'histoire. Elle sera plus sombre que la mienne, plus politique, plus tragique sûrement, mais ne sera ni plus vraie ni plus fausse. Car chaque soir, en regardant les nouvelles à la télévision, Caroline enrage et triomphe en voyant se confirmer que les agents secrets russes sont partout, comme elle l'a toujours soutenu face aux sceptiques dont je faisais partie. Et tout le monde s'accorde à dire que, depuis l'élection de Donald Trump, la réalité que l'on découvre dans les journaux dépasse toutes les fictions.

Dans cet appartement, je me sens chez moi.

Jamais, sans doute, je ne comprendrais les liens secrets qui m'attachent à cette histoire, à cette autre famille que je me suis créée, surgie de nulle part, venue à moi par la seule force de mon imagination et pourtant bien réelle. En Élisabeth, Karoline et Elissa, je vois surtout à présent les forces bienveillantes qui m'ont poussée à écrire. Aurais-je écrit sans elles, sans l'envie que j'avais de raconter leur histoire ? Rien n'est moins sûr. Écrirai-je un autre roman après celui-ci ? Je n'en sais rien.

Il fallait que je me dépêche de terminer ce livre. J'approchais de l'âge auquel Élisabeth avait été assassinée, et les deux personnes qui avaient tenté d'écrire la vie d'Elissa avant moi étaient mortes avant d'avoir pu terminer. Ce ne serait sans doute pas le portrait que Caroline attendait. De cette monstrueuse correspondance qu'elle m'avait confiée, elle-même n'avait lu que quelques lettres d'Elissa datant de peu avant sa mort, et n'en avait retenu que le ton d'amertume, l'immense tristesse qui s'en dégageait – tandis que moi, qui m'étais concentrée sur ses années hollywoodiennes, sa jeunesse et ses premières amours, j'avais d'Elissa une vision solaire, heureuse et bouillonnante, et c'est ce portrait-là que je voulais tracer. Je me jurais de ne pas parler de ses dernières années, de sa maladie, de ses soucis d'argent, de sa découverte probable de l'homosexualité de son second mari. Elissa était devenue pour moi un personnage. Je pouvais réparer par la fiction les souffrances qu'elle avait endurées dans sa vie. Comme Marischka l'avait fait avec Sissi, comme Michel Manoll ne l'avait *pas* fait avec Élisabeth, il ne tenait qu'à moi de donner à mon *roman d'Elissa* un *happy ending*, il suffisait de choisir le moment où arrêter l'histoire.

Dorothy Parker avait dit un jour à Samuel Goldwyn, qui voulait que toutes les histoires finissent bien : « Je sais que ceci va être un choc pour vous, Mister Goldwyn, mais depuis que le monde est monde, des milliards et des milliards d'êtres humains ont vécu sur Terre, et aucune de ces vies ne s'est bien terminée. »

J'étais du parti de Goldwyn contre Dorothy Parker.

Pour cette raison, j'arrête l'histoire d'Elissa à l'âge auquel, moi, je suis revenue d'Amérique.

Elle a vécu la jeunesse que j'aurais voulu avoir, j'allais vivre la maturité heureuse dont elle avait rêvé : j'écrirais – et j'aurais des enfants, que je verrais grandir.

LETTRES DE JOHN CECIL LAWRENCE À ELISSA LANDI

28 Edwards Square Kensington W.8

27 décembre 1939

Chère Elissa,

Pardonne-moi de ne pas avoir répondu à ta gentille lettre, mais nous avons été si occupés à mettre nos affaires en ordre qu'il faut m'excuser.

Hélas, nous devons nous séparer de notre jolie maison : c'est la plus charmante Regency house qui soit, sur une agréable place, mais ayant dû renoncer au barreau pendant la durée de mon engagement et recevant seulement onze shillings par jour en tant que seconde classe dans l'artillerie, il n'y avait pas d'autre solution. Heureusement Diana possède un cottage dans la campagne, une très jolie région près d'Hapden in Bucks, pas très loin de Sarrat Chenies et d'autres charmants endroits et notre fils Jonathan y sera, nous l'espérons, en sécurité, à l'abri des bombes et autres objets qui tombent la nuit.

C'est ma dernière soirée ici. Demain je rejoindrai mon régiment. J'ai l'impression d'être un petit garçon la veille de son premier jour dans une nouvelle école et je ne suis pas sûr d'aimer beaucoup revivre ça.

Diana et moi avons été très heureux de te lire et touchés de tes pensées.

J'ai trouvé au fond de mon bureau des photos de tes premiers films et je les joins à ce courrier – espérant que les censeurs n'y verront rien d'inquiétant, ni dans la photo de Jonathan que je t'envoie en guise de carte de Noël.

Transmets mes meilleurs sentiments à Pi et dis-lui que je vais à présent tirer sur des aéroplanes et plus seulement sur des faisans. Mais tout ce non-sens finira bientôt et ensuite cette moitié du monde vivra en paix pour encore un quart de siècle.

Un jour peut-être tu reviendras dans ce pays, si c'est le cas viens nous voir, même si nous ne sommes pas là tu verras le cottage : Orchard End, Kiln Common, Gt. Missenden. C'est en bordure d'une forêt de hêtres sur une colline, et la vue est exceptionnelle.

À toi,

John

36 Lt. AA. Regt. RA. SEAC

9 novembre 44

Chère Elissa,

Félicitations – puisse ta petite Caroline en grandissant devenir aussi jolie, intelligente et charmante que tu l'es.

À toi,

Lieutenant Colonel J. C. Lawrence RA.

ÉPILOGUE

Hier j'ai retrouvé par hasard un ami comédien perdu de vue depuis longtemps. Nous avons pris un verre et évoqué de vieux souvenirs. Au détour d'une phrase, il m'a parlé d'un film dans lequel nous avions fait tous deux de la figuration – je me souvenais du tournage, mais pas qu'il en faisait partie. C'était avant le Conservatoire, alors que je venais de finir mon école d'ingénieur et que j'étais encore dans un cours privé – ma toute première expérience de cinéma, avec Alain Resnais. « Dans le château des Rothschild, a-t-il dit. — Le quoi ? Le château des Rothschild, c'est là que nous tournions. Là et dans les studios d'Épinay. — Ferrières ? — Oui. Tu as l'air étonnée. Tu avais oublié ? »

J'ai tourné à Ferrières et je ne le savais pas. Ce château que j'ai rêvé longtemps de visiter, sans jamais y parvenir, j'y ai passé dix jours, dans une belle robe Années folles, et j'y ai tourné une scène de bal. L'action se passait en

1919, l'année où Proust a reçu son Goncourt. J'avais vingt ans. C'était juste après mon premier voyage à Vienne. Je ne connaissais pas encore l'histoire de la reine de Naples, j'ignorais sa présence dans la *Recherche* et ses liens avec les Rothschild. Je ne savais rien d'Elissa Landi. Et soudain me revient, comme un signe, le titre de ce tout premier film :

La vie est un roman.

REMERCIEMENTS

Je veux dire tout d'abord mon affection et mon immense gratitude à Caroline Thomas, sans qui ce livre n'aurait jamais existé. J'espère n'avoir pas déçu sa confiance. Je veux remercier aussi son mari et ses enfants d'avoir accueilli avec tant de générosité et d'humour l'étrangère que j'étais dans leur vie.

À Los Angeles, je remercie Henry Jaglom pour son soutien sans faille depuis des années – je ne connais pas de personne plus *supportive* au monde. Je remercie aussi mes amies Robyn, Angela et Edie, pour l'intérêt enthousiaste qu'elles ont manifesté d'emblée envers cette écriture.

À Vienne, je remercie Brigitte Sokop, Anna Staudacher, Irma Wulz à la *Kultusgemeinde*, et le personnel des Archives municipales.

À Naples, Christian Thimonier, ex-consul de France, le professeur Oliviero et Teresa Carmelingo, la bibliothécaire de l'Institut culturel, l'historienne Laura Guidi et l'historien Fulvio Izzo.

À New York, Dave Kehr, *curator* du département Film du MoMA, qui m'a permis de voir les films d'Elissa Landi conservés dans sa collection.

À Sassetot, Jean-Philippe Renaudat, propriétaire du château, ainsi que Jean-Claude Salennes, qui le premier a fait revivre en ce lieu la mémoire du séjour de l'impératrice en 1875.

À Feldafing, la propriétaire de l'hôtel Kaiserin Elisabeth et la jeune employée qui m'a permis de visiter les chambres où avaient séjourné la reine de Naples et Karoline Zanardi Landi, avant que je fixe mon choix sur celle dans laquelle Sissi pratiquait sa gymnastique.

À Saint-Germain-en-Laye, Céline Lallemand, conservatrice du cimetière municipal.

Je remercie Pierre Assouline de m'avoir guidée dans la monumentale correspondance de Proust et également donné le moyen d'accéder aux archives des Rothschild, dont je n'ai malheureusement, faute de temps, pas profité.

J'ai une pensée émue pour ma famille et mes amis à qui je rebats les oreilles depuis tant d'années avec cette histoire. Je sais ce que je dois à mes premiers lecteurs, dont les remarques, les critiques m'ont été d'une aide incalculable : Rolf, Florence, Didier, Christian, Félicie, Dany, Éric et Alain, merci. Merci aussi à Grace McQuillan, lauréate du prix French Voices pour son excellente traduction de mon premier roman, et qui s'est attelée *on spec* et avec enthousiasme à la même tâche pour celui-ci. *Grace, you're a wonder.*

Je remercie tout le personnel des Éditions Gallimard, en premier lieu Antoine Gallimard et mes éditeurs Maud Simonnot et Guy Goffette, mais aussi Karina Hocine, Philippe Demanet, Fréderique Massart, Philippe Bernier et Delphine Leperchey pour leurs relectures attentives, et particulièrement Pascale Richard et Pierre Gestède, pour leur amitié et leurs encouragements si précieux dans les moments de doute qui ont jalonné cette écriture.

Enfin, je n'oublie pas Jean d'Ormesson, qui faisait si bien semblant de s'intéresser à cette histoire, et avait réussi à me convaincre qu'il lirait ce livre un jour. Il me manque.

DE LA MÊME AUTRICE

LE CRIEUR DE NUIT, 2010 (Folio n° 5300). Prix Roger Nimier 2010.

MOMENT D'UN COUPLE, 2013 (Folio n° 5864). Prix Interallié 2013.

LA VIE QUE TU T'ÉTAIS IMAGINÉE, 2020 (Folio n° 6933).

COLLECTION FOLIO

Dernières parutions

6778.	Annie Ernaux	*Hôtel Casanova* et autres textes brefs
6779.	Victor Hugo	*Les Fleurs*
6780.	Collectif	*Notre-Dame des écrivains. Raconter et rêver la cathédrale du Moyen Âge à demain*
6781.	Carole Fives	*Tenir jusqu'à l'aube*
6782.	Esi Edugyan	*Washington Black*
6783.	J.M.G. Le Clézio	*Alma*. À paraître
6784.	Emmanuelle Bayamack-Tam	*Arcadie*
6785.	Pierre Guyotat	*Idiotie*
6786.	François Garde	*Marcher à Kerguelen*. À paraître
6787.	Cédric Gras	*Saisons du voyage*. À paraître
6788.	Paolo Rumiz	*La légende des montagnes qui naviguent*. À paraître
6789.	Jean-Paul Kauffmann	*Venise à double tour*
6790.	Kim Leine	*Les prophètes du fjord de l'Éternité*
6791.	Jean-Christophe Rufin	*Les sept mariages d'Edgar et Ludmilla*
6792.	Boualem Sansal	*Le train d'Erlingen ou La métamorphose de Dieu*
6793.	Lou Andreas-Salomé	*Ce qui découle du fait que ce n'est pas la femme qui a tué le père* et autres textes psychanalytiques
6794.	Sénèque	*De la vie heureuse* précédé de *De la brièveté de la vie*
6795.	Famille Brontë	*Lettres choisies*

6796.	Stéphanie Bodet	*À la verticale de soi*
6797.	Guy de Maupassant	*Les Dimanches d'un bourgeois de Paris* et autres nouvelles
6798.	Chimamanda Ngozi Adichie	*Nous sommes tous des féministes* suivi du *Danger de l'histoire unique*
6799.	Antoine Bello	*Scherbius (et moi)*
6800.	David Foenkinos	*Deux sœurs*
6801.	Sophie Chauveau	*Picasso, le Minotaure. 1881-1973*
6802.	Abubakar Adam Ibrahim	*La saison des fleurs de flamme*
6803.	Pierre Jourde	*Le voyage du canapé-lit*
6804.	Karl Ove Knausgaard	*Comme il pleut sur la ville. Mon combat - Livre V*
6805.	Sarah Marty	*Soixante jours*
6806.	Guillaume Meurice	*Cosme*
6807.	Mona Ozouf	*L'autre George. À la rencontre de l'autre George Eliot*
6808.	Laurine Roux	*Une immense sensation de calme*
6809.	Roberto Saviano	*Piranhas*
6810.	Roberto Saviano	*Baiser féroce*
6811.	Patti Smith	*Dévotion*
6812.	Ray Bradbury	*La fusée* et autres nouvelles
6813.	Albert Cossery	*Les affamés ne rêvent que de pain*
6814.	Georges Rodenbach	*Bruges-la-Morte*
6815.	Margaret Mitchell	*Autant en emporte le vent I*
6816.	Margaret Mitchell	*Autant en emporte le vent II*
6817.	George Eliot	*Felix Holt, le radical.* À paraître
6818.	Goethe	*Les Années de voyage de Wilhelm Meister*
6819.	Meryem Alaoui	*La vérité sort de la bouche du cheval*
6820.	Unamuno	*Contes*

6821. Leïla Bouherrafa — *La dédicace*. À paraître
6822. Philippe Djian — *Les inéquitables*
6823. Carlos Fuentes — *La frontière de verre.* Roman en neuf récits
6824. Carlos Fuentes — *Les années avec Laura Díaz.* Nouvelle édition augmentée
6825. Paula Jacques — *Plutôt la fin du monde qu'une écorchure à mon doigt.* À paraître
6826. Pascal Quignard — *L'enfant d'Ingolstadt. Dernier royaume X*
6827. Raphaël Rupert — *Anatomie de l'amant de ma femme*
6828. Bernhard Schlink — *Olga*
6829. Marie Sizun — *Les sœurs aux yeux bleus*
6830. Graham Swift — *De l'Angleterre et des Anglais*
6831. Alexandre Dumas — *Le Comte de Monte-Cristo*
6832. Villon — *Œuvres complètes*
6833. Vénus Khoury-Ghata — *Marina Tsvétaïéva, mourir à Elabouga*
6834. Élisa Shua Dusapin — *Les billes du Pachinko*
6835. Yannick Haenel — *La solitude Caravage*
6836. Alexis Jenni — *Féroces infirmes*
6837. Isabelle Mayault — *Une longue nuit mexicaine*
6838. Scholastique Mukasonga — *Un si beau diplôme !*
6839. Jean d'Ormesson — *Et moi, je vis toujours*
6840. Orhan Pamuk — *La femme aux cheveux roux*
6841. Joseph Ponthus — *À la ligne. Feuillets d'usine*
6842. Ron Rash — *Un silence brutal*
6843. Ron Rash — *Serena*
6844. Bénédicte Belpois — *Suiza*
6845. Erri De Luca — *Le tour de l'oie*
6846. Arthur H — *Fugues*
6847. Francesca Melandri — *Tous, sauf moi*
6848. Eshkol Nevo — *Trois étages*
6849. Daniel Pennac — *Mon frère*
6850. Maria Pourchet — *Les impatients*

Composition PCA/CMB
Impression Maury Imprimeur
45330 Malesherbes
le 29 avril 2021
Dépôt légal : avril 2021
Numéro d'imprimeur : 253843

ISBN 978-2-07-292327-2 / Imprimé en France.

373662